# UN SAUVETEUR POUR BRISTOL

SAUVETAGE À EAGLE POINT, TOME 3

SUSAN STOKER

# DU MÊME AUTEUR

*Un protecteur pour Remi (2 Juillet)*

*Un protecteur pour Wren*

*Un protecteur pour Josie*

*Un protecteur pour Maggie*

*Un protecteur pour Addison*

*Un protecteur pour Kelli*

*Un protecteur pour Bree*

## Silverstone

*Pour la confiance de Skylar*

*Pour la confiance de Taylor*

*Pour la confiance de Molly*

*Pour la confiance de Cassidy (1 Mars 2024)*

## Delta Force Deux

*Un refuge pour Gillian*

*Un refuge pour Kinley*

*Un refuge pour Aspen*

*Un refuge pour Jayme*

*Un refuge pour Riley*

*Un refuge pour Devyn*

*Un refuge pour Ember*

*Un refuge pour Sierra*

### *Hawaï : Soldats d'élite*

*Un paradis pour Élodie*

*Un paradis pour Lexie*

*Un paradis pour Kenna*

*Un paradis pour Monica*

*Un paradis pour Carly*

*Un paradis pour Ashlyn*

*Un paradis pour Jodelle*

## Mercenaires Rebelles

*Un Défenseur pour Allye*

*Un Défenseur pour Chloé*

*Un Défenseur pour Morgan*

*Un Défenseur pour Harlow*

*Un Défenseur pour Everly*

*Un Défenseur pour Zara*

*Un Défenseur pour Raven*

## Ace Sécurité

*Au Secours de Grace*

*Au Secours d'Alexis*

*Au Secours de Bailey*

*Au Secours de Felicity*

*Au Secours de Sarah*

## Forces Très Spéciales Series

*Un Protecteur Pour Caroline*

*Un Protecteur Pour Alabama*

*Un Protecteur Pour Fiona*

*Un Mari Pour Caroline*

*Un Protecteur Pour Summer*

*Un Protecteur Pour Cheyenne*

*Un Protecteur Pour Jessyka*

*Un Protecteur Pour Julie*

*Un Protecteur Pour Melody*

*Un Protecteur pour l'avenir*

**AUDIO**

*Un paradis pour Élodie*

# CHAPITRE UN

Bristol Wingham avait envie de se gifler.

Elle aurait dû se douter que c'était une très mauvaise idée de partir en randonnée toute seule. Mais Mike l'avait tellement énervée qu'elle n'aurait jamais pu supporter une nuit de plus en sa présence. Elle lui avait répété maintes et maintes fois qu'elle n'avait pas envie d'être plus que son amie et elle avait pourtant cru l'avoir enfin convaincu.

Et OK, elle avait désespérément besoin d'amis, c'était surtout pour ça que lorsqu'il lui avait suggéré ce séjour elle avait accepté, mais dès qu'ils étaient arrivés dans la petite ville pittoresque de Fallport, il avait commencé à lui mettre la pression, essayant de la convaincre de sortir avec lui.

Mike était plutôt beau. Il avait même l'habitude que les femmes craquent pour lui. Ses cheveux bruns, ses yeux couleur chocolat et son corps musclé suffisaient à séduire de nombreuses femmes, mais cela faisait un bon moment que Bristol n'était plus impressionnée par les attributs physiques. Et à l'âge de 29 ans, cela faisait bien longtemps que Mike aurait dû cesser de percevoir toutes les filles comme de potentielles conquêtes. Mais ce n'était pas le cas.

Soupirant, Bristol ferma les yeux. Elle aurait dû se douter

que quelque chose se tramait lorsqu'il l'avait informée à la dernière minute que Drake Long et Carol Page feraient partie du voyage. Drake avait 25 ans et Carol 23. Bristol avait passé la semaine à entendre l'autre fille glousser et se pâmer devant son petit ami... et devant Mike.

Avant leur départ, ils avaient prévu de faire une dernière randonnée jusqu'à une très jolie zone de camping le long du sentier de Falling Water. C'était une randonnée intermédiaire qui finissait par rejoindre le célèbre sentier des Appalaches, mais ils ne comptaient pas y rester longtemps. Le point de vue où se trouvait le camping était à environ treize kilomètres du point de départ du sentier.

Mais après seulement six kilomètres, Mike avait suggéré qu'ils s'arrêtent et campent juste à côté du sentier. Bristol n'avait pas compris... jusqu'à ce qu'il lui demande de participer à un interlude sexuel que lui, Carol et Drake avaient manifestement déjà planifié.

Elle avait été consternée et avait dit à Mike, pour la trois-millième fois, qu'elle n'avait pas envie d'être plus qu'une amie pour lui et qu'elle n'allait *certainement* pas coucher avec l'autre couple non plus.

Mike avait haussé les épaules et lui avait dit qu'elle passait à côté de quelque chose. Puis il lui avait calmement tourné le dos et avait commencé à installer le camp... avec une seule tente.

Il était hors de question que Bristol reste assise à écouter le trio coucher ensemble durant le reste de l'après-midi et de la soirée, alors elle avait tourné les talons et avait continué de marcher le long du sentier. Elle avait décidé de camper au point de vue comme ils l'avaient prévu... enfin, comme elle avait *cru* qu'ils l'avaient prévu.

Elle retrouverait alors son ex-ami le lendemain matin, retournerait à Kingsport et ne leur adresserait plus jamais la parole.

Sauf qu'elle n'était pas arrivée jusqu'au point de vue. Elle était sortie du sentier pour faire pipi, avait entendu un bruissement dans les bois et avait décidé d'aller voir. Elle ne s'attendait pas vraiment à voir Bigfoot ou quoi, mais elle aurait adoré voir un animal sauvage et elle savait bien qu'elle ne devait pas s'éloigner trop loin du sentier.

Mais elle ne s'était pas attendue à ce que le sol cède soudain sous ses pieds.

Elle ne se souvenait pas vraiment de ce qui s'était passé ensuite. Bristol supposait qu'elle s'était cogné la tête dans sa chute et avait perdu connaissance. Sa tête lui faisait mal – très mal. Elle avait la nausée et un mal de crâne intense. Mais ce n'était pas la pire de ses blessures.

Dans sa chute, elle s'était méchamment blessé la jambe droite au niveau du tibia et la première fois qu'elle avait essayé de se relever, elle s'était évanouie de douleur.

Quand elle se réveilla pour la deuxième fois – après avoir vomi à cause de ses douleurs à la tête et à la jambe – elle bougea avec beaucoup plus de précautions.

En levant les yeux, elle vit qu'elle était en bas d'une paroi rocheuse très raide. Il y avait un peu moins de huit mètres jusqu'au sommet et elle repéra nettement la trace que son corps avait laissée le long de la paroi en dégringolant, aidée par la terre meuble. Sa chute avait été amortie par des buissons en bas, sinon elle ne serait peut-être pas en vie à l'heure actuelle... ou du moins en bien pire état.

Elle avait toujours son sac sur le dos, ce qui était une bonne chose, mais elle ne pouvait pas marcher. Tout ce qu'elle pouvait faire, c'était se traîner sur le sol pour essayer de trouver un moyen de remonter en haut de la petite falaise d'où elle était tombée et de retrouver le sentier.

Quelqu'un *finirait* par passer... du moins, elle l'espérait.

Mais cela faisait désormais trois nuits et Bristol commençait à avoir peur. Elle avait hurlé pendant ce qui lui avait semblé être des heures, mais soit personne n'était sur le sentier, soit elle était trop loin de celui-ci pour qu'on l'entende. Elle avait espéré que Mike et les autres préviendraient quelqu'un qu'elle avait disparu une fois qu'ils seraient retournés à la voiture et auraient remarqué son absence, mais il était évident qu'ils ne l'avaient pas fait.

Ils avaient probablement cru qu'elle avait fait du stop pour retourner en ville ou quelque chose comme ça. Mais comment pouvaient-ils croire qu'elle rentrerait chez elle ? En lévitant ?

Peut-être était-elle un peu trop dure. Il était possible qu'une équipe de recherche soit sur le coup mais ne l'ait pas encore retrouvée.

Mais au fond, après trois nuits, Bristol avait le sentiment que Mike et ses amis étaient partis sans se soucier de ce qui avait pu lui arriver.

L'idée même était effrayante et démoralisante.

Le premier jour, elle avait rampé sur le sol en restant près du pied de la falaise, mais loin des rochers pointus et cela avait été extrêmement lent. Agonisant à cause de sa jambe, elle n'arrivait pas à faire plus que de se déplacer sur ses fesses. Chaque mouvement de sa jambe lui déclenchait des douleurs aiguës qui remontaient vers le haut, et après seulement quelques heures, Bristol avait décidé qu'il valait mieux qu'elle reste immobile et espérait que quelqu'un la retrouve, plutôt que de prendre le risque d'aggraver ce qui n'allait pas à sa jambe en se déplaçant.

Elle avait fait de son mieux pour se créer une attelle pour son tibia, mais comme elle n'avait aucune idée de ce qu'elle faisait, Bristol ne savait pas si cela réduisait ou aggravait sa blessure. La sensation de nausée qu'elle avait expérimentée en se réveillant au pied de la falaise ne l'avait pas quittée. Elle ne savait pas si c'était dû à sa blessure à la jambe ou à la tête. Elle avait essayé de rester hydratée et s'était forcée à manger des barres granolas et protéinées qu'elle avait apportées avec elle, mais elles avaient un goût de craie et elle avait dû lutter pour garder la nourriture dans son estomac.

Elle avait également réussi à sortir sa tente de son sac, mais n'était pas parvenue à l'installer correctement puisqu'elle ne pouvait pas tenir debout. Mais c'était toujours mieux que rien d'avoir une sorte d'abri et elle était reconnaissante de l'avoir avec elle. Cela avait été une sacrée aventure que de devoir aller aux toilettes et elle se sentait répugnante.

Observant le soleil qui brillait à travers la cime des arbres autour d'elle, Bristol eut envie de pleurer, mais elle se força à prendre de grandes inspirations à la place. Elle était en vie ; il fallait qu'elle reste positive. Cependant, elle avait le sentiment qu'elle ne pourrait pas rester longtemps dans son campement de fortune. Si personne n'était parti à sa recherche, elle allait devoir faire tout son possible pour se sauver elle-même.

Elle n'avait jamais été du genre à s'apitoyer sur son sort. Ses parents ne l'avaient pas élevée comme telle, elle ne baissait jamais les bras et n'allait pas commencer aujourd'hui.

Personne ne la trouverait là où elle était, c'était certain. Elle allait devoir trouver un moyen de bloquer la douleur et se remettre sur le sentier. Elle ne s'en était pas trop éloignée en traquant l'animal qui avait fait du bruit. Si elle pouvait rejoindre le sentier, ce serait beaucoup plus facile de se déplacer. Elle pourrait éventuellement revenir jusqu'à son départ, et quelqu'un finirait par passer par-là. C'était une destination de randonnée assez populaire.

Il lui fallut deux heures pour remballer sa tente et tout le reste dans son sac à dos, et pour qu'elle soit prête à se mettre en mouvement. Elle s'était encouragée mentalement et avait refait le bandage autour de sa jambe pour l'immobiliser – elle l'avait très mal fait, elle en était consciente, mais elle essayait de se convaincre du contraire. Elle avait mis son sac sur ses épaules et elle était à nouveau prête à se déplacer.

Réalisant qu'elle aurait sûrement moins mal à la jambe si elle se mettait sur le ventre et rampait, Bristol prit une grande inspiration et se retourna. Des points noirs clignotèrent devant ses yeux lorsqu'elle le fit. Haletant, elle posa le front sur la terre sous elle.

— Merde. Putain, marmonna-t-elle alors que tout semblait tourner autour d'elle.

Les larmes lui montèrent aux yeux, mais elle les repoussa.

— Prends sur toi, dit-elle à voix haute. Tu t'es mise toute seule dans ce pétrin et maintenant tu vas devoir t'en sortir.

Levant le menton, elle observa le paysage devant elle. Elle allait devoir se rendre à l'est, contourner la falaise puis tourner au sud en espérant rejoindre le sentier. Elle n'avait aucune idée de la largeur de la falaise ou combien de temps elle devrait ramper pour retrouver le chemin, mais en fin de compte, la distance importait peu. Elle n'avait pas le choix. Elle avait déjà attendu pendant trois nuits que quelqu'un vienne la chercher, mais après n'avoir entendu personne, elle ne pouvait plus rester ici.

Centimètre par centimètre, Bristol commença à ramper. Chaque trente centimètres lui paraissait faire deux mètres. Les cailloux s'enfonçaient dans ses avant-bras et sa jambe la lançait tellement qu'elle avait dû s'arrêter deux fois – car elle avait le ventre vide – pour vomir. Mais elle continua d'avancer. Elle fit de son mieux pour repousser les cailloux et les branches de son chemin pour que sa jambe ne rebondisse pas dessus, mais le terrain accidenté sur lequel elle se traînait était rude.

Après ce qui lui sembla avoir été des heures, Bristol regarda derrière elle pour voir jusqu'où elle était allée – et regretta immédiatement de l'avoir fait. Les arbres étaient épais, mais elle apercevait très bien au loin l'endroit où elle avait passé les trois dernières nuits.

L'envie d'abandonner fut forte. Elle avait envie de rejeter la faute sur Mike qui avait été un sale obsédé, mais en réalité, c'était elle qui avait été stupide en s'éloignant du sentier. Elle avait été déterminée à voir le point de vue qui devait être leur destination finale au lieu de retourner immédiatement au point de départ du sentier et de faire du stop jusqu'à Fallport.

Prenant une grande inspiration, Bristol serra les dents et

commença à ramper une fois de plus. Elle pouvait le faire. Elle n'avait littéralement pas le choix.

\* \* \*

Cohen Watson surnommé « Rocky » marchait rapidement le long du sentier de Falling Water. Il n'y avait pas eu d'autres voitures au départ de ce chemin quand il était arrivé, ce qui était inhabituel pour cette période de l'année.

Il était toujours convaincu que la prétendue « personne disparue » qu'il recherchait avait simplement oublié sa promesse de rendre visite à Sandra Hain, la propriétaire du Sunny Side Up, le restaurant en ville. Les gens faisaient tout le temps ce genre de choses. Ils promettaient quelque chose, puis oubliaient, ne comprenant pas à quel point l'autre personne comptait sur eux.

Mais Sandra était persuadée du contraire. Elle avait supplié Rocky de partir à la recherche de Bristol Wingham, la touriste avec laquelle elle s'était liée d'amitié.

Rocky ne comprenait pas pourquoi Sandra s'était tant attachée à elle. Elle était habituellement assez difficile concernant les personnes qu'elle validait et celles qu'elle ne validait pas, comme la plupart des gens qui vivaient dans la petite ville de Fallport. Quoi qu'il en soit, Sandra et cette Bristol avaient visiblement sympathisé et Rocky n'avait pas eu le cœur de refuser la demande de Sandra, qui souhaitait seulement qu'il aille vérifier le sentier pour s'assurer que la femme n'avait pas eu de problème.

Il était parti après avoir mangé son petit déjeuner au restaurant et était retourné à son appartement pour prendre son sac de survie, qui était toujours prêt pour les missions de recherche et de sauvetage, et pour enfiler une tenue de randonnée appropriée. Il n'avait pas pris la peine d'appeler Raiden, l'autre membre de l'équipe de recherche et de sauvetage d'Eagle Point qui était actuellement en ville.

Les autres étaient tous partis avec Zeke, Elsie et son fils, Tony, jusqu'à la tour de guet d'Eagle Point.

Rocky sourit intérieurement tout en sachant qu'une surprise attendait Elsie une fois qu'ils arriveraient là-bas. Elle n'était pas vraiment du genre à aimer les activités de plein air, mais Zeke avait voulu qu'elle soit aussi à l'aise que possible une fois en haut de la tour, alors il avait parcouru les seize kilomètres à l'avance et avait aménagé l'intérieur avec un matelas gonflable, des draps et une couette. Rocky était certain qu'il avait également apporté des fleurs.

Il était ravi pour son ami. Rocky aimait vraiment bien Elsie et son fils. Tony était un bon gamin qui avait désespérément besoin d'attention masculine positive. Il comprenait un peu ce que devait ressentir le petit de 9 ans puisque le père de Rocky était mort et qu'il avait été élevé par sa mère. Mais sa situation était un peu différente puisqu'il avait un jumeau, Ethan, et leur sœur, qui lui avaient tenu compagnie durant son enfance.

Rocky se renfrogna quand il repensa à ce que le père biologique de Tony avait fait à son propre enfant. Son plan avait été de le tuer et de toucher l'assurance-vie après sa mort. Quel putain d'enfoiré.

Il n'était pas certain de vouloir des enfants, mais si un jour c'était le cas, il donnerait sa vie pour eux. Il y avait déjà trop d'horreurs dans le monde, il était trop facile pour les enfants d'être blessés ou corrompus. Il l'avait vu de ses propres yeux quand il avait travaillé en tant que Navy SEAL[1].

Il avait quitté la Marine en même temps que son frère, car il ne pouvait pas s'imaginer loin d'Ethan. Mais ça ne lui manquait pas ; le système administratif au sein de l'armée l'avait déçu. Le fait de déménager à Fallport et de retrouver les personnes qui se perdaient dans les montagnes des Appalaches était bien moins dangereux que ce qu'il faisait auparavant et pas moins gratifiant.

C'était une belle matinée chaude et agréable et même si cela allait devenir compliqué de marcher cette après-midi à cause de la chaleur, Rocky ne pouvait pas se plaindre pour le moment. Il réajusta son sac sur son dos – il était léger comparé aux charges qu'il avait eu l'habitude de porter en tant que soldat – et continua d'emprunter le sentier.

Il marchait depuis environ dix kilomètres quand quelque chose attira son attention. Quelques kilomètres plus bas, il avait aperçu des restes de campement, mais dans une zone non autorisée... pas un endroit pour camper. Ça l'avait agacé mais pas vraiment surpris. Il avait l'habitude d'être choqué quand ils retrouvaient des déchets sur le chemin – des couches sales, des bouteilles et canettes vides, même des vêtements – mais désormais, plus rien ne le surprenait vraiment. Beaucoup de gens étaient paresseux, pensaient que tout leur était dû, et n'en avaient rien à faire de rien à part eux-mêmes. Et certainement pas des autres personnes qui risquaient d'emprunter le sentier après eux, ni des animaux qui pourraient souffrir en mangeant les déchets qu'ils avaient laissés derrière eux, ni de ceux qui ramassaient les ordures laissées dans leur sillage.

Alors ce n'était pas si surprenant de voir que quelqu'un avait campé dans une zone qui n'était pas faite pour. Rocky supposa que le groupe de quatre personnes dont lui avait parlé Sandra, avait probablement campé ici pour la nuit avant de retourner au point de départ du sentier et de repartir à Kingsport, au Tennessee. Mais comme c'était une très belle journée et qu'il n'était pas certain que ce soit leur campement, il avait décidé de continuer jusqu'au point de vue, la destination initiale du groupe. Il n'était qu'à environ six kilomètres.

Mais trois kilomètres plus tard, alors qu'il se tenait au milieu du sentier, Rocky fronça les sourcils en apercevant un coin d'herbes piétinées qui s'enfonçait vers le bois à sa gauche. S'il ne se trompait pas, c'étaient les traces de quelqu'un.

Des traces *récentes*.

Et tout à coup, il eut une montée d'adrénaline. Tout ce à quoi il avait pu penser durant cette randonnée facile s'évapora.

— Ce n'est probablement rien, marmonna Rocky. Des

tonnes de personnes ont été sur ce sentier. Qui sait combien d'entre elles s'en sont éloignées ?

Mais depuis combien de temps ? La piste qu'il observait n'avait peut-être que quelques jours. Il s'écarta prudemment du chemin de randonnée balisé et souvent foulé, pour suivre la piste qui s'enfonçait dans les bois. Rocky était bien conscient qu'il y avait un grand dénivelé non loin du sentier. Il y avait une petite falaise qui s'étendait sur huit-cents mètres environ et de temps en temps, quelqu'un tombait toujours par-dessus bord. Il était possible de survivre à la chute, puisque la falaise ne faisait pas plus de neuf mètres de haut, mais les blessures potentielles pouvaient être graves. Lui et son équipe avaient déjà sauvé deux personnes qui étaient tombées par le passé et Rocky s'attendait à ce que la liste s'allonge.

Il n'avait aucune idée de ce qui *attirait* les gens hors des sentiers de randonnée. S'il avait été superstitieux, il aurait dit qu'il y avait des créatures tapies dans les arbres, attirant les humains au bord du chemin. Mais comme il avait vu et vécu trop de choses pour croire à l'existence de Bigfoot ou de l'Homme-Papillon – ou pire encore, celui que les gens des Appalaches appelaient le Sheepsquatch[2] – Rocky ne ressentit aucune peur lorsqu'il suivit la piste très claire que la personne avait empruntée ces derniers jours.

Il jura dans sa barbe lorsque le chemin s'arrêta là où il s'y attendait, juste au bord de la petite falaise. Pire encore, il aperçut des éraflures sur la terre rocheuse près du bord et un morceau de terrain s'était clairement décroché. Quelqu'un était venu ici – et avait glissé par-dessus bord.

Il regarda prudemment en bas du précipice, soulagé de ne pas y voir un corps brisé et meurtri. Mais ça ne voulait pas dire que quelqu'un n'était pas en bas, blessé et ayant besoin d'aide.

— Il y a quelqu'un ?! cria-t-il, écoutant l'écho qui se réper-cutait contre les arbres autour de lui.

Le bruit fort effraya quelques oiseaux à proximité et ils s'envolèrent de leurs perchoirs sur les branches au-dessus en poussant de grands cris plaintifs.

Écoutant attentivement, Rocky n'entendit rien, seulement le bruit de son propre cœur qui battait.

Il déglutit avec difficulté. La plupart des gens auraient simplement haussé les épaules et continué leur chemin, mais les poils de ses bras se hérissèrent. Son intuition lui soufflait qu'il avait localisé la femme disparue que Sandra l'avait envoyé chercher. Il n'en avait aucune preuve, et il était peu probable qu'elle soit là alors que ses compagnons de randonnée n'y étaient manifestement pas, mais Rocky sentait qu'il ne devait pas abandonner. Qu'il venait de découvrir ce qui était arrivé à Bristol Wingham.

Il attendit un moment et essaya de penser à ce que *lui* aurait fait s'il était tombé de cette corniche. S'il n'avait pas été blessé, il aurait probablement essayé de remonter jusque-là où il était tombé. Mais si ça n'avait pas été le cas...

Rocky regarda à droite et à gauche. S'il avait été blessé, il aurait fait de son mieux pour retrouver le sentier – et avec un peu de chance, retomber sur des gens – de la façon la plus rapide et la plus facile possible.

C'est-à-dire en allant vers l'est.

Marchant lentement, tout en regardant où il mettait les pieds pour ne pas lui aussi tomber de l'autre côté, Rocky tenta d'apercevoir quelque chose d'inhabituel en bas. Cela lui prit du temps, car la corniche n'était pas bien définie et il devait éviter les gros rochers, les arbres et les épines. De temps en temps, il criait, espérant que Bristol – ou quiconque était tombé en bas – soit conscient et puisse l'entendre.

Cela faisait dix minutes qu'il marchait lorsque quelque chose attira son attention en bas. La plupart des gens l'auraient ignoré, mais Rocky n'était pas comme la plupart des gens.

Il y avait une grande zone d'herbe circulaire qui était tout aplatie et visible grâce aux herbes plus hautes autour. S'il avait été du genre à aimer le jeu, il aurait parié que quelqu'un avait installé une tente ou un abri à cet endroit.

S'il avait cru avoir une montée d'adrénaline un peu plus tôt, ce n'était rien comparé à maintenant. Le besoin pressant de descendre, de trouver la femme disparue, pulsait dans ses veines, mais Rocky se força à ralentir pour réfléchir.

— Il y a quelqu'un ?! hurla-t-il à nouveau. Bristol Wingham vous m'entendez ?

Il tendit l'oreille pour écouter, mais il n'entendit que le vent.

— Putain, marmonna Rocky.

Mais la détermination l'envahit. Il était proche. Tous les signes étaient là. Bristol était *là*. Ou l'avait été.

Il était possible qu'elle ait rejoint le sentier et que quelqu'un l'ait trouvée et l'ait sortie des bois... mais il n'y croyait pas. Si une femme blessée avait été retrouvée sur un sentier, les habitants de Fallport n'auraient pu résister à l'envie de répandre la rumeur.

Si Silas, Otto et Art, les trois vieux schnocks qui traînaient tous les jours devant la poste, sur la place, avaient eu vent d'une telle histoire, ils n'auraient pas pu s'empêcher de le raconter à tous ceux qu'ils auraient croisés. Non, si Bristol était celle qui était tombée du rebord et avait été obligée de camper en bas de la falaise, c'était qu'elle était toujours là. Et elle avait besoin d'aide. Rocky le sentait jusque dans ses tripes.

Il marcha le long du bord de la falaise, cherchant un moyen de descendre alors qu'il continuait à scruter le moindre signe de la femme disparue. Cela lui prit encore quelques minutes, mais il finit par trouver un chemin qui descendait et qui ne paraissait pas aussi abrupt que la paroi rocheuse derrière lui. Ce ne serait pas facile, mais il était difficile de chercher quelqu'un à neuf mètres de hauteur. Il fallait qu'il descende pour pouvoir interpréter les signes plus clairement.

Se déplaçant lentement, Rocky entama sa descente. Il choisit soigneusement ses prises en progressant. Ses amis l'auraient probablement traité de fou en voyant les risques qu'il prenait, mais au fur et à mesure que les minutes passaient, l'urgence le poussait à agir. Il ne savait pas pourquoi, mais il ressentait le besoin profond de retrouver cette femme disparue.

Certes, il éprouvait toujours cela lorsque son équipe et lui partaient à la recherche de quelqu'un, mais cette fois-ci... c'était différent. Peut-être était-ce parce qu'il était tout seul. Peut-être parce que Bristol était ici depuis trois nuits déjà. C'était peut-être la façon dont Sandra avait parlé d'elle, avec beaucoup de respect et d'inquiétude. La propriétaire du restaurant était sociable, certes, mais pour autant qu'il sache, elle ne faisait pas tout pour se lier d'amitié avec des étrangers comme elle l'avait fait avec Bristol.

Quelle que soit la raison, Rocky savait qu'il devait la retrouver. Vite.

Il arriva en bas de la falaise et s'essuya les mains sur son pantalon. Ses paumes le piquaient à cause des petites égratignures dues au rocher qu'il venait d'escalader, mais il ressentait à peine la douleur. Étudiant le terrain, il vit ce qui lui avait échappé depuis son point de vue, à plusieurs mètres de hauteur.

Quelqu'un avait été traîné sur le sol.

La peur le frappa immédiatement.

Ce n'était pas une créature mythique qui avait attiré Bristol loin du sentier... mais peut-être un homme en chair et en os. Ou une femme. Peut-être que l'une des personnes avec qui elle était partie en randonnée lui en voulait, l'avait amenée jusqu'au point de vue et l'avait poussée, puis était descendue pour s'assurer qu'elle était bien morte. Lui, ou elle, avait pu traîner son corps, cherchant un endroit où le cacher.

Rocky chercha son arme d'un air songeur – une arme qu'il ne portait plus sur lui puisqu'il n'était plus un soldat. Il avait un couteau et il savait très bien s'en servir, mais s'il y avait réellement quelqu'un ici qui cherchait à s'attaquer à un randonneur, il préférerait avoir une arme qui lui permettrait de garder ses distances.

Jurant, il étudia à nouveau la zone et ne vit rien qui sortait de l'ordinaire. Il était peu probable, si quelqu'un avait volontairement blessé Bristol, qu'il ou elle soit toujours dans les parages, mais il n'allait pas prendre ce risque.

Plein de détermination, Rocky suivit les traces sur le sol. Il n'allait plus crier, au cas où quelqu'un lui ait fait du *mal* et soit toujours dans le coin. Si c'était le cas, il devrait les prendre par surprise s'il voulait avoir le dessus. Et ce serait *le cas* – il n'y avait aucun doute là-dessus. Il connaissait ces bois mieux que personne et il avait été entraîné pour tuer à mains nues, si c'était nécessaire.

L'idée même de devoir tuer quelqu'un lui retourna l'estomac, mais Rocky ne ralentit pas le pas. Il ferait ce qui serait nécessaire pour sauver une vie innocente. Il n'était peut-être plus un soldat, mais ça ne voulait pas dire qu'il détournerait le regard si quelqu'un avait besoin d'aide.

Plus Rocky suivait les traces, plus il était certain que la personne qui les avait faites ne cherchait pas à cacher un cadavre. Notamment parce qu'aucune personne sensée ne traînerait *quelqu'un* pendant si longtemps. Il était déjà passé devant de nombreux endroits où l'on aurait pu cacher un corps, y compris des sous-bois et des petites grottes sous la falaise.

Non, quel que soit le chemin qu'il suivait, c'était autre chose – sûrement une personne très déterminée et bornée qui faisait ce qu'elle pouvait pour survivre. Désormais, il était certain qu'il ne s'agissait pas d'une personne qui en traînait une autre, mais bien de quelqu'un qui rampait sur le sol. Et la seule raison pour laquelle quelqu'un ferait ça, c'était parce qu'il était blessé et ne pouvait pas marcher correctement.

Rocky éprouva beaucoup de respect pour cette personne et plus il avançait, plus il était impressionné. S'il s'agissait de Bristol, c'était une battante, ça, c'était certain. Il ne supportait pas l'idée qu'elle puisse être blessée, mais il respectait son entêtement et sa volonté de retourner à la civilisation.

Sans aucune hésitation, il leva le menton et hurla à

nouveau son prénom, ne craignant plus que quelqu'un soit à l'affût.

— Bristol !

Pendant un instant, tout ce qu'il entendit fut à nouveau le silence. Il soupira de frustration.

Puis, il entendit autre chose. Une voix, lointaine.

— Au secours ! Je suis là !

*Bordel de merde !*

Il l'avait fait. Il l'avait retrouvée.

Les jambes de Rocky se mirent en mouvement avant même qu'il ne s'en rende compte. Il se mit à courir, suivant la voix et les traces sur le sol.

— Il y a quelqu'un ? cria la voix féminine.

Elle semblait extrêmement stressée.

— J'arrive ! hurla-t-il. Tenez bon !

Il lui fallut encore quelques minutes, mais lorsqu'il vit enfin Bristol Wingham, il faillit trébucher sur elle. Il avait tourné à l'angle, atteignant enfin la fin de la falaise, là où les rochers et la terre commençaient à monter, s'inclinant de nouveau vers le sentier et soudain, elle fut juste là. Assise par terre, ses jambes vers le bas, le visage rouge après l'effort avec de longs cheveux noirs emmêlés dans son chouchou et les yeux pleins de larmes.

Rocky faillit se jeter sur le côté pour ne pas lui marcher dessus.

— Bristol ? demanda-t-il en s'agenouillant à côté d'elle.

Ses yeux brun foncé étaient écarquillés et elle respirait beaucoup trop vite. Elle acquiesça pour répondre à sa question.

— Moi, c'est Rocky. Est-ce que ça va ?

Elle prit une grande inspiration et secoua la tête.

— Qu'est-ce qui te fait mal ?

Il était évident qu'elle souffrait, mais Rocky était toujours impressionné. Elle n'était pas hystérique. Il baissa les yeux vers ses jambes avant qu'elle ne prenne la parole. La seule raison pour laquelle elle aurait pu ramper dans la forêt, c'était parce qu'elle ne pouvait pas marcher.

Une attelle rudimentaire confirma ses soupçons.

— Ma jambe, dit-elle. Je ne sais pas ce qu'elle a, mais j'imagine que je me suis cassé quelque chose. Ça fait mal. Très mal.

C'était également ce qu'il pensait. Bristol avait fait de son mieux avec l'attelle sur son tibia droit. Il était évident qu'elle n'avait pas été entraînée, mais elle connaissait le principe de base : immobiliser le membre et le protéger. Rocky ne voyait aucun os dépasser de son pantalon, mais ça ne voulait pas dire qu'elle n'avait pas une fracture ouverte sous ses vêtements.

— Comment est-ce que tu m'as trouvée ? demanda-t-elle doucement.

— Sandra, lui répondit Rocky.

— La propriétaire du Sunny Side Up ? demanda-t-elle, clairement surprise.

Rocky était tout aussi surpris qu'elle sache de qui il parlait. D'après son expérience, la plupart des touristes ne prenaient pas la peine de se souvenir du prénom des habitants. Ce n'était pas qu'ils cherchaient à être impolis, mais avec le nombre de prénoms que les gens entendaient dans leur vie, c'était plutôt surprenant qu'ils s'en souviennent.

Mais comme il l'avait compris, cette femme et Sandra s'étaient réellement liées d'amitié.

— Oui. Elle s'est inquiétée quand elle a vu que tu n'étais pas revenue lui dire au revoir. Elle m'a demandé d'aller vérifier si tout allait bien et de te chercher.

Bristol fronça les sourcils.

— Et donc tu... quoi... t'as tout laissé tomber pour venir chercher dans les bois sans but précis ?

Rocky rit. Il était tellement soulagé de l'avoir retrouvée, qu'il ne se souciait même pas de son air perplexe.

— Quelque chose comme ça, oui. Je fais partie de notre équipe de recherche et de sauvetage locale, expliqua-t-il. Je connais très bien ces sentiers. C'est pour ça que Sandra m'a demandé d'aller explorer.

— Oh. Waouh. OK, dit Bristol. Eh bien, je suis très reconnaissante. Plus que reconnaissante. Ravie même ! dit-elle en lui faisant un petit sourire soulagé.

Rocky sentit quelque chose le traverser quand il vit ce sourire. Elle était sale, sentait un peu mauvais et avait probablement la jambe cassée... mais malgré tout ça, elle arrivait quand même à éprouver de la joie.

Rocky avait sauvé de nombreuses personnes ces dernières années, à la fois en tant que soldat et en tant que membre de l'équipe de sauvetage et de recherche. Il avait vu des gens au meilleur et au pire de leur forme. Quand on les retrouvait, les gens pleuraient, étaient complètement paniqués, effrayés, confus, agressifs et parfois même agaçants. Mais Rocky comprenait ; ils étaient en dehors de leur zone de confort. Il ne l'avait jamais pris personnellement quand quelqu'un qu'il sauvait était un connard. Son travail, c'était de les sortir de la situation dans laquelle ils se trouvaient et c'était tout.

Mais il y avait quelque chose chez Bristol Wingham, son courage, sa force, sa... personnalité manifestement positive, qui l'attirait.

Mentalement, Rocky secoua la tête. Ce n'était pas le moment de penser à la connexion qu'il pourrait lui aussi avoir avec cette femme. Elle était blessée. Et ils étaient toujours à dix kilomètres du point de départ du sentier.

Cette idée le renfrogna.

— Qu'est-ce qu'il y a ? demanda-t-elle en remarquant son changement d'expression. Qu'est-ce qui ne va pas ?

— Rien, se força à répondre Rocky d'un air léger.

Il ne comptait pas le lui dire, et même s'il l'avait retrouvée, ils avaient encore un sacré chemin à parcourir avant qu'il puisse l'emmener à l'hôpital. Comme un imbécile, il n'avait pas appelé Raiden pour le prévenir de ce qu'il faisait. Personne ne savait qu'il était ici pour un éventuel sauvetage à part Sandra, et elle n'allait certainement pas appeler Raid.

Il ne savait pas quand Ethan et les autres reviendraient de la tour d'Eagle Point et même s'il avait un téléphone, le réseau dans les bois était naze. Pour la millième fois, il regretta que la ville n'ait pas les moyens de se procurer les téléphones satellites dont Ethan disait avoir besoin pour qu'ils puissent communiquer entre eux et avec le docteur Snow, le médecin de Fallport.

Repoussant ces pensées – ce n'était pas le moment de penser à tout ce qu'il n'avait pas ou n'avait pas fait – Rocky enleva son sac à dos.

— Il faut que j'examine cette jambe, pour voir à quoi on a affaire. Ensuite, je te ferai une attelle correcte. La bonne nouvelle, c'est que j'ai des antidouleurs pour te soulager pendant qu'on part d'ici.

— Je suis désolée de ne pas avoir su le faire correctement.

Ses doux mots lui firent lever les yeux vers elle.

— Quoi ?

— Ma jambe. Je ne savais pas vraiment comment faire une attelle j'ai simplement essayé d'imiter ce que j'ai vu à la télé, dans des films ou autre. Je me suis servie des cordes de ma tente pour attacher les bâtons autour de ma jambe, mais je ne savais clairement pas ce que je faisais.

— Tu t'es bien débrouillée, la rassura Rocky.

Elle ricana.

— Non, sérieux. Je suis impressionné.

Et il l'était vraiment.

— Tu n'imagines pas le nombre de personnes que j'ai croisées et qui n'ont *rien* pu faire pour s'aider. Non seulement tu as fait tout ce que tu pouvais pour prendre soin de ta blessure, mais en plus tu es restée ici pendant trois nuits, toute seule, continua-t-il. J'imagine que tu es restée un moment sous ta tente avant de réaliser que ta meilleure chance était d'essayer de rejoindre le sentier au lieu de rester sur place. Et malgré ta blessure, tu t'es douloureusement traînée jusqu'ici. Je ne connais pas beaucoup de gens qui auraient pu ou *voulu* faire ce que tu as fait.

Ses yeux se remplirent à nouveau de larmes, mais elle les referma avant que ces dernières ne coulent.

— Merci, murmura-t-elle.

— Non. Merci à *toi* de ne pas avoir abandonné, répondit Rocky. D'avoir été forte. Et d'avoir tenu bon jusqu'à ce que je te trouve.

— Comment tu m'as *trouvée*, d'ailleurs ? Ce n'est pas comme si j'étais sur le sentier où tout le monde passe.

Rocky sortit une paire de ciseaux de son sac et désigna sa jambe.

— Je vais devoir couper ton pantalon pour voir ce qu'on a. Ça te va ?

— Bien sûr, dit-elle sans hésitation.

Il ne lui demandait pas grand-chose, mais elle aurait été surprise d'apprendre le nombre de personnes qui se plaignaient qu'on coupe leurs vêtements une fois qu'on les retrouvait. Rocky pouvait comprendre ; le matériel de randonnée n'était pas vraiment donné. Mais s'il essayait de trouver et de soigner les blessures, cela pouvait devenir pénible quand les gens s'énervaient pour un pantalon.

Alors qu'il retirait soigneusement l'attelle qu'elle avait attachée à sa jambe et commençait à découper le tissu de son pantalon de randonnée pour voir son tibia, il lui expliqua comment il avait remarqué qu'elle avait quitté le sentier ainsi que le lieu où elle avait glissé au bord de la falaise. Il finit par mentionner l'endroit où il avait vu qu'elle avait monté sa tente et expliqua comment, une fois qu'il était descendu le long des rochers, il avait repéré la piste assez claire qu'elle avait créée en rampant.

— Pendant une minute, j'ai cru que quelqu'un t'avait poussée et avait traîné ton cadavre, dit-il sans réfléchir.

Puis il s'en voulut immédiatement d'avoir été si direct. La dernière chose dont elle avait besoin, c'était qu'il évoque sa mort éventuelle. Mais elle le surprit une fois de plus en rigolant.

— Je n'y avais même pas pensé, mais j'ai regardé suffisamment de documentaires criminels pour savoir que tu as raison sur ce point. Je n'arrive pas à croire que tu aies pu suivre ma trace si facilement. En fait, j'étais partie faire pipi, avoua-t-elle d'un air penaud. Et quand j'ai terminé, j'ai cru entendre quelque chose et je suis allée vérifier ce que c'était. C'était idiot. J'aurais dû être plus maline. Je n'ai même pas remarqué cette foutue falaise jusqu'à ce que je sois déjà en train de glisser. Je me souviens avoir vomi et m'être évanouie, mais pas grand-chose d'autre... à part la douleur.

— Tu ne te souviens pas ? demanda brusquement Rocky.

— Non.

— Est-ce que ta tête te fait mal ? Tu t'es cognée ?

— Ça me fait super mal oui, dit-elle avec autant de nonchalance que si elle parlait de la météo.

Rocky eut encore plus de respect pour elle.

— Tu as peut-être une commotion cérébrale, dit-il.

— C'est sûr, dit-elle en haussant doucement les épaules. J'ai vomi les premiers jours après ma chute. La nausée s'est calmée depuis, mais la migraine est toujours là.

Il fronça les sourcils. Rien de tout ça n'était bon. Mais cela faisait trois jours qu'elle était tombée. Il ne pouvait plus faire grand-chose pour la commotion désormais. Examinant sa jambe, il fut soulagé de ne voir aucun os lui percer la peau.

— Ce n'est pas une fracture ouverte, dit-il doucement.

— Tant mieux, dit Bristol en le regardant l'examiner.

Il palpa sa jambe, notant quand elle grimaçait et où la douleur semblait être la plus forte. Il n'était pas médecin, mais il avait déjà vu de nombreux os cassés dans sa vie.

— C'est clairement fracturé. On ne peut pas connaître la gravité de la fracture tant qu'on n'aura pas fait une radio, dit-il en commençant à envelopper fermement sa jambe pour lui refaire une attelle.

Bristol acquiesça, mais ne répondit pas. Ce ne fut que lorsqu'il eut terminé de lui immobiliser la jambe du mieux qu'il put, que Rocky leva à nouveau les yeux. Elle avait les yeux fermés et la mâchoire serrée, une main derrière elle pour se stabiliser et l'autre était enroulée en un poing serré sur le côté.

Une fois de plus, Rocky eut envie de se gifler. Il avait été tellement concentré sur le fait de lui mettre une attelle qu'il n'avait même pas pensé à lui donner des antidouleurs avant de commencer. Quand il était avec son équipe, un des autres gars s'en occupait généralement pendant qu'il auscultait le patient.

Encore une raison de regretter de ne pas avoir appelé Raiden. Son ami aurait tout laissé tomber pour le rejoindre et Rocky avait vraiment besoin d'un partenaire, là, tout de suite. Quelqu'un qui pouvait retourner au point de départ du sentier pour contacter le docteur, peut-être même appeler LifeFlight[3] pour qu'ils puissent faire évacuer Bristol par les airs jusqu'à Roanoke pour qu'elle soit prise en charge.

Mais au lieu de ça, il était tout seul. Et sa bêtise la faisait souffrir.

— Merde, dit-il en fouillant à nouveau dans son sac à dos.

Elle ouvrit les yeux en l'entendant jurer.

— Quoi ? Qu'est-ce qui ne va pas ?

— Non, tout va bien, je suis juste un imbécile, lui dit-il avec honnêteté. Tiens, dit-il en sortant deux cachets de la boîte et en les lui tendant.

Elle les regarda d'un air confus.

— Ce sont des antidouleurs. Je suis tellement désolé, j'aurais dû te les donner avant que je ne commence à manipuler ta jambe. J'aurais pu te mettre sous perfusion, mais honnêtement je n'ai aucun moyen d'installer l'équipement et de te faire partir d'ici en même temps. Je préfère faire les premiers soins d'urgence et t'emmener chez un médecin dès que possible.

Il parlait bien trop vite et lui expliquait trop de choses, mais Rocky ne pouvait pas s'en empêcher.

— J'ai merdé, admit-il. Je suis censé savoir que ce n'est pas malin de partir tout seul à la recherche de quelqu'un, mais je ne pensais vraiment pas que tu serais là. J'espérais juste que tu avais vraiment oublié de dire au revoir à Sandra et que tu étais chez toi, en sécurité. Ça ne va pas être facile de sortir d'ici. Ça craint même. Beaucoup. Et je m'en veux terriblement. Il n'y a pas de réseau ici et je ne peux pas te laisser seule ici pour retourner à ma voiture et obtenir plus d'aide.

Bristol cligna des yeux.

— Pourquoi pas ? demanda-t-elle en prenant les cachets et en les avalant avec l'eau de la gourde qu'elle avait attachée autour de sa poitrine.

Rocky ne savait pas s'il devait être soulagé qu'elle lui fasse suffisamment confiance pour ne pas lui demander ce qu'étaient ces pilules, ou plutôt en colère qu'elle ne l'ait pas fait. C'était une drôle de sensation, un sentiment qu'il n'avait jamais éprouvé avec aucune des personnes qu'il avait sauvées. Il ne comprenait pas pourquoi il était si perturbé par cette femme et décida de s'en inquiéter plus tard.

— Pourquoi pas quoi ? demanda-t-il.

— Pourquoi est-ce que tu ne peux pas me laisser ? Maintenant que tu sais que je suis là, je n'aurai plus peur. Sauf si, évidemment, tu te blessais sur le chemin du retour. Ou si tu avais un accident pendant que tu allais chercher de l'aide. *Ça*, ça craindrait, dit-elle avec un petit sourire.

— Je ne te laisserai pas, dit fermement Rocky.

Elle avait raison, ils iraient probablement plus vite s'il retournait au point de départ pour obtenir de l'aide, mais la simple idée de la laisser seule à nouveau n'était pas quelque chose qu'il était prêt à envisager. On lui avait répété, maintes et maintes fois, qu'il ne fallait jamais laisser une victime seule. Jamais. Il avait déjà vu des personnes qui semblaient en parfaite santé se détériorer en quelques minutes à peine. Et la dernière chose dont il avait envie c'était d'avoir retrouvé Bristol pour la perdre ensuite à cause de cette décision stupide qu'il avait prise en partant à sa recherche sans aucune aide.

— Alors c'est quoi le plan ? demanda-t-elle en penchant la tête sur le côté. Je veux dire, je pourrais continuer à me traîner jusqu'au sentier, mais je ne suis pas sûre de pouvoir faire les dix kilomètres jusqu'au parking.

Rocky leva les yeux au ciel.

— Comme si j'allais te laisser faire ça. Je vais te porter.

Elle écarquilla les yeux.

— Tu ne peux pas faire ça ! s'exclama-t-elle.

— Pourquoi ?

— Mais parce que !

Ce fut au tour de Rocky de rigoler.

— Je t'assure que je ne te laisserai pas tomber. Tu fais quoi... plus d'un mètre cinquante-cinq ?

— Non, un mètre cinquante-et-un, marmonna Bristol.

— OK. Je pense que les sacs que j'ai portés quand j'étais soldat pesaient plus que toi. Mais ça ne va pas être confortable, l'avertit-il.

— Comme ça n'était pas confortable de me traîner sur le sol ? demanda Bristol avec un sourire avant de lever les yeux au ciel et de lui montrer ses paumes de mains.

Une fois de plus, Rocky eut à nouveau envie de se gifler. Il s'était tellement inquiété pour sa jambe qu'il n'avait pas pensé à ce que le fait de se traîner sur le terrain accidenté avait pu faire à ses paumes. Il prit doucement ses poignets et se pencha pour mieux examiner les éraflures et déchirures sur ses mains.

— Ne bouge pas, ordonna-t-il en fouillant à nouveau dans son sac.

# CHAPITRE DEUX

Bristol observa l'homme qui l'avait retrouvée. Le soulagement qu'elle avait éprouvé en entendant quelqu'un crier son nom un peu plus loin derrière elle avait été tellement immense qu'elle avait cru s'évanouir. Même si... l'homme qui était sorti des bois l'avait d'abord effrayée.

Il portait un tee-shirt militaire vert, un pantalon de camouflage, une barbe assez longue et touffue et était extrêmement musclé. Elle avait aperçu l'extrémité d'un tatouage qui dépassait de sous l'une de ses manches et il portait un gros sac à dos. Pendant une seconde, elle avait eu peur de passer de : j'ai de gros ennuis, à : j'ai de très gros ennuis. Mais il s'était ensuite présenté, avait mentionné Sandra et s'était immédiatement mis au travail en essayant de la faire se sentir mieux. Bristol n'était pas très sociable. Elle passait la plupart de son temps seule dans sa maison à Kingsport, perdue dans son art. Mais il y avait quelque chose chez cet homme costaud qui l'avait rapidement poussée à lui faire confiance. Peut-être était-ce parce qu'il était la première personne qu'elle voyait depuis des jours. Ou parce qu'elle savait au plus profond d'elle qu'elle n'aurait jamais pu rejoindre le sentier toute seule. Peut-être était-ce le regard qu'il lui avait lancé avec ses yeux bruns et profonds quand il lui avait demandé la permission de couper son pantalon, ou ses compétences évidentes quand il lui avait refait son attelle.

Quoi qu'il en soit, Bristol n'avait désormais aucun doute sur le fait que cet homme ne lui ferait pas de mal.

Elle l'observa fouiller dans son sac alors qu'il cherchait quelque chose pour ses mains. Elles lui faisaient mal, mais pas autant que sa jambe. Cependant, quels que soient les cachets que Rocky lui avait donnés, ils commençaient déjà à faire effet. Elle avait l'impression de flotter. Elle était toujours consciente de là où elle était et de ce qui se passait, mais c'était comme si c'était quelqu'un d'autre qui l'expérimentait et qu'elle observait d'en haut.

Elle sourit lentement quand il se tourna vers elle avec une bouteille contenant une sorte de liquide et de la gaze.

— Quoi ? demanda-t-il après avoir vu la tête qu'elle faisait. Est-ce que ça va ?

— Oui, ça va, dit-elle. Je me sens bien même. On t'a déjà dit que tu ressemblais un peu à Bigfoot ?

Il hésita un moment en la regardant avant d'éclater de rire.

Bristol ne put que le regarder en retour. C'était un bel homme, ça ne faisait aucun doute, mais quand il riait ? Il était carrément *magnifique*.

Elle n'avait jamais été avec un homme qui avait de la barbe auparavant. Elle se demanda si cela le démangeait. Si elle le gênait quand il mangeait. Était-ce bizarre quand il allait nager et la brossait-il le matin comme les gens le faisaient avec leurs cheveux ? Elle avait tant de questions en tête, mais même dans son état un peu vaseux, elle savait qu'elles étaient probablement inappropriées.

— Je ne crois pas non, mais avec toute cette agitation autour de Bigfoot et cette foutue émission j'imagine que je vais l'entendre plus souvent maintenant.

— Pardon, je ne voulais pas t'offenser, s'excusa Bristol alors qu'il commençait doucement à nettoyer sa main.

Elle n'avait pas réalisé à quel point elle avait abîmé sa peau en se traînant sur le sol de la forêt, mais elle n'avait littérale-ment pas eu le choix, alors même si elle s'en était *rendu compte* à ce moment-là, elle n'aurait rien pu faire.

Rocky sourit.

— Tu ne m'as pas offensé, dit-il. C'est difficile de me vexer. Et puis entre ma barbe et toi qui es... de petite taille, je ressemble *probablement* à un Sasquatch.

— Et toi tu fais quelle taille ? demanda Bristol.

Elle n'aurait pas été si curieuse si elle n'avait pas eu ces substances dans son organisme, mais comme il ne semblait pas vexé, elle ne put s'empêcher de poser la question.

— Un mètre quatre-vingt-deux.

— Hmmm. Tu fais plus de trente centimètres que moi.

Il sourit.

— J'imagine que tu dois avoir l'habitude de ce genre de choses, hein ?

— Être plus petite que la plupart des gens ? Ouaip.

— C'est peut-être une bonne chose que Raiden ne soit pas venu avec moi finalement.

— Pourquoi ? Qui est Raiden ? demanda Bristol.

— Mon ami. Il fait partie de l'équipe de SER[1] avec moi. Il fait deux mètres.

Bristol regarda Rocky avec de grands yeux.

— Sérieux ?

— Ouaip. Et je pense que son limier est plus grand que toi.

Elle fronça les sourcils.

— J'imagine que tu n'es quand même *pas* en train de te moquer de ma taille, n'est-ce pas ? Je veux dire, pauvre de moi. Perdue dans les bois. Blessée et en souffrance.

Elle plaisantait. Un peu.

Rocky la regarda et prit un air très sérieux.

— Je ne me moquerai jamais de toi, dit-il fermement. Je me fous de savoir si tu es grande ou *petite*. Tout comme je me fiche de ton poids, ton héritage, ou tout autre détail superficiel que les gens utilisent pour discriminer de nos jours. Je me soucie plus de savoir qui tu es à l'intérieur. Es-tu le genre de personne qui passe à côté de quelqu'un qui a besoin d'aide ? Ou bien t'arrêterais-tu au milieu de l'autoroute pour aider un chaton effrayé ?

— Je m'arrêterais, chuchota Bristol, captivée par son regard intense.

Ils se regardèrent pendant un long moment avant qu'il n'acquiesce.

— J'aurais pu le deviner. Tu as fait une sacrée impression sur Sandra.

Bristol cligna des yeux, ayant le sentiment que quelque chose d'important venait de se produire, sans trop savoir de quoi il s'agissait.

— Elle est gentille. Elle m'a écouté me plaindre de Mike. Elle m'a *vraiment* écoutée, parce qu'elle était intéressée, pas seulement parce qu'elle voulait que je devienne une cliente.

— Mike ? demanda Rocky en continuant de nettoyer sa paume de main.

— Oui, le connard avec qui je suis venue. Celui que je *pensais* être mon ami. Celui qui m'a calmement demandé si je voulais participer à un *plan à trois* qu'il faisait avec Carol et Drake. Je ne sais pas comment ça s'appelle quand on est quatre, mais quoi qu'il en soit, ça n'est clairement pas mon truc. Ce que je lui ai *dit* plusieurs fois.

— C'est comme ça que tu t'es retrouvée seule ici ? demanda Rocky.

Bristol acquiesça.

— Ils étaient trop intéressés par le sexe pour aller jusqu'au campement du point de vue. J'avais vraiment envie de le voir. Alors j'ai décidé d'y aller seule. Ce qui était bête de ma part, je sais. Ensuite, j'ai dû faire pipi et... tu connais la suite.

— J'ai vu qu'ils avaient campé, lui dit Rocky.

Il avait fini de lui nettoyer les mains et était simplement assis à côté d'elle, lui tenant les poignets. Elle était très consciente de ses mains sur elle, mais comme il ne semblait même pas le remarquer, elle resta immobile, ne voulant pas passer pour une folle concernant les picotements qui lui parcouraient les bras à son contact. Même si c'était probablement dû au désinfectant qu'il avait utilisé pour ses paumes, mais peu importe.

— Je leur ai dit que ce n'était pas un endroit fait pour le camping, mais ils avaient trop hâte de coucher ensemble pour en avoir quelque chose à faire, dit Bristol en haussant les épaules. Je me suis dit que je serai de retour au point de départ avant eux le lendemain, pour rentrer ensuite à la maison avec eux. Ç'aurait été un trajet très inconfortable, mais peu importe. J'imagine qu'ils ne se sont pas arrêtés pour prévenir quelqu'un que j'étais toujours ici ? demanda-t-elle.

Rocky secoua la tête.

— Pas que je sache. Désolé.

— Ça ne me surprend pas. Mike n'était pas un très bon ami.

— Pourquoi être partie avec eux alors ? demanda Rocky.

— Honnêtement ?

— Toujours.

— J'avais besoin d'une pause... et je n'ai pas beaucoup d'amis. Je ne sors pas beaucoup et j'adore la randonnée. Je me suis dit que ça pourrait au moins me faire sortir de la maison un moment et que ça me permettrait de me ressourcer.

— Te ressourcer ?

— Je suis une artiste. Je crée des vitraux personnalisés. Je crée également des bijoux et quelques sculptures, mais les vitraux c'est ma passion. Mais comme je fais rarement autre chose que travailler, je commençais à en avoir marre et j'ai décidé qu'un changement de rythme pourrait me faire du bien. Mais ça s'avère un peu plus agité que ce que j'avais prévu, dit-elle d'un air un peu penaud.

Bristol savait qu'elle n'arrêtait pas de parler, mais elle ne pouvait pas s'en empêcher.

— Rocky ?

— Oui, Punky ?

Bristol fronça les sourcils.

— Punky ?

Rocky sourit.

— Tu me fais un peu penser à elle.

— Tu veux dire Punky Brewster[2], de cette série des années quatre-vingt ?

— Ouaip. Elle est rigolote et courageuse. Et résiliente. Comme toi.

— J'imagine que c'est toujours mieux que d'être surnommée P'tit Bout ou Demi-portion.

— Oui, mais Punky était petite elle aussi, dit Rocky.

Bristol leva les yeux au ciel, mais au fond, ce surnom ne lui déplaisait pas. On l'avait appelée de bien des façons dans sa vie, mais elle aimait bien le raisonnement de Rocky pour le surnom qu'il lui donnait.

— Qu'est-ce que tu voulais me demander ?

Bristol fronça les sourcils.

— Je n'en ai aucune idée.

— Tu as mal à la tête ? demanda Rocky d'un air inquiet.

Elle acquiesça.

— Et à ta jambe ?

Bristol acquiesça à nouveau.

— Quoi d'autre ?

— Mes mains. Mon dos. Mes fesses. Mes pieds sont serrés dans mes bottes et ont l'air de suffoquer, parce que je n'ai pas enlevé mes chaussures depuis que je suis tombée. Mes coudes. Et je crois que je me suis égratigné sur le côté quand j'ai dévalé la paroi rocheuse.

Rocky saisit l'ourlet de sa chemise et Bristol s'écarta instinctivement de lui.

Elle avait beau lui faire confiance, elle n'était pas complètement idiote. C'était quand même un homme après tout. Un homme qui pouvait facilement la dominer. Elle ne faisait pas le poids face à lui dans ces conditions, surtout si l'on prenait en compte sa taille et sa musculature. Sans oublier qu'elle l'avait entendu dire qu'il avait été dans la Marine ... et avec la chance qu'elle avait, il avait probablement été un SEAL ou quelque chose comme ça et connaissait une centaine de façons de tuer quelqu'un sans laisser aucune trace.

— N'aie pas peur de moi, lui dit-il doucement tout en s'éloignant d'elle.

Bristol prit une grande inspiration.

— Pardon, marmonna-t-elle.

— Et ne t'excuse pas non plus.

Elle souffla d'un air irrité.

— Qu'est-ce que je *peux* faire alors ? demanda-t-elle.

— Tiens bon, dit-il sans hésiter. Je ne plaisantais pas quand je disais que ce serait compliqué de sortir d'ici. Je peux te porter, mais ce ne sera pas confortable pour toi.

— Et pour *toi* alors ? demanda-t-elle.

— Non plus. Mais ce n'est pas moi qui ai mal à la jambe, aux fesses, aux mains, aux coudes, aux côtes et à la tête.

Il n'avait pas tort.

— Ça ira pour moi. L'autre solution c'était de partir d'ici en rampant sur les fesses pendant dix kilomètres alors crois-moi, ce n'est pas très rigolo non plus.

Rocky rit et secoua la tête.

— Je n'arrive pas à croire que je souris. Pire encore, je n'arrive pas à croire que *tu* sois en train de sourire.

— Ai-je vraiment le choix ? demanda-t-elle sérieusement. Je pourrais pleurer, mais ça ne servirait à rien. Je pourrais être énervée contre moi, ou contre toi, mais ce serait juste stupide, puisque c'est toi qui vas me sortir d'ici. Je pourrais être en panique, mais une fois de plus ça n'aiderait pas. Je peux te promettre que je *ferai* tout ça plus tard – sauf le fait d'être en colère contre toi, parce que ça, ça n'aura pas lieu – si ça peut te rassurer.

— Non, ça ira. Tu es prête à partir ?

— Oui !

Puis elle fronça les sourcils.

— Comment on va faire ?

Rocky était déjà en mouvement. Il lui retira doucement son sac à dos et l'ouvrit.

— Rocky ?

— Oui ? demanda-t-il en commençant à sortir ses affaires.

— Qu'est-ce que tu fais ?

— Je ne peux pas te porter si tu as ton sac à dos, alors il faut que je mette tes affaires dans le mien. Donne-moi une seconde.

— Laisse-le.

Il leva les yeux.

— Quoi ?

Bristol hocha la tête.

— Laisse-le ici. Bigfoot n'aura qu'à le prendre. Ou à moins que ce soit Bigfeet[3] ? C'est quoi le pluriel ?

Bizarrement, Rocky rit. Avec force.

— Quoi ? Qu'est-ce qu'il y a de si drôle ?

— C'est juste que le fils de la fiancée de mon ami lui a demandé la même chose un jour. Il m'a demandé ce que j'en pensais et nous avons ensuite débattu sur la langue anglaise et le pluriel pendant plus de vingt minutes.

— Et quelle a été ta conclusion concernant Bigfoot ? demanda Bristol avec un sourire.

— Nous n'en avons toujours aucune idée. Mais je ne vais pas abandonner tes affaires. Tout rentre dans mon sac. Je ne l'ai pas beaucoup chargé pour ma randonnée parce que, comme un imbécile, je pensais ne partir qu'une nuit pour un trajet assez simple. Je ne vais pas laisser tes sous-vêtements ici pour qu'un Sheepsquatch les trouve et les renifle.

— Un quoi ? demanda Bristol en le regardant remplir son sac de ses affaires.

— Un Sheepsquatch. Je n'avais pas entendu parler d'eux avant d'emménager ici non plus. Apparemment, ils sont couverts de laine avec une longue tête pointue, des dents comme des sabres et bien sûr ils ont des cornes comme les chèvres. Ils marchent sur deux pattes, ont une queue sans poils comme des opossums, sont aussi gros que des ours et sentent fort, un peu comme une mouffette.

— C'est quoi ce délire ? dit Bristol, complètement perplexe.

Rocky rit.

— N'est-ce pas ? Il a soi-disant été aperçu au Kentucky, mais aussi à Fulks Run en Virginie. Je crois que je préfère que Fallport soit connu pour Bigfoot plutôt que le Sheepsquatch.

— Tu as déjà vu Bigfoot ? demanda Bristol.

Le regard que lui lança Rocky la fit rire.

— OK, je prends ça pour un non, alors.

— J'ai vu beaucoup de choses dans ma vie, Punky, mais Bigfoot n'en fait pas partie. Je ne sais pas du tout si cette créature existe, mais si c'est le cas, j'espère qu'il restera caché. L'enfer que deviendrait sa vie si on l'apercevait serait indescriptible. Le gouvernement voudrait probablement le disséquer, les journaux télévisés perdraient la tête, et ce serait la fin pour tous les autres. Il serait probablement mis dans un zoo pour que les gens puissent le regarder, s'il survivait. Il ne pourrait plus se promener librement.

— Je suis d'accord, dit Bristol en hochant la tête.

Il termina de plier son sac pour le mettre dans le sien, puis se leva et le mit sur ses épaules. Le type se comportait comme s'il ne venait pas de jeter plus de vingt kilos sur son dos.

Elle savait par expérience que toutes ses affaires n'étaient pas spécialement légères.

Mais le fait de le voir se comporter comme si le poids de leurs deux sacs à dos combinés n'était rien, lui fit réaliser à quel point cet homme était fort.

— Je parie que je peux marcher, proposa-t-elle. Je veux dire, si tu m'aides. Si tu passes ton bras autour de moi, je pourrai me servir de toi comme béquille. Ou comme canne. Peu importe.

Rocky baissa les yeux vers elle, comme s'il essayait de lire dans ses pensées. Puis, il s'accroupit et Bristol fit de son mieux pour ne pas regarder entre ses jambes.

Certes, elle était blessée et un peu défoncée par les analgésiques qu'elle avait pris, mais elle était toujours une femme hétéro. Et il était extrêmement beau. Et, bon OK, elle se connaissait – elle était attirée par lui. Elle avait toujours adoré les grands hommes costauds. Elle avait envie de voir s'il était vraiment costaud de partout, mais elle s'empêcha de regarder. Enfin, à peine.

— Hors de question que tu marches. Ou sautille. Je gère, Punky. Je ne vais pas te laisser tomber. Je peux nous ramener tous les deux à ma voiture.

— Et ensuite ? lâcha-t-elle, regrettant sa question au moment où elle la posa. Peu importe. Ce n'est pas important, dit-elle rapidement. J'apprécie que tu sois là et que tu m'aides.

— Ensuite, je t'emmènerai à Fallport pour que tu voies le docteur Snow. C'est le docteur local. Je lui demanderai de t'examiner et de donner son avis professionnel sur ta jambe. Il a de quoi faire une radio, mais vu la chute que tu as faite et avec ta commotion cérébrale, il voudra que tu te fasses examiner par un centre de traumatologie de niveau un ou deux. Surtout si tu as besoin d'être opérée. Si c'est le cas, selon ta degré de souffrance, on te conduira jusqu'à Roanoke ou on appellera Life-Flight. Mais pour commencer, on va d'abord se concentrer sur le fait de te ramener à Fallport et ensuite, après avoir eu l'avis du médecin, on s'adaptera.

— On ? dit Bristol en fronçant les sourcils.

Rocky ne répondit pas tout de suite, il la regarda simplement. Mais après une longue pause, il acquiesça.

— Oui. Si tu crois que je vais te mettre dans un hélico, ou te déposer à l'hôpital et m'en aller... c'est hors de question.

Elle eut envie de lui demander pourquoi. Mais elle fut tellement soulagée, tellement reconnaissante – les docteurs ce n'était vraiment pas son truc – tout ce que Bristol pouvait faire, c'était d'acquiescer.

— Tu es d'accord avec ça ? demanda-t-il.

— Oui, dit-elle simplement.

— Tant mieux, répondit-il en souriant légèrement. Parce

qu'il y a quelque chose chez toi Bristol Wingham qui me plaît déjà beaucoup.

Ses mots lui donnèrent la chair de poule sur tout le corps.

— Moi aussi, dit-elle doucement.

Un autre sourire étira ses lèvres.

— Bon, maintenant, ça va être craignos. Je suis désolé, mais il n'y a pas d'autre façon de le dire. Ta seule mission, c'est de t'accrocher à moi, compris ? Je ne te lâcherai pas. Je ne te laisserai pas tomber. Je vais me pencher et te soulever. Un bras sous tes genoux et l'autre derrière ton dos. On fera beaucoup de pauses, parce que tes jambes finiront par être engourdies à cause de mes bras sous tes genoux. J'ai d'autres analgésiques et on continuera de faire en sorte que tu restes bien consciente, mais ça ne veut pas dire que tu n'auras pas mal ou que ce ne sera pas confortable. D'accord ?

— OK, souffla-t-elle, même si elle n'était vraiment pas sûre de gérer tout ça.

Mais le fait que Rocky la porte était bien mieux que de devoir ramper dans la forêt. En se remémorant la douleur qu'elle avait éprouvée en faisant cela, elle bomba le torse et se motiva à prendre sur elle.

— T'es une guerrière, dit doucement Rocky. Allez, c'est parti.

Bristol se crispa lorsqu'il se pencha vers elle, mais elle enroula un bras autour de son cou et retint son souffle pendant qu'il se relevait en la tenant dans ses bras. Il ne grogna pas à cause de l'effort qu'il dut faire pour la soulever. Ça paraissait facile.

Mais l'éclair de douleur qui lui traversa la jambe *la* fit inspirer brusquement.

— Respire, Punky, dit doucement Rocky en restant immobile. Je sais que ça fait mal, mais tu peux le faire.

Elle fit de son mieux pour ne pas vomir partout sur l'homme qui la portait et la douleur finit par s'atténuer. C'était agréable de ne plus être assise sur le sol dur. Elle ouvrit les yeux et tourna légèrement la tête pour le regarder. Leurs visages étaient proches. Très proches désormais. Mais Bristol n'avait pas peur. Pas de lui.

— Ça va.

— Tu es sûre ? demanda-t-il.

Bristol acquiesça.

— Allons-y.

Rocky lui lança un regard plein d'admiration et de respect alors qu'il hochait la tête et commençait à marcher.

# CHAPITRE TROIS

Rocky essayait de marcher aussi doucement que possible, mais il savait qu'après chaque pas, il faisait du mal à la femme qu'il portait dans ses bras. Ce n'était pas facile de marcher dans la forêt sans heurter ses pieds contre des buissons ou des branches d'arbres qui se trouvaient sur le chemin.

Et à chaque fois qu'une branche frôlait sa jambe, elle grimaçait et prenait une grande inspiration.

Mais il n'avait jamais été aussi impressionné par quelqu'un. Elle ne pleurait pas. Ne criait pas de douleur. Il aurait presque aimé qu'elle le fasse pour se libérer de son stress. Quand ils atteignirent enfin le sentier, il soupira de soulagement. Il garda un œil ouvert pour repérer un endroit où faire une petite pause, et lorsqu'il vit un rocher plat le long du chemin, il sut qu'il l'avait trouvé.

— Tu es prête à faire une pause ? demanda-t-il.

Ils n'avaient pas beaucoup parlé pendant qu'il la portait en haut et près de la falaise depuis laquelle elle était tombée. Elle n'était pas très lourde, mais avec le poids combiné de leurs sacs sur son dos, tout en faisant attention où il mettait les pieds et à ne pas lui faire mal en marchant dans les bois, il avait lui-même bien besoin d'une pause de dix minutes. Et Bristol devait avoir très mal désormais.

— Oui, dit-elle sans tergiverser.

C'était quelque chose qu'il appréciait chez elle. Il aimait bien qu'elle n'ait pas peur d'admettre qu'elle avait besoin de faire une pause.

— Très bien. Il y a un rocher juste là. Je vais me pencher et poser tes fesses dessus. N'essaie *surtout pas* de bouger tes jambes toi-même. Garde ton équilibre avec tes mains, puis je baisserai tes jambes en les gardant droites. Compris ?

Elle hocha la tête.

Rocky lui avait bandé les mains, mais elles aussi devaient encore être douloureuses. Un sentiment amer lui tordit le ventre. Il n'aimait pas du tout l'idée qu'elle puisse souffrir. Mais comme elle l'avait dit un peu plus tôt, tout était douloureux actuellement. Finalement, elle était plutôt chanceuse de n'avoir qu'une jambe cassée et quelques égratignures et bleus. Elle avait très probablement une commotion cérébrale si l'on se fiait aux symptômes dont elle lui avait parlé, mais maintenant que les trois jours étaient passés, le pire était derrière elle.

— OK, c'est parti. Respire profondément.

Après avoir pris une grande inspiration, Rocky fit ce qu'il lui avait expliqué un peu plus tôt en plaçant ses fesses sur le rocher, attendant qu'elle trouve son équilibre. Puis, il baissa doucement ses jambes, posant ses talons sur la terre devant elle.

Le visage de Bristol était tout blanc et elle se mordait la lèvre inférieure, mais elle ne cria pas de douleur. Elle fit simplement ce qu'il lui demandait et le laissa la déplacer là où il pensait qu'elle serait la plus à l'aise.

— Sur une échelle de un à dix, dix étant la pire douleur que tu aies jamais ressentie de ta vie, où est-ce que tu te situes ? demanda-t-il.

— Cinq, dit-elle entre ses dents serrées.

Rocky cligna les yeux de surprise.

— Sérieux ? lâcha-t-il.

Il pensait qu'elle lui dirait au moins huit.

— Oui.

— Quand est-ce que tu as déjà expérimenté une douleur niveau dix ? ne put-il s'empêcher de lui demander.

Elle ouvrit les yeux et il réalisa que les analgésiques qu'il lui avait donnés faisaient clairement leur travail. Il aurait dû y penser.

— Il y a la douleur et il y a la *douleur*, dit-elle en soupirant. La pire douleur que j'aie pu ressentir, c'est le jour où mon père est mort d'un cancer du côlon. Je ne pouvais rien faire pour lui, j'étais impuissante. Mes parents m'ont très bien élevée. Ils ne se sont jamais plaints quand il était évident que j'étais plus intéressée par l'art que par tout ce qui était *utile*, comme les maths ou les sciences. Ils m'ont encouragée à prendre autant de cours d'art que je pouvais en caser dans mon emploi du temps. Puis, quand je me suis spécialisée dans cette discipline à l'université, ils n'ont jamais rien dit qui puisse me décourager. Et crois-moi, beaucoup de gens m'ont dit que je ne gagnerai jamais ma vie en tant qu'artiste. Ils disaient tous qu'il me fallait un plan B. Mais tout ce que j'ai toujours voulu faire, c'est créer de jolies choses. Ma mère était ma première cliente quand j'ai ouvert ma boutique en ligne. Elle a même utilisé un faux nom pour que je ne sache pas que c'était elle. Elle ne me l'a avoué que quelques années plus tard, expliqua-t-elle en souriant avec affection en se remémorant ce souvenir.

Quoi qu'il en soit, quand papa m'a dit qu'il avait un cancer... j'ai absolument voulu le soigner. J'ai utilisé une partie de l'argent que j'avais gagné pour lui trouver le meilleur docteur au monde. Je n'ai jamais ressenti le genre de douleur que j'ai éprouvée à cet instant en sachant que mon père, cet homme grand et fort, était en train de mourir. Il a essayé la chimio, les radiations et tout ça, mais ça n'a pas marché. Tout ce que j'ai pu faire, ce fut de lui tenir la main alors qu'il rendait son dernier souffle. Aucune douleur physique ne peut être comparée à cela.

Rocky se sentit terriblement mal. Il n'avait pas eu l'intention d'évoquer un souvenir aussi douloureux.

— Je suis désolé.

— Merci, dit-elle sans hésitation. Le septième anniversaire de sa mort approche et ça fait toujours aussi mal que lorsque c'est arrivé. Mais... la vie continue, tu vois ? On ne peut pas revenir en arrière pour changer les choses, peu importe à quel point on aimerait le faire.

— Je sais.

Bristol le regarda droit dans les yeux et il eut l'impression qu'elle pouvait lire dans ses pensées. Mais au lieu de lui poser une question, elle acquiesça.

— Mon père est mort quand j'étais petit, dit Rocky, ressentant soudain le besoin de le partager. Je ne le connaissais pas si bien que ça, pas comme toi. C'est ma mère qui nous a élevés, mon frère, ma sœur et moi. Elle est extraordinaire. Je n'imagine pas pouvoir la perdre comme tu as perdu ton père.

— Tu as un frère ? demanda-t-elle. Et une sœur ?

Rocky enleva son sac à dos et s'allongea au milieu du sentier. Il s'étira le dos et apprécia de ne plus être debout quelques instants. Bristol n'était pas vraiment lourde, mais porter quelqu'un pendant qu'on marchait dans les bois n'était pas quelque chose qu'il avait l'habitude de pratiquer, et ses muscles lui faisaient déjà comprendre qu'il allait payer ces prochains jours pour l'effort fourni. Regardant la cime des arbres, il hocha la tête.

— Ouaip. Et mon frère, Ethan, vit également à Fallport. Nous sommes jumeaux.

— Jumeaux ? Que Dieu nous protège s'il y en a deux comme vous dans la nature ! s'exclama Bristol.

Rocky rit.

— Malheureusement, c'est lui le plus beau. Nous sommes de faux jumeaux, donc on ne se ressemble pas vraiment.

— Tu plaisantes, n'est-ce pas ?

Rocky fronça les sourcils et tourna la tête vers elle.

— Sur le fait qu'on est jumeaux ? Non.

Elle secoua la tête.

— Non, sur le fait que tu penses que tu n'es pas beau.

Un arc électrique sembla se former entre eux. Rocky ne manquait pas de remarquer les regards que lui lançaient les femmes quand il sortait, mais la plupart du temps, il les ignorait. Et ces regards avaient quelque peu diminué depuis qu'il s'était laissé pousser la barbe. Les femmes étaient plus attirées par Ethan et son côté robuste et propre que par le look de bûcheron négligé de Rocky. Mais il ne cherchait pas l'amour. Il se contentait de faire son travail d'autoentrepreneur dans le bâtiment et de vivre dans son appartement minable.

Mais le fait que Bristol avoue aimer son physique lui fit réaliser à quel point il était attiré par *elle*. Elle devait avoir des origines asiatiques, c'était certain et c'était vraiment attirant. Même avec ses cheveux sales et hirsutes, la sueur sur son visage et la saleté qui couvrait quasiment chaque centimètre de son corps, elle était jolie.

— Sérieux, Rocky. Certes, t'as un côté un peu Bigfoot, mais ça te va bien. Très bien, lui dit-elle.

Une touche de couleur apparut sur ses joues pendant qu'elle parlait, mais elle ne détourna pas le regard.

— Je n'y ai jamais vraiment pensé. Tant que mon corps fait ce qu'il doit faire quand je lui demande de le faire, ça me va, dit-il avec franchise.

— Comme de porter une demoiselle en détresse ? demanda-t-elle.

Il lui sourit et s'assit, se redressant en plaçant ses mains derrière lui.

— Ouaip. Même si je ne suis pas sûr que tu sois une demoiselle en détresse. Tu t'es très bien débrouillée pour prendre soin de toi durant ces trois jours avant que je te retrouve.

Elle ricana.

— Eh bien, il y a une différence entre trois jours et revenir sur le sentier.

— Tu y serais parvenue, dit Rocky, en croyant sincèrement ce qu'il disait.

Elle haussa les épaules.

— Qu'est-ce que tu fais sinon quand tu ne viens pas secourir des randonneurs blessés dans les bois ? demanda-t-elle.

Voyant qu'elle changeait de sujet, Rocky ne protesta pas. Si elle ne voulait pas parler du fait qu'il la trouvait extrêmement forte, il n'insisterait pas.

— Je suis entrepreneur dans le bâtiment. Je rénove de vieilles maisons, construis des terrasses, je pose de nouveaux sols, ce genre de choses.

Elle hocha la tête.

— Je comprends mieux ta remarque un peu plus tôt sur le fait de vouloir que ton corps fasse ce que tu lui demandes de faire. Pas étonnant que tu sois autant en forme.

— Mon ancien chef d'équipe de la Marine me botterait les fesses si je prenais du poids et me ramollissais, lui dit-il.

— Combien de temps as-tu été dans la Marine ? demanda-t-elle.

Rocky appréciait tout cela. Le fait d'apprendre à se connaître. Il appréciait également d'avoir toute son attention. Elle n'était pas sur son téléphone. N'essayait pas de trouver un moyen de couper court à la conversation ou de ne parler que d'elle. Elle le regardait droit dans les yeux, visiblement curieuse d'en apprendre plus sur lui. Il était tout aussi intéressé d'en apprendre plus sur elle.

— Ça m'a paru durer une éternité, lui dit-il enfin. Mais j'ai aimé être un SEAL, la majeure partie du temps. Je ne l'aurais pas autant apprécié si Ethan n'avait pas été là avec moi. On n'était pas dans la même équipe, mais on réalisait souvent les mêmes missions ensemble. Le monde des forces spéciales est petit, donc on finissait toujours par travailler avec la plupart des équipes de SEAL américaines... et aussi avec beaucoup d'équipes de la Delta Force[1].

Bristol rit.

— Qu'est-ce qu'il y a de si drôle ? demanda Rocky.

Il adorait la voir rigoler. Elle le faisait avec tellement de sincérité et sans aucune retenue.

— Je me disais un peu plus tôt, qu'avec la chance que j'avais, tu devais être un SEAL et que tu devais connaître une centaine de façons de tuer quelqu'un sans laisser de traces. Au début, ça m'a fait flipper, mais je me suis dit que je me faisais des films.

Le sourire de Rocky s'effaça.

— Je ne vais pas te faire de mal.

— Je sais.

— Tu es sûre ? ne put-il s'empêcher de lui demander. Je suis un type costaud. Et tu as raison, je connais *effectivement* plusieurs façons de tuer quelqu'un sans aucune arme. J'étais un sacré bon soldat et le gouvernement m'a bien formé.

— T'essaies de me faire peur ? demanda-t-elle doucement.

Rocky y pensa une seconde, puis haussa les épaules.

— Peut-être.

— Pourquoi ?

— Parce que toi-même tu me fais *hyper* peur.

Elle parut choquée.

— Moi ? Arrête. Je suis aussi inoffensive qu'un chiot. Et puis, comme tu l'as dit, tu es un gars costaud. Si jamais j'essayais de faire quoi que ce soit, tu me clouerais au sol dans la seconde.

— Jamais, lui dit Rocky avec ardeur.

— Alors pourquoi je te fais peur ? demanda-t-elle.

Rocky décida que l'honnêteté était ce qu'il y avait de mieux.

— Parce qu'il y a quelque chose chez toi qui est différent de toutes les personnes que j'ai pu rencontrer. Je ne sais pas ce que c'est ni pourquoi, mais désormais je comprends pourquoi Sandra s'est attachée si rapidement à toi. L'idée que tu souffres ou sois blessée me rend dingue. J'ai envie de tout arranger. J'ai envie de botter le cul de Mike et de ses amis débiles pour t'avoir laissée sans réfléchir.

Ils se regardèrent pendant un long moment et Rocky sut que tout ça était fou. Ils venaient tout juste de se rencontrer. Mais il ne pouvait pas mentir. Il y avait quelque chose de spécial chez elle.

— Je ne sais pas vraiment quoi répondre.

— Tu n'es pas obligée de le faire, répondit Rocky. Je n'ai pas dit ça pour te mettre mal à l'aise. Je voulais juste te rassurer sur le fait que je ne te ferai jamais de mal, tout comme je ne ferai jamais de mal à mon frère par exemple. Comment vont tes jambes ?

— À part le fait que ma jambe droite est cassée ? Pas trop mal, plaisanta-t-elle.

Voilà. Ça, là. Elle avait toutes les raisons de se plaindre et de geindre à cause de sa douleur, mais au lieu de ça, elle la minimisait et en rigolait. C'était quelque chose que *lui* ou ses amis auraient pu faire. C'était peut-être pour ça qu'il était si à l'aise avec elle.

— Tu as des fourmis dans les pieds ? Le fait de te porter avec mon bras sous tes genoux risque de te couper la circulation si on ne fait pas attention.

— Non, ça va. Et *toi* ? Ça ne doit pas être facile de me porter, même si je ne suis pas très grande.

— Moi ça va. Mais oui, ce serait plus facile si j'avais mon équipe avec moi, bien sûr. Tu es prête à repartir ?

Elle acquiesça.

— Tu me parleras de ton équipe ?

— Oui bien sûr.

Rocky se leva, cambra le dos, puis se pencha en avant pour toucher ses orteils. Il se tourna vers la droite, puis vers la gauche avant d'aller là où il avait laissé son sac à dos. Il le remit sur ses épaules avant de retourner vers Bristol.

— OK, même procédure que tout à l'heure. Je vais te

prendre dans mes bras, enroule ton bras autour de mon cou et ne bouge pas tes jambes. Laisse-moi faire tout le travail.

— OK. Je suis prête.

Rocky la souleva comme si elle était faite de verre, et la sentir dans ses bras lui parut... logique. Ce qui était irrationnel.

Il valait mieux se concentrer sur l'instant présent. Elle était blessée et le moindre faux mouvement pourrait la faire souffrir pour le restant de ses jours s'il la cognait au mauvais endroit. La confiance absolue qu'elle avait en lui le rendait encore plus déterminé à ne rien faire qui puisse lui être inconfortable.

Maintenant qu'ils étaient sur le sentier, il pouvait bouger plus rapidement. Il avait encore beaucoup de chemin à parcourir avant d'arriver au point de départ, là où il aurait du réseau. Il appellerait d'abord Raiden, même si son ami allait l'engueuler d'avoir fait une telle bêtise en partant tout seul... même si Rocky pensait qu'il n'y avait probablement rien à chercher. Ensuite, il appellerait le docteur Snow et s'assurerait qu'il soit disponible pour les retrouver, Bristol et lui, à la clinique en ville.

— Rocky ? demanda Bristol. À quoi est-ce que tu penses ?

— À appeler du renfort une fois qu'on aura quitté le sentier, lui dit-il. Mais tu voulais que je te parle de mon équipe, c'est ça ?

— Oui, s'il te plaît.

Rocky n'avait aucun problème à parler de ses amis.

— Bon, je t'ai déjà parlé de mon frère. Ethan est le leader de l'équipe de recherche et de sauvetage d'Eagle Point. C'est lui qui a eu l'idée de lancer cette équipe et il m'a recruté moi et les autres. La meilleure décision que j'ai prise dans ma vie, c'était de venir m'installer à Fallport. Non seulement je peux continuer à travailler avec mon frère, mais il a également réussi à mettre sur pied une équipe d'hommes qui partagent les mêmes idées.

— Vous avez quel âge avec ton jumeau ?

— 35 ans. Pourquoi ? Tu as quel âge toi ? Oh merde – je ne

suis pas censé te demander ça, si ? Peu importe, oublie ma question, dit-il.

Bristol gloussa et Rocky sentit son rire vibrer en lui, puisqu'il la tenait contre son torse.

— Ça ne me dérange pas. Je n'ai pas honte de mon âge. J'ai 37 ans. Même si parfois j'ai l'impression d'être vieille comme le monde, puis d'autres jours j'ai l'impression d'avoir passé mon Bac la veille.

— Je connais ce sentiment. Enfin bref, Ethan a rencontré une femme incroyable, Lilly, un peu plus tôt cette année. Ils sont fiancés et prévoient de se marier à Halloween.

— Comment se sont-ils rencontrés ? demanda Bristol. Pitié, ne me dis pas que c'est parce qu'elle était perdue dans les bois et qu'il l'a retrouvée.

Ce fut au tour de Rocky de rigoler.

— Pas vraiment. Elle était caméraman en ville pour filmer l'émission sur Bigfoot.

— Mais non ! s'exclama Bristol. T'es sérieux ?

— Ouaip. Pour faire court, Ethan et elle ont passé pas mal de temps ensemble et elle a fini par rester à Fallport.

— Waouh. C'est fou. Je veux dire, c'est un peu pour ça que je suis en ville aussi. Mike a entendu parler de l'émission et a pensé que ce serait amusant de venir ici et de traquer Bigfoot. Il a dit que ce serait mieux de le faire maintenant avant que l'émission ne soit diffusée et que tout le monde débarque en ville.

— Il n'a pas tort, même si ça *reste* un connard pour ce qu'il t'a fait.

Bristol gloussa à nouveau.

— On est d'accord sur ce point.

— Bref, ensuite il y a Zeke. Il était béret vert dans l'armée et est désormais le propriétaire du bar le On the Rocks en ville. Il est en couple avec Elsie. C'était une mère célibataire qui travaille en tant que serveuse au bar. Ils se connaissaient depuis un moment, mais ça a fini par devenir torride entre eux et ils se sont mariés récemment. Il est parti avec Elsie et son fils, Tony jusqu'à la tour de guet d'Eagle Point et la plupart des gars de l'équipe de recherche et de sauvetage sont partis avec eux, c'est pour ça qu'ils ne sont pas disponibles actuellement. Drew était un officier de la police d'État de Virginie et il est désormais comptable. Il s'occupe de tous nos taxes et impôts et je te jure que c'est un génie avec tout l'argent qu'il nous a fait économiser.

— Je regrette de ne pas avoir de bon comptable. J'en ai eu plusieurs au fil des ans et on aurait dit que tout ce qui les intéressait c'était de me *prendre* de l'argent plutôt que de me faire faire des économies, dit-elle en soupirant.

— Je suis sûr que ça ne le dérangerait pas de prendre le temps de parler de ton entreprise et autre avec toi. Il te donnerait de super conseils.

— Ce serait génial. Je verrai si on peut faire ça, dit Bristol.

— Ensuite, il y a Brock qui travaillait aux douanes américaines et à la patrouille frontalière, et qui bosse désormais dans le garage automobile du coin. Il n'y a rien que cet homme ne sache pas sur les moteurs et tout ce qui est en rapport avec les voitures. Talon est originaire du Royaume-Uni et il faisait partie du Special Boat Service – une branche des forces spéciales de la marine anglaise. C'est le plus beau gosse d'entre nous. Probablement parce qu'il est coiffeur. Il est toujours impeccable, alors si jamais t'as envie de le faire un peu chier, dis-lui que ses cheveux sont en désordre ou qu'ils sont trop longs.

Bristol sourit.

— Hum, comme je ne le connais pas, je ne pense pas que je ferai ça.

— Avec un peu de chance, tu apprendras à le connaître. C'est un peu un clown aussi... mais ça peut changer en un clin d'œil. Je l'ai déjà vu rire et être soudain prêt à botter des fesses en quelques secondes.

— Alors je ne vais certainement pas l'énerver de sitôt, lui dit Bristol.

— Le dernier de l'équipe c'est Raiden. Il est grand, je te l'ai déjà dit. Il n'a pas eu une enfance facile. Il était maladroit et a de drôles d'oreilles – ce sont ses mots pas les miens – et un nez pointu. On se moquait beaucoup de lui. Il nous a déjà dit plus qu'une fois que ses seuls amis, étant enfant, étaient ses chiens. Ce n'est donc pas surprenant que lorsqu'il est entré dans la garde côtière il soit devenu maître-chien. Et un très bon même. On dirait qu'il murmure à l'oreille des chiens ou quoi. Il a un chien de sauvetage, un limier du nom de Duke, qui est *incroyable* d'ailleurs. Beaucoup de limiers ne sont pas faciles à vivre à cause de leur appétit et de leur entêtement, mais Duke fait tout ce que Raiden lui dit avant même qu'il ne le dise.

— Oooh, j'adore les limiers ! s'exclama Bristol. Sauf pour la bave. Ça c'est un peu dégoûtant.

Rocky rit.

— Ouaip. C'est vrai. Mais Duke est un chien de sauvetage incroyable. Il t'aurait probablement trouvée deux fois plus rapidement que moi.

— On dirait vraiment que tu respectes et aimes beaucoup tes amis.

— C'est le cas. Et surtout, je leur fais confiance les yeux fermés. Si nous étions ici en mission, il n'y aurait personne d'autre que j'aimerais avoir à mes côtés.

— Est-ce que tu vas avoir des ennuis pour être venu ici tout seul ? demanda Bristol, fronçant les sourcils avec inquiétude.

— Non, ce n'est pas comme ça que nous travaillons. Il n'y a pas de hiérarchie dans l'équipe. Ethan est notre leader mais c'est seulement parce qu'il est prêt à prendre en charge certaines choses comme le fait de rencontrer le conseil municipal et le maire quand on doit parler du budget, et il peut également parler à la presse si nécessaire. Mais sinon, nous sommes seulement une bande de gars qui servons notre ville et aidons nos amis et nos voisins – et les touristes quand c'est nécessaire – quand ils en ont besoin. Mais ça ne veut pas dire qu'ils ne vont pas m'engueuler d'être venu ici tout seul sans dire à personne où j'allais. Normalement, je suis assez malin pour ne pas faire quelque chose d'aussi stupide.

— Tout comme j'aurais dû savoir que ce n'était pas intelligent de marcher seule, dit doucement Bristol.

— Exactement. Raiden est le seul en ville en ce moment et j'aurais dû l'appeler avant de partir. Même si je n'étais pas certain que l'inquiétude de Sandra soit justifiée. J'ai clairement retenu la leçon. J'espère juste que ce n'était pas à tes dépens.

— Mes dépens ? Mais Rocky tu m'as *trouvée*.

— Et on aurait probablement pu être déjà de retour au point de départ si Raid avait été avec moi. J'aurais pu lui demander d'aller chercher de l'aide pendant que je restais avec toi. Tu n'aurais pas eu à souffrir comme maintenant si je n'avais pas été seul.

— Peu importe, dit Bristol avec véhémence. Il faut que tu arrêtes de t'en vouloir. Si on devait remettre en question toutes les décisions que nous prenons, on ne pourrait plus jamais se lever le matin. Aurais-tu pu faire les choses différemment ? Oui. Mais une fois de plus, moi aussi. Et tu aurais pu choisir d'ignorer Sandra, la convaincre que j'allais bien et *personne* ne m'aurait jamais retrouvée. Alors, arrête.

Rocky ne put s'empêcher de rire.

— OK, pardon.

Elle n'avait pas tort. Même s'il avait merdé en venant ici tout seul, au moins il était *venu*.

Il marcha encore trente minutes avant d'insister pour faire une autre pause. Cette fois-ci, quand il la reposa, elle ne put se retenir de grimacer. Rocky sortit un autre analgésique pour elle. Même s'il avait envie d'insister pour qu'elle mange quelque chose, puisque l'opération de sa jambe avait bientôt lieu, ce n'était pas une bonne idée. Alors ils parlèrent un peu plus et quand il fut temps, il la souleva à nouveau avec beaucoup de précautions. Plus il passait de temps à la porter, plus

Rocky se sentait bien avec elle. Elle était si légère, mais elle semblait s'accorder parfaitement avec lui, ce qui était étrange vu leur différence de taille.

Le temps qu'ils atteignent le point de départ du sentier, ils étaient tous les deux fatigués, transpirants et souffrants. C'était la fin de l'après-midi et il avait marché plus de vingt kilomètres, dont la moitié en portant plus du double du poids qu'il avait d'abord porté ce matin. Rocky ignora ses douleurs, car il savait que ce n'était rien comparé à ce que ressentait Bristol. Elle niait toujours que sa douleur soit supérieure à cinq sur une échelle de dix, mais plus la journée avançait, plus Rocky avait l'impression qu'elle mentait à travers ses dents serrées.

Il l'installa sur le siège côté passager de son Chevrolet Tahoe bleu foncé et sortit son téléphone portable. La première personne qu'il appela fut Robert Snow, le docteur local de Fallport. L'homme accepta de le retrouver à la clinique sur la place centrale dès qu'il pourrait s'y rendre.

Ne voulant pas perdre de temps, Rocky démarra la voiture et roula vers la ville. Il composa le numéro de Raiden en conduisant.

— Salut, Rocky, qu'est-ce qui se passe ? dit Raid quand il décrocha.

— Premièrement, j'ai merdé, je *sais* que j'ai merdé, et j'apprécierais que tu gardes ton sermon pour une autre fois, lui dit Rocky.

Il utilisait la fonction Bluetooth mains libres du téléphone et haussa les épaules en direction de Bristol alors qu'il attendait que son ami lui réponde.

— D'accord. Qu'est-ce que je peux faire pour toi ?

Voilà pourquoi Rocky avait autant de respect pour ses amis. Pour Raiden. Il lui résuma brièvement ce que Sandra lui avait dit ce matin-là et comment il avait marché le long du sentier de Falling Water avant de trouver Bristol.

— Nous sommes en chemin pour aller voir le docteur

Snow, mais on risque de devoir aller à Roanoke selon les résultats des radios.

— OK. Mais une fois de plus, qu'est-ce que je peux faire pour toi ? demanda Raiden.

— Tu peux passer au Sunny Side et prévenir Sandra ? Dis-lui que j'ai retrouvé Bristol et qu'elle va bien. Il faudra peut-être attendre quelques jours avant qu'elle puisse venir la voir, ça dépendra de si on doit aller à Roanoke ou pas, mais je veux m'assurer qu'elle sache que Bristol est en sécurité.

— Considère que c'est déjà fait. Quoi d'autre ? Tu veux que je reste avec elle pendant que tu rentres à la maison prendre une douche ou manger quelque chose ?

— Je n'ai pas besoin d'une baby-sitter, protesta Bristol.

Rocky ignora ses protestations.

— Ce serait génial, merci. Je suis un peu mal en point après tout ça. Je suis certain que le docteur Snow et le personnel de Roanoke apprécieraient que je ne sente pas la vieille chaussette.

— OK. Je vais parler à Khloe puis je vous rejoins chez le docteur. Tu veux que j'apporte quelque chose ?

— Non. Merci, Raid. J'apprécie.

— C'est ça, oui, enfoiré. Comme si j'allais te dire non. Même si t'as *vraiment* merdé en oubliant de m'appeler. À plus.

Rocky grimaça en raccrochant le téléphone. Raid était un introverti. Le fait qu'il n'ait pas hésité à le réprimander à la fin confirmait à *quel point* son ami était énervé contre lui.

— Il a l'air... sympa.

— C'est parce qu'il l'est, dit Rocky.

— Qui est Khloe ?

— Son employée.

— Où est-ce qu'il travaille ?

— Oh, je ne te l'ai pas dit tout à l'heure ? C'est le bibliothécaire en chef de la bibliothèque publique de Fallport.

— Sérieux ?

— Ouaip. Pourquoi ?

— Je ne sais pas. Quand je l'imagine dans ma tête, le dernier métier qui me vient c'est bibliothécaire pour un ancien garde-côte qui a un limier et mesure deux putains de mètres.

Rocky ne put s'empêcher de rire.

— S'il y a bien une chose à savoir sur l'équipe de recherche et de sauvetage d'Eagle Point... c'est qu'on ne correspond pas à la plupart des stéréotypes.

Bristol posa la main sur son bras et Rocky aurait pu jurer que son corps entier avait frissonné à son contact.

— Merci de lui avoir demandé d'aller prévenir Sandra. C'était très gentil de ta part.

— Tu lui as fait une sacrée impression. Elle est inquiète. Ce serait cruel de la laisser dans l'attente maintenant que tu es en sécurité.

— Je suis d'accord. C'est pour ça que je te remercie.

— Il faut que tu *arrêtes* de me remercier, lui dit Rocky.

— Pourquoi ? demanda-t-elle en retirant sa main pour la poser sur son genou à elle.

Ses cheveux noirs étaient en désordre sur sa tête – elle les avait relevés en un chignon négligé durant l'une de leurs pauses, mais des mèches s'en étaient échappées et pendaient sur son visage. Elle ne portait pas de maquillage, son visage était couvert de saletés et elle sentait la même odeur que quiconque aurait passé plusieurs jours dans la nature. Elle avait clairement besoin de prendre une douche et d'enfiler des vêtements propres. Et pourtant, Rocky la dévorait du regard.

Désormais, il comprenait mieux le coup de foudre rapide qu'avait éprouvé son frère pour Lilly.

— Parce que je n'ai pas envie de passer le temps qu'il nous reste ensemble à te dire « de rien » encore et encore.

— Mais tu te donnes du mal pour m'aider, protesta-t-elle.

— Et tu n'as pas l'habitude qu'on fasse ça pour toi ? demanda-t-il, sincèrement curieux.

— Je... Non. J'imagine que je suis comme ton ami Raid. Je

suis introvertie. Je passe beaucoup de temps seule à la maison à travailler sur mes projets.

— Eh bien, j'imagine qu'il va falloir t'y habituer. Parce que je ne compte aller nulle part. Je suis là pour un moment.

— Là ?

Rocky haussa les épaules, ralentissant alors qu'ils approchaient du centre.

— Là pour m'assurer que tu vas vraiment bien.

— Tu fais ça pour tous ceux que tu sauves ?

Rocky se gara en parallèle sur une place devant le cabinet du docteur sur la place, puis éteignit le moteur. Il se tourna pour regarder Bristol dans les yeux.

— Non. Une fois qu'on a retrouvé une personne disparue, notre mission est terminée. On les amène ensuite au poste de police ou aux secours.

— Alors pourquoi tu fais tout ça maintenant ? demanda-t-elle.

— Parce que quelque chose me dit que si je te laisse partir, ce sera le plus gros regret de ma vie.

Sur ce, Rocky sortit du SUV et contourna le véhicule pour aller de l'autre côté. Il en avait probablement trop dit et il savait que ça paraissait ridicule, mais c'était comme ça. Il n'allait pas fuir face à la connexion qu'il ressentait avec cette femme.

Pas tant qu'elle ne lui aurait pas fait comprendre qu'elle n'était pas intéressée par un homme à tout faire, ancien militaire, et qui aimait les activités de plein air, d'une petite ville.

# CHAPITRE QUATRE

Bristol ne savait pas quoi penser de Rocky.

Non, c'était un mensonge.

Elle l'aimait bien. Beaucoup. Trop. C'était fou de voir à quel point elle respectait cet homme alors qu'elle ne le connaissait que depuis quelques heures. Mais en attendant, il avait tout fait pour la rassurer, panser ses blessures, ne pas la bousculer plus que nécessaire et la traiter comme si elle était le morceau de verre le plus précieux qu'il ait trouvé dans les bois.

Elle appréciait tout ce qu'elle apprenait sur lui jusqu'à présent.

Il l'avait portée jusque dans la clinique de l'adorable centre-ville de Fallport et le docteur avait été très compatissant et préoccupé par ce qu'elle avait traversé. Il avait également été très impressionné et n'avait pas hésité à le dire.

Il avait fait des radios de sa jambe et lui avait confirmé que son péroné était définitivement cassé, expliquant qu'elle avait eu de la chance que ce soit le petit os de son tibia qui avait été fracturé et non son tibia.

Mais comme il était cassé et pas seulement fissuré, il était convaincu que l'os aurait besoin d'une broche pour être sûr de guérir correctement. Ce qui voulait dire qu'elle devait se rendre à Roanoke pour voir un médecin sur place. Le docteur Snow l'avait rassurée en lui disant qu'il en parlerait à l'un de ses confrères à l'hôpital et qu'ils seraient prêts à la prendre en charge quand elle arriverait.

Pendant qu'elle attendait que Rocky revienne – il était parti se doucher et se changer avant qu'ils ne se rendent à Roanoke – Bristol avait rencontré son ami Raid, qui s'était assis avec elle. Rocky avait raison, Raid n'avait pas un physique ordinaire, et pas juste parce qu'il était immense à côté d'elle. Ses cheveux étaient d'un rouge particulièrement vif et ses oreilles étaient légèrement décollées. Elle n'avait pu s'empêcher de glousser quand elle avait vu qu'il avait également une barbe.

— Qu'est-ce qui te fait rire ? lui avait demandé Rocky avant de partir.

Bristol avait haussé les épaules avant de lui demander :

— Vous avez tous de la barbe ou quoi ?

Il sourit, acquiesça – puis la choqua complètement en se penchant vers elle pour déposer un doux baiser sur son front. Alors qu'elle l'avait regardé avec de grands yeux écarquillés devant ce geste intime mais pas malvenu, il lui avait dit :

— La mienne est quand même la plus impressionnante.

Puis il lui avait fait un clin d'œil et avait quitté la pièce.

— Intéressant, dit Raid une fois que Rocky fut parti.

— Quoi ?

— Vous semblez être devenus très proches tous les deux dans les bois.

Certaines personnes auraient pu mal le prendre, mais comme il avait un petit sourire sur le visage, Bristol ne pouvait pas s'en offusquer. Elle haussa les épaules et dit simplement :

— Oui.

Les yeux verts de Raid croisèrent les siens et il la regarda un long moment avant de dire :

— Rocky est quelqu'un de bien. L'un des meilleurs. Je pourrais donner ma vie pour lui. Je pense qu'après avoir vu son frère et Zeke tomber si vite amoureux de femmes extraordinaires, il a envie de la même chose. Je ne sais pas de quoi l'avenir est fait, mais je t'en supplie... si tu ne te vois pas emménager à Fallport et te mettre avec Rocky, alors s'il te plaît, ne l'encourage pas.

Bristol aurait pu à nouveau se vexer que Raid présume autant de choses, mais comme il était évident qu'il tenait à son ami, elle ne le prit pas mal.

— Je ne sais pas du tout ce que l'avenir nous réserve non plus. Je pense qu'il est encore un peu trop tôt pour envisager de déménager, ou même de me mettre en couple avec Rocky. Mais pour info... je travaille de chez moi, donc je peux vivre n'importe où. Je ne l'ai jamais mise à l'envers à aucun de mes anciens petits amis et je ne vais pas commencer aujourd'hui. Si – et c'est un gros *si* – Rocky et moi décidons de voir où nous mène cette alchimie qu'il y a entre nous, je ne vais certainement pas le mener en bateau. Je te le promets, Raid. J'ai un travail que j'adore, une mère extraordinaire, plein d'argent sur mes comptes et j'apprécie mon indépendance. Je ne suis pas une profiteuse, je n'ai pas désespérément envie d'avoir un enfant et si je finis célibataire pour le restant de mes jours, ce sera bien aussi.

Raiden sourit et Bristol en eut le souffle coupé. Ce sourire changeait tout son visage. Il passa de grand, sombre et grognon à beau et charmant en un clin d'œil.

Il rit et dit dans sa barbe :

— Rocky est fichu.

Bristol ouvrit la bouche pour lui demander ce qu'il voulait dire par là exactement, mais une femme entra dans la pièce, comme si elle avait le droit d'être là, même si elle n'était pas habillée comme une infirmière ou un médecin.

— Salut, moi c'est Khloe. Je voulais m'assurer que tu allais bien. Est-ce que ta jambe te fait mal ? Qu'est-ce qu'on peut faire pour que tu te sentes mieux ? Où est Rocky ? Je crois qu'il faut que vous y alliez, cela fait déjà trop longtemps que tu t'es blessée. Plus tu iras rapidement à l'hôpital pour te faire opérer, mieux tu guériras. Raid tu veux bien appeler Rocky pour savoir dans combien de temps il va revenir ?

Bristol ne put que fixer la fille du regard, perplexe. Elle semblait un peu trop préoccupée par son cas pour une inconnue. Elle était petite, comme Bristol, mais elle faisait quand même quinze centimètres de plus que Bristol qui faisait un mètre cinquante-et-un. Elle et Raid avaient la tête au même niveau, sauf que lui était assis et elle debout. Elle avait des cheveux châtain clair, des yeux noisette et Bristol n'avait pas manqué de remarquer qu'elle boitait lorsqu'elle était entrée dans la pièce. Elle avait de jolies formes, remplissant parfaitement son jean, comme si celui-ci avait été peint sur elle.

Quand Raid regarda la femme sans bouger, elle dit :

— OK, très bien, c'est *moi* qui vais l'appeler.

Elle sortit son téléphone de sa poche arrière.

Raid tendit le bras et lui prit le téléphone des mains.

— Il va revenir d'un moment à l'autre. Pas la peine de le stresser en l'appelant.

Khloe fronça les sourcils et s'avança vers le lit sur lequel était allongée Bristol, tournant le dos au grand type qui était assis à côté d'elle.

— Est-ce que ça va ? Tu souffres beaucoup ? Est-ce que le docteur Snow t'a donné des antidouleurs ? Je peux aller le trouver et lui dire que tu en veux d'autres si tu as mal.

— Ça va. Mais, merci, dit Bristol.

Et c'était vrai. Sa jambe palpitait, tout comme ses paumes de main après que le docteur les eut nettoyées à son tour, mais elle avait toujours un peu l'impression de flotter à cause des cachets que Rocky lui avait donnés.

Cependant, sa réponse ne sembla pas atténuer l'inquiétude de Khloe.

— Je sais que tu ne peux rien manger, mais je peux aller te chercher de l'eau si tu en as besoin.

Souhaitant calmer cette femme visiblement inquiète, Bristol lui toucha le bras.

— Je vais bien, vraiment.

— Khloe ? dit Raiden derrière elle.

Bristol vit qu'il fronçait les sourcils.

— Qu'est-ce qui ne va pas ? continua-t-il.

Bristol la regarda prendre une grande inspiration.

— Tout va bien. Ça va. Je... je voulais juste m'assurer que Bristol allait bien. Les os cassés ça fait mal et toi et Rocky êtes de super soldats qui ne ressentez probablement pas la douleur, même quand vous vous cassez quelque chose. Alors je voulais vérifier qu'elle allait bien. Maintenant que c'est fait, je vais y aller. Ne t'inquiète pas, j'ai terminé l'inventaire avant de venir et je m'occuperai de l'étiquetage des livres et de les mettre sur les étagères demain.

Elle s'avança vers la porte, mais Raid se leva et l'attrapa par le bras. Il la tint doucement, mais fermement.

— J'en ai rien à foutre des livres. Là, actuellement, je me fais surtout du souci pour *toi*.

— Non, ça va, dit Khloe rapidement.

Peut-être un peu trop rapidement.

— Non, il y a quelque chose qui ne va pas, rétorqua calmement Raid.

— Tout va bien, insista-t-elle d'un air têtu. Je vais bien. Bristol va bien. Rocky est sur le chemin du retour pour l'emmener à Roanoke, alors je vais y aller.

— Je vais te ramener, dit fermement Raid.

L'air paniqué de Khloe était évident – et déroutant.

— Non. Tu ne peux pas laisser Bristol ici. Rocky va te botter les fesses s'il revient ici et qu'elle est seule, dit-elle avant de se tourner vers le lit. Je suis contente que tu ailles bien.

— Merci d'être venue prendre de mes nouvelles, dit Bristol, toujours aussi déconcertée.

Khloe acquiesça.

— Je suis sûre que Lilly et Elsie seraient venues tout de suite si elles avaient été en ville. Elles sont super gentilles.

Puis elle tira sur son bras et même si Raid continuait de

froncer les sourcils, il la relâcha. Elle lui arracha son téléphone des mains, puis se dirigea vers la porte avec sa démarche irrégulière.

Raid resta debout, observant la porte pendant un long moment après son départ et Bristol ne savait pas trop quoi dire ou faire, alors elle resta silencieuse. Il était plus qu'évident qu'il y avait une certaine tension entre Raiden et sa jolie collègue, même si elle n'arrivait pas à savoir de quelle nature était celle-ci. Mais ce n'étaient pas ses affaires et elle allait bientôt quitter Fallport de toute façon.

C'est à ce moment-là que Rocky revint.

— Tout va bien ? J'ai vu Khloe partir, dit-il.

— Comme Raid ne répondait pas, elle est venue s'assurer que j'allais bien, dit Bristol au bout d'un moment,.

— C'est gentil de sa part.

— Oui, vraiment, approuva Bristol.

— Comme tu es de retour, je vais y aller. J'ai laissé Duke à la bibliothèque et je dois m'assurer qu'il va bien.

— Je suis sûr que tout va bien, dit Rocky. Tu l'as déjà laissé là-bas avec les autres bibliothécaires plein de fois.

Raid haussa les épaules.

— J'espère que tout se passera bien à Roanoke, dit-il à Bristol avant de lever le menton vers Rocky pour le saluer.

Puis, il sortit de la pièce.

— Euh, c'était quoi ça ? demanda Rocky, perplexe.

Mais Bristol avait déjà tout oublié et ne pensait qu'à l'homme en face d'elle. Elle l'avait côtoyé de près toute la majeure partie de la journée, mais le fait de le voir avec un jean et un tee-shirt propres, tout en sentant son odeur fraîche à quelques mètres, la laissa bouche bée. Cela ne fit que souligner son état actuel. Elle aurait pu tuer pour une douche, là, tout de suite, mais elle savait que c'était impossible. Elle ne supportait pas de se sentir et d'avoir l'air si sale à côté de Rocky.

— Qu'est-ce qui ne va pas ? demanda-t-il, ne comprenant pas son silence. Tu as mal ? Le docteur est encore là, je vais aller le chercher. Il voudra sûrement te mettre une perfusion avant qu'on ne parte et...

— Non ! s'exclama Bristol, l'interrompant. Je vais bien.

— Non, ça ne va pas, insista Rocky. Il y a un problème.

Ne supportant pas qu'il soit si observateur, même si ça ne la surprenait pas – il avait été un *SEAL* après tout et d'après ce qu'elle savait de cette unité d'élite, ils étaient toujours très conscients de leur environnement – elle lui lança un regard penaud.

— C'est juste que... le fait de te voir tout propre et frais m'a fait réaliser à quel point je ne l'étais *pas*.

Le visage de Rocky s'adoucit et il tira la chaise sur laquelle Raid s'était assis un peu plus tôt vers le lit. Il prit son visage dans sa main. Sa grande main était chaude et elle adora la sensation de sa peau contre la sienne.

— Je suis désolé.

— Pour ? chuchota-t-elle bizarrement.

— J'aurais dû y penser. J'ai déjà été dans ta position un bon nombre de fois, et c'est naze. On rentrait de mission, on puait comme jamais et on devait rencontrer des personnes importantes. Ils étaient dans leurs costumes repassés et tout propres, faisant de leur mieux pour ne pas froncer le nez face à la puanteur qui emplissait la pièce, lui dit-il en lui souriant avant de redevenir sérieux. Moi ça ne me dérange pas.

Bristol leva les yeux au ciel.

— Bien sûr, parce que c'est tellement agréable.

— Tu es en vie. Tu sens comme la *vie*, dit brusquement Rocky.

Elle ne put que le regarder. Il avait raison. La sueur séchée sur sa peau et la saleté incrustée dans ses vêtements étaient le résultat direct de sa lutte pour sa propre survie.

— Vous feriez mieux d'y aller, dit une voix rauque depuis la porte.

Bristol sursauta, mais Rocky ne sembla pas perturbé par l'apparition soudaine du docteur. Elle réalisa qu'il ne l'était probablement pas. Il l'avait sûrement entendu arriver. Encore une fois, son entraînement dans les forces spéciales s'avérait utile.

Sans retirer sa main, Rocky se tourna vers le docteur.

— Ils nous attendent ?

— Ouaip. Ils pourront la prendre en charge dès que vous arriverez. Le docteur Madden est le meilleur chirurgien de la région. Il va la soigner tout de suite. La fracture n'est pas trop grave, elle a eu de la chance, et après avoir vu les radios que je lui ai envoyées par email, il pense qu'elle aura seulement besoin d'une broche.

— Merci, dit Rocky en se levant.

Le fait de ne plus sentir sa main sur sa joue lui donna envie de pleurer. Ce qui était ridicule.

— Tu es prête ? lui demanda Rocky une fois debout à son chevet.

Bristol acquiesça.

— Doc, vous voulez bien nous ouvrir la porte ? demanda-t-il.

— Bien sûr. Faites attention, l'avertit l'homme plus âgé alors que Rocky se penchait vers elle.

Comme ils l'avaient fait de nombreuses fois aujourd'hui, Bristol enroula un bras autour de son cou alors qu'il la soulevait doucement. Reconnaissante de ne pas avoir dû enfiler une horrible blouse d'hôpital, Bristol s'accrocha alors que Rocky la portait dans la clinique et jusqu'à sa voiture.

Avant même qu'elle ne s'en rende compte, ils étaient déjà en chemin, prenant la I-480 vers l'autoroute qui allait vers le nord jusqu'à Roanoke. Le trajet allait durer deux heures et si elle devait être honnête, Bristol appréhendait l'opération.

— J'ai oublié de demander à Raiden s'il avait parlé à Sandra, dit Bristol après quelques minutes de silence.

— Oui, il l'a fait, lui dit Rocky. Je venais de sortir de la douche quand elle m'a appelé pour me confirmer que tu allais bien. Puis, elle m'a dit : « Je te l'avais dit ».

Bristol sourit.

— Eh bien, en ce qui me concerne, elle peut même porter une couronne avec écrit « La Reine des *Je te l'avais dit* ».

Rocky rit.

— Très bien, je la ferai faire dès que possible.

Bristol sentit sa gorge se serrer et elle fit de son mieux pour ravaler l'émotion qui l'envahissait.

— Merci.

— Si tu lui offres une couronne, elle n'hésitera pas à la mettre. Et Silas, Otto et Art auront alors du mal à rester les rois des commérages, ajouta Rocky.

Une fois qu'il eut terminé de parler, il lui jeta un coup d'œil et son visage s'adoucit.

— Bristol, dit-il doucement en voyant à quel point elle se contenait pour ne pas pleurer.

Bristol tourna la tête et prit son visage dans ses mains en rendant les armes, ne parvenant plus à être forte.

— Chhhh, tout va bien, la rassura Rocky.

Il lui massa le dos de sa grande main alors qu'elle sanglotait silencieusement.

Bristol n'aurait pas pu dire depuis combien de temps elle pleurait, lorsqu'elle déglutit enfin avec difficulté et essaya de se ressaisir. Elle réalisa que Rocky n'avait pas arrêté de lui murmurer des choses tout le long. Il lui disait combien elle était courageuse et forte, que l'opération allait être un jeu d'enfant et qu'il ne partirait pas tant que l'hôpital ne l'aurait pas laissée sortir.

Elle se tourna soudain vers lui.

— Quoi ?

Il sembla surpris qu'elle parle à nouveau.

— Quoi, *quoi* ? demanda-t-il.

— Tu ne peux pas rester à Roanoke pendant que je suis à l'hôpital, dit-elle.

— Pourquoi pas ? demanda-t-il en penchant la tête sur le côté.

Il posa la main sur sa cuisse. Il ne la serra pas et ne déplaça pas ses doigts vers un territoire inapproprié. C'était simplement pour bien lui rappeler qu'elle n'était pas seule. Et c'était exactement ce dont Bristol avait besoin après tout ce qu'elle avait traversé.

— Parce que, dit-elle. Tu as une vie. Un travail. Deux travails, même. Et nous ne savons pas combien de temps je vais rester là-bas. Et tu n'as pas pris tes affaires pour la nuit.

— Eh bien, si, répondit-il calmement. J'ai préparé un sac quand je suis retourné chez moi. Et je suis mon propre patron. Mes clients comprendront quand je les appellerai pour leur expliquer pourquoi on reporte. Ethan et le reste des gars devraient être rentrés de leur camping demain. Et peu importe combien de temps tu restes à l'hôpital – Je resterai.

— Je… merci. Je suis toujours aussi étonnée que tu m'emmènes là-bas toi-même.

— Tu n'as pas à me remercier. Tu me fascines, Bristol. Et tu m'impressionnes. Comme je l'ai dit avant, tu es restée positive face à ta situation. Tu aurais pu être amère, râler à propos de ton inconfort et insulter tes amis qui t'ont laissée là-bas. Mais, à part quelques commentaires pour m'expliquer ce qui s'est passé, tu ne l'as pas fait. Tu as fait une sacrée impression à Sandra, et ça, c'est pas évident. Mais, écoute… si tu ne veux *pas* que je reste, si tu es mal à l'aise en ma présence, tout ce que tu as à faire, c'est me le dire.

— Non ! s'exclama-t-elle avec un peu trop de vigueur. Ce n'est pas ça. Je suis juste… j'ai peur.

— De quoi ? De moi ? demanda Rocky.

— Non, je n'aurai jamais peur de toi, dit Bristol avec franchise. C'est juste que je suis hors de ma zone de confort. Je n'ai jamais été opérée avant. Je n'ai jamais été à Roanoke. Je ne connais personne là-bas et je ne sais pas ce qui va se passer après l'opération. J'imagine que je ne pourrai pas marcher avant un moment, donc je ne sais pas du tout comment je vais faire quand je vais *rentrer* chez moi. Je reste souvent seule, je n'ai pas beaucoup d'amis pour m'aider quand je rentrerai à Kingsport. Je peux appeler ma mère, mais elle vit en Californie, et même si je l'adore, elle risque de m'étouffer et on finirait par vouloir se tuer au bout de quelques jours. Je suis juste... Je suis submergée. Tu m'as déjà tellement aidée. Je ne comprends pas pourquoi tu fais tout ça pour une inconnue. Et... Raid m'a demandé de ne pas te mener en bateau.

— Merde. C'est vrai ? Je lui en toucherai un mot, dit Rocky d'une voix dure.

— Non, s'il te plaît ne le fais pas. Je trouve ça merveilleux que tu aies de si bons amis qui veillent sur toi comme ça.

Rocky soupira, puis sa main se crispa sur sa cuisse avant qu'il parle à nouveau.

— Et si on faisait au jour le jour ? Le docteur Snow a dit que ton opération ne serait pas lourde. Il pense que tu resteras à l'hôpital un jour ou deux puis que tu sortiras. Tu as raison, tu ne pourras probablement pas marcher avant un moment. Tu peux toujours rester à Fallport pour récupérer.

Bristol le regarda en fronçant les sourcils.

— À Fallport ?

— Oui. Une fois que tu te sentiras mieux, je pourrai t'emmener à Kingsport et on ira récupérer tes affaires. Tu as dit que tu étais une artiste, c'est ça ? On pourra récupérer ton matériel. Tu pourras travailler sur tes œuvres en Virginie aussi bien qu'au Tennessee. Tu dis que tu n'as pas beaucoup d'amis à Kingsport. Eh bien, tu connais déjà beaucoup de monde à Fallport. Sandra veillera un peu trop sur toi, parce que c'est ce qu'elle fait. Tu connais Khloe désormais, qui semble particulièrement inquiète pour toi. Je suis certain que Lilly et Elsie seront ravies de te rencontrer et que vous vous entendrez très bien. Tony, le fils d'Elsie sera également très heureux de te divertir. Il cherche toujours quelqu'un pour lui faire la lecture. Sans oublier que le reste de l'équipe voudra également te rencontrer, parce que nous sommes toujours impressionnés par les gens qui arrivent à se débrouiller dans les bois. Et toi, Bristol, tu en es la championne. Tu te serais sauvée toute seule si je n'étais pas intervenu. Peu importe ce qui se passe après l'opération, je t'aiderai à trouver une solution, tout ira bien pour toi.

Bristol avait la tête qui tournait et pas seulement à cause des analgésiques.

— Où est-ce que je dormirai ? demanda-t-elle doucement, plus pour elle-même qu'autre chose.

Rocky relâcha sa cuisse et posa la main sur le volant. C'était fou, mais le poids réconfortant de sa paume lui manquait déjà.

Et si elle ne se trompait pas, l'homme à côté de lui semblait mal à l'aise pour la première fois.

— Eh bien, Elsie et Zeke viennent tout juste d'emménager dans une maison, ils ont quelques chambres de libres. Je sais qu'ils ne verront pas d'inconvénient à ce que tu loges chez eux jusqu'à ce que tu puisses te débrouiller toute seule. Whitney Crawford a une super maison d'hôtes. Il faudra voir si elle aura de la place entre deux réservations, mais c'est une option. L'appartement dans lequel logeait Elsie juste à côté du mien est vide pour le moment ; il n'a pas été reloué, mais je ne pense pas que ce soit une bonne idée que tu te retrouves seule si vite. Ce ne sera pas facile pour toi de te débrouiller toute seule. Sandra serait probablement ravie de t'accueillir aussi.

Il la regarda un long moment avant de se focaliser à nouveau sur la route. Puis, il dit d'un ton nonchalant :

— Et j'ai aussi une chambre en plus dans mon appartement. Ce n'est pas ce qu'il y a de mieux, mais elle est propre et tu peux me faire complètement confiance. Je ne suis pas mauvais cuisinier et si jamais il t'arrive quelque chose, j'ai beaucoup d'expérience en matière de premiers soins. Je suis presque secouriste, mais je n'ai jamais eu les certifications officielles après avoir quitté la Marine. Tu aurais ton propre espace et la luminosité est plutôt pas mal chez moi quand les rideaux sont ouverts, donc tu pourrais pratiquer ton art. Je ne serai pas tout le temps là parce que je devrai aller travailler, mais si tu as besoin de quoi que ce soit, n'importe laquelle des autres filles –

enfin, n'importe quel autre habitant de Fallport – sera plus que disposé à venir te voir et t'aider pour tout ce dont tu pourrais avoir besoin quand je ne serai pas là.

Bristol avait l'impression d'avoir la bouche grande ouverte, mais elle ne pouvait pas s'en empêcher. Est-ce que cet homme venait de l'inviter à rester chez lui ? Et peut-être que c'était dans sa tête, mais elle avait l'impression qu'il lui présentait son appartement comme étant la meilleure option.

Elle fut encore plus surprise de réaliser qu'elle n'était pas opposée à cette idée.

Plus il parlait, plus cela lui semblait idéal. À part pour le fait qu'elle venait tout juste de le rencontrer. C'était complètement dingue d'envisager emménager avec quelqu'un qu'elle ne connaissait pas. Certes, elle était blessée et aurait besoin d'aide, du moins pendant un moment, mais quand même.

— OK. C'est trop tôt, dit-il comme s'il pouvait lire dans ses pensées. Tout ce que je dis, c'est qu'il y a de nombreuses personnes qui seraient ravies de t'aider après ton opération. Tu ne devrais pas être seule. Ce n'est pas sûr. Et la dernière chose dont tu as besoin, c'est de t'inquiéter. Tout ira très bien. L'opération va bien se passer. N'aie pas peur, Punky. Chaque chose en son temps. D'accord ?

Merde, elle allait à nouveau pleurer. Bristol acquiesça et laissa retomber sa tête contre le dossier du siège derrière elle.

— Merci, murmura-t-elle à nouveau. Pour tout. Je ne sais vraiment pas ce que j'aurais fait si tu ne m'avais pas retrouvée.

Elle ne fut pas surprise lorsqu'il haussa les épaules face à ses remerciements.

— Tu t'en serais sortie, Punky. Je n'ai aucun doute.

Cet homme. Elle n'avait jamais rencontré quelqu'un comme lui. Généreux, désintéressé, magnifique et en plus il ne semblait pas du tout conscient de sa beauté.

— J'ai de l'argent, lâcha-t-elle.

Rocky rit.

— Euh, OK ?

— Je veux dire, j'ai une assurance et je pourrai payer tout ce qui n'est pas couvert. Et je pourrai participer pour le loyer et la nourriture ou tout ce qui s'ensuit.

Rocky hocha la tête.

— C'est bien.

Elle eut envie de rire. La majorité des gens auraient voulu en savoir plus. Peut-être combien d'argent elle avait exactement, comment faisait-elle pour gagner sa vie en tant qu'artiste et essaieraient peut-être de profiter de sa situation. Mais pas Rocky.

Il n'en aurait probablement rien à faire qu'elle ait plusieurs millions de dollars d'investissement et une somme à six chiffres sur son compte en banque actuellement.

— Ferme les yeux, Punky, ordonna-t-il. Je sais que tu es épuisée. Je gère, tu es en sécurité. Tu peux te détendre.

Comme si ses mots étaient tout ce que son corps attendait, Bristol eut soudain l'impression que ses paupières étaient bien trop lourdes pour rester ouvertes.

Sans même y réfléchir, elle tendit la main gauche pour prendre la sienne. Dès la seconde où elle le toucha, il retourna sa main et leurs doigts s'entrelacèrent. Il posa leurs mains jointes sur la console entre eux. Elle le sentit lui serrer la main une fois, puis elle s'endormit profondément, certaine qu'elle n'était pas seule. Que Rocky prendrait soin d'elle.

# CHAPITRE CINQ

Rocky faisait nerveusement les cent pas dans la salle d'attente. Bristol était partie se faire opérer il y a une heure et il attendait d'avoir de ses nouvelles.

Il se gifla mentalement pour avoir dit toutes ces conneries dans la voiture. La dernière chose dont elle avait besoin, c'était qu'il lui mette la pression pour qu'elle revienne à Fallport. Elle avait manifestement l'habitude d'être seule et pouvait très bien se débrouiller toute seule. Mais il ne supportait pas de l'imaginer livrée à elle-même après son opération, boitant pour la moindre chose. Non seulement ce serait douloureux, mais ce serait également dangereux. Si elle tombait sur sa jambe, elle pouvait causer encore plus de dégâts.

Il avait continué à essayer de la convaincre de rester avec lui, comme un idiot. Ce qui était fou. Ils venaient à peine de se rencontrer. Mais au fond, il s'en fichait. Son courage et sa force l'avaient fasciné. Elle n'avait pas abandonné dans les bois. Elle avait fait tout ce qu'elle pouvait pour se sauver. Il n'avait pas dit ça pour la rassurer ; si Rocky ne l'avait pas retrouvée ou s'il avait ignoré les inquiétudes de Sandra, il était certain qu'elle se serait traînée sur le sentier et même jusqu'au point de départ s'il l'avait fallu.

Bristol Wingham était une battante. Une survivante. Elle était une force puissante dans un tout petit corps.

Et il la désirait. Ce qui était dingue. Complètement ridicule. Mais c'était pourtant le cas.

Son téléphone sonna alors qu'il faisait les cent pas et Rocky s'arrêta pour le sortir de sa poche.

Il vit que c'était son frère à l'autre bout du fil.

— Salut, frérot, dit-il en décrochant.

— C'est quoi ce bordel ? demanda Ethan en guise de réponse.

Rocky ne put s'empêcher de soupirer.

— OK, alors... Sandra s'inquiétait pour une touriste qui avait dit partir camper et qui n'est jamais revenue pour lui dire au revoir comme elle était censée le faire. Je suis parti voir ça tout seul – oui, je sais c'était stupide – et je l'ai retrouvée. Elle était tombée d'une falaise et s'était cassé la jambe. Je l'ai portée jusqu'au sentier, je l'ai amenée au docteur Snow et là on est à Roanoke et elle se fait opérer pour qu'on lui mette une broche dans la jambe.

— Sérieux... mais c'est quoi ce *bordel* ? répéta Ethan.

— Je t'aurais bien appelé, mais tu n'avais pas de réseau, dit Rocky.

— Il nous faut ces foutus téléphones satellites. Je me fiche que le conseil municipal dise ne pas avoir le budget.

Rocky soupira, ne réalisant pas à quel point il avait eu besoin d'entendre la voix de son frère, même si Ethan était visiblement furieux de ne pas avoir été disponible pour le sauvetage de Bristol. Le fait de lui parler apaisait Rocky.

— Comment va-t-elle ? demanda Ethan.

— Elle est encore en salle d'opération. J'attends d'en savoir plus.

— Tu as besoin qu'on vienne ? demanda Ethan.

Rocky appréciait son offre, plus que son frère ne pouvait l'imaginer.

— Là, tout de suite, non. On ne peut rien faire.

— Tu restes là-bas avec elle ?

— Oui.

Ethan ne questionna même pas le fait qu'il soit si déterminé à rester auprès de Bristol.

— Qu'est-ce qu'on peut faire pour t'aider, Lilly et moi ? demanda Ethan.

Son frère était vraiment le meilleur.

— Tout ce qu'avait Bristol était dans son sac. Est-ce que tu penses pouvoir aller à l'hôtel pour récupérer ses affaires ? Je suppose que le personnel les a récupérées en nettoyant sa chambre. Et si Lilly peut lui prêter quelques habits pour la dépanner le temps qu'on aille à Kingsport pour récupérer ses affaires, ce serait bien aussi.

— Bien sûr. Je suis certain qu'Elsie et Lilly seront toutes les deux ravies d'aider.

— Merci. Elle est toute petite. Genre elle ne fait même pas un mètre cinquante-trois. Et mince. Je n'ai aucune idée de la taille qu'elle fait pour les vêtements.

— Lilly trouvera.

— Elle a de longs cheveux. Donc je pense que mon shampoing ne fera pas l'affaire. Elle aura besoin d'affaires de toilette et de trucs de filles.

— Pas de problème. C'est quoi le plan une fois qu'elle sortira de l'hôpital ? Elle va rentrer chez elle ? demanda Ethan.

Rocky prit une profonde inspiration, puis soupira longuement.

— Je ne sais pas. Elle n'a personne à Kingsport et elle ne pourra pas bien se débrouiller toute seule. Je lui ai dit qu'elle était la bienvenue à Fallport et qu'elle avait de nombreuses options de logements le temps qu'elle récupère.

Il y eut un silence à l'autre bout du fil pendant un moment avant qu'Ethan ne lui demande :

— C'est ta Lilly en fait, c'est ça ?

— Je ne sais pas. Comment as-tu su que Lilly était faite pour toi ? lui demanda Rocky.

— Je le savais, c'est tout, répondit Ethan. Je sais que ce n'est pas une vraie réponse, mais je ne peux pas vraiment l'expliquer. C'était cette idée insupportable qu'elle puisse partir une fois son travail terminé. Son sens de l'humour. Sa loyauté. Mais c'était surtout un sentiment au plus profond de moi qui me disait que si je la laissais partir j'allais le regretter.

Rocky acquiesça. Il savait de quoi parlait son frère. S'imaginer dire au revoir à Bristol lui était physiquement douloureux.

— Ça ne fait qu'un jour que je l'ai rencontrée, songea-t-il à voix haute.

— Peu importe. Quand tu sais, tu sais. Alors évidemment, ça ne veut pas dire que tout se passera comme tu le voudras. Ou que tu tomberas fou amoureux. Ou qu'elle ressentira la même chose pour toi. La vie est parfois cruelle et si tu penses qu'elle est faite pour toi, tu devras peut-être te battre comme jamais pour que ça fonctionne. Elle a déjà une vie, tout comme toi.

— Je sais, dit Rocky.

Et c'était vrai. Il n'avait pas arrêté de penser à toute la logistique que cela entraînerait de sortir avec Bristol. Et comment, une fois qu'elle aurait eu le temps de réfléchir, elle risquait de réaliser que ce qu'elle avait pu éprouver pour lui avait été influencé par le fait qu'il l'ait sauvée. La dernière chose dont Rocky avait envie, c'était que quelqu'un se mette en couple avec lui parce qu'il était reconnaissant de son aide.

— Appelle-moi demain matin, lui ordonna Ethan. Tiens-moi au courant de ce dont tu as besoin et du temps qu'elle restera. J'enverrai Lilly demain matin pour qu'elle aille lui prendre quelques affaires et on pourra, soit tout t'apporter ici, ou vous retrouver ici à Fallport, quel que soit l'endroit où tu l'auras convaincue de rester. Et pour info, tu sais qu'elle est la bienvenue chez nous. On a de la place.

— Merci. Votre maison faisait déjà partie des options que je lui ai proposées.

— Tu nous dis tout ce dont tu as besoin, quand tu en as besoin, dit Ethan avec ferveur.

Mon Dieu, comme Rocky aimait son frère.

— Comment ça s'est passé pour Elsie sur le sentier ? J'imagine qu'elle a réussi à aller au bout et qu'elle a adoré la surprise de Zeke ? demanda-t-il, ayant besoin de parler d'autre chose que des sentiments confus qu'il éprouvait pour la femme qu'il venait tout juste de rencontrer.

— Elle s'en est bien sortie. La randonnée, ce ne sera jamais son truc, mais le fait de savoir qu'elle l'a fait pour son fils... c'est plutôt génial. Et oui, Zeke a fait du très bon travail en transformant l'intérieur de la tour. Un matelas gonflable, des fleurs, tout le tralala. Nous l'avons tous aidé à ramener tout ça pour qu'il n'ait pas à revenir prochainement pour tout ranger.

— Cool. Et Tony ? Ça lui a plu ?

Ethan rit.

— C'est un euphémisme. Zeke et Elsie lui ont montré les documents pour changer son nom de famille et qu'il s'appelle Calhoun, comme eux, et je crois que son hurlement excité a été entendu jusque dans le comté voisin.

Rocky sourit.

— Ce sont de bonnes personnes, dit-il doucement.

— Oui. Et au fait ? Je vais devoir te toucher deux mots sur le fait de partir seul fouiller les bois, mon frère.

Rocky soupira. C'était naïf de sa part de penser qu'Ethan ne lui ferait pas de reproches sur sa connerie.

— J'en étais sûr. Je sais que j'ai merdé et ça n'arrivera plus, c'est certain. Mais... si on avait ces téléphones satellites, on se sentirait tous plus en sécurité. Même quand on part chercher quelqu'un en même temps, on ne peut pas tous rester ensemble. Ça nous aiderait beaucoup qu'on puisse communiquer les uns avec les autres quand on est là-bas.

— Je suis d'accord. J'ai aussi parlé au maire pour voir s'il pouvait faire pression sur les compagnies de téléphonie mobile pour obtenir une autre tour ici aussi. C'est dangereux que personne n'ait de réseau sur la 480 ou dans la forêt. Mais apparemment, c'est politique... et compliqué. C'est très agaçant.

Rocky n'enviait pas son frère et il était content de ne pas être celui qui devait parler au maire. Jonathan Coleman était un connard et dès qu'il était question de mettre la main au portefeuille, c'était quasiment impossible.

— Je vais te laisser. Mais j'attends ton appel dans la matinée. Je contacterai les gars et leur expliquerai la situation. J'imagine que tu as parlé à Raiden ?

— Oui. C'est le premier que j'ai appelé dès que j'ai eu du réseau.

— OK. On se parle demain et on se voit vite. Je t'aime, frérot.

— Je t'aime aussi. Dis bonjour à Lilly de ma part.

— Ça marche. À plus.

Rocky raccrocha et se remit à faire les cent pas. Il était content d'avoir le soutien de son frère tout comme celui du reste de l'équipe, mais pour le moment, il ne pensait qu'à Bristol. Est-ce que l'opération se passait bien ? Est-ce que la fracture était aussi minime que le pensait le docteur Snow ?

Alors qu'il commençait à s'affoler, imaginant tout un tas de scénarios catastrophiques pour l'opération, la porte de la salle d'attente s'ouvrit.

— Monsieur Watson ?

— C'est moi.

— L'opération de votre fiancée s'est très bien passée.

Rocky ne fut même pas gêné par l'intitulé incorrect. Il savait que les docteurs refuseraient de lui parler s'il n'avait pas une sorte de lien familial avec Bristol. Et le fait qu'elle n'ait même pas sourcillé quand il avait dit qu'elle était sa fiancée ne l'avait pas fait culpabiliser pour son mensonge. Il se focalisa à nouveau sur le docteur.

— C'était une simple fracture et j'ai pu utiliser une seule broche pour relier les os ensemble. Elle est désormais en convalescence, mais ne devrait pas avoir besoin de passer du temps en soins intensifs. Elle est en bonne santé et en forme. Vous souhaitez la voir avant de rentrer ?

— Je ne rentrerai pas tant qu'elle ne rentrera pas avec moi, et oui j'aimerais la voir dès que possible s'il vous plaît, dit Rocky.

— Très bien. Dès qu'elle sera installée dans sa chambre, j'enverrai quelqu'un vous prévenir. Je m'arrangerai aussi pour qu'un lit de camp y soit installé pour vous aussi.

Rocky fit un signe de tête à l'homme et ce dernier tourna les talons.

— Docteur ?

— Oui ? répondit ce dernier en posant la main sur la porte.

— Merci.

L'homme haussa les épaules.

— C'est mon travail.

Puis, il s'en alla.

Rocky rit. Il réalisa que c'était probablement ce qu'*il* disait quand les gens essayaient de le remercier après qu'il les ait retrouvés dans la forêt.

Le soulagement coula dans ses veines. Bristol allait bien. Elle allait guérir et serait sur pied en un rien de temps.

Une heure plus tard, une infirmière pointa le bout de son nez depuis la porte de la salle d'attente pour lui annoncer que Bristol était installée. Il la suivit avec empressement jusqu'à un autre étage, et quand ils entrèrent dans la petite chambre d'hôpital, il n'eut d'yeux que pour la femme allongée sur le lit. Ses cheveux étaient toujours sales, mais on aurait dit que sa peau avait été un peu nettoyée. Elle avait une perfusion dans le bras, ses joues étaient pâles et il n'avait jamais été aussi heureux de voir quelqu'un.

Elle avait des points de suture sur la jambe et un plâtre semi-rigide. L'infirmière lui expliqua que dans environ une semaine les points seraient retirés et qu'elle aurait probablement un plâtre normal.

Il remercia la dame qui lui indiqua qu'elle ferait des allers-retours toute la nuit pour vérifier que Bristol allait bien et il tira une chaise plus près du lit. Il lui prit doucement la main et la caressa.

— Salut, dit-il doucement.

À sa grande surprise, Bristol tourna la tête vers lui.

— Rocky ?

— Oui, c'est moi.

— Ils ne l'ont pas coupée, hein ?

— Quoi, ta jambe ? Non ! Pourquoi tu dis ça ?

— Je ne la sens plus.

Rocky rit.

— Elle est toujours là. Le docteur a dit que c'était une fracture nette. Il t'a mis une seule broche. Tu pourras bientôt être sur pied et tu danseras en un rien de temps.

— Peux pas danser, marmonna-t-elle. Fatiguée.

— Dors, Punky.

Elle serra sa main dans la sienne.

— Tu t'en vas pas ?

Le cœur de Rocky fit un bond dans sa poitrine.

— Non. Je reste avec toi ce soir.

— Le lit est trop petit pour dormir à deux.

Rocky rit à nouveau.

— T'es pas plus grosse qu'un insecte. On rentrerait largement tous les deux. Mais ils m'ont apporté un lit de camp.

— OK. Rocky ?

— Oui, bébé ?

Le mot lui échappa.

— Si c'est toujours d'accord, je veux rester avec toi. Tu sais... jusqu'à ce que je puisse marcher.

Rocky ferma les yeux. Le soulagement qu'il éprouva fut presque bouleversant.

— Ça marche, Punky. Dors. On en parlera demain matin.

Elle hocha la tête et ferma les yeux. Il s'assit à côté d'elle, lui tenant la main jusqu'à ce qu'elle se relâche dans la sienne. Il ne bougea pas jusqu'à ce que l'infirmière arrive une heure plus tard pour vérifier sa perfusion, le taux d'analgésiques et pour s'assurer que ses signes vitaux étaient bons.

Rocky rejoignit le lit de camp et s'allongea. Il avait un sac de couchage dans son coffre, mais il n'avait pas envie de partir pour aller le chercher. Ça ne le dérangeait pas de dormir avec ses vêtements. Dieu sait qu'il avait couché dans de bien pires endroits au cours de sa vie. Il mit un certain temps à trouver le sommeil, mais la dernière chose qu'il vit fut le visage de Bristol, assoupie dans le lit à côté de lui.

Bristol mit un moment à se rappeler où elle se trouvait et ce qui lui était arrivé quand elle se réveilla, mais lorsque ce fut le cas, elle ouvrit les yeux – et la première chose qu'elle vit, fut Rocky, dormant sur un lit de camp à côté de son lit, ses pieds dépassant du matelas. Le simple fait de savoir qu'il était resté avec elle lui donna des papillons dans le ventre.

Elle ne se souvenait pas de ce qui s'était passé la veille, après qu'elle avait été emmenée au bloc opératoire pour se faire opérer. En baissant les yeux, elle vit que sa jambe cassée était légèrement surélevée sous les draps. Elle ne ressentait aucune douleur et en déduisit que c'était grâce aux médicaments qui circulaient dans l'intraveineuse reliée à son bras.

Elle se sentit étrangement bien après tout ce qu'elle avait vécu. Elle n'était pas fan des hôpitaux – qui l'était ? – mais le fait d'avoir Rocky à ses côtés l'aidait beaucoup à rester calme.

Elle le regarda dormir pendant un moment. La lumière entrait progressivement par la fenêtre, lui indiquant que c'était le matin. Il avait la bouche entrouverte et avait passé un bras sur sa tête tandis que l'autre était posé sur son ventre. Il portait toujours les mêmes vêtements qu'il avait enfilés avant de la conduire jusqu'à Roanoke.

Bristol n'arrivait toujours pas à croire qu'il ait fait ça. Il était allé bien au-delà de ce que la plupart des gens auraient fait pour une parfaite inconnue. Mais ils s'étaient rapprochés dans les bois. Elle ne pouvait *pas* le nier. Une étincelle avait jailli entre eux quand il l'avait doucement portée contre son torse et avait franchi les dix kilomètres qui les séparaient de sa voiture. Il y avait encore beaucoup de choses qu'elle ne connaissait pas sur l'homme qui dormait à côté d'elle, mais le *peu* qu'elle savait, elle l'appréciait. Plus que de raison.

Un bruit fort retentit soudain à l'extérieur de la chambre, faisant sursauter Bristol. On aurait dit que quelqu'un avait fait tomber une casserole ou un truc du genre. Le mouvement secoua sa jambe et un petit gémissement lui échappa. Il y eut plus de peur que de mal, mais cela lui fit prendre conscience qu'elle avait effectivement était opérée de cette jambe la veille.

Le temps qu'elle reporte à nouveau son attention sur Rocky, il était assis sur le côté du lit de camp, adorablement décoiffé. Ses cheveux étaient ébouriffés et étonnamment, même sa barbe semblait avoir besoin d'un bon brossage. Comme elle le regardait, il se frotta le visage, comme s'il faisait de son mieux pour se réveiller, puis il leva ses yeux bruns et croisa son regard.

— Bonjour, dit-il d'un ton bourru et grave.

— Salut, répondit-elle, bizarrement timide.

Peut-être était-ce parce qu'elle ne portait rien d'autre qu'une blouse d'hôpital. Peut-être était-ce parce qu'ils avaient dormi ensemble, même si elle était complètement dans les vapes et dans un autre lit que lui. Ou peut-être était-ce parce que plus elle passait du temps avec cet homme, plus elle était attirée par lui.

— Comment tu te sens ? lui demanda-t-il en se levant.

Bristol leva le menton pour ne pas rompre leur regard. Il était vraiment grand, surtout comparé à elle. Il se tourna vers le lit de camp sur lequel il avait dormi et commença à faire le lit alors qu'elle lui répondait.

— Ça va.

Rocky gloussa et se tourna vers elle.

— Tu dirais ça même si ta jambe ne tenait que par un tendon, non ?

Bristol haussa les épaules.

— Ça me semble bête de me plaindre quand on sait quelle aurait pu être l'autre alternative.

— C'est vrai, je comprends, mais en même temps, ça ne sert à rien que tu souffres ou ne sois pas bien. Si tu as mal, j'irai chercher l'infirmière pour qu'elle te donne quelque chose ou augmente la dose des médicaments via la perfusion.

Il était très attentionné.

— Honnêtement, ça va. Je n'aime pas particulièrement être assommée de médicaments. Ma jambe me fait un peu mal, mais rien que je ne puisse pas supporter. Ça va. Je te promets.

Rocky acquiesça.

— OK. Dis-moi si jamais ça change.

Il se dirigea vers la chaise et l'approcha avant de s'asseoir. Il lui prit la main, et la joie qui l'envahit lorsqu'il caressa le dos de celle-ci du pouce était enivrante... et déroutante.

— J'ai parlé à l'infirmière hier soir et elle a dit que le docteur pense que tu pourras partir demain ou après-demain... ça dépend de comment tu te sens, bien sûr. Il va demander au docteur Snow d'enlever tes points de suture plus tard et de changer ton plâtre. Je vais appeler Ethan, mon frère, dans pas longtemps, sûrement quand l'infirmière viendra te préparer pour la journée. Lilly et lui rouleront jusqu'ici et t'apporteront des habits propres et des affaires de toilette. Zeke ira à mon appartement et verra ce qu'il peut faire pour aménager la chambre d'amis pour que tu puisses te déplacer plus facilement quand tu pourras marcher avec des béquilles. Qu'est-ce que tu aimes manger ? Je suis certain que Drew ou l'un des autres gars sera ravi d'aller au magasin faire quelques courses pour nous.

Bristol le regarda d'un air confus.

— Euh... ta chambre d'amis ? demanda-t-elle doucement.

Rocky se figea. Il n'y avait pas d'autre mot pour décrire cela.

Il avait été plutôt détendu il y a quelques secondes, mais désormais, il était tout raide et la fixait du regard.

— Tu as des souvenirs d'hier soir ? lui demanda-t-il.

— Non, rien. Je veux dire, je me souviens de tout avant l'opération. Le fait de voir le médecin et d'être emmenée sur un brancard. Mais je ne me souviens pas d'être entrée dans la salle d'opération ou de quoi que ce soit d'autre par la suite, jusqu'à mon réveil ce matin.

Rocky soupira.

— Pourquoi ? Il s'est passé quelque chose ? demanda-t-elle, soudain nerveuse.

— Non, il ne s'est rien passé, dit-il d'un ton apaisant.

Il lui serra la main puis se leva soudain et partit vers la petite salle de bains dans le coin.

Bristol se mordit la lèvre. Elle repensa à ce que Rocky venait de dire, comme quoi elle allait loger chez lui et que ses amis allaient lui apporter des vêtements et de la nourriture. Elle se creusa les méninges, faisant de son mieux pour se rappeler s'ils avaient eu une conversation à propos de ce qui se passerait une fois qu'elle sortirait de l'hôpital, mais cela ne servit à rien.

Tout était noir.

Rocky sortit de la salle de bains, les cheveux mouillés au niveau de ses tempes avec quelques gouttes d'eau dans sa barbe. Il s'était manifestement lavé le visage. Pour se réveiller ? Ou pour se laisser le temps de trouver quoi dire ? Bristol n'était pas sûre. Mais elle supposa que c'était un mélange des deux.

Il se rassit sur la chaise à côté du lit, mais cette fois-ci, il ne lui prit pas la main. Un sentiment de déception frappa Bristol et elle se sermonna mentalement d'être ridicule.

— J'imagine qu'on a eu une discussion concernant ma sortie de l'hôpital ? demanda-t-elle, ne souhaitant pas tourner autour du pot.

Rocky hocha la tête.

— Oui. Comme je te l'ai dit avant, tu as plusieurs options.

Il prit une grande inspiration, sur le point de répéter tous les choix qu'il avait mentionnés la veille, mais Bristol l'arrêta.

— J'ai dit que je logerai chez toi, c'est ça ? demanda-t-elle brusquement.

Il la regarda un long moment avant d'acquiescer.

— Mais si tu n'es pas à l'aise avec ça, ce n'est pas grave.

— Je ne me souviens pas de cette conversation.

Il rit, mais avec amertume.

— Oui, j'ai bien compris, Punky. J'aurais dû me rendre compte que tu étais dans les vapes et que tu ne te souviendrais pas de ce que nous nous sommes dit.

— Ça ne va pas t'embêter si je reste avec toi ?

— Non. Comme je te l'ai dit, j'ai une chambre d'amis. Elle n'a rien d'extraordinaire et les murs de la résidence sont assez fins. Mais si tu restes avec moi, tu auras ta propre chambre. Par contre on devra partager la salle de bains. J'habite au deuxième étage donc tu devras monter et descendre les escaliers pendant un certain temps, j'imagine. Il faudra que je retourne rapidement au travail quand on sera de retour, donc tu risques de t'ennuyer dans l'appartement, mais je suis sûr que Lilly et Elsie viendront te rendre visite autant que possible. Sans oublier que lorsque Sandra saura où tu es, elle viendra régulièrement, ricana-t-il. Mais qu'est-ce que je crois, moi ? Une fois que les habitants de Fallport sauront où tu es et que tu es plus ou moins coincée jusqu'à ce que tu puisses marcher à nouveau, tu seras probablement bombardée de visiteurs.

Bristol pencha la tête sur le côté et l'étudia du regard.

— Pourquoi ?

— Pourquoi quoi ? demanda-t-il.

— Pourquoi les gens en auraient-ils quelque chose à faire ?

— Tu n'as pas l'habitude des petites villes, n'est-ce pas ?

Bristol haussa les épaules.

— Pas vraiment. Kingsport n'est pas immense, mais c'est plus grand que Fallport. J'ai rencontré mes voisins quelquefois, même si je ne les connais pas *vraiment*. J'ai été impressionnée quand Sandra s'est souvenue de mon prénom après seulement une visite au restaurant.

— Tout le monde connaît tout le monde dans les petites villes. Ça peut être super, comme pour Sandra qui savait déjà qui tu étais quand tu es revenue une deuxième fois et qui m'a ensuite demandé d'aller te chercher. Ça peut aussi être très pénible, car tout le monde connaît la vie de tout le monde. Je n'arrive même pas à croire que Zeke ait pu cacher à Elsie qu'il avait transformé la tour de guet d'Eagle Point en un confortable petit nid d'amour pour eux deux. Quand je suis allé à la poste le jour où tout le monde est parti pour la randonnée, Art et ses copains m'ont posé des questions à ce sujet, me demandant si Elsie avait aimé sa surprise.

— Art ? demanda Bristol.

— C'est l'un des trois hommes qui s'assoient tous les jours devant le bureau de poste sur la place. Ils adorent les commérages et sont très doués pour ça. Bref, ce que je veux dire, c'est que les petites villes ne sont pas comme les autres. Les gens se soucient des autres. Certes, ce sont parfois de vraies fouines qui cherchent à obtenir des informations, mais ils apporteront toujours des petits plats tout en partant à la pêche aux secrets, gloussa-t-il. Alors, pour répondre à ta première question, les gens en ont quelque chose à faire... parce que c'est comme ça que sont les habitants de Fallport. Sans vouloir être prétentieux, les gens nous estiment beaucoup mes amis et moi, grâce à toutes les personnes disparues que nous avons retrouvées. Et si tu restes chez moi, ils voudront t'aider autant qu'ils le pourront.

Bristol acquiesça. Elle pouvait comprendre. Rocky était un type sympathique, c'était indéniable. Et si ses amis de l'équipe de recherche et de sauvetage étaient au moins aussi accommodants et généreux que Rocky l'avait été, elle n'était pas surprise que les habitants de Fallport se plient en quatre pour aider quelqu'un qu'il protégeait.

— Et pour info, je ne fais jamais ça, dit-il en les désignant tous les deux. Mon rôle, c'est de retrouver les gens, pas de les soigner. Pas de les conduire jusqu'à l'hôpital de Roanoke, expliqua-t-il en haussant les épaules, un peu gêné. Et si l'équipe SER[1] d'Eagle Point *offrait* ce genre de service aux personnes que nous secourons, je serais probablement la dernière personne que l'on voudrait avoir à ses côtés.

Bristol fronça les sourcils. Mais il continua avant qu'elle puisse faire un commentaire.

— Je suis trop... brut de décoffrage. Mon apparence effraie parfois les gens. Sans parler des blagues sur les bûcherons que je subis tout le temps.

Sa remarque contraria Bristol.

— Eh bien ces gens-là sont stupides, dit-elle en soufflant.

Rocky sourit, puis redevint sérieux.

— Bref, les prochaines semaines ne seront pas faciles pour toi. L'idée que tu t'en ailles et que tu essaies de te débrouiller toute seule à Kingsport, et que tu te fasses potentiellement mal au passage, ne me convient pas. On s'entend bien, j'apprécie de parler avec toi et je peux t'aider pendant que tu guéris, dit-il en haussant les épaules. Je ne suis pas très convaincant.

— Si, justement, dit Bristol. Je ne suis pas du tout en colère que tu sembles déjà avoir tout prévu. Je suis soulagée, pour tout te dire. Et pour info, je n'ai pas l'habitude d'accepter de vivre chez des hommes que je viens tout juste de rencontrer, dit-elle en souriant timidement. Mais j'ai l'impression de te connaître depuis des mois et non une journée.

— N'est-ce pas ? dit-il avec un sourire. C'est un peu bizarre.

— C'est vraiment bizarre, convint-elle.

Ils se sourirent mutuellement et Bristol ne put s'empêcher de soupirer de soulagement quand il lui prit à nouveau la main.

— Donc... ton frère et sa fiancée vont venir ce matin ? demanda-t-elle.

— Très probablement. Je dois quand même les appeler une fois que tu auras vu le docteur pour les tenir au courant de ton état et de la durée de ton séjour.

— Je sais que tu n'aimes pas l'entendre, mais j'aimerais te remercier à nouveau, dit Bristol. Sérieux, le fait que tu sois là m'empêche de paniquer. Et le fait de savoir que j'ai un endroit où aller – et un moyen d'y parvenir, puisque je n'ai pas ma voiture – me fait me sentir beaucoup mieux.

— Tu peux rester avec moi aussi longtemps qu'il te faudra pour guérir, Punky, dit Rocky. Mon offre est sans condition. Si tu ne te sens pas à l'aise et veux loger ailleurs, ce n'est pas grave. Je ne vais pas m'énerver si tu as besoin de changer de rythme. Une fois de plus, mon appartement n'est pas très chic, et je passe la plupart de mon temps libre devant la télé ou avec mes amis.

— Ça ressemble beaucoup à ce que je fais, lui dit-elle avec franchise. Sauf pour les amis.

Il lui sourit et caressa à nouveau le dos de la main avec son pouce, lui donnant la chair de poule. Rocky ouvrit la bouche pour dire quelque chose, mais fut interrompu par la porte qui s'ouvrit et l'infirmière qui entra dans la chambre.

— Bonjour ! dit-elle d'un ton jovial. Ça fait plaisir de vous voir réveillée. Comment vous vous sentez ?

Rocky relâcha sa main et se leva, laissant l'infirmière s'approcher du lit. Bristol était un peu irritée d'avoir été interrompue, mais sourit quand même à la femme.

Rocky replia le lit de camp sur lequel il avait dormi, puis sortit de la pièce, lui laissant un peu d'intimité pendant que l'infirmière lui faisait sa toilette avec une éponge. Bristol aurait donné n'importe quoi pour pouvoir se laver les cheveux et prendre une vraie douche, mais quand l'infirmière déplaça sa jambe, la douleur lui donna des sueurs froides, malgré les analgésiques. Il était évident qu'elle ne pourrait pas se laver toute seule avant un moment. Cette idée aurait dû la déprimer, mais comme elle n'avait pas à s'inquiéter d'être seule durant sa convalescence, étonnamment, tout lui convenait.

Le docteur entra dans la pièce peu de temps après sa toilette avec Rocky sur ses talons.

Il lui posa ce qui semblait être une centaine de questions, mais c'étaient surtout des choses que Bristol aurait oubliées ou n'aurait pas pensé à demander, alors elle fut soulagée qu'il soit là. Le docteur n'était pas prêt à s'engager sur l'heure exacte de son départ, mais comme l'avait dit l'infirmière à Rocky, selon lui elle pourrait partir d'ici un jour ou deux... mais seulement parce qu'elle ne serait pas seule et parce qu'il connaissait personnellement le docteur de Fallport.

Traduction : si Rocky ne lui avait pas proposé de rester avec lui, elle aurait dû rester plus longtemps à l'hôpital puisqu'elle était célibataire et vivait toute seule. Après le départ du docteur, l'infirmière lui rappela comment fonctionnaient les antidouleurs avec son intraveineuse et qu'elle n'avait qu'à appuyer sur le bouton dès qu'elle souffrait trop. Puis, elle partit voir d'autres patients lorsque le petit déjeuner fut servi.

Bristol réalisa qu'elle mourait de faim, mais après avoir mangé seulement la moitié de son repas sur le plateau, elle réalisa qu'il lui était impossible de garder les yeux ouverts.

— Je vais aller appeler mon frère, lui dit Rocky.

Bristol hocha la tête, clignant des yeux pour rester éveillée.

— Dors, Punky. Arrête de lutter.

— Je ne devrais pas être si fatiguée, se plaignit-elle.

Rocky leva les yeux au ciel et Bristol ne put s'empêcher de rigoler en voyant cet homme si musclé faire une tête aussi ridicule.

— Sois plus indulgente avec toi-même. Tu as enchaîné des journées compliquées, lui dit-il. Tu veux que les gars t'achètent quelque chose en particulier au magasin ? demanda-t-il.

Bristol secoua la tête.

— Je ne suis pas difficile. Je mangerai comme toi.

— OK. Tu veux que je mette ton petit déjeuner de côté pour que tu puisses le manger plus tard ?

Bristol ferma les yeux et elle se força à les rouvrir.

— Non, ça va.

Rocky déplaça le plateau au-dessus de son lit et appuya sur

le bouton pour baisser le matelas afin qu'elle soit presque couchée au lieu d'être assise. Puis, il la surprit en se penchant vers elle et en lui embrassant doucement le front. Sa barbe lui chatouilla la peau et elle sourit un peu alors que ses yeux se fermaient à nouveau.

— Je reviens plus tard, dit-il doucement.

Bizarrement, elle fut soudain prise de panique. Elle ouvrit grand les yeux et tendit la main vers lui. Elle lui attrapa l'avant-bras et s'accrocha, mais aucun son ne franchit ses lèvres.

— Bristol ? demanda-t-il d'un air inquiet.

— Tu me promets que tu vas revenir ?

Son visage se détendit et il plaça sa main sur la sienne.

— Oui. Je ne pars pas.

Bristol prit une grande inspiration.

— D'accord, OK. Pardon... j'ai eu une minicrise de panique pendant quelques secondes.

Rocky se pencha vers elle, s'appuyant sur ses mains, les posant à plat sur le matelas à côté d'elle. Elle ne relâcha pas son bras et sentit ses muscles se contracter dans sa paume.

— Je vais juste appeler Ethan. Il faut que j'aille au parking pour récupérer mon sac de couchage pour pouvoir me changer. Je vais probablement m'arrêter à la cafétéria pour manger un petit déjeuner moi aussi. Il est hors de question que je te laisse, Punky. Quand tu te réveilleras, je serai assis juste là, en train de rattraper mon travail en retard pour voir quels projets je peux accepter ou repousser pour un moment. OK ?

— OK, dit-elle immédiatement. C'est juste que... être toute seule dans les bois... ce n'était pas génial. Et pendant une seconde j'ai eu peur de me retrouver seule. Mais c'est idiot, parce que je ne suis *pas* seule. Je peux appuyer sur le bouton d'appel quand j'en ai besoin. Je suis désolée. Vas-y. Va faire tes trucs. Moi je serai là... en train de dormir.

— Ne minimise pas ce que tu ressens. Tu étais dans une situation très effrayante. Mais je te promets que je n'irai nulle part.

— Merci, murmura-t-elle.

Rocky la regarda un long moment, comme s'il essayait de lire dans son esprit. Il finit par acquiescer, repoussa une mèche de ses cheveux derrière son oreille, puis se leva et se dirigea vers la porte. Avant même qu'il ne l'atteigne, Bristol avait de nouveau fermé les yeux.

# CHAPITRE SIX

Le médecin décida qu'il était plus judicieux de la garder une nuit de plus et Rocky ne put la faire sortir que jeudi. Ces derniers jours avaient été... relaxants. Il n'avait pas eu à s'inquiéter que son téléphone sonne à cause d'une disparition et à partir en recherche dans la forêt. Il n'avait pas eu à penser aux équipements qu'il allait devoir prendre pour son travail ou quoi que ce soit d'autre, mais seulement à divertir Bristol.

Et après le premier jour, lorsqu'elle avait dormi une bonne partie de la journée, elle avait été remarquablement facile à divertir. Il craignait que le temps passé à l'hôpital ne s'éternise, mais cela avait été fascinant d'apprendre à connaître Bristol et au contraire, le temps était passé très vite.

Sa jambe guérissait bien et elle avait réussi à se sevrer des analgésiques un peu plus costauds. Désormais, elle n'utilisait que les cachets en vente libre. Elle n'était pas autorisée à s'appuyer sur sa jambe pendant deux semaines, et ensuite elle pourrait utiliser des béquilles ou un déambulateur pour genoux, ce que le docteur recommandait comme étant le plus confortable pour la plupart des gens, même s'il fallait s'y habituer.

Rocky avait appelé le docteur Snow et il avait joyeusement

accepté de venir à l'appartement pour l'ausculter et retirer ses points en temps voulu. Il mettrait également en place le plâtre dont elle aurait besoin pour s'assurer que l'os guérisse correctement après avoir retiré les points.

Ethan était venu en voiture le premier jour où Bristol avait été hospitalisée. Lilly avait été sollicitée pour photographier des fiançailles surprises à la dernière minute et n'avait pas pu venir à sa grande déception. Il avait apporté des vêtements que Lilly et Elsie avaient achetés la veille et Lilly lui avait demandé de s'excuser pour elles, car ceux-ci n'étaient pas très chics.

Mais Bristol avait eu un grand sourire en voyant le sweat-shirt doux et le pantalon de flanelle ample.

Rocky l'avait aidée à découper la jambe droite pour qu'elle puisse être à l'aise dedans et qu'il lui aille malgré son plâtre.

Ils avaient discuté tous les trois pendant un moment jusqu'à ce qu'une infirmière n'entre pour l'aider à se doucher et à se laver les cheveux. Quand elle était retournée dans le lit, Bristol n'avait pas pu garder les yeux ouverts. Rocky s'était assis à côté d'elle et l'avait regardée dormir pendant bien plus longtemps qu'il ne voulait l'admettre. Il ne savait pas ce qui le rendait si... accro, chez elle.

Elle avait désormais eu le droit de quitter l'hôpital. Elle ne pouvait pas encore marcher, alors quelqu'un avait été chargé de la pousser en fauteuil roulant jusqu'au SUV de Rocky qu'il avait déjà garé devant l'entrée de l'hôpital.

Rocky la porta facilement pour l'installer dans son pick-up et aida l'aide-soignante à charger ses affaires dans la voiture. Lorsqu'ils furent enfin en chemin pour Fallport, il tourna la tête vers Bristol qui était assise à côté de lui et qui avait un petit sourire aux lèvres.

— Pourquoi tu souris ? demanda-t-il.

Bristol tourna la tête vers lui et haussa les épaules.

— La vie est parfois très cruelle. Tellement cruelle que tout ce que tu peux faire c'est de respirer. Puis les choses changent et tu réalises que ce qui te contrariait tant ou te déprimait ne te paraît plus si horrible. Quand je rampais dans la forêt, je doutais pouvoir atteindre le sentier ou que quelqu'un finisse par me trouver. Ma jambe me faisait plus mal que n'importe quelle blessure que j'ai pu avoir dans ma vie. J'ai commencé à avoir du mal à croire que j'allais sortir en vie de ces bois et encore moins être à nouveau heureuse un jour.

Elle haussa les épaules

— Et maintenant me voilà..., continua-t-elle. Ma jambe a été réparée, toi tu fais tout ton possible pour m'aider, et même si je ne leur ai parlé que par textos, j'ai l'impression que je connais Lilly et Elsie depuis toujours. Sans parler de tous les autres habitants de Fallport qui m'ont envoyé leurs vœux de rétablissement. Et pour couronner le tout... le soleil brille aujourd'hui et ma jambe est en forme. Je suis une femme très chanceuse et je le sais.

— T'es une optimiste, dit Rocky au bout d'un moment.

— Ouaip, dit joyeusement Bristol. Il y a clairement des moments où je suis déprimée, mais généralement, j'essaie de voir le bon côté des choses. Ça pourrait toujours être pire et j'essaie de me focaliser sur tout ce qui est bien autour de moi plutôt que de m'attarder sur le mauvais.

Rocky était habituellement agacé par les gens trop enthousiastes comme Bristol, mais elle n'essayait pas d'imposer son optimisme aux autres. Elle suintait simplement la positivité ce qui la faisait rayonner.

— C'est une belle façon de vivre, dit-il au bout d'un moment.

— Je ne suis pas une idiote. Je sais qu'il se passe beaucoup de choses horribles dans le monde, dit-elle d'un ton solennel. Mais j'ai vraiment l'impression que le fait d'avoir une bonne attitude lorsque les choses vont mal, contribue à les rendre plus supportables. Et quand il se passe des choses vraiment graves, comme moi qui suis tombée d'une falaise au milieu de nulle part alors que personne ne savait où j'étais... le fait d'essayer d'être positive m'empêche de me noyer dans un puits de désespoir si profond qu'il risque de m'aspirer et de ne plus jamais me laisser repartir. Si j'étais restée là où j'étais tombée, tu ne m'aurais sûrement pas retrouvée, dit Bristol. Je suis convaincue que tout ce qui nous arrive dans nos vies n'est pas dû au hasard... même les mauvaises choses.

Rocky réfléchit à ce qu'elle venait de dire pendant un long moment. Il n'était pas sûr d'être d'accord. En tant qu'ancien SEAL, il s'était déjà retrouvé dans des situations qu'il ne pouvait pas justifier, incapable de trouver la raison pour laquelle elles avaient eu lieu. Il avait déjà vu des enfants se faire tuer pour rien. Il avait eu du mal à aider ses amis qui avaient dû mettre fin à leur carrière à cause de blessures graves. Il n'arrivait toujours pas à trouver une seule bonne raison pour laquelle son père avait dû mourir.

Mais... il ne pouvait pas nier que la présence de Bristol était une bouffée d'air et il aimait vraiment être avec elle, notamment *pour* sa personnalité ensoleillée.

— Ce n'est pas grave si tu ne penses pas la même chose, dit-elle doucement. J'y croirai suffisamment pour tous les deux.

— OK, dit-il.

Il aurait pu en dire tellement plus sur le sujet, mais il n'avait pas envie de la faire renoncer à son optimisme.

— OK, répéta-t-elle avec un sourire.

Ils parlèrent de tout et de rien en allant à Fallport et à chaque kilomètre qui passait, Rocky avait le sentiment que quand il devrait la laisser partir, ce serait la chose la plus difficile qu'il ait jamais faite. Et s'il éprouvait déjà cela *maintenant*, lorsqu'il devrait lui dire au revoir après l'avoir eue chez lui le temps qu'elle se remette sur pied... cela risquait de le détruire.

Il commençait à se dire qu'après tout, ce n'était pas une bonne idée qu'elle reste chez lui, mais il ne pouvait et ne voulait pas revenir en arrière. Il se força à repousser ces sentiments désagréables au fin fond de son esprit.

— Je me disais qu'on pourrait faire un arrêt rapide avant d'aller chez moi, si ça te dit, proposa-t-il.

— Bien sûr, dit Bristol en haussant les épaules.

— Comment va ta jambe ?

— Plutôt bien.

— On la relèvera quand on arrivera là-bas. Tes mains te font mal ?

— Non.

— D'accord. Mais si jamais tu commences à être fatiguée, dis-le-moi et on s'en ira.

— Tu as piqué ma curiosité là, dit Bristol, l'excitation perceptible dans sa voix.

Rocky gloussa.

— Ce n'est rien de fou. On est à Fallport, quand même. Je ne voudrais pas que tu sois déçue quand tu sauras où nous allons.

Bristol lui toucha le bras.

— Avant que je n'accepte de faire ce voyage avec Mike, le moment le plus excitant de ma vie, c'était quand j'allais chercher le courrier, dit-elle avec un petit sourire.

— Eh bien, espérons que ce sera encore mieux, dit Rocky en rigolant.

Il désigna le motel Mangree et l'aire de stationnement pour caravanes lorsqu'ils passèrent devant, et il lui expliqua qu'Elsie et son fils avaient vécu ici. Il mentionna qu'Edna, celle qui gérait le motel avec son mari, était bourrue et grognon, mais avait un cœur en or. Il lui montra où Brock travaillait en tant que mécanicien. Il lui demanda si elle avait vu le parc Wagon, et quand elle lui répondit que non, il lui promit de l'y emmener une fois que sa jambe serait un peu mieux guérie.

Il lui montra tout ce qu'il y avait d'intéressant en ville en conduisant et quand ils arrivèrent sur la place centrale, il se gara rapidement devant le Sunny Side Up.

— Oooh, on va voir Sandra ? demanda Bristol.

Rocky sourit.

— Oui. Elle m'a rendu fou avec ses textos : elle voulait savoir comment tu allais, et comme la nourriture de l'hôpital n'était pas très bonne, je me suis dit que ça ne te dérangerait pas de manger un bon repas et de calmer ses craintes en même temps.

Bristol lui sourit... puis ses lèvres tressautèrent.

— Quoi ? Qu'est-ce qui ne pas ? demanda-t-il soudain inquiet.

— C'est juste que, si elle n'avait pas été là, tu ne serais pas venu me chercher. Et je sais que tu pensais que je n'avais pas vraiment disparu, mais quand même. Je lui dois tellement !

Regrettant que la console soit entre eux, Rocky posa la main sur sa nuque et tourna la tête vers elle. Il posa son front contre le sien.

— Ne pleure pas, ordonna-t-il. Si tu pleures, Sandra va devenir folle.

Bristol rit à travers ses larmes.

— Je t'ai déjà dit que Sandra n'apprécie pas facilement les gens. Et elle est connue pour être désagréable avec les touristes. Ils sont un mal nécessaire pour elle, mais elle préfère les gens du coin. Si elle a eu un tel coup de foudre pour toi, c'est que tu es spéciale.

— Je suis juste moi, dit doucement Bristol.

— Alors, continue d'être toi, lui suggéra Rocky.

Il prit une grande inspiration et recula, mais il garda la main sur sa nuque. Il adorait la toucher. Il ne voulait pas la lâcher avant d'y être obligé.

— Respire profondément, Punky. Et souviens-toi, quand tu en as assez, tu me le dis. Je te ramènerai à la maison... euh... chez moi pour t'installer.

Elle sourit et il ne sut pas interpréter l'expression sur son visage.

— Je sais que tu m'as demandé de ne pas te remercier, mais c'est vraiment dur de ne pas le faire dans des moments comme celui-ci.

— Ne bouge pas, lui ordonna-t-il. Je vais faire le tour pour t'aider.

Rocky savait qu'il paraissait un peu bourru, mais il était dérouté. Ce petit bout de femme le mettait dans tous ses états. Il caressa sa nuque avec son pouce et la sentit frissonner, puis il se força à la relâcher et à descendre de la voiture. Il fut devant la portière côté passager en quelques secondes à peine. Bristol avait détaché sa ceinture de sécurité et l'attendait patiemment.

— Je pourrais rapidement m'y habituer, plaisanta-t-elle alors qu'il se penchait vers elle et la soulevait sans effort.

Rocky fit extrêmement attention à ne pas cogner sa jambe contre la portière lorsqu'il se redressa. Il se tourna et ferma la porte du pied avant de marcher vers l'entrée du restaurant.

— Dès que tu voudras que je te porte, tu me le dis, annonça-t-il très sérieusement.

— N'importe quoi, marmonna Bristol. Ce n'est pas parce que je suis petite que mes jambes ne fonctionnent pas correctement.

Elle prit une grande inspiration pour dire autre chose, mais la porte du restaurant s'ouvrit et Rocky entra.

Comme il s'y attendait, l'endroit était bondé. Les retrouvailles entre Bristol et Sandra s'étaient transformées en une véritable fête de bienvenue.

Rocky aperçut son équipe de sauvetage et de recherche ainsi que Lilly, Elsie et son fils Tony, Sandra, Finley Norris – la propriétaire du Bec Sucré, une boulangerie de l'autre côté de la place – Nissi O' Neil, l'avocate dont le cabinet était juste à côté du restaurant, Whitney Crawford, la propriétaire du manoir de Chestnut Street, la chambre d'hôtes et Tiana et Reina, les serveuses qui travaillaient avec Elsie dans le bar de Zeke.

Le docteur Snow et son conjoint, Craig, étaient assis à une petite table. Il vit également le chef de la police de Fallport, Simon Hill ; Davis Woolford, un vétéran qui vivait dans la rue ; Dorothea, Cora, Ruth et Clara, quatre amis proches qui adoraient participer à tous les événements de Fallport, et pour finir, Silas, Otto et Art qui avaient abandonné leurs chaises devant le bureau de poste pour venir voir la femme dont tout le monde parlait en ville.

Le petit restaurant était rempli de gens qui voulaient rencontrer Bristol et être spectateurs de ses retrouvailles avec Sandra. L'histoire de Sandra qui avait alerté Rocky de l'éventuelle disparition de Bristol s'était répandue dans Fallport comme une traînée de poudre.

— Rocky... je crois que quelqu'un fait une fête. On ferait mieux de ne pas les interrompre, dit Bristol en fronçant les sourcils dans sa direction.

Il ne put s'empêcher de rigoler.

— Punky, la fête c'est pour toi.

Son froncement de sourcils s'accentua.

— Quoi ?

— Tout le monde est là pour te rencontrer. Pour te faire savoir qu'ils sont contents que tu ailles bien.

Elle regarda autour d'elle et dit :

— Mais je ne les connais... oh... c'est la fille qui tient la boulangerie ?

— Finley, oui.

— Et je reconnais ces types plus âgés... ils me saluaient toujours depuis le bureau de poste, dit-elle avant de le regarder à nouveau. Ils sont vraiment là pour *moi* ?

— Ouaip.

— Zut, dit-elle avant de fermer les yeux. Je vais encore pleurer !

— Pas de larmes, Punky, la réprimanda-t-il. Sandra arrive.

La propriétaire du restaurant se dirigeait droit vers eux. Rocky s'était arrêté juste devant la porte, mais elle ne perdit pas de temps. Sandra avait la quarantaine et faisait presque un mètre quatre-vingt. Elle avait une belle peau sombre et immaculée, et sa coupe afro rebondissait à chacun de ses pas.

Bristol ouvrit les yeux et vit la femme qui s'avançait vers eux. Elle laissa échapper un couinement excité, et heureusement que Rocky la tenait fermement car Bristol faillit se jeter dans les bras de Sandra dès qu'elle fut assez près.

Faisant attention à ne pas bousculer sa jambe plus que nécessaire, Rocky la tint soigneusement quand Bristol serra Sandra dans ses bras.

— Merci beaucoup, dit Bristol contre l'épaule de Sandra.

— Je suis tellement contente que tu ailles bien, répondit cette dernière.

Les deux femmes s'accrochèrent l'une à l'autre pendant un long moment, la connexion qui les reliait étant évidente pour toutes les personnes présentes. Sandra se retira enfin et essuya doucement les larmes sur son visage.

— Mon Dieu, je suis dans un sale état ! s'exclama-t-elle.

Puis elle commença à donner des ordres autour d'elle.

— Rocky, il faut que Bristol s'assoie. Allez là-bas, j'ai collé une chaise à la banquette pour qu'elle puisse reposer sa jambe. Attention ! aboya-t-elle alors qu'une des serveuses avait failli heurter Bristol pendant que Rocky se penchait pour la faire asseoir sur la chaise. Tu as faim ? Évidemment que tu as faim. La nourriture de l'hôpital est dégueulasse. Je vais te préparer quelque chose.

Sandra jeta un regard noir à tous ceux qui observaient, clairement impatients de rencontrer la nouvelle résidente de Fallport, même si elle n'était que de passage.

— On n'est pas au zoo, leur dit-elle. Arrêtez de regarder cette pauvre fille !

Puis, elle marcha jusqu'à la cuisine, marmonnant dans son coin.

Bristol rit et Rocky ne put s'empêcher de sourire en retour. Il lui serra l'épaule, puis s'assit sur la banquette en face.

Durant les quinze minutes suivantes, Bristol se fit courtiser. Il n'y avait pas d'autre façon de le dire. Tout le monde vint lui dire bonjour, lui faisant savoir à quel point ils étaient soulagés qu'elle aille bien. Progressivement, la foule se dispersa alors que les gens retournaient travailler et reprenaient leur routine du jeudi après-midi.

— Content de voir que notre Rocky t'a trouvée, ma petite, lui dit Otto après s'être présenté.

— Moi aussi, acquiesça Bristol pour ce qui lui sembla être la cinquantième fois depuis son arrivée.

— D'après ce que j'ai entendu, tu t'es bien débrouillée là-bas, dit Silas.

— J'aimerais le croire, mais ça ne veut pas dire que je ne suis pas reconnaissante de ne pas avoir eu à ramper jusqu'au départ du sentier, dit Bristol.

— Les gens avec qui tu étais mériteraient d'être fouettés, grommela Art. Je ne sais pas ce qui s'est passé et je m'en fiche. Aucune personne respectable ne laisse quelqu'un dans les bois comme ils l'ont fait !

Rocky était d'accord, mais il se redressa, prêt à intervenir si jamais Art devenait irrespectueux. Il aimait bien les trois hommes plus âgés, mais ils avaient parfois tendance à être trop directs, voire trop durs.

— Doucement, Art, dit Drew, intervenant avant que Rocky ne le fasse.

— Doucement ? se moqua Art, reportant son agacement sur Drew. Tu trouves ça normal qu'une jeune femme vienne ici pour passer de bonnes vacances et qu'on la laisse au milieu de nulle part ? Blessée et incapable de retourner sur le sentier ? Et si elle y était arrivée, sans aucun moyen de transport à l'arrivée ?

— Bien sûr que non, mais nous ne connaissons pas les circonstances, alors on ne doit pas juger, dit calmement Drew.

— Oh, mais moi je juge, marmonna Art.

Rocky en avait assez de cette conversation et s'apprêtait à dire à Art d'arrêter, quand il entendit Bristol rigoler de l'autre côté de la table. Il tourna la tête vers elle. Elle semblait très amusée par cette conversation.

— Eh bien, tu as raison. Mike est un con. Mais je pense que les coups de fouet lui feraient un peu trop plaisir.

Il y eut un silence pendant un moment avant que les lèvres d'Art ne s'étirent en un sourire narquois.

— Ah il est comme ça, hein ? demanda-t-il.

Bristol haussa les épaules.

— Je ne sais pas et je m'en fiche. Nous étions amis – et *juste* amis – mais désormais j'ai l'impression qu'on ne l'est même plus.

— C'est probablement mieux comme ça, approuva Otto.

— Heureusement qu'ils ont déjà quitté la ville. S'ils étaient encore là, ils se feraient rembarrer par tout le monde, marmonna Silas.

— Poussez-vous ! cria Sandra qui arrivait derrière eux, et les trois hommes s'écartèrent, la laissant accéder à la table. Il est l'heure de retourner à vos places non ? dit-elle. Vous ne voudriez pas manquer toute l'agitation de l'après-midi au bureau de poste quand même, n'est-ce pas ?

Les trois hommes grommelèrent un peu, mais il était évident qu'ils étaient déjà prêts à reprendre leur routine. Ils dirent au revoir, puis il ne resta plus que les coéquipiers de Rocky, Lilly, Elsie et Tony.

Talon rapprocha les tables voisines et tout le monde prit une chaise. Rocky n'était pas contrarié qu'ils aient tous prévu de les rejoindre, Bristol et lui. Il avait hâte qu'elle apprenne à découvrir ses amis.

Lilly prit le siège le plus proche de Bristol, Elsie à côté d'elle. Raiden s'assit à côté de Rocky sur la banquette, et Duke s'installa sous la table, aux pieds de son maître. Les autres gars étaient éparpillés autour de la table.

— Chicken fried steak[1], dit Sandra en poussant l'assiette qu'elle avait posée sur la table de Bristol. Avec des asperges et de la purée de pommes de terre. Garde un peu de place pour ma tarte au citron meringué en dessert. Karen va bientôt apporter le reste de ton repas.

Puis Sandra sourit à Bristol avant de retourner en cuisine.

— Comment est-ce qu'elle sait ce qu'on veut manger ? demanda Elsie.

— Elle ne le sait pas, dit Zeke en souriant à sa femme. Mais peu importe ce qu'elle apporte, ce sera délicieux.

— C'est vrai, approuva Elsie avant de se tourner vers Bristol. Salut, moi c'est Elsie. Et voici mon mari, Zeke. On culpabilise énormément d'avoir été en train de faire une randonnée pendant que tu avais disparu.

— Vous n'auriez pas pu savoir, dit Bristol d'un ton léger. Et c'est un plaisir de vous rencontrer. J'ai beaucoup entendu parler de vous. Et de ton fils. Salut, dit-elle en souriant à Tony. Rocky m'a expliqué à quel point tu étais *génial*.

— C'est vrai ? demanda le petit garçon.

— Ouaip.

— Il t'a dit que je serai pilote de course quand je serai grand ? Et un pêcheur et pompier professionnel ?

— Waouh. Non, il ne me l'a pas dit. Mais je ferais mieux de te demander un autographe, comme ça quand tu seras célèbre je pourrai dire que je t'ai connu quand tu étais enfant.

Tony se redressa dans son siège et eut un grand sourire.

— Cool !

Bristol poussa une serviette propre devant lui et Elsie gloussa en fouillant dans son sac pour en sortir un stylo. Le garçon écrivit soigneusement son prénom sur la serviette, tirant la langue pour se concentrer. Une fois qu'il eut terminé, il la brandit et sourit.

— Elle est un peu de travers, mais c'est parce que la serviette n'arrêtait pas de bouger. Mais tiens !

— Merci, lui dit Bristol. Je la garderai toujours.

Rocky observa leur échange, peu surpris que Bristol se soit déjà mis Tony dans la poche. Il ne manqua pas non plus de remarquer les regards approbateurs de ses amis. Qu'elle le sache ou non, elle avait marqué beaucoup de points auprès d'eux.

Bristol se concentra ensuite sur Lilly et Elsie.

— Merci pour les vêtements. Ils m'ont sauvé la vie. Il n'y a rien de pire que les blouses d'hôpital.

— De rien, lui dit Lilly avec un sourire. Dis-nous si jamais tu as besoin d'autre chose et on sera ravies d'aller te l'acheter.

— Oh, non, ça va. Je veux dire, je n'ai pas grand-chose ici, mais ce que j'ai – grâce à votre générosité et à ce que j'avais déjà en arrivant ici – devrait suffire à me dépanner. J'ai déjà beaucoup trop de vêtements à la maison.

— C'est à Kingsport, c'est ça ? demanda Drew. Au fait, moi c'est Drew.

— Salut, dit Bristol en lui faisant un sourire chaleureux. Et oui, c'est ça, Kingsport.

— Moi c'est Talon. Rocky nous a dit que tu étais une artiste. J'ai regardé ton site et ton magasin, tu as beaucoup de talent.

— Waouh, hum... merci. Eh oui, ma spécialité ce sont les vitraux, mais je crée également des bijoux et de petites sculptures. Il faudrait probablement que j'avertisse en ligne mes clients de ce qui se passe. J'ai indiqué que je faisais une petite pause, mais je n'ai pas dit pourquoi ni combien de temps, songe Bristol à voix haute.

— Je suis sûre qu'ils comprendront, dit Lilly.

— Et s'ils ne sont pas contents que tu ne sois plus active, qu'ils aillent se faire foutre, dit Brock. S'ils ne peuvent pas comprendre que ta vie était en danger et que tu étais immobilisée à cause de ton opération, ce sont des idiots.

— Ça c'est du Brock tout craché, dit sèchement Zeke. Dis-nous ce que tu as réellement sur le cœur, dit-il en secouant la tête vers son ami. Et... surveille ton langage, ajouta-t-il en désignant Tony.

Heureusement, le garçon semblait absorbé par un livre qu'il avait posé sur la table.

Elsie en avait toujours un dans son sac à main pour son fils, pour le garder occupé dans des situations comme celles-ci.

— Pardon, dit Brock en haussant les épaules. J'ai eu affaire à un client pas très sympa aujourd'hui au travail. Mon seuil de tolérance est très bas.

— Ce n'est pas grave, lui dit Elsie.

— Et tu as raison, ajouta Bristol. Heureusement, je n'ai pas vraiment besoin de compter sur les clients de la boutique en ligne. Mon travail avec les églises ainsi que d'autres grosses commandes me permettent de garder un toit au-dessus de ma tête et de manger à ma faim.

— L'industrie du vitrail marche si bien que ça ? demanda Raiden.

— Je ne suis pas certain que ce soit très approprié de demander à Bristol combien elle gagne, l'avertit Rocky.

— Je suis juste curieux, se défendit Raid.

— Ce n'est pas grave, dit Bristol. Et pour répondre à ta question, non, l'industrie du vitrail ne marche pas très bien... sauf pour moi.

Il y eut un silence pendant quelques secondes, puis tout le monde éclata de rire.

— T'as foncé droit dans le piège, Raid.

— Elle t'a bien rembarré.

— Bien joué, ma sœur.

Rocky sourit, adorant voir que Bristol avait confiance en ce qu'elle faisait, mais il aimait encore plus la façon dont elle semblait s'intégrer au groupe.

Karen s'approcha de la table avec un énorme plateau sur son épaule et commença à servir la nourriture. Sandra avait opté pour un repas familial, avec de grands bols et des assiettes de nourriture que tout le monde pouvait partager. Rocky remarqua qu'elle n'avait préparé de chicken fried steak à personne d'autre. Bristol était la seule qui avait eu droit à sa spécialité.

Tout le monde commença à se servir et l'ambiance était joviale et détendue. Ils se mirent tous à manger, plaisantant sans arrêt. Rocky ne fut même pas contrarié lorsqu'ils évoquèrent sa bêtise de se rendre seul dans la forêt sans prévenir Raid où il allait.

— Il nous faut vraiment ces téléphones satellites, marmonna Brock. Si Rocky en avait eu un, il aurait pu appeler Raid ou même l'un d'entre nous. Il aurait pu rester avec Bristol et on serait venus à lui.

— J'ai rendez-vous avec le maire et le conseil municipal pour voir si je peux les convaincre de faire une offre, dit Ethan au groupe.

— Ça va prendre combien de temps ? demanda Bristol en se joignant à la conversation.

— Va savoir, dit Ethan avec une moue dégoûtée. Je croyais avoir laissé toutes ces démarches administratives derrière moi quand j'ai quitté l'armée, mais même les petites villes ont des obstacles à franchir quand il est question de paperasse.

— Moi je pourrais les acheter avec plaisir, dit Bristol.

Le silence s'installa quelques secondes avant que tout le monde ne parle en même temps.

— Non, certainement pas.

— Le conseil municipal finira par débloquer l'argent.

— C'est généreux de ta part, mais ça ira.

— Génial !

La dernière remarque fut celle de Lilly.

Rocky leva la main en l'air pour faire taire ses amis, mais croisa le regard de Bristol.

— On apprécie beaucoup ta proposition, mais ce n'est pas nécessaire.

— Ça me paraît *vraiment* nécessaire pourtant, rétorqua Bristol. Et j'en ai envie. J'en ai *besoin* même. Vous m'avez à peine laissé dire « merci ». Et il est évident que vous avez besoin d'un meilleur moyen de communication quand vous êtes dans les bois. Si ça peut aider une autre personne disparue, je veux en faire don. Je peux me le permettre.

Rocky ne savait pas vraiment pourquoi sa proposition le dérangeait.

— On ne parlait pas de ça pour te faire culpabiliser ou pour te pousser à nous les offrir, dit-il.

— Je le sais bien. S'il vous plaît, laissez-moi faire ça pour vous. Pour la ville. Je ne me suis jamais autant sentie chez moi qu'ici. Pas même à Kingsport. S'il te plaît, Rocky. J'ai envie d'aider moi aussi si jamais quelqu'un d'autre se retrouve dans la même situation que moi.

Rocky soupira.

— Est-ce qu'on peut en parler plus tard ? demanda-t-il.

Bristol hocha la tête.

— Mais je ne changerai pas d'avis, l'avertit-elle.

— Je l'aime bien, dit Brock depuis son siège à la table voisine.

Le reste du repas se déroula tranquillement. Les conversations amicales se poursuivirent et on avait l'impression que Bristol faisait partie de leur groupe depuis des années et non depuis quelques jours. Ils avaient tous fini de manger et tout le monde parlait de tout et de rien, prolongeant le temps passé ensemble, quand Rocky remarqua que les paupières de Bristol se faisaient lourdes. Il regarda sa montre et fut surpris de constater qu'il était très tard.

— Il faut qu'on y aille, annonça-t-il.

Bristol tourna la tête vers lui. Elle hocha doucement la tête.

Soulagé qu'elle ne proteste pas, Rocky fit signe à Raid de se pousser de la banquette. Il s'exécuta sans se plaindre et Rocky eut rapidement à nouveau Bristol dans ses bras. Il lui fallut plus de temps qu'il ne l'aurait souhaité pour dire au revoir à ses amis – et maintenant ceux de Bristol – mais aussi à Sandra et aux autres habitants du quartier qui mangeaient dans le restaurant.

Lilly lui promit de venir lui rendre visite le lendemain. Elsie et Bristol parlèrent un moment, évoquant les livres que Bristol aimerait lire, et Elsie lui promit d'aller lui chercher quelques romans à la bibliothèque et de venir les déposer après son service au bar demain. Les autres gars leur dirent également dit qu'ils passeraient voir s'ils avaient besoin de quelque chose.

Rocky était reconnaissant pour tout leur soutien, mais il était aussi un peu exaspéré. Il ne pouvait s'empêcher de vouloir passer un peu de temps seul avec Bristol. Il avait apprécié le temps qu'ils avaient passé ensemble alors qu'ils marchaient dans la forêt, même si ce n'était pas la meilleure des situations. Il était impatient d'en apprendre encore plus sur elle, maintenant qu'elle se sentait mieux.

Il la porta hors du restaurant et retourna à sa voiture, l'installant doucement, puis il fit le tour jusqu'au siège conducteur. Le trajet jusqu'à son appartement ne fut pas long, et alors qu'il reprenait Bristol dans ses bras, Rocky ne put s'empêcher de soupirer de contentement.

Il monta les escaliers jusqu'au deuxième étage de la résidence. Son appartement était à l'autre bout sur le côté et celui d'Ethan s'était situé trois étages plus bas. Il était à nouveau vide maintenant qu'Elsie et Tony avaient déménagé chez Zeke.

Il y avait six appartements au premier étage et six au second. Une seule cage d'escalier menait à l'espace extérieur du deuxième étage. Toutes les portes donnaient sur le parking. Ce n'était rien de spécial, mais l'aspect légèrement délabré du bâtiment n'avait jamais dérangé Rocky. Les appartements étaient propres et ses voisins étaient plutôt discrets.

Il se pencha vers sa porte, laissant Bristol déverrouiller la serrure et tourner la poignée avant de la porter à nouveau à l'intérieur. Il lui fit rapidement visiter les lieux, ce qui dura littéralement cinq secondes, lui montrant la cuisine, le salon, la chambre principale et le couloir qu'ils allaient partager. Puis, il l'amena dans la chambre d'amis, surpris et reconnaissant pour son aspect si chaleureux. Zeke et Elsie s'étaient surpassés pour rendre l'espace accueillant pour Bristol.

Le grand lit était recouvert d'une couette que Rocky n'avait jamais vue auparavant et il y avait une petite lampe posée sur la table à côté du lit. Ils avaient nettoyé tout l'espace. Les boîtes et affaires de gym qu'il avait stockées dans la chambre avaient disparu. Rocky en conclut qu'ils étaient soit dans sa chambre, soit dans les placards. Il se nota mentalement de remercier ses amis.

Il déposa doucement Bristol sur le lit et recula de quelques pas, soudain mal à l'aise maintenant qu'elle n'était plus dans ses bras.

— Hum... tu as besoin d'aide pour quelque chose ?

Elle lui sourit gentiment.

— Je voudrais bien mon sac avec mes affaires.

— Ah oui. Pardon. Je vais aller le chercher, dit Rocky en secouant doucement la tête alors qu'il reculait vers la porte.

— Rocky ?

Sa voix le stoppa net.

— Oui ?

— J'apprécie tout ce que tu fais pour moi.

Il sourit et secoua la tête.

— Hé, je n'ai pas dit merci cette fois-ci ! protesta-t-elle avec une petite étincelle dans les yeux.

— Je reviens tout de suite. Ne bouge pas, plaisanta-t-il.

Bristol rit.

— Je ne bougerai pas. Je serai là quand tu reviendras.

Rocky adorait la voir heureuse. Il s'arrêta, la main posée sur la porte et se retourna.

— Merci à *toi* de me faire confiance, Bristol. Je te jure que tu es en sécurité avec moi.

— Je sais. Je ne serais pas là si je ne te faisais pas confiance.

Se sentant bien, Rocky lui fit un autre signe de tête, puis partit, se dirigeant vers la porte d'entrée pour pouvoir aller chercher leurs sacs dans la voiture.

Une heure plus tard, après que Bristol eut juré ne pas avoir besoin qu'il appelle Lilly ou Elsie pour l'aider à se préparer pour la sieste, Rocky jeta un coup d'œil dans la chambre d'ami. Bristol était allongée sur le dos, la jambe relevée par un coussin, complètement endormie. Elle avait peut-être un peu trop tiré sur la corde aujourd'hui, mais Rocky ne pouvait pas en être désolé. Il avait adoré la façon dont elle avait été à l'aise en présence de ses amis.

Il ferma presque complètement la porte, la laissant ouverte de quelques centimètres pour qu'il puisse l'entendre si jamais elle l'appelait et avait besoin de quelque chose, puis il retourna dans son salon. Assis sur son canapé, il réalisa qu'il était content. D'habitude, quand il rentrait chez lui après une longue journée, il était agité. Il ne passait pas beaucoup de temps dans son appartement, car il ne se sentait pas chez lui. Mais ce soir, en sachant que Bristol était au bout du couloir et qu'elle aurait besoin d'aide pour ses besoins primaires, au moins pour les prochains jours, Rocky se sentait utile.

Il aimait son travail. Il adorait ce qu'il faisait pour l'équipe de recherche et de sauvetage d'Eagle Point. Mais dernièrement, il se sentait de plus en plus seul. Et le fait que Bristol soit chez lui était... agréable.

Secouant la tête, Rocky leva les yeux au ciel. Il était ridicule. Le fait de voir son frère et Zeke trouver des femmes qui étaient parfaites pour eux le rendait sentimental. Bristol ne serait là que jusqu'à ce qu'elle soit remise sur pied.

Ensuite, elle repartirait à Kingsport.

Mais il y avait une petite partie de Rocky qui s'y opposait. Il avait envie de lui faire adorer Fallport, et qu'elle soit tellement souvent avec ses amis et lui qu'elle n'ait plus envie de partir. C'était peu probable, mais pas impossible. Lilly avait bien décidé de rester, elle.

Avec cette idée en tête, Rocky prit la télécommande et se tourna vers la télé. Il baissa le volume pour ne pas réveiller son invitée et se détendit en regardant un match de baseball. Le temps lui dirait ce qui allait se passer pour lui et Bristol. Et si finalement il avait simplement trouvé une amie, il ferait de son mieux pour s'en contenter.

Mais au fond, il ne pouvait s'empêcher de penser à cette

connexion qu'ils avaient et qui devenait de plus en plus importante.

* * *

— Mais où est-elle ? marmonna l'homme dans sa barbe alors qu'il était assis dans sa voiture devant la maison de Bristol Wingham à Kingsport, dans le Tennessee.

Elle était partie il y a presque deux semaines et le fait de ne pas savoir où elle était le rongeait un peu plus chaque jour qui passait. Elle avait seulement pris un sac à dos alors il avait supposé qu'elle ne partirait pas longtemps. Et voilà que deux semaines plus tard, elle n'était toujours pas rentrée.

Pire encore, le type qui était venu la chercher, Mike Moran, était revenu il y a environ une semaine – sans Bristol. Il vivait non loin de chez elle, et l'homme avait également guetté son retour. Lui avait-il fait du mal ? Lui avait-il fait quelque chose ? Cela ne faisait aucun sens qu'elle soit partie avec lui, mais qu'elle ne soit pas revenue...

Il sentit son rythme cardiaque s'accélérer. L'inquiétude qu'il éprouvait pour Bristol le submergea presque. Mais il ressentait également de la colère. Comment osait-elle partir sans dire à ses clients quand elle reviendrait ? Comment *osait*-elle l'inquiéter de la sorte ! Si elle avait été sienne, il se serait assuré qu'elle ne mette pas un pied dehors sans lui dire où elle allait. C'était une question de sécurité. Il ne pouvait pas la protéger s'il ne savait pas où elle était.

Il était son client le plus fidèle. La première fois qu'il avait vu l'un de ses vitraux, il avait su qu'elle était faite pour lui. Les gens pouvaient le traiter de fou, il s'en fichait. Son art avait directement parlé à son âme, comme si elle avait créé cette œuvre seulement pour lui.

Il l'avait acheté sur-le-champ et était devenu obsédé par l'idée d'en apprendre le plus possible sur Bristol. Il avait même emménagé à Kingsport, juste pour être plus proche d'elle. Elle finirait par réaliser qu'elle était faite pour lui et elle le désirerait autant qu'il la désirait.

Il était certain d'avoir acheté beaucoup plus de ses belles créations que les autres. Des bijoux, des sculptures... il avait même prétendu être le pasteur d'une église et avait commandé un grand vitrail qui était l'une de ses plus grandes fiertés et joies.

Il fallait qu'il la retrouve. Il devait s'assurer qu'elle allait bien et était en sécurité. Et quand elle reviendrait, il s'assurerait qu'elle comprenne qu'elle ne pourrait plus *jamais* lui faire peur comme ça.

Il était temps.

Qu'elle sache à quel point il l'aimait.

Qu'il ferait tout son possible pour la protéger de tous les fous de ce monde et de tous ceux qui pourraient vouloir lui faire du mal.

Mais d'abord, il devait la retrouver.

# CHAPITRE SEPT

Bristol soupira de frustration. Cela faisait quatre jours qu'elle était sortie de l'hôpital et avait emménagé dans la chambre d'amis de Rocky. Quand elle était arrivée la première fois, elle avait été très optimiste quant à sa capacité à se déplacer. Probablement parce que les antidouleurs qu'on lui avait donnés à l'hôpital faisaient encore effet.

Mais maintenant qu'ils s'étaient dissipés dans son organisme, bouger était devenu très douloureux.

Le lendemain matin, après son arrivée, elle avait insisté pour essayer de prendre une douche. Cela avait été rapide et gênant. Rocky l'avait assise sur un tabouret en plastique sous le jet avec sa jambe appuyée sur le côté de la baignoire, avant de la laisser faire ce qu'elle avait à faire, à contrecœur – même s'il avait rôdé devant la salle de bains, prêt à débouler si elle avait besoin de quoi que ce soit. Le temps qu'elle se soit essuyée, habillée et ait appelé Rocky, elle s'était presque sentie étourdie tellement sa jambe lui faisait mal, et avait regretté d'avoir essayé d'en faire autant toute seule.

En attendant, Rocky avait été l'hôte... et l'ami, parfait. Il n'était pas encore retourné au travail. Il était resté dans son appartement, s'assurant qu'elle allait bien et lui tenant compagnie. Elle avait également eu des visites régulières, ce qui était surprenant, mais celles-ci lui avaient fait beaucoup de bien.

Mais ce matin, elle était de mauvaise humeur. Et extrêmement frustrée. Elle avait envie de pouvoir se lever et d'aller à la salle de bains sans devoir être portée. Elle avait envie de pouvoir se tenir debout devant le lavabo et de se laver les dents au lieu de devoir le faire en étant assise sur les toilettes. Elle avait envie de prendre l'air et de pouvoir porter de vrais pantalons et pas ceux qui étaient coupés.

Alors quand Rocky toqua à la porte ce matin et lui dit d'un air jovial :

— Bonjour !

Bristol eut envie de lui dire de s'en aller pour qu'elle puisse s'apitoyer sur son sort. Mais ce serait impoli. Il lui rendait un énorme service. Si elle était retournée chez elle à Kingsport, elle aurait eu de gros ennuis. Elle ne pouvait pas se déplacer toute seule tant que sa jambe n'avait pas guéri un peu plus. Le docteur avait estimé qu'il lui faudrait environ deux semaines avant qu'elle ne puisse se lever et se déplacer avec des béquilles ou un déambulateur.

Rocky pointa le bout de son nez par la porte de la chambre, et dès la seconde où Bristol croisa son regard, elle sentit son impatience et son irritation grimper. Elle n'avait pas envie que cet homme la baby-sitte. Elle n'avait pas envie d'être sa patiente. Elle voulait qu'il la voie comme... quelque chose de *plus*. À vrai dire, les pensées qui lui traversaient l'esprit étaient surprenantes... et en même temps non. La connexion qu'ils avaient était présente depuis leur rencontre dans les bois.

Ce n'était *pas* comme ça qu'elle avait envie de passer du temps avec Rocky.

Elle se sentait sale, pathétique et en colère.

— Qu'est-ce qui ne va pas ? demanda-t-il en entrant dans la chambre.

Évidemment, il voyait bien qu'elle était de mauvaise humeur.

— Rien.

Rocky ricana.

— J'ai beau être célibataire, je sais bien que quand une femme dit qu'il n'y a « rien » ou « qu'il n'y a pas de problème » c'est qu'il y a quelque chose et il y a un *bien* un problème. Tu as envie d'en parler ?

Bristol soupira et secoua la tête.

— Non, ça va.

— Non, ça ne va pas. Parle-moi, Punky. Est-ce que j'ai fait quelque chose ? Ou *pas* fait ce qu'il fallait ? Qu'est-ce que je peux faire pour t'aider ?

— Ne rien faire peut-être ?! s'exclama Bristol. Rocky, tu as été tout simplement incroyable. Tu m'as nourrie. Tu m'as offert un endroit où rester. Tu es pratiquement collé à moi depuis que tu m'as trouvée.

— Donc tu as besoin d'espace ?

Bristol émit un son frustré et guttural, secouant à nouveau la tête.

Rocky s'approcha et s'assit sur le bord du lit. Bristol fut impressionnée qu'il n'ait pas peur d'entrer dans la fosse aux lions, pour ainsi dire. La plupart des hommes qu'elle connaissait auraient battu en retraite dès les premiers signes qui indiquaient qu'une femme était de mauvaise humeur. Mais évidemment, Rocky ne l'avait pas fait.

— Laisse-moi deviner. Tu te sens claustrophobe. Tu ne supportes pas de ne pas pouvoir te lever et faire tout par toi-même. Tu apprécies que je sois là, mais tu m'en veux aussi. Je me trompe ?

Elle le regarda d'un air perplexe.

— Comment tu sais ça ?

Il rit.

— J'ai connu ça. Obligé de rester allongé à cause d'une blessure. J'ai pris une balle à l'épaule durant une mission une fois. J'ai été envoyé en Allemagne pendant que le reste de mon équipe continuait sans moi. J'étais seul et même si les infirmières étaient gentilles et agréables, j'étais à l'étranger et j'avais mal. Je n'avais pas le droit de me lever et il a suffi que je reste allongé toute la journée pendant plusieurs jours pour que je devienne complètement fou. Heureusement, ma blessure n'était pas si grave et j'ai été renvoyé aux États-Unis après moins d'une semaine, mais quand même. Qu'est-ce que je peux faire pour t'aider ?

Bristol sentit son estomac se nouer rien qu'à l'idée que cet homme ait pu être blessé. Elle le regarda de haut en bas, comme si elle cherchait le moindre signe de blessure. C'était fou, puisque Rocky l'avait portée pendant dix kilomètres dans les bois avec un gros sac à dos sur les épaules... il était manifestement plus que guéri de son ancienne blessure, mais quand même.

— Bristol ?

Elle secoua doucement la tête, réalisant qu'il attendait qu'elle réponde à sa question.

— Ça ira. Oui, je me sens comme tout ce que tu as décrit, mais je sais que je suis chanceuse.

Il l'étudia un long moment, puis dit :

— Ce n'est pas parce que tu sais que tu as de la chance que tu ne te sens pas enfermée et frustrée. Si tu pouvais faire quelque chose, là, tout de suite, qu'est-ce que ce serait ?

Bristol n'eut même pas besoin de réfléchir.

— Prendre une douche. Une vraie. Je veux dire, je sais que j'en ai déjà pris une il y a quelques jours, mais je l'ai écourtée parce que ma jambe me faisait trop mal.

— Quoi d'autre ?

— Créer quelque chose. Une paire de boucles d'oreilles. Une sculpture. Ou mieux encore, travailler sur un vitrail.

— Hum, je ne suis pas sûr de pouvoir t'aider là-dessus pour le moment. J'imagine que le magasin grande surface ne dispose pas des matériaux dont tu aurais besoin pour créer ton art, n'est-ce pas ?

Étonnamment, Bristol sourit.

— Pas vraiment. Même si c'est comme ça que j'ai commencé au départ. Ma mère m'a acheté une énorme boîte de perles quand j'étais enfant et je suis devenue accro.

Rocky lui rendit son sourire et lui demanda doucement :

— Tu es prête à te lever pour que je t'emmène dans la salle de bains ?

Bristol fit de son mieux pour repousser sa mauvaise humeur. Cette situation n'était pas de la faute de Rocky. Mais de la sienne. Il y avait tellement de choses qu'elle aurait pu faire différemment quand Mike lui avait proposé son plan à quatre.

— Oui, je suis prête, dit-elle en repoussant les couvertures sur ses jambes.

Tout comme elle l'avait fait de nombreuses fois ces derniers jours, Rocky la souleva lentement et la porta jusque dans le couloir. Il l'emmena dans la salle de bains et la plaça sur les toilettes. La première fois qu'il l'avait fait, Bristol avait tellement rougi qu'elle avait pu sentir son visage chauffer. Mais il avait été tellement détaché qu'elle avait fini par s'habituer à leur routine.

Dès qu'il quitta la pièce, Bristol baissa sa culotte et son jogging, ignorant la douleur que le mouvement provoquait. Elle fit sa petite affaire, puis remit maladroitement ses vêtements. Elle prit sa brosse à dents et son dentifrice, que Rocky avait laissés assez près pour qu'elle puisse les prendre, et se brossa rapidement les dents. Elle ne pouvait pas atteindre le lavabo pour cracher, alors elle devait utiliser le petit bol que Rocky avait apporté pour elle.

Le docteur Snow avait retiré ses points de suture hier et lui avait mis un plâtre normal sur la jambe. Elle savait que c'était la prochaine étape de sa guérison, mais elle détestait ce plâtre lourd et sa jambe la démangeait de façon insupportable. Elle se doutait que ces démangeaisons étaient dans sa tête, mais c'était quand même agaçant.

Prenant une grande inspiration, Bristol fit de son mieux

pour se recentrer et pour retrouver son optimisme. La pièce sentait comme son colocataire. Habituellement, Rocky se douchait et se préparait avant de venir voir si elle était réveillée et l'aider à commencer sa journée. Inspirant profondément, elle ne put s'empêcher d'être jalouse de l'odeur de son savon. Mon Dieu, qu'est-ce qu'elle ne donnerait pas pour pouvoir se lever, enjamber le bord de la baignoire et se laver. Et tant pis si elle devait utiliser son gel douche masculin au lieu de son assortiment habituel de savons fleuris et odorants qu'elle avait chez elle à Kingsport, ce n'était pas grave.

Un coup léger frappé à la porte la sortit de sa torpeur.

— J'ai fini ! cria-t-elle.

Rocky entra et comme s'il était complètement normal de soulever une femme qui était assise sur les toilettes après avoir fait ses besoins, il la prit dans ses bras et sortit de la salle de bains tout en prenant soin de ne pas cogner sa jambe contre le montant de la porte.

Au lieu de la ramener dans sa chambre, Rocky la porta jusqu'au salon et l'installa dans le fauteuil. Il tira sur le repose-pied et y plaça sa jambe avec précaution. Il apporta quelques oreillers et une couverture et quand il eut terminé de l'installer, il se pencha et posa les mains sur les accoudoirs.

— Je me suis dit qu'un changement de rythme te ferait du bien.

— Mer...

Elle se rappela au dernier moment de son aversion pour les remerciements.

— J'apprécie, lui dit-elle.

Il sourit et Bristol eut des papillons dans le ventre. Cet homme était extrêmement beau, mais quand il souriait ? Cela décuplait son côté sexy.

— Tant mieux. Je vais aller chercher ton téléphone pour que tu puisses regarder tes messages et autres. Je vais changer tes draps ce matin. Tu peux attendre un peu pour le petit déjeuner ?

— Rocky, tu n'es pas obligé d'être à mon service, protesta-t-elle, même si c'était le *cas*.

Ce n'était pas comme si elle pouvait se lever et changer ses propres draps ou se préparer son propre petit déjeuner. C'était d'ailleurs le plus dur dans tout ça. Elle était de nature indépendante et c'était bizarre et gênant que quelqu'un fasse littéralement tout pour elle.

— Crois-le ou non, ça me plaît, dit-il.

Bristol leva les yeux au ciel.

— Si, c'est vrai, insista-t-il. Ça fait longtemps que personne n'a eu besoin de moi.

Sur ce, il se pencha, embrassa le haut de sa tête et lui dit :

— Relax, Punky. Je gère.

Elle le regarda, un peu déconcertée alors qu'il se dirigeait vers le couloir, probablement pour aller chercher son téléphone qui était toujours sur la petite table de nuit à côté de son lit.

Effectivement, il réapparut quelques secondes plus tard avec le téléphone de Bristol dans les mains. Il le lui donna, puis partit dans la cuisine et lui servit une tasse de café qu'il avait évidemment préparé quand elle était dans la salle de bains en train de faire sa petite affaire. Elle prit la tasse dans ses deux mains, adorant cette chaleur qui se glissait sous sa peau. Ses mains étaient pratiquement guéries et la chaleur sur ses paumes était agréable. Elle inhala la vapeur qui s'élevait de sa tasse et sourit à Rocky.

— De la vanille ? demanda-t-elle.

Il acquiesça.

— Ouaip. Tu as mentionné que tu aimais le café aromatisé, alors avant que Lilly ne vienne hier, je lui ai demandé de s'arrêter sur le chemin pour t'en rapporter.

Rocky essayait constamment de trouver des moyens de rendre sa convalescence plus agréable.

— C'est gentil de ta part, dit-elle au lieu de le remercier.

Il rit et retourna dans le couloir.

Une fois de plus, Bristol le regarda partir. Mon Dieu, qu'est-ce que cet homme était bien bâti ! Il portait un jogging noir moulant. Il était musclé mais avait aussi une belle paire de fesses. Elle sourit à cette idée et sirota le café qu'elle avait dans les mains. On pouvait dire que plus elle passait du temps avec lui, plus il l'intriguait et plus elle l'avait dans la peau.

Ce qui était déconcertant. Elle vivait à Kingsport et lui ici. Une fois qu'elle serait remise sur pied, elle retournerait dans le Tennessee... et ensuite quoi ? Elle n'en savait rien. Tout ce qu'elle savait, c'était que cette petite ville et ses habitants allaient lui manquer. Ils l'avaient fait se sentir plus que bienvenue. De sa première rencontre avec Sandra aux visiteurs réguliers chez Rocky qui venaient lui apporter à manger des desserts, et qui restaient parler un peu pour la divertir. C'était surprenant et le désir frappa soudain Bristol... avec force.

*Et si je restais ?*

Bristol cligna des yeux face à cette idée. Et si elle *restait* ? Comme elle l'avait dit à Raid, elle pouvait travailler de n'importe où. Elle achetait la plupart de son matériel en ligne et Fallport avait un bureau de poste pour qu'elle puisse envoyer les commandes de sa boutique en ligne. Elle avait plus qu'assez d'argent pour pouvoir déménager.

Cette envie puissante était ce qu'il y avait de plus surprenant. Le fait de déménager ne concernait pas vraiment Rocky... OK, ça ne concernait pas *que* Rocky. Mais elle n'aurait jamais déménagé pour un homme qu'elle ne connaissait que depuis une semaine. Cependant, il était difficile de résister à l'attrait de Fallport. Elle n'avait jamais été dans une ville plus accueillante que celle-ci. Oui, elle était bien consciente qu'il y avait probablement beaucoup de connards qui vivaient ici, mais elle ne les avait pas encore rencontrés. Il y avait des cons inconsidérés partout dans le monde. Mais rien qu'en pensant à la façon dont la plupart des gens qu'elle avait rencontrés s'étaient inquiétés pour elle, et s'étaient sincèrement souciés de son bien-être, Bristol avait envie de faire partie de cette communauté.

À Kingsport, elle ne connaissait même pas vraiment ses voisins. Ils ne seraient certainement pas venus s'asseoir avec elle le soir pour lui apprendre à jouer à Cards Against Humanity [1]. Bristol s'était sentie un peu mal à l'aise au début, puisqu'elle avait été la seule femme hier soir quand Drew, Brock et Talon étaient venus. Ils avaient joué tous les cinq et elle avait tellement rigolé que son ventre lui faisait encore mal ce matin.

En se rappelant son attitude ce matin au réveil, elle se sentit un peu honteuse.

Elle n'avait aucune raison – vraiment aucune – d'être grognon.

Repoussant l'idée d'emménager à Fallport au fin fond de son esprit, Bristol prit une autre gorgée de café. Elle avait tout ce qu'il lui fallait et elle le savait. Elle avait juste besoin d'être patiente. Sa jambe guérirait et ensuite elle pourrait prendre des décisions importantes pour sa vie.

Mais elle ne pouvait pas s'empêcher de se demander ce que Rocky penserait de son emménagement à Fallport. Serait-il heureux ? Ou aurait-il l'impression qu'elle attendait quelque chose... peut-être même qu'il serait agacé par elle ?

Cela ne servait à rien de spéculer sur les « et si ». Pas avant qu'elle ne prenne réellement de décision.

— On dirait que tu réfléchis beaucoup là-bas, dit Rocky en revenant dans le salon, portant les draps de son lit.

Bristol sursauta de surprise. Elle avait été tellement perdue dans ses pensées qu'elle ne l'avait même pas entendu arriver. Mais en même temps, il marchait extrêmement silencieusement, chose qu'il avait probablement dû apprendre quand il était dans la Marine.

— Oh, tu sais, j'essaie juste de résoudre le problème de la paix dans le monde, tout ça, dit-elle avec désinvolture.

— Génial. Quand tu auras trouvé la solution, dis-le-moi et j'appellerai le président pour organiser une rencontre.

Bristol rit, puis pencha la tête sur le côté en regardant

Rocky mettre les draps dans la machine à laver, dans un placard du salon.

— Attends, tu connais le président ?

Il rit en tournant le cadran pour démarrer le lave-linge, puis la regarda.

— Tu flipperais si je te disais que oui ?

— Hum... peut-être.

Rocky partit vers la cuisine.

— Eh bien heureusement, tu n'as pas besoin de flipper. Je ne connais pas le président.

— Ouf, le taquina Bristol en s'essuyant le front.

Rocky la regarda et dit :

— Enfin, je ne connais pas *ce* président. Je connaissais le précédent.

Elle faillit recracher son café et étudia son hôte du regard, essayant de savoir s'il se foutait d'elle ou non. Quand il lui fit un sourire penaud et haussa les épaules, elle secoua la tête, réalisant qu'il connaissait probablement *vraiment* l'ancien président.

— Ça te va des flocons d'avoine pour le petit déjeuner ? Et oui, je sais que tu les aimes avec beaucoup de sucre roux et je me disais que je pouvais rajouter des myrtilles. J'ai aussi du melon frais que le docteur Snow a apporté hier quand il est venu constater tes progrès.

— Ça a l'air délicieux.

Alors qu'elle buvait son café, Bristol regarda Rocky se déplacer dans la cuisine. Elle n'était pas très grande, et avec lui qui était costaud, elle paraissait encore plus petite, mais il bougeait efficacement, et avant même qu'elle ne s'en rende compte, il lui apporta un bol. Il prit le grand livre sur la faune et la flore en Alaska dont elle se servait comme plateau et le posa sur ses genoux avec le bol.

— C'est tout bon ? lui demanda-t-il.

— C'est parfait, lui dit-elle.

C'était vraiment difficile de ne pas le remercier toutes les secondes, mais elle commençait à prendre l'habitude de ne plus le faire et à lui montrer sa reconnaissance différemment. En finissant ce qu'il lui apportait à manger, en le regardant dans les yeux lorsqu'elle acceptait ce qu'il faisait pour elle et avec un peu de chance, avec son langage corporel.

— Je vais aller chercher le fruit, lui dit-il en retournant dans la cuisine.

Bristol attendit qu'il soit lui-même assis sur son canapé à côté d'elle avec son propre petit déjeuner pour commencer à manger. Il lui avait dit qu'elle n'était pas obligée de l'attendre, mais il était hors de question qu'elle engloutisse son plat pendant qu'il était encore en train de s'installer.

Ils mangèrent en silence et quand Bristol eut terminé, elle lui posa une question à laquelle elle pensait depuis un moment.

— Est-ce que tu vas retourner travailler aujourd'hui ?

Il leva les yeux vers elle et les plissa.

— Tu en as déjà marre de moi ? plaisanta-t-il.

Mais Bristol voyait bien que cette question l'inquiétait vraiment.

Elle rit.

— Euh, non. Certainement pas. Mais tu deviens agité. Je le vois.

— Ah oui ?

— Oui, oui. J'imagine que ce n'est pas normal pour toi de balayer et d'aspirer chaque centimètre de tes sols comme tu l'as fait hier.

Il haussa les épaules.

— J'aime bien m'occuper.

— D'accord. Alors quand est-ce que tu retournes au travail ?

Il la regarda un long moment.

— Si ça ne te dérange vraiment pas, je risque de sortir demain. Je n'ai pas envie de te laisser seule, mais il y a quelques contrats que je pourrais accepter qui ne demandent pas trop de temps.

— Rocky, j'apprécie tout ce que tu fais pour moi, plus que je ne peux le dire, mais tu n'es pas obligé de me surveiller toute la journée. Et puis il y a un flux constant de personnes qui sont passées me voir depuis que je suis ici. J'imagine que je ne serai pas seule pendant que tu pars gagner ta vie. Et si jamais quelqu'un d'autre se perd dans les bois, il faudra que tu ailles le chercher avec ton équipe et je serai seule dans tous les cas.

Rocky secoua la tête.

— Non, je n'irai pas. J'ai déjà parlé avec les gars et si jamais on nous appelle, je n'irai pas. On ne sait jamais combien de temps peuvent durer nos recherches et personne n'était à l'aise à l'idée de te laisser seule pour une période indéterminée.

Bristol le fixa du regard, sincèrement choquée. Ils avaient déjà eu de longues conversations concernant les recherches auxquelles il avait participé et la satisfaction qu'il en retirait. Comment il avait l'impression d'utiliser certaines des compétences qu'il avait acquises en tant que soldat et de rendre service à sa communauté. Certes, ce n'était pas comme si la présence de Bristol signifiait qu'il allait abandonner sa place dans l'équipe de recherche, mais quand même.

— Quoi ? Pourquoi tu me regardes comme ça ? demanda-t-il en se déplaçant sur le canapé pour être plus proche d'elle.

— Je n'ai pas envie que tu abandonnes quelque chose que tu aimes parce que tu dois me garder, dit-elle au bout d'un moment.

— Je n'abandonne rien du tout, dit-il sans hésitation. Rater une ou deux opérations de recherche n'est pas un problème. Pour être honnête, si j'y allais, je m'inquiéterais plus pour toi et je ne ferais pas attention à ce que je fais... ce qui est dangereux. Tant que tu n'es pas remise sur pied et que tu n'es pas plus mobile, je ne suis pas prêt à te laisser seule. Même si je m'arrangeais avec Lilly, Elsie ou quelqu'un d'autre pour qu'ils viennent te voir, tu ne pourrais même pas aller voir qui est à la porte. Tu serais également vulnérable aux yeux de tous ceux qui penseraient pouvoir venir et profiter de toi à cause de mon absence.

Waouh. Bristol ne savait pas trop quoi répondre à cela. Tout ce qu'elle savait, c'était que ça lui faisait vraiment du bien.

— Et puis, je ne vois pas ça comme du baby-sitting. *J'aime* que tu sois là. C'est bien que les gars viennent ici plus souvent.

— Vous ne faites pas ça d'habitude ? demanda Bristol.

Rocky haussa les épaules.

— Pas vraiment. Je veux dire, on se retrouve au On the Rocks ou alors on déjeune ensemble, mais on est souvent assez occupés avec notre travail et tout et je n'ai pas toujours pris le temps de les voir comme on l'a fait cette semaine. Alors, *merci* pour ça.

Bristol prit une grande inspiration. Elle ne savait pas si Rocky disait tout ça pour qu'elle se sente moins comme un fardeau, mais elle était clairement contente d'avoir contribué à renforcer l'amitié incroyable que partageaient les hommes de l'équipe de recherche et de sauvetage d'Eagle Point.

— Je me trompe ou tu viens de me remercier ? demanda-t-elle, essayant de détendre l'atmosphère.

Cela fonctionna. Rocky rit.

— C'est vrai, désolé, oublie que j'ai dit ça.

Il croisa son regard et dit :

— Et ne crois pas que je n'ai pas remarqué à quel point tu te retiens de me remercier. J'aime t'avoir ici, Punky. J'ai vraiment l'impression de devoir te remercier *toi*. Pas pour t'être blessée, jamais, mais pour me faire confiance.

— C'est vrai que je te fais confiance, dit-elle plus sérieusement. Et je ne suis pas du genre à le faire facilement. Je veux dire, regarde ce qui s'est passé avec Mike, dit-elle d'un air contrit.

— Oui, mais Mike est un connard, dit Rocky, la force de ses mots la faisant cligner des yeux de surprise. Non, mais sérieux, à quoi il pensait ? Premièrement, si une femme dit qu'elle veut simplement une relation amicale, le gars doit l'accepter et passer à autre chose. La *dernière* chose qu'il devrait faire c'est de croire qu'il peut la faire changer d'avis en lui demandant si elle veut participer à une foutue orgie.

Bristol ne put s'empêcher de rigoler. Il n'avait pas tort.

— Et deuxièmement, te laisser partir seule en randonnée et s'en aller tout en sachant qu'il était le seul à pouvoir te ramener, c'est pire encore. Dieu merci tu as dit à Sandra où tu allais et quand tu étais censée revenir, marmonna Rocky.

Bristol était vraiment reconnaissante de l'avoir fait. Elle avait beau ne pas faire beaucoup d'activités de plein air, elle aimait la randonnée et elle était assez maline pour ne pas partir dans les bois sans prévenir personne de sa destination.

En se penchant par-dessus le plateau improvisé sur ses genoux, Bristol toucha le bras de Rocky. Elle ouvrit la bouche pour le remercier, mais s'arrêta au dernier moment. Cependant, elle n'avait pas à s'inquiéter. Rocky couvrit immédiatement sa main de la sienne et la serra. Ils se regardèrent et sentirent plusieurs étincelles entre eux. Elle s'était liée avec cet homme d'une façon qu'elle n'avait jamais connue avec personne d'autre. C'était un peu déconcertant, compte tenu de tout ce qui se passait.

Il ouvrit la bouche pour dire quelque chose au moment même où l'on frappa à la porte.

Surprise, Bristol se rassit.

— J'arrive ! cria Rocky avant de se lever et de prendre le livre sur les genoux de Bristol.

Manifestement, il savait qui était là, car il ne parut pas surpris que quelqu'un vienne leur rendre visite si tôt. Il ramena le livre et ses bols vides jusqu'à la cuisine avant d'aller ouvrir la porte.

Elsie se tenait derrière et elle eut un grand sourire sur le visage en entrant dans l'appartement.

— Salut Bristol. Comment tu te sens ce matin ?

Bristol sourit.

— Ça va. C'est un peu mieux chaque jour.

— Génial ! Tu es prête alors ?

— Euh... prête pour quoi ? demanda Bristol, complètement perplexe.

Elsie se tourna vers Rocky.

— Tu ne lui as pas dit ?

— Je n'en ai pas encore eu l'occasion. On vient juste de terminer notre petit déjeuner, dit Rocky.

Elsie leva les yeux au ciel.

— Je pensais que tu lui dirais tout de suite comme tu m'as appelée et m'as demandé de venir dès que possible, dit Elsie. J'ai accompagné Tony jusqu'au bus puis je suis venue directement ici.

— Et je t'en suis reconnaissant.

— Et je suis sûre que je le serais aussi si quelqu'un m'expliquait pourquoi je devrais être reconnaissante, plaisanta Bristol.

Elsie rit et entra dans le salon. Elle s'assit sur le canapé, au même endroit que Rocky un peu plus tôt et lui expliqua :

— Rocky m'a dit que tu avais besoin d'aide pour prendre ta douche. Que tu avais fait de ton mieux pour la prendre toute seule l'autre jour mais que ça ne s'était pas bien passé. Il a dit qu'il aurait dû penser à m'appeler bien avant pour t'aider et qu'il se sentait mal, d'où l'urgence pour que je vienne ici dès que possible.

Bristol savait qu'elle avait la bouche ouverte, mais elle était complètement choquée. Elle regarda Rocky par-dessus l'épaule d'Elsie.

— Quand est-ce que tu l'as appelée ?

— Quand j'étais au fond en train de récupérer tes draps, dit-il en haussant légèrement les épaules. Tu as dit que la seule chose que tu voulais plus que tout, là tout de suite, c'était de pouvoir te laver. Ça demandera un peu plus de temps pour récupérer ton matériel pour que tu puisses créer ton art, mais je me suis dit que je pouvais au moins t'aider à te laver. J'aurais dû y penser avant. Je suis désolé.

Bristol sentit l'excitation monter en elle. Elle avait tellement *hâte* de prendre une longue douche et de ne pas s'inquiéter autant que lorsqu'elle était seule.

— Ne sois pas désolé. C'est génial ! s'exclama-t-elle.

— Asseyez-vous et discutez un moment pendant que je vais préparer la salle de bains, leur ordonna Rocky.

— Waouh. Je ne connais pas Rocky depuis très longtemps, mais il semble... différent, dit Elsie quand il fut trop loin pour les entendre.

— Différent dans quel sens ? demanda Bristol.

— Juste *différent.* Je veux dire, il est toujours gentil, mais de manière un peu froide. Je commençais même à croire que je l'agaçais, surtout quand il s'est porté volontaire pour rester ici à Fallport avec Raiden pendant que le reste de l'équipe partait en randonnée jusqu'à la tour de guet. Mais en le voyant avec toi ces derniers temps... j'ai l'impression de le voir sous un nouveau jour.

Bristol avait très envie d'en savoir plus.

— Ah oui ? demanda-t-elle, espérant encourager l'autre femme à poursuivre.

— Oui. Il est... plus doux ou quelque chose comme ça. Et la façon dont il ne te lâche pas d'une semelle me fait penser à la manière dont Zeke est avec moi.

Bristol secoua la tête.

— On est juste amis. Je veux dire, je suis... reconnaissante qu'il m'ait trouvée, et je suis extrêmement reconnaissante qu'il m'aide, mais nous ne sommes pas comme toi et ton mari.

— Je ne doute pas une seconde que tu sois reconnaissante et je suis sûre que Rocky est plus que soulagé de t'avoir trouvée. Mais il y a plus que de la reconnaissance entre vous.

— Ça ne fait même pas une semaine, dit doucement Bristol, verbalisant ce qu'elle se répétait depuis des jours lorsqu'elle essayait de rationaliser ce qu'elle ressentait pour Rocky... et échouait.

— Quand tu le sais, tu le sais, dit Elsie à voix basse.

— Ça faisait combien de temps que tu connaissais Zeke avant de savoir que tu voulais l'épouser ? lui demanda Bristol.

— Eh bien, il a été mon patron pendant longtemps avant qu'il ne devienne plus. Mais le truc c'est que – une fois qu'on a reconnu qu'il y avait une alchimie très forte entre nous, les choses se sont très vite *accélérées*. Et je pense que tu ferais mieux d'en parler à Lilly. Elle est en couple avec le frère de Rocky après tout. Et ils sont jumeaux, donc je pense qu'ils fonctionnent à peu près de la même manière. Elle et Ethan se sont mis ensemble *très* rapidement. Et aujourd'hui ils sont tous les deux complètement amoureux et heureux.

Bristol secoua à nouveau la tête. Elle allait trop vite en besogne.

— Je suis contente pour toi et Lilly, mais ma situation est complètement différente.

— Pourquoi ? demanda Elsie.

— Eh bien parce que je dépends de lui pour tout. Je ne peux même pas aller faire pipi toute seule. Et le fait que tu sois là le confirme encore plus. Prendre une douche sans aucune aide, ce n'est vraiment pas facile. Rocky doit s'occuper de moi.

— C'est sûr, je comprends que ce soit plus compliqué, mais tu ne vas pas rester éternellement allongée comme tu l'es en ce moment. C'est la phase où vous apprenez à vous connaître. Une fois que tu seras remise sur pied, littéralement, tu verras ce qui se passe.

— Je ne vis pas ici, dit Bristol d'un air mélancolique, ignorant la petite voix dans sa tête qui lui disait que ce ne serait pas difficile de déménager.

— Lilly ne vivait pas ici non plus. Pourtant elle est là aujourd'hui, dit simplement Elsie.

Bristol souffla.

— Tu sembles avoir réponse à tout. Ce n'est pas si simple.

— Bien sûr que non, rétorqua Elsie. Mais rien de ce qui en vaut la peine n'est jamais simple.

Ses mots avaient du sens... et ne faisaient qu'accroître son désir de faire de Fallport sa maison.

— Vous êtes prêtes, mesdames ? demanda Rocky depuis l'entrée du couloir.

— Réfléchis-y, lui dit Elsie à voix basse en tapotant la main de Bristol. Je serai toujours là si tu as des questions. Et Lilly aussi, je n'en doute pas, dit-elle avant de se tourner vers Rocky. On est prêtes.

Il acquiesça et marcha jusqu'à Bristol.

— Je peux ? demanda-t-il.

Bristol réalisa soudain qu'à chaque fois qu'il la soulevait ou la touchait, il lui demandait toujours la permission. Et repenser à la façon dont son soi-disant *ami* Mike s'était constamment livré à des attouchements non consentis, ne fit qu'accentuer les différences entre les deux hommes.

— Oui, dit-elle à Rocky.

Leurs regards se croisèrent – et ce fut comme s'ils étaient soudain les deux seules personnes sur cette planète.

Elle n'aurait pas pu dire depuis combien de temps ils se regardaient quand Elsie rit et dit :

— Je vous retrouve dans la salle de bains.

Puis elle quitta la pièce.

— À quoi tu penses ? lui demanda Rocky.

— Je sais que tu n'as pas envie de l'entendre, mais merci d'avoir appelé Elsie pour m'aider à me laver.

Rocky secoua la tête.

— J'aurais dû y penser sans que tu aies besoin de dire quoi que ce soit.

— Tu m'as retrouvée, tu es venu avec moi à l'hôpital, tu es resté avec moi, tu m'as ramenée ici, tu m'as nourrie, m'as divertie et tu as fait tout ce qui était possible pour t'assurer que j'allais bien. Je ne pense pas pouvoir te reprocher de ne pas avoir pensé appeler quelqu'un pour m'aider à me laver, dit-elle fermement.

Rocky tendit lentement la main et caressa sa joue du bout des doigts.

— Pourquoi je ressens tout ça avec toi ? murmura-t-il.

Cela semblait plutôt être une question rhétorique, mais Bristol lui répondit quand même.

— Parce que moi aussi.

La lueur de désir… et d'espoir… qui brilla dans ses yeux refléta les propres pensées de Bristol.

— Bon, allez. À la douche, dit Rocky comme s'il essayait de se contenir.

Pendant une seconde, Bristol se demanda ce qui pourrait se passer s'il lâchait prise. Mais ensuite il se pencha et glissa ses bras sous ses genoux et derrière son dos.

— Ça paraît si facile pour toi, grommela-t-elle, ayant besoin de les faire passer de la bulle intime dans laquelle ils se trouvaient à quelque chose de plus détendu.

— C'est parce que ça l'est. Au cas où personne ne te l'aurait dit, Punky… tu es petite.

Bristol leva les yeux au ciel.

— Non, sérieux ? Quelle révélation !

Il gloussa et elle sentit la vibration contre sa main sur son torse. Elle avait enroulé son autre bras autour de son cou. Si elle se penchait encore un peu, elle pourrait sentir sa barbe contre sa joue.

Alors qu'elle envisageait vraiment de le faire, il entra dans la salle de bains.

— Là voilà. La reine Bristol, prête à être assistée, la taquina Rocky.

— Génial. Ça va bien se passer, dit Elsie. Mets-la sur le tabouret et ensuite zou !

Rocky se pencha au-dessus de la baignoire pour poser Bristol sur le même tabouret en plastique sur lequel elle s'était assise auparavant.

— Oui madame, bien sûr madame, dit-il d'un ton saccadé.

Bristol gloussa et Elsie fit de même. Pendant un instant, elle sentit la main de Rocky contre son dos lui faire une caresse subtile, puis il s'écarta de la baignoire. Elle crut d'abord qu'elle l'avait imaginée, mais quand elle leva les yeux et croisa son regard, la chaleur qu'elle y vit la fit inspirer brusquement.

— Profite de ta douche, Punky. Prends ton temps. Il y a beaucoup d'eau chaude. La résidence ressemble peut-être à un taudis, mais le gérant a fait installer des chauffe-eaux qui déchirent.

Puis Rocky fit un signe de tête à Elsie et partit en refermant la porte derrière lui.

— *Wouhou*, dit doucement Elsie en s'éventant avec sa main. Ce regard ! s'exclama-t-elle.

Bristol ne prit pas la peine de démentir ses propos. Elle avait vu beaucoup de promesses dans les yeux de Rocky... des promesses qu'elle n'était pas sûre que l'un d'entre eux mette en pratique un jour. Ils étaient dans une drôle de position. Ils étaient attirés l'un envers l'autre, mais ils n'étaient pas vraiment égaux en ce moment. Elle dépendait de Rocky et elle avait le sentiment qu'il n'agirait jamais par rapport à ce qu'ils ressentaient tant que le rapport de force entre eux ne serait pas égal.

Mais une fois qu'elle serait debout et pourrait mieux se déplacer, tous les paris seraient ouverts. Bristol ressentit soudain une vague de détermination en elle. Si elle envisageait de déménager à Fallport, elle devait s'assurer que ce qui se passerait entre Rocky et elle ne rendrait pas son emménagement ici bizarre.

Voulait-elle voir où cette attraction pouvait les mener ? Oui. Oh, que oui. Mais elle n'avait pas envie que tout s'enflamme et brûle rapidement et qu'elle soit ensuite obligée de voir son ex partout où elle allait. Elle avait envie de se dire qu'ils resteraient amis si jamais cela ne marchait pas entre eux, mais elle ne connaissait pas assez bien Rocky pour savoir si c'était possible.

— Eh ben, t'as l'air perdue dans tes pensées, remarqua Elsie.

Bristol prit une grande inspiration. Il fallait qu'elle se réveille. Elle allait beaucoup trop vite dans sa tête. On ne pouvait pas savoir ce qui se passerait dans un mois ou deux. Ou même la semaine prochaine. Il fallait qu'elle freine un coup, fasse de son mieux pour ignorer son désir pour Rocky qui lui nouait le ventre et qu'elle prenne son temps.

Oui, c'est ça. Doucement. Tu parles. Elle avait l'impression que prendre son temps n'était pas une option envisageable pour elle et Rocky. Ils étaient sur une trajectoire de collision, et pour la première fois de sa vie, Bristol attendait le crash avec impatience.

— Je réfléchis juste à comment ça va se passer, dit Bristol avec franchise.

Évidemment, elle parlait d'elle et Rocky et non de la douche imminente, mais Elsie n'était pas obligée de le savoir.

— Tu as dit que tu avais déjà fait ça toute seule avant ? demanda Elsie.

— Oui, mais c'était court et douloureux d'essayer de tout faire toute seule, donc t'avoir ici avec moi me sera d'une grande aide.

— OK. Rocky a laissé un sac plastique pour couvrir ta jambe. On peut poser ta jambe sur le rebord de la baignoire, sous le rideau de douche. Ce n'est pas idéal, mais ça devrait marcher. Je vais t'aider à te déshabiller, ce qui j'imagine, est la partie la plus difficile, puis je te laisserai faire ton truc. Mais je peux te laver les cheveux si tu veux.

— Oui, s'il te plaît. La dernière fois j'ai eu un peu de mal et je ne crois pas avoir rincé tout le shampoing.

— Bien sûr. Lève les bras.

Bristol n'était pas trop gênée alors que sa nouvelle amie l'aidait à se débarrasser de ses vêtements. Elle aurait peut-être dû, mais après son court passage à l'hôpital où elle avait eu l'impression que *tout le monde* l'avait vu nue, ce n'était pas trop mal.

Elsie mit l'eau en marche et attendit qu'elle soit chaude

avant de tirer le pommeau pour que le jet coule juste au-dessus de sa tête. Elle tendit un gant de toilette à Bristol.

— Dis-moi quand tu veux que je te lave les cheveux. Je serai juste là.

— Ça marche, merci.

Reconnaissante d'avoir l'intimité nécessaire pour se laver, dès la seconde où le rideau de douche se referma, Bristol leva la tête et laissa l'eau chaude pleuvoir sur son visage.

Elle ne prendrait plus jamais une douche pour acquise. C'était le paradis.

# CHAPITRE HUIT

Rocky était à nouveau assis dans son salon, serrant les dents en entendant la douche dans l'autre pièce. Cela faisait déjà une semaine qu'il s'était assis la première fois, faisant la même chose. Cette fois-là, Elsie était restée avec Bristol, s'assurant qu'elle ne tombe pas du tabouret ou qu'elle ne se fasse pas mal alors qu'elle s'habituait à se laver avec un handicap temporaire.

À ce moment-là, cela avait été un enfer pour sa libido, tout comme c'était encore le cas aujourd'hui.

À chaque fois qu'elle se lavait, tout ce à quoi Rocky pouvait penser, c'était que Bristol était nue au même endroit où il l'avait été il y a quelques heures. Il n'était pas du genre à devoir se masturber tous les jours, mais dernièrement, il avait l'impression d'être à nouveau un adolescent. Il n'arrêtait pas de penser à la femme avec qui il partageait son appartement.

Elle se déplaçait de mieux en mieux avec ses béquilles, même si elle préférait utiliser Rocky comme béquille humaine quand il était à la maison. Et pour être honnête, il préférait aussi. Elle passait un bras autour de sa taille et il la tenait fermement contre lui pendant qu'elle boitait jusqu'à la salle de bains ou le salon. Il avait recommencé à faire des petits boulots en ville, mais il pensait tout le temps à Bristol – ce qu'elle faisait, si elle allait bien – dès qu'il était loin d'elle.

Il savait qu'elle allait bien. Elle s'en sortait étonnamment bien d'ailleurs pour quelqu'un qui avait une jambe cassée et vivait dans un endroit qui lui était inconnu sans avoir sa routine habituelle. Elle était parfois de mauvaise humeur, mais quand c'était le cas, ça ne durait jamais longtemps. Elle faisait de son mieux pour ne plus avoir le cafard. Quand elle était grognon, elle n'était jamais méchante avec lui ni avec quiconque d'ailleurs. Et pour ça, Rocky l'aimait encore plus.

Écoutant l'eau couler dans l'autre pièce, il se souvint de son sourire quand elle était sortie de la salle de bains après sa première douche avec l'aide d'Elsie. Ça lui avait coupé le souffle. Et quand il avait senti l'odeur de son propre gel douche sur sa peau, il avait fait tout son possible pour cacher son érection aux deux femmes.

Et maintenant, elle était à nouveau dans sa douche, l'eau coulant en cascade sur son corps et il luttait pour ne pas la rejoindre.

Les émotions qui le traversaient juste une semaine plus tard étaient bouleversantes. Presque malvenues. Il était là pour s'occuper de Bristol ; elle n'avait pas besoin qu'il la convoite à chaque instant. Cela risquait de la mettre mal à l'aise et la dernière chose que voulait Rocky, c'était qu'elle soit gênée en sa présence.

Mais tout chez elle l'attirait... et bientôt, il savait qu'il ne pourrait plus se retenir d'agir par rapport à son attirance.

Une attirance qui se reflétait dans les yeux de Bristol quand elle le regardait.

— Je suis prête ! cria-t-elle depuis la salle de bains.

Rocky prit une grande inspiration avant de se lever et de se diriger vers elle. Elle avait progressé jusqu'à se tenir en équilibre sur son pied valide et à s'accrocher au comptoir pour faire ce qu'elle avait à faire dans la salle de bains. Il avait installé des poignées solides dans la douche, pour qu'elle puisse se laver debout sans craindre de tomber, mais le tabouret était resté pour qu'elle puisse se reposer quand elle en avait besoin. Elle devenait très habile dans ses mouvements de manière générale, et ce n'était qu'une question de temps avant qu'elle ne soit prête à retourner à Kingsport.

Cette pensée lui noua le ventre de façon inquiétante. Mais pour le moment, il avait une autre surprise pour elle... et il espérait que cela lui ferait gagner du temps. Cela pouvait se retourner contre lui et donner envie à Bristol de retrouver son quotidien plus tôt que prévu.

Il marcha en direction de la salle de bains, la vapeur s'échappant de la petite pièce le faisant sourire. Sa Bristol adorait les longues douches chaudes.

Merde.

Ce n'était pas *sa* Bristol !

Il fallait qu'il se ressaisisse, sinon il allait la faire fuir avec sa personnalité d'alpha exagérée. Le fait de vivre avec Bristol avait fait ressortir une partie de lui dont il ne soupçonnait pas l'existence. Il avait toujours trouvé que son frère était trop protecteur avec Lilly – mais ce n'était *rien* comparé à ce qu'il ressentait pour cette femme.

Quand il partait travailler, il s'assurait toujours que quelqu'un vienne s'occuper d'elle pendant son absence. Sandra était toujours heureuse de lui rendre visite. Et il avait été surpris de voir que Finley Norris avait également très envie de rester avec elle. Khloe était même venue un jour. Au besoin, Elsie venait également avant l'ouverture du bar et Lilly passait fréquemment.

— J'adore ta douche ! dit Bristol avec un grand sourire alors que Rocky s'avançait vers elle. Tu ne mentais pas quand tu m'as dit que le chauffe-eau était génial.

Il sourit en s'arrêtant à côté d'elle. Il enroula le bras autour de sa taille et soupira mentalement tellement c'était agréable. Elle s'agrippa à lui et il supporta tout son poids alors qu'ils retournaient au salon.

Il lui prépara du café – chocolat noisette ce matin – et lui servit un bol de céréales. Ils avaient mangé beaucoup de choses différentes pour le petit déjeuner au cours des deux dernières semaines, mais son préféré semblait être les céréales. C'était facile de lui faire plaisir, ce qui rendait Rocky heureux car il aimait beaucoup ça.

— Je me disais qu'on pouvait faire quelque chose de différent aujourd'hui, dit-il aussi nonchalamment que possible tandis qu'il lui apportait le bol de céréales et le pichet de lait dans le salon.

— Ah oui ? demanda-t-elle, l'intérêt brillant dans ses yeux.

Bristol ne se plaignait jamais de s'ennuyer, même si Rocky était certain qu'elle mourait d'envie de sortir plus souvent de l'appartement. Il l'avait portée jusqu'à la passerelle plusieurs fois et ils s'étaient assis là, regardant les allées et venues des autres habitants de la résidence pour qu'elle puisse prendre l'air. Ils avaient regardé la télé, joué à des jeux de société et de cartes, lu tranquillement et co-existé paisiblement durant les deux semaines de convalescence dans son appartement. Mais il avait le sentiment qu'aujourd'hui, elle se sentirait vraiment libre pour la première fois depuis son accident.

— Oui. Il y a une semaine, je t'ai demandé ce que tu aimerais pouvoir faire, là tout de suite.

— Je m'en souviens. J'ai dit : « prendre une douche » et à peine une heure plus tard, tu t'étais arrangé pour que je puisse le faire, lui dit Bristol.

— C'est ça. Et quelle est l'autre chose que tu voulais ?

Elle fronça les sourcils, essayant de se rappeler et finit par hausser les épaules :

— Je ne m'en souviens pas.

— Tu as dit que tu voulais créer.

— Oui c'est vrai ! Waouh, je devais vraiment m'apitoyer sur mon sort.

Rocky haussa les épaules.

— Je n'ai pas pu t'aider sur le moment, mais maintenant

que tu es plus mobile et que ta jambe ne te fait pas mal quand tu es debout et que tu te déplaces, je me suis dit qu'on pourrait s'occuper de ton deuxième souhait.

Elle le regarda d'un air confus.

— J'ai envie de t'emmener à Kingsport pour que tu puisses récupérer ton matériel d'art. Et peut-être des vêtements. Je suis sûr que tu en as marre de porter mes tee-shirts et le peu de tenues que tu as. On pourrait aller récupérer tes shorts et tout ce que tu souhaites pour te faciliter la vie ici et la rendre plus confortable.

Bristol le regarda pendant tellement longtemps que Rocky s'agita nerveusement dans son siège. Il n'avait aucune idée de ce à quoi elle pensait.

— Si tu veux que je te ramène chez toi et que je m'en aille, c'est OK aussi, dit-il doucement, ne supportant pas de devoir prononcer ces mots, mais conscient qu'il devait les dire.

— Tu veux probablement avoir enfin ton appartement pour toi tout seul, hein ? dit-elle au bout d'un moment.

— Non ! lâcha Rocky avant de prendre une grande inspiration. Non, dit-il plus calmement. *J'aime* que tu sois ici. Et honnêtement, si tu me disais que tu préfèrerais rentrer chez toi et y rester, je m'inquièterais énormément. Tu n'es pas encore très stable sur tes pieds et ta jambe te pose encore problème de temps en temps. Je me disais juste que le temps passerait plus vite et que tu te sentirais plus toi-même si tu avais ton matériel à portée de main et que tu pouvais travailler sur quelques projets. Et j'avoue que je suis curieux de voir ton art et ta façon de le créer.

— Ça ne te dérangerait vraiment pas ? demanda-t-elle.

— De te ramener à Kingsport ? Non. Et que tu travailles sur ton art ici ? Absolument pas.

— Et que mes affaires encombrent ta maison ? demanda-t-elle. Le matériel pour créer mes bijoux a tendance à s'étaler de partout. Des perles, des boucles d'oreilles, ce genre de choses. Et je me perds souvent dans mon art quand je travaille sur un projet. Je risque d'oublier que tu es là pendant que je suis absorbée par ce que je fais.

Rocky l'étudia, puis lui demanda :

— J'imagine que quelqu'un d'autre dans ta vie s'en est déjà plaint à un moment donné ?

Elle fronça le nez.

— Oui.

— Punky, je n'ai pas 15 ans. Je peux supporter que tu te concentres sur ton travail, peu importe le temps qu'il te faudra pour sortir de ta brume artistique.

Elle sourit. Son sourire illumina son visage. Rocky vivait pour recevoir ces sourires.

— Dans ce cas-là, *j'adorerais* aller à Kingsport avec toi ! J'en profiterai pour vérifier qu'aucun courrier perdu n'a été distribué, même si je le fais suivre ici pour le moment. Je n'ai pas beaucoup d'espoir pour les deux plantes que j'ai, parce que je n'ai vraiment pas la main verte, mais peut-être qu'elles ont tenu bon et que je peux les arroser et qu'elles seront de nouveau prêtes à repartir. Et ce serait génial de pouvoir récupérer mes shorts et mes affaires. Enfin, je préfère te prévenir tout de suite que je garde le tee-shirt de la Marine que tu m'as prêté pour dormir, le taquina-t-elle.

— Il est à toi, lui dit Rocky, faisant de son mieux pour étouffer le désir qui l'envahit soudain en se remémorant à quel point elle était belle avec son tee-shirt trop grand le soir.

— OK, je me suis bien retenue dernièrement, mais maintenant il faut que je le dise. Merci, Rocky. Sérieusement. Ça représente beaucoup pour moi.

— De rien, lui dit-il doucement. Mange. Ensuite on partira. Il faut que j'appelle Ethan pour le prévenir que nous partons.

— Il va être contrarié ?

Rocky fronça les sourcils d'un air perplexe.

— Contrarié que je quitte la ville ? Non. Je lui ai déjà dit ce que je voulais faire il y a quelques jours, mais je ne savais pas ce que tu allais en penser. Et si tu décidais finalement de rester chez toi, je lui ai dit que je serais au moins absent une nuit, peut-être plus.

— Pourquoi ? demanda-t-elle.

— Parce que je comptais prendre une chambre d'hôtel à Kingsport jusqu'à ce que je sois sûr que tu puisses te débrouiller seule.

Il la vit déglutir avec difficulté.

— Sérieux ?

— Oui. Il était hors de question que je te dépose sur le pas de la porte et que je parte, dit Rocky.

— C'est ce que feraient la plupart des gens.

— Mais je ne suis pas comme la plupart des gens, dit-il fermement.

— Oui, je m'en suis bien rendu compte ces deux dernières semaines, répondit-elle.

L'envie de l'embrasser était presque trop forte pour y résister, mais Rocky y parvint. Ce n'était pas encore le moment de lui montrer à quel point il l'admirait. À quel point il aimait passer du temps avec elle. À quel point il avait envie d'être plus qu'un colocataire ou un sauveur.

Il se racla la gorge.

— Si on part après que tu as fini de manger, on doit pouvoir faire l'aller-retour avant qu'il ne soit trop tard.

— OK. Je mange, dit-elle en lui faisant à nouveau un grand sourire avant de tourner son attention vers le bol qui se trouvait en face d'elle.

*   *   *

Bristol ne pouvait détacher son regard de l'homme qui était assis à côté d'elle, alors qu'ils se dirigeaient vers le sud sur l'Interstate 81 vers Kingsport. Cela faisait deux semaines qu'elle s'attendait à ce qu'il lui dise qu'il était temps pour elle de rentrer, mais il ne l'avait pas fait. Pendant une seconde ce matin, quand il avait évoqué le fait de rentrer à Kingsport, elle avait cru que c'était la fin. Qu'il en avait marre de l'avoir dans son espace personnel et qu'il était prêt à ce qu'ils reprennent tous les deux leurs quotidiens. Mais elle avait été choquée quand il avait expliqué que ce trajet était seulement pour aller récupérer son matériel et quelques habits et non pour la ramener définitivement.

Bristol supposa que c'était probablement une meilleure idée si elle arrachait le pansement une bonne fois pour toutes, pour ainsi dire. Elle aimait un peu trop être avec Rocky. Plus elle restait, plus elle apprenait à les connaître lui et ses amis et plus ça allait être dur de partir.

Plus elle apprenait à le connaître lui et son adorable ville, plus elle avait envie de rester.

Mais la grande question qu'elle se posait, c'était de savoir si les sentiments qu'elle éprouvait étaient seulement dus au fait qu'elle lui était reconnaissante d'avoir été secourue ou s'ils étaient davantage que cela ?

Elle savait qu'elle n'avait jamais aimé un homme comme elle aimait Rocky.

Et tout le monde en ville avait été plus qu'accueillant. Chaque jour quand elle se réveillait, elle se demandait qui allait lui rendre visite et quelle drôle d'histoire locale ils allaient partager avec elle. Elle n'avait jamais réalisé que le sentiment de communauté à Fallport était quelque chose qui lui manquait... et dont elle avait envie de faire partie.

Bristol n'avait pas envie de gâcher toute cette hospitalité. Elle appréciait Rocky. Beaucoup. La dernière chose dont elle avait envie c'était de tomber folle amoureuse de lui pour finalement réaliser qu'il était simplement gentil avec elle par obligation.

Mais au fond, elle savait que ce n'était pas le cas. Elle l'avait déjà surpris en train de la fixer avec un désir électrique dans le regard. Et même s'il faisait attention à ne pas dépasser certaines frontières, elle n'avait pas manqué de remarquer que parfois... il avait une érection en sa présence.

Bien sûr, cela pouvait être une simple érection naturelle et pas nécessairement à cause *d'elle*, mais elle était convaincue que non. Et son attirance pour lui était si intense, qu'il y avait peu de chance que ce soit à sens unique. Il y avait quelques matins où il était resté très longtemps sous la douche et où elle s'était demandé ce qu'il y faisait... et si c'était la même chose que *ce qu'elle* faisait quand elle était nue sous la douche et pensait à lui.

— Ça va ? demanda Rocky en la tirant de ses pensées.

Elle acquiesça en lui souriant.

— Super. Je ne peux qu'aller bien.

Un sourire étira les lèvres de Rocky et elle lui demanda :

— Pourquoi tu souris ?

— J'aime être avec toi. Tu es toujours très joviale... c'est agréable.

— Je me suis rendu compte qu'il était beaucoup plus facile de voir le bon côté des choses plutôt que de s'attarder sur le négatif. La vie est courte, et je n'ai pas envie de la passer à désirer ce que je ne peux pas avoir, ou en me focalisant sur toutes les mauvaises choses qui me sont arrivées.

— Comme de tomber d'une falaise, lâcha-t-il.

— Exactement. Je veux dire, oui, mon ami me l'a complètement fait à l'envers et ne semblait pas se soucier de mon bien-être et je me suis blessée. Mais la situation aurait pu être bien pire. J'aurais pu me cogner la tête et mourir, au lieu de simplement me casser la jambe. Tu m'as trouvée, tu es resté avec moi et tu m'as offert un endroit où guérir. Et Fallport est un endroit merveilleux. J'ai rencontré tellement de belles personnes. J'adore tes amis. Et tu as une super douche, lui dit-elle en souriant.

Il partagea son attention entre elle et la route.

— Tu t'es cassé la jambe, tu as été abandonnée par tes amis, tu es restée pratiquement immobile et coincée dans un tout petit appartement avec un inconnu. Tu n'as pas ta voiture ou tes affaires. Tu n'as pas pu travailler durant deux semaines et même si tu n'en as pas parlé, ton entreprise en souffre probablement. Ta vie a quand même été bien chamboulée.

Bristol rit.

— Ouaip. Mais une fois de plus, toutes les bonnes choses qui me sont arrivées suite à la fracture de ma jambe l'emportent sur tout le reste. Du moins dans mon esprit.

Rocky secoua la tête.

— Je n'ai jamais rencontré personne comme toi.

— C'est une bonne ou une mauvaise chose ? demanda Bristol, un peu inquiète.

— Une bonne chose, dit-il immédiatement, ce qui la rassura. On se rapproche de Kingsport, tu m'indiques le chemin ?

Bristol s'accrocha au sentiment agréable que lui avait procuré sa réponse, tout en lui disant où aller, mais plus elle se rapprochait de chez elle, plus elle était nerveuse. Elle n'avait pas pensé à ce que Rocky allait se dire en voyant où elle vivait… et désormais, elle avait peur que ce trajet ne soit plus une si bonne idée.

Ils s'engagèrent dans la rue et elle dit :

— C'est la troisième maison sur la droite.

Elle n'arrivait pas à savoir ce qu'il pensait lorsqu'il se gara dans son allée et éteignit le moteur du SUV.

Après un long moment, il se tourna vers elle.

— Je crois que tu ne m'as pas tout dit sur toi, Punky, dit-il d'un ton ironique.

Elle se mordit nerveusement la lèvre en étudiant sa maison, essayant de la voir à travers les yeux de Rocky. Elle l'avait adorée dès l'instant où elle l'avait vue. Elle était immense. Probablement autour de quatre-cent-vingt mètres carrés. Bien trop grande pour une seule personne, mais dès la seconde où elle avait vu le panorama depuis les fenêtres de derrière, elle avait voulu l'avoir. Il y avait cinq chambres, une énorme cuisine, les salles de bains avaient été refaites avant qu'elle n'emménage et le placard de la chambre principale était plus grand que la chambre d'amis de Rocky.

— C'est... il n'y a que toi qui vis ici ? demanda-t-il.

— Oui, dit-elle. Ce n'est pas aussi grand que ça en a l'air.

C'était un mensonge. Avec les immenses fenêtres qui allaient du sol au plafond dans le salon, ça paraissait encore plus grand.

Rocky rit et secoua la tête.

— Tu as tes clés ?

Bristol se contorsionna et sortit son porte-clés de sa poche. Elle n'avait pas de sac à main avec elle, car qui prenait un sac à main pour faire de la randonnée et du camping ? Mais cela faisait partie des nombreuses choses qu'elle voulait ramener à Fallport... si Rocky voulait toujours qu'elle rentre avec lui.

— Bouge pas, lui ordonna-t-il. Je vais faire le tour.

Bristol le regarda contourner l'avant du SUV. Ses pas étaient longs et confiants, comme d'habitude. Une fois qu'il fut devant sa portière, il l'aida et, avec son bras autour de sa taille, lui servit de béquille humaine alors qu'ils se dirigeaient vers la porte d'entrée.

Elle adorait quand Rocky la portait. Elle se sentait toujours petite à côté des gens, mais dans ses bras, elle se sentait... chérie. C'était vraiment agréable d'être plaquée contre lui avec son bras autour d'elle, ses doigts s'enfonçant dans sa taille alors qu'il soulageait sa jambe cassée et qu'elle boitait à côté de lui.

Elle ne sentait aucune graisse sur lui. Elle aimait avoir une excuse pour le toucher et passer son bras autour de lui. Il était chaud et la faisait se sentir en sécurité. Elle n'avait pas peur qu'il la fasse trébucher. Rocky était fort et compétent à côté d'elle.

Lorsqu'ils atteignirent les quatre marches qui menaient à son porche devant l'entrée, il ne lui demanda pas l'autorisation, ni ne l'avertit, il resserra simplement le bras autour de sa taille et la souleva facilement avant de monter les escaliers.

Bristol gloussa.

— Quoi ? demanda-t-il.

— Tu n'y as même pas réfléchi, non ?

— Réfléchi à quoi ?

— Au fait de me soulever pour monter les escaliers.

Il parut un peu penaud.

— Pardon. Et non. Je ne voulais pas que tu te fasses mal. Je ne suis pas sûr que tu sois déjà capable de les monter, alors j'ai simplement agi. Ça t'agace ?

— Non.

Et c'était sincère.

— Mais il va bien falloir que j'essaie de les monter à un moment donné.

— Je sais. Mais ce jour-là n'est pas encore arrivé, lui dit-il en la reposant doucement sur le sol.

— Tu changeras peut-être d'avis quand tu verras combien d'escaliers il y a chez moi, lui dit-elle en mettant la clé dans la serrure.

— Certainement pas, Punky, dit Rocky d'un ton sévère.

Bristol ne put que rire à nouveau.

— D'accord, mais si tu en as assez de me trimballer tu peux le dire. Bienvenue chez moi, dit-elle en ouvrant la porte.

Rocky l'aida à entrer et ferma la porte derrière lui. Il observa la grande entrée ouverte et siffla doucement.

— Waouh, Punky. C'est... c'est magnifique.

— Attends de voir la vue, lui dit-elle avant de pointer du doigt vers la droite. Par là.

Il la fit avancer jusqu'au salon et elle l'entendit prendre une grande inspiration.

— Wow.

— C'est ce que je me suis dit la première fois que je l'ai vue, confirma Bristol.

Les maisons de son côté de la rue donnaient sur une réserve naturelle. Il y avait des collines, beaucoup d'arbres et une tranquillité qui l'aidait à recharger les batteries quand elle était déprimée ou frustrée par un projet sur lequel elle travaillait.

— C'est pour ça que j'ai acheté cette maison. Le bonus, c'est que personne ne pourra construire derrière moi, parce que le terrain est protégé.

— C'est magnifique, lui dit-il avant de baisser à nouveau les yeux vers elle. Encore une fois, tu ne m'as pas tout dit sur toi.

Bristol haussa les épaules.

— Je t'ai dit que je vivais bien grâce à mon art. Et que je pouvais me permettre d'acheter des téléphones satellites pour ton équipe.

— C'est vrai, mais ça, c'est... putain. Je ne sais pas trop à quoi je m'attendais, mais pas à ce que tu vives dans un manoir. Tu dois vraiment devenir folle dans mon petit appartement.

— J'adore cette maison... mais c'est *juste* une maison, lui dit-elle doucement. Je savais qu'elle était trop grande et j'avais raison. Je tourne un peu en rond ici toute seule. Ton appartement lui, il est...

Sa voix se brisa alors qu'elle cherchait un adjectif approprié.

— Minuscule ? Étriqué ? Délabré ? proposa-t-il.

— Douillet. Confortable. Sûr, rétorqua-t-elle.

Ils se regardèrent un long moment avant que Rocky ne prenne une grande inspiration. Mais il ne s'écarta pas.

— Rocky ? dit-elle, sans trop savoir pourquoi elle chuchotait, même si le moment semblait s'y prêter.

— Je vais t'embrasser, dit-il fermement. Si tu n'en as pas envie, c'est l'occasion de me le dire.

Bristol retint son souffle. Elle voulait ses lèvres sur les siennes. Terriblement. Elle en avait eu envie dès l'instant où elle l'avait vu pour la première fois.

— Tu m'as entendu ? demanda-t-il.

Elle eut envie de rigoler. Comment aurait-elle pu ne *pas* l'entendre alors qu'ils avaient chacun un bras autour de l'autre et qu'ils se tenaient hanche contre hanche ?

SUSAN STOKER

— Oui, dit-elle répondant à sa question tout en lui donnant la permission au même moment.

Il ne sourit pas mais Bristol aurait pu jurer avoir vu le soulagement dans ses yeux. La serrant plus fort contre lui, se tournant de façon à ce que son front soit collé au sien, Rocky utilisa sa main libre pour soulever son menton.

— Tu es tellement jolie. Et je ne parle pas seulement de ton physique, même si tu l'es. Tu as cette lumière qui brille dans tes yeux et qui attire tous ceux avec lesquels tu entres en contact. Et je ne fais pas exception. Une fois qu'on aura franchi ce cap, Punky... il n'y aura pas de retour en arrière, dit-il.

Bristol appréciait qu'il fasse de son mieux pour s'assurer qu'elle veuille vraiment ce baiser, mais elle commençait à devenir impatiente. Elle voulait ses lèvres sur les siennes. *Tout de suite.*

Elle se mit sur la pointe des pieds et fut contrariée qu'il soit encore trop loin pour qu'elle puisse l'atteindre. Sans réfléchir, elle se leva et attrapa sa barbe dans son poing avant de l'attirer vers elle. La dernière chose qu'elle vit avant que ses yeux ne se ferment fut son sourire amusé.

Dès la seconde où ses lèvres touchèrent les siennes, Bristol sut qu'elle était foutue.

Elle n'avait jamais embrassé un homme avec une barbe auparavant, et la façon dont celle-ci lui chatouilla la mâchoire et le menton fut presque aussi excitante que la sensation de sa main qui se déplaçait sur sa nuque et de son autre bras qui se resserrait autour de sa taille.

L'instant d'après, ses pieds ne touchaient plus le sol et il la soulevait dans les airs pour qu'elle n'ait pas à tendre le cou pour l'embrasser. Il la tenait fermement contre son corps et elle pouvait en sentir chaque centimètre. Son torse ferme, la façon dont son bras se contractait autour de sa taille. Son sexe dur contre son entrejambe. Mais ce furent ses lèvres sur les siennes qui la firent gémir au plus profond de sa gorge.

Ce petit bruit sembla les enflammer tous les deux. Ce

n'était pas un premier contact timide. Rocky l'embrassait avec la confiance d'un homme qui savait ce qu'il voulait et qui n'avait aucun problème à venir le prendre.

Il inclina la tête et sa langue plongea dans sa bouche et Bristol y mêla immédiatement la sienne. Elle enfonça les mains dans ses cheveux, le tenant contre elle tandis qu'ils s'embrassaient comme si leur vie en dépendait. Elle eut des papillons dans le ventre, ses poils se hérissèrent sur son bras et elle se tortilla sous son emprise, désirant être plus proche encore.

Rocky la tint fermement alors qu'il l'embrassait. Il lui mordilla la lèvre et Bristol fit de même. Elle enfonça sa langue dans sa bouche, adorant le fait qu'il la laisse prendre le contrôle de leur baiser. Puis, ce fut à son tour de gémir lorsqu'elle lui mordilla à nouveau la lèvre.

Elle n'avait aucune idée du temps qu'ils avaient passé à s'embrasser lorsqu'il releva la tête et la regarda fixement. Comme il la tenait en l'air, leurs yeux étaient au même niveau. Quand il se lécha les lèvres, Bristol ne put s'empêcher de baisser les yeux vers celles-ci.

— Putain, femme, souffla-t-il.

Elle ne put se retenir. Elle gloussa.

— C'était... il s'arrêta avant de continuer. Tu veux bien sortir avec moi ?

Bristol resta perplexe.

— Quoi, comme un rendez-vous ?

— Oui, un rencard.

— Hum, *oui* ?

— Je sais qu'on fait un peu les choses à l'envers, tu emménages d'abord chez moi avant même que je te demande de sortir avec moi, mais tu me plais, Bristol. Tellement. Je veux continuer à apprendre à te connaître.

Ce genre de chose ne lui arrivait jamais et elle pria pour ne pas tout gâcher.

— Pareil, Rocky.

— Du coup... tu veux bien être ma petite amie ?

Elle gloussa à nouveau, mais hocha la tête.

— Oui.

— Et on est un couple exclusif ?

— Rocky, ce n'est pas comme si j'avais tout un tas d'hommes qui toquaient à ma porte parce qu'ils voulaient sortir avec moi.

— Alors ce sont des idiots. Et nous sommes *effectivement* exclusifs, dit-il fermement.

Il ne l'avait pas encore reposée et Bristol devait reconnaître qu'elle adorait qu'il la porte. Il avait toujours l'une de ses grandes mains sur sa nuque, tandis que l'autre était autour de sa taille, la maintenant en sécurité contre lui.

— Juste, un truc par contre, dit-il sérieusement. Je ne gagne clairement pas autant que toi. Est-ce que ça peut être un problème ?

Bristol fronça les sourcils.

— Si tu crois que je suis le genre de femme qui se soucie de ce genre de chose, on ferait mieux de mettre tout de suite un frein à ce qui se passe entre nous, dit-elle un peu plus durement que ce qu'elle aurait voulu.

— Je suis désolé, s'excusa-t-il immédiatement, aidant Bristol à se calmer.

— Est-ce qu'on peut s'asseoir pour en parler ? demanda-t-elle.

Il ne lui répondit pas verbalement mais se dirigea immédiatement vers son canapé en daim ultraconfortable. Il était assez grand pour au moins six personnes. Il y avait eu de nombreuses nuits où elle s'était endormie sur ces coussins moelleux. Il s'assit, la plaçant doucement sur ses genoux, un bras musclé autour de son dos et l'autre par-dessus ses cuisses.

C'était un peu distrayant d'être aussi proche, mais ce n'était vraiment pas malvenu. Mais quand même.

— Hum, peut-être que je devrais m'asseoir à côté de toi plutôt que *sur* toi pour tenir cette conversation non ? suggéra-t-elle.

— Non. J'aime bien t'avoir ici. Tu n'imagines pas le nombre de fois où j'ai rêvé de te tenir comme ça sur moi ces deux dernières semaines, dit-il.

Bristol cligna les yeux de surprise.

— C'est vrai ?

— Oui, c'est vrai. Du coup, tu disais ?

— Ce n'est pas une très longue histoire, dit-elle en haussant les épaules. J'ai toujours adoré l'art et être créative. J'ai trouvé ma voie dans les vitraux. Et une chose en entraînant une autre, grâce à mon talent et un coup de chance, je suis devenue très populaire dans certains milieux en ligne. Ceux qui veulent le meilleur savent qu'ils doivent s'adresser à moi. Je vends mes vitraux pour des prix allants de cinq cents dollars pour un petit morceau de dix centimètres sur quinze à six chiffres et plus pour de grands vitraux destinés aux églises ou autres bâtiments.

Rocky cligna des yeux de surprise.

— Vraiment ?

— Oui, vraiment, confirma-t-elle. J'ai investi la quasi-totalité de mes gains. Pour être honnête, je pourrais prendre ma retraite aujourd'hui si je le voulais et ne plus jamais avoir à travailler un seul jour de ma vie. Mais j'aime ce que je fais. Créer de l'art répond à un besoin en moi. Je crée également des bijoux et des sculptures quand j'ai envie de faire une pause avec les vitraux, expliqua-t-elle en haussant les épaules. Je t'ai dit que j'étais douée, dit-elle plus doucement... et sur un ton plus défensif.

À sa grande surprise, Rocky rit.

— Ça, c'est clair, Punky.

Puis il la surprit à nouveau en prenant une de ses mains pour embrasser le bout de ses doigts.

— Si j'avais su, je me serais un peu plus assuré que tes mains allaient bien.

Bristol eut envie de fondre à ses pieds. Elle n'avait pas l'habitude d'expliquer aux gens à quel point elle avait du succès.

Premièrement, ils avaient tendance à penser qu'elle se vantait, ce qui n'était pas le cas. Et deuxièmement, une fois que les gens découvraient qu'elle était riche, ils la traitaient différemment.

— Est-ce que ça change quelque chose ?

Rocky entrelaça leurs doigts et les posa sur sa jambe.

— Qu'est-ce qui change quelque chose ?

— Le fait que j'ai de l'argent ?

Il la regarda un long moment avant de dire :

— Tu voudrais que ce soit le cas ?

Bristol fronça les sourcils.

— Non ?

Ce fut plus une question qu'une affirmation, mais elle ne comprenait pas bien ce qu'il lui demandait.

— Alors non, ça ne change rien Bristol. Je t'apprécie pour ce que tu es. Pas pour l'argent que tu possèdes. Je reconnais que ça m'intimide un peu. Je suis assez doué avec la gestion des budgets, j'étais un peu obligé en étant dans l'armée, mais j'imagine que mon compte en banque est plutôt pathétique comparé au tien. Mais je te promets que tant que nous serons ensemble, je te traiterai comme si tu étais la personne la plus importante au monde. Et c'est le genre de chose que l'argent ne peut pas acheter.

Bristol ferma momentanément les yeux, presque submergée par l'émotion.

— Bristol ?

Elle rouvrit les yeux. Elle avait envie de le chevaucher et de le serrer contre elle, mais elle ne pouvait pas encore le faire avec sa jambe.

— C'est tout ce que j'ai toujours voulu. Être importante aux yeux de quelqu'un pour ce que je suis et non pas pour un chiffre sur mon compte épargne.

— Tu es importante pour *moi*, dit-il sans hésitation avant de se pencher vers elle.

Cette fois-ci, leur baiser fut doux. Pas aussi passionné qu'auparavant, mais pas moins bouleversant.

Bristol glissa la tête sous son menton en s'allongeant contre son torse et profita de l'instant présent. Rocky lui effleura les cheveux, comme on caresse un animal. Elle eut envie de ronronner, tellement c'était agréable.

Après un moment, il lui dit d'un ton plein d'autodérision.

— J'imagine que ton matériel ne rentrera pas dans quelques boîtes, comme je l'avais imaginé, hein ?

Elle sourit en relevant la tête.

— Mon atelier se trouve au sous-sol et oui, c'est impossible que je puisse réaliser mes plus grosses pièces dans ton appartement. Mais je n'ai pas de commandes en cours pour le moment, et je pense que je devrais probablement m'en tenir aux bijoux pour l'instant. Ça fait un moment que je n'ai pas fait de pendentifs et de boucles d'oreilles, et mon temps passé dans les bois m'a inspiré des bijoux en rapport avec la nature.

— D'accord. On emportera tout ce qui pourra rentrer dans mon SUV et s'il faut que je fasse un autre trajet, je le ferai. On essaiera de te trouver un espace plus grand pour travailler aussi.

Bristol le regarda en silence.

— Quoi ? demanda-t-il en imitant son regard perplexe.

— C'est juste que... tu n'es pas ce à quoi je m'attendais, Rocky Watson.

— C'est Cohen en fait.

— Comment ça ? demanda Bristol sans comprendre.

— Mon prénom. Rocky est mon surnom. Mon vrai prénom, c'est Cohen.

Elle sourit et se détendit contre lui.

— J'aime bien.

Il haussa les épaules.

— Moi non. Tu n'imagines pas à quel point on s'est moqué de moi quand j'étais plus petit. Cohen n'était pas vraiment un prénom passe-partout.

— Comment as-tu hérité du surnom Rocky ? demanda-t-elle.

— J'étais en quatrième et je venais de voir le film. J'ai décidé que je voulais être un boxeur, comme lui. C'était un dur à cuire qui ne se laissait pas faire. Je suis allé à l'école et j'ai dit à tout le monde que désormais je m'appelais Rocky, et je me suis battu avec tous ceux qui ont osé m'appeler Cohen les mois suivants, expliqua-t-il en haussant les épaules. Ce n'était pas très sympa de ma part, je sais… mais ça a marché. Tout le monde a commencé à m'appeler Rocky et voilà.

— Moi, mon vrai nom, c'est Bristol, lui dit-elle avec un grand sourire en faisant l'idiote.

Il lui rendit son sourire.

— D'accord.

Elle redevint sérieuse.

— Il y a une partie de moi qui se demande où est le piège avec toi, avoua-t-elle. Tu es très beau, tu sauves les randonneurs perdus, tu étais dans la Marine, tu es resté avec moi à l'hôpital à Roanoke et m'as laissé rester chez toi, sans avoir l'air de vouloir quelque chose en retour. Aujourd'hui, tu n'as même pas cillé en apprenant que j'étais riche et tu parles même de refaire un trajet jusqu'ici pour mes affaires et me trouver un endroit pour que je puisse réaliser mes vitraux. Oh, et tu embrasses mieux que tous ceux avec qui je suis sortie. C'est juste que… j'attends l'autre revers de la médaille. Tu sais, que tu m'annonces que tu es marié ou que tu veuilles que je sois ta deuxième femme, ou que tu sois le gourou d'une secte sadique et que tu me prépares simplement à être ton futur sacrifice pour le diable, un truc comme ça.

Rocky n'esquissa même pas un sourire.

— Je pourrais dire la même chose de toi, rétorqua-t-il. Tu es super forte, tu es talentueuse, magnifique, tu n'as pas besoin de moi pour l'argent – ce qui est une bonne chose, car je ne serai jamais riche. Tu sembles adorer la petite ville dans laquelle je vis, tu te fais des amis partout où tu vas et tu manges mes plats sans même grimacer. J'attends toujours de voir quels pourraient être tes défauts. Comme de faire des bruits de bouche quand tu manges – ce que tu ne fais pas – ou que tu laisses tes cheveux de partout dans la salle de bains – ce que tu ne fais pas non plus – ou que tu es toi-même une sadique à la recherche d'un nouveau masochiste à battre.

Bristol rit.

— Je suis juste un homme, lui dit Rocky. J'ai mes défauts, mais traiter les femmes comme de la merde n'en fait pas partie. Je ne peux pas te promettre de ne jamais t'énerver, et je suis certain que tu finiras par m'agacer un jour, mais j'aime me dire qu'on pourra toujours parler de ce qui nous dérange et tout arranger. Il est évident que tu as besoin de ton art et je serais idiot de ne pas faire tout mon possible pour te rendre heureuse. Surtout que j'espère que cela marchera sur le long terme. Je suis prêt à faire des compromis sur beaucoup de choses, mais par contre *j'aimerais* rester à Fallport. Ce n'est pas rédhibitoire non plus, je pourrais emménager à Kingsport puisque les entrepreneurs peuvent trouver du travail de partout. Mais j'adore mon travail au sein de l'équipe de recherche et de sauvetage d'Eagle Point et ce serait nul d'abandonner mes amis. Alors si je fais tout mon possible pour que tu sois à l'aise et heureuse à Fallport c'est parce que j'espère te convaincre qu'un jour tu pourras faire ta vie avec moi là-bas.

— Rocky, murmura-t-elle, complètement bouleversée.

Il était aussi franc qu'elle. Elle ne se demanderait jamais quelles étaient vraiment ses opinions. Mais personne ne s'était jamais donné autant de mal pour répondre à ses besoins comme il le faisait.

— Pas de pression, dit-il en lui embrassant le front. Qui sait ce que l'avenir nous réserve. Cette connexion intense entre nous pourrait s'essouffler... mais j'espère que quoi qu'il arrive, on pourra toujours être amis.

Bristol acquiesça. Elle ne savait pas du tout si c'était possible – si ce feu entre eux pouvait s'éteindre un jour *ou* qu'ils restent amis – mais le fait que Rocky soit si raisonnable était un soulagement. Et très excitant.

— Moi aussi j'ai envie de faire quelque chose pour toi, dit-elle. Je ne suis pas à l'aise avec l'idée d'être celle qui reçoit tout et ne donne rien.

Rocky éclata de rire. Et même si elle était un peu agacée qu'il semble se moquer *d'elle*, elle ne put s'empêcher de ressentir des picotements en entendant ce son.

— Je ne me moque pas de *toi*, dit-il, lisant dans ses pensées. Mais plutôt du fait que tu penses ne rien me donner.

— C'est le cas. Tu as tout fait ! Tu as acheté la nourriture, tu m'as portée, tu t'es arrangé pour que des gens viennent me tenir compagnie quand tu travailles. Tu prépares mes repas, tu laves mes vêtements, ranges ton appartement. Je ne fais rien d'autre que de rester assise.

— C'est faux, dit-il, plus du tout amusé. Tu m'as donné plus que ce que je ne pourrais jamais expliquer. Avant de te rencontrer, ma vie était ennuyeuse et très solitaire. Je travaillais bien trop tard, rentrais chez moi, mangeais et allais dormir. C'est tout. Il y a eu quelques péripéties récemment avec Lilly et Elsie, mais de manière générale, quand la porte de mon appartement se referme derrière moi, ma vie est grise. Puis tu es arrivée... et soudain il y a de nouveau eu de la couleur dans ma vie. J'ai plus rigolé ces dernières semaines que je ne me rappelle avoir ri l'année dernière. J'ai hâte de rentrer chez moi à la fin de la journée, ce qui n'a jamais été le cas. J'avais pour habitude de travailler tard le soir simplement parce que je ne voulais pas retourner dans un appartement vide. Je sais que ma cuisine est loin d'être gastronomique, mais c'est amusant d'imaginer tous ces repas différents pour nous. Tu as insufflé plus de *vie* à ma vie que quiconque auparavant... si tu vois ce que je veux dire. Alors, arrête de croire que tu n'apportes rien à cette relation.

Ses mots lui firent du bien – et l'attristèrent à la fois. Elle ne supportait pas de l'imaginer avoir une vie toute grise.

— OK, bon, on a eu une matinée bien chargée. On a échangé notre premier baiser – un baiser qui m'a épaté d'ailleurs – on s'est mis d'accord pour avoir une relation exclusive, j'ai découvert que ma copine était pleine aux as et nous avons pas mal d'affaires à emporter. Tu es prête à t'y mettre pour qu'on rentre à Fallport avant qu'il fasse nuit ? Ou tu veux rester dormir ici ce soir ? On peut aussi faire ça. Et comme tu as cinq chambres, j'espère pouvoir dormir dans l'une d'elles. Je sais que j'ai dit que je prendrais un hôtel, mais en voyant cette maison, je ne suis pas sûr d'être à l'aise avec l'idée de te laisser ici.

Bristol leva les yeux au ciel.

— Je vivais seule avant de te rencontrer.

— Je sais. Mais désormais tu *m'as* rencontré et c'est hors de question.

— Tu ne me crois pas capable de me défendre ?

— Oh si, rétorqua-t-il. Mais tout ce à quoi je pense, c'est au nombre de fenêtres et de portes qu'il y a dans cet endroit. Et combien il serait facile pour quelqu'un d'entrer et de te faire du mal. Au moins, dans mon appartement, il n'y a qu'une seule façon d'entrer et de sortir… à moins qu'on ne soit Spider-Man et qu'on puisse escalader le mur jusqu'au deuxième étage. Et même là je les entendrais avant qu'ils ne passent par la fenêtre.

Super, maintenant elle allait croire qu'il y avait des rôdeurs à chaque grincement de parquet.

— Ça ne va pas me prendre toute la journée de faire mes bagages. On pourra reprendre la route avant qu'il fasse nuit, lui dit-elle.

— Je n'essaie pas d'être un connard autoritaire, lui dit Rocky en prenant son visage dans ses mains. C'est juste que je n'ai pas envie de te perdre maintenant que je t'ai enfin trouvée.

— Tu ne vas pas me perdre. Mais tu dois garder à l'esprit que ça fait longtemps que je vis seule. Ne m'étouffe pas, Rocky. Je risque de détester ça.

Il n'ignora pas son inquiétude et hocha la tête à la place.

— Je ferai de mon mieux. N'hésite pas à me dire quand tu me trouves trop protecteur.

— Je le ferai, dit-elle.

— Tant mieux. Et si tu me faisais visiter cette maison incroyable pour qu'on se mette ensuite au travail ?

Bristol lui sourit et se pencha en avant, embrassant rapidement ses lèvres avant de s'écarter. Elle vit le désir briller dans ses yeux, mais elle apprécia de voir à quel point il arrivait à se contrôler. Certains hommes, maintenant qu'ils avaient établi qu'ils se désiraient mutuellement, auraient insisté pour obtenir plus. Mais pas Rocky.

Il se leva, la portant dans ses bras, comme si elle ne pesait pas plus lourd qu'un enfant et lui dit :

— Très bien, femme, montre-moi ta maison.

* * *

L'homme dans la voiture en bas de la rue fronça les sourcils en observant la maison de Bristol. Il s'était retrouvé là, comme il le faisait plusieurs heures par jour, dans l'espoir de la voir rentrer chez elle, quand un SUV entra dans l'allée.

Il ne reconnut pas la voiture et remarqua qu'elle avait une plaque d'immatriculation de Virginie. Son sang bouillonna lorsqu'il vit le grand type barbu et costaud aider sa Bristol à avancer jusqu'à la porte d'entrée. Ils étaient bien trop proches. Ils se touchaient de façon bien trop familière. Il vit qu'elle rigolait dans sa direction et il vit rouge.

Elle était *à lui*.

Elle n'était pas censée sourire à un autre homme.

Elle n'était pas censée toucher quelqu'un d'autre.

Elle avait un plâtre à la jambe. L'homme avec qui elle était avait dû la blesser d'une manière ou d'une autre. C'était la seule raison possible pour laquelle il ne l'avait pas vue depuis des semaines. Elle était sortie avec un gars – et il l'avait blessée.

Elle n'avait rien posté sur ses réseaux sociaux depuis presque trois semaines.

Elle n'avait pas mis de nouveaux articles sur sa boutique en ligne et avait même publié un message expliquant qu'elle faisait une pause et fermait la boutique pour les nouveaux achats pour un moment.

Inacceptable. La joie qu'il éprouvait lorsqu'il tenait quelque chose qu'elle avait créé de ses propres mains... quelque chose qu'elle avait touché, sur lequel elle avait respiré... était aussi important pour lui que de respirer.

Elle lui avait refusé cela.

Et elle était avec un autre homme.

Non. C'était *non*.

Il resta assis là où il était, fulminant et observant, toute l'après-midi.

Quand l'inconnu barbu commença à sortir des cartons de chez elle et à les charger dans son 4x4, il faillit perdre la tête. Il eut envie de bondir hors de sa voiture et de se précipiter dans son allée pour l'affronter. Sa Bristol déménageait-elle ? Emménageait-elle avec un connard qui la maltraitait ?

*Inacceptable !*

Elle était à *lui*.

Se rongeant les ongles, il observa le SUV se remplir de plus en plus.

Une fois qu'il fut bourré de cartons, aussi bien dans l'espace de chargement que sur la banquette arrière, il put enfin voir à nouveau sa Bristol – mais cette vision lui fit retrousser les lèvres. L'homme la *portait*. Il la tenait dans ses bras en l'amenant côté passager. Il la plaça soigneusement sur le siège, lui mit sa ceinture, puis se pencha vers elle et l'embrassa.

Il *l'embrassa*.

Juste là, à la vue de tous.

Non. Non, non, non, non, non !

La détermination l'envahit. Il avait attendu trop longtemps. Il aurait dû agir plus tôt. Mais il ne doutait pas une seconde que lorsque Bristol le verrait, elle tomberait follement amoureuse de lui. Aussi profondément qu'il l'aimait lui. Elle ressentirait cette connexion entre leurs âmes. Elle était obligée.

Il fallait qu'il découvre où elle se rendait et qu'il mette en place un plan.

Bristol Wingham lui *appartenait*. Aucun foutu bûcheron n'allait l'éloigner de lui. Hors de question.

Il mémorisa la plaque d'immatriculation du SUV alors que la voiture quittait l'allée, et après de longues secondes, il suivit l'homme qui emmenait sa femme. Une fois qu'il saurait où elle logeait, il pourrait planifier la suite.

Il avait suffisamment surveillé sa maison pour savoir comment entrer sans que ses voisins ne le voient. Une partie de son plan avait toujours été de s'assurer qu'une fois qu'ils seraient ensemble, elle serait à l'aise. Qu'elle ait assez d'affaires personnelles autour d'elle. Lui et Bristol étaient faits l'un pour l'autre. Rien ni personne ne pourrait les séparer.

S'assurant de garder plusieurs voitures entre lui et sa cible, il se mit à réfléchir à tout ce qu'il allait devoir faire et comment il pourrait récupérer Bristol.

Sa colère atteignit son paroxysme lorsque le SUV prit l'autoroute et partit en direction du nord. Il ne s'était pas attendu à ce qu'elle quitte la ville... mais ça n'avait pas d'importance. Il l'avait enfin retrouvée. Et il n'avait pas l'intention de la laisser s'échapper à nouveau.

# CHAPITRE NEUF

Rocky déverrouilla la porte de son appartement et la première chose qu'il entendit fut des rires. La deuxième chose qui le frappa fut l'odeur délicieuse qui émanait de sa cuisine.

Il ferma les yeux et laissa le moment l'envahir. Depuis combien de temps n'était-il pas rentré chez lui après une dure et longue journée de travail et de sueur avec le sentiment d'être vraiment *chez lui* ?

Probablement... jamais.

Son appartement avait toujours simplement été un endroit pour se poser. Même lorsqu'il était dans la Marine, c'était la même chose dans les différentes bases où il était affecté. Mais depuis que Bristol avait emménagé, il avait hâte de terminer ses journées et il n'avait pas travaillé après la tombée de la nuit depuis qu'il l'avait ramenée chez lui. Choses qui n'étaient jamais arrivées avant elle.

— Rocky ! cria Lilly en le voyant dans l'entrée. Viens voir ce que Bristol m'a fabriqué !

Elle paraissait très excitée et même si Rocky se fichait un peu des bijoux, il avait vraiment *envie* que sa future belle-sœur soit à l'aise avec lui et que Bristol sache qu'il soutenait son travail.

Alors qu'il fermait la porte, Rocky essaya une fois de plus de se faire à l'idée que Bristol gagnait extrêmement bien sa vie grâce à son art. Il ne l'avait pas encore vue réaliser l'un de ses vitraux, mais après leur trajet jusqu'à Kingsport, il avait immédiatement fait des recherches en ligne sur elle – et avait été sidéré par ce qu'il avait vu.

C'était une faiseuse de miracles. Les vitraux qu'elle avait réalisés étaient si beaux qu'ils lui avaient coupé le souffle. Et Rocky n'était pas du genre à être facilement impressionné. Le vitrail qu'il préférait et qu'il avait vu jusqu'à présent n'était pas le plus grand de tous, un mètre quatre-vingts de hauteur sur quatre-vingt-dix centimètres de largeur. Un homme originaire de l'Indiana avait installé le vitrail dans sa maison, au deuxième étage. Le lever du soleil le capturait parfaitement et accompagnait très bien le paysage balnéaire qu'avait créé Bristol dans le verre. Le soleil qui dépassait l'horizon donnait l'impression que le verre prenait vie. En voyant cette image, Rocky avait mieux compris pourquoi son art coûtait si cher.

— Salut, Lilly, dit-il en s'avançant vers Bristol.

Cela faisait trois jours qu'ils étaient rentrés de Kingsport et même s'il n'avait jamais eu l'impression que son invitée était malheureuse, il n'était pas difficile de voir à quel point la création d'œuvres d'art l'apaisait. Elle paraissait plus... satisfaite qu'auparavant.

Il s'approcha de là où elle était assise sur le canapé et se pencha pour l'embrasser. Rocky adorait le fait d'être libre de la toucher quand il en avait envie et de pouvoir lui montrer physiquement à quel point il était heureux qu'elle soit avec lui. Et la façon dont elle lui rendait ses baisers de façon enthousiaste le satisfaisait jusque dans son âme.

Il leva la tête, mais ne se releva pas complètement, posant une main sur l'accoudoir.

— Comment tu te sens ?

Elle lui sourit.

— Bien.

— Tu as pris des antidouleurs aujourd'hui ?

Secouant la tête, Bristol dit :

— Non. Je me sens bien.

Rocky l'examina, essayant de déterminer si elle disait la vérité ou non.

Sa Bristol avait une forte tolérance à la douleur ; il ne savait peut-être pas encore tout d'elle, mais ça, il en était sûr. Le fait qu'elle ait rampé dans les bois et qu'elle ne se soit pas plainte une seule fois après l'opération le prouvait.

— OK, dit-il au bout d'un moment. Mais ne joue pas aux héroïnes. Si tu as mal, prends quelque chose.

— Je le ferai, dit-elle en faisant tendrement courir sa main de haut en bas sur son biceps. En sentant ses mains sur lui, Rocky la désira tellement que cela faisait presque mal. Mais peu importe à quel point il avait envie de prouver physiquement qu'il l'aimait et l'admirait, elle n'était toujours pas guérie. Il ne voudrait jamais lui faire du mal et s'il couchait avec elle, la dernière chose à laquelle il penserait serait de faire attention à sa jambe.

Et en plus de ça, il appréciait cette lente intimité entre eux. Le désir était toujours là, bourdonnant doucement, mais l'anticipation de comment et quand ils passeraient à l'étape supérieure était excitante. Cela lui donnait l'occasion d'attendre quelque chose avec impatience. Et Dieu sait qu'il en avait besoin après être passé de sa vie d'ancien Marine à ces cinq longues années – très longues années – à Fallport.

— OK, assez de mamours, dit Lilly en rigolant. Regarde les boucles d'oreilles que m'a faites Bristol !

Elle brandit une paire.

Rocky se leva et prit docilement le bijou de Lilly. Il les examina beaucoup plus attentivement qu'il ne l'aurait fait s'il n'était pas agi de quelque chose fabriqué par la femme dont il sentait encore le goût sur ses lèvres.

Il n'avait aucune idée de quelle sorte de fleur avait fabriqué

Bristol avec les perles qu'elle avait rapportées de chez elle, mais elles étaient incroyablement détaillées.

— Elles sont très jolies, dit-il en les rendant à Lilly.

Les deux femmes gloussèrent.

— Venant d'un garçon, c'est un beau compliment, dit Lilly. Ce sont des lys[1], tu sais, un peu comme mon prénom.

— Au risque de passer pour un *cliché*... le seul type de fleurs que je pourrais reconnaître seraient les roses. Peut-être un pissenlit aussi, dit Rocky avec un petit haussement d'épaules. Mais celles-ci *sont* jolies. Le bleu des perles fera ressortir le joli bleu de tes yeux.

Lilly le regarda un moment puis dit :

— Waouh.

— N'est-ce pas ? approuva Bristol.

Rocky les regarda d'un air confus.

— Quoi ?

Elles rigolèrent à nouveau et il fut complètement perdu.

Bristol eut visiblement de la peine pour lui, car une fois qu'elle se fut ressaisie, elle lui expliqua :

— C'est juste que j'imagine que peu d'hommes feraient des commentaires sur les bijoux assortis aux yeux de quelqu'un.

— J'aime Ethan plus que jamais, mais je sais qu'il ne dirait jamais un truc pareil, ajouta Lilly avec un grand sourire.

— Eeeeeet maintenant je vais aller m'écraser une canette de bière sur le front, roter et me gratter les couilles pour réaffirmer ma virilité, dit Rocky en rigolant.

Les deux femmes éclatèrent à nouveau de rire et il les regarda rigoler de façon hystérique avec un grand sourire. C'était ce dont il avait manqué dans sa vie. La joie. Les rires.

— Pendant que vous vous moquez de moi, je vais aller prendre une douche, leur dit Rocky.

À sa grande surprise, Bristol se pencha vers lui et lui attrapa le poignet.

— On ne se moquait pas de toi, lui dit-elle d'un air sérieux.

Je suis impressionnée que tu aies fait ce lien parce que c'est exactement ce à quoi je pensais quand j'ai choisi les couleurs.

Alors qu'il la regardait droit dans les yeux, il eut l'impression qu'ils étaient seuls au monde. Il avait le sentiment qu'elle et Lilly se moqueraient encore probablement de lui quand il irait se doucher, mais à ce moment-là, en sachant que Bristol et lui étaient sur la même longueur d'onde, il s'en fichait.

Il leva l'autre main et lui caressa la joue du bout des doigts.

— Ça sent bon ici.

Elle lui sourit.

— Ce n'est rien d'extraordinaire. Un rôti de porc que j'ai fait mijoter. Lilly m'a aidée, car c'est toujours difficile de rester debout sur un pied pendant longtemps.

— Tu ne devrais pas être debout pendant de trop longues périodes, gronda Rocky.

Bristol leva les yeux au ciel.

— Ça va. Je connais mes limites. Et comme je l'ai dit, c'est pour ça que Lilly m'a aidée. Elle a été mon bras droit/ ma béquille, si je puis dire.

Rocky hocha la tête en direction de Lilly.

— Merci.

Elle était assise à l'autre bout du canapé, les observant attentivement.

— De rien.

— Ça fait longtemps que je ne suis pas rentré ici et que le dîner m'attendait, dit-il à Bristol.

— Ah oui, depuis combien de temps ? demanda-t-elle avant de froncer le nez. Pardon, non. Oublie ce que je viens de dire.

Rocky ne pouvait nier qu'il appréciait qu'elle semble un peu jalouse. Et il était pareil. Il était extrêmement envieux du temps que pouvaient passer les autres avec elle quand il travaillait. Ce n'était pas rationnel, mais c'était ce qu'il ressentait de toute façon. Bizarrement, le fait de savoir qu'elle expérimentait les mêmes émotions le fit se sentir plus proche d'elle.

Mais il ne voulait pas non plus qu'elle croie devoir s'inquiéter pour leur relation. Alors il lui murmura :

— Depuis toujours ?

Puis, il se pencha à nouveau pour l'embrasser. Un baiser rapide et ferme avant de se relever et de partir en direction du couloir.

Il n'était pas encore dans sa chambre quand il entendit Lilly dire :

— Meuuuuf. Vous êtes assez chauds pour faire des étincelles, là.

S'arrêtant pour écouter la réponse de Bristol, il sourit quand elle dit :

— Il est assez incroyable.

Il souriait toujours lorsqu'il attrapa des vêtements de rechange et partit dans la salle de bains. Le temps qu'il termine et retourne dans le salon, Lilly était partie.

— Je ne voulais pas la chasser, dit Rocky à Bristol.

— Tu ne l'as pas chassée, le rassura-t-elle. Apparemment, tous ceux qui viennent ici prennent leur rôle de baby-sitter au sérieux. Ils n'aiment pas me laisser seule tant que tu n'es pas revenu. Comme si j'allais bondir et danser le breakdance dès que je suis seule.

Elle rit à la fin de sa phrase, Rocky sut donc qu'elle n'était pas contrariée. C'était *lui* qui avait demandé aux gens de rester jusqu'à ce qu'il revienne du travail, simplement parce qu'il avait peur que Bristol ne tombe ou se blesse, et doive rester allongée par terre en souffrant jusqu'à son retour. C'était irrationnel et cela venait du fait qu'elle avait fait exactement la même chose dans les bois jusqu'à ce qu'il la trouve, mais comme Bristol ne semblait pas agacée d'avoir de la compagnie, il ne s'en soucia pas.

— Tu te déplaces de mieux en mieux, dit-il.

— Oui. À part le fait de me sentir un peu bancale et de faire extrêmement attention à ne pas m'appuyer sur ma jambe, je me sens vraiment bien, acquiesça-t-elle. Tu as faim ? Le rôti de porc devrait être prêt.

— Je suis affamé, dit-il avant de lui offrir son bras.

Ça lui manquait de la porter, mais il était heureux de voir qu'elle retrouvait chaque jour un peu plus de mobilité. Quand ils étaient seuls dans l'appartement, elle l'utilisait comme béquille au lieu de se servir des objets encombrants que le docteur Snow lui avait donnés. Elle avait commandé un déambulateur pour genoux, une sorte d'engin à roulettes équipé d'un coussin sur lequel elle pouvait poser son genou pour se déplacer, mais il n'était pas encore arrivé.

Il l'aida à s'asseoir à la petite table à côté de la cuisine et rit en l'apercevant. Toute sa surface était couverte de bacs en plastique pleins de matériel d'art. Des perles, des gadgets brillants, une paire de pinces et des petits pochons en plastique avec le logo de Bristol dessus, qu'elle utilisait pour les paires de boucles d'oreilles et autres bijoux à vendre.

— Oh là, là, je suis vraiment une souillon, dit-elle avec un petit rire. Donne-moi une seconde et je nettoie tout ça.

— Ce n'est pas grave, lui dit Rocky avec franchise.

En étant dans la Marine, il était devenu un maniaque de la propreté, mais en voyant ses affaires éparpillées sur la table, cela prouvait qu'elle était à l'aise dans son espace et c'était exactement ce qu'il voulait.

— Non, Rocky, c'est un désastre. Je suis désolée. J'ai l'habitude de laisser mes affaires dans mon atelier à la maison. Je n'y ai même pas réfléchi.

Il l'aida à s'asseoir, puis s'accroupit près de la chaise. Il posa une main sur sa cuisse et l'autre dans le bas de son dos.

— Tu sais à quoi ça me fait penser de voir tout ça ?

— Que tu as hâte de retrouver ton bel espace propre, suggéra-t-elle d'un ton sarcastique.

— Non, dit-il en secouant la tête. Ça me fait apprécier le fait que tu sois là. En bonne santé et heureuse. J'adore voir ton enthousiasme et ton plaisir quand tu es concentrée et en train de créer quelque chose. Ces choses sur ma table, ça veut dire que je partage mon espace et ma vie avec une femme magnifique, intéressante et talentueuse.

Bristol se lécha les lèvres et le regarda.

— Hum... OK. Waouh.

— Je me fiche de retrouver des perles aux quatre coins de l'appart dans quelques années. Peu importe ce qui se passera demain, la semaine prochaine ou dans un an, elles me feront penser à toi, à ton sourire et à la sensation de ne pas être seul, ne serait-ce qu'un petit moment. Bon, qu'est-ce que tu veux boire pour le dîner ?

Il fit exprès d'aborder un sujet plus léger, car il était en train d'entrer sur un territoire dangereux. Il adorait l'avoir près de lui, mais ne voulait pas la forcer à faire quelque chose qu'elle n'avait peut-être pas envie de faire. Elle avait sa propre vie à Kingsport et la dernière chose dont Rocky avait envie, c'était qu'elle l'abandonne sur un coup de tête.

— Du thé, je crois. S'il te plaît.

— Ça marche, dit Rocky se penchant en avant pour l'embrasser sur le front avant de se lever et de se diriger vers la cuisine.

Bristol observa l'homme qu'elle avait désormais dans la peau avant même de réaliser ce qui lui arrivait. Vivre avec lui était facile. Elle n'avait jamais partagé le même espace avec un homme auparavant. Elle avait eu quelques idées préconçues à ce sujet, mais Rocky les avait toutes déconstruites.

Il était ordonné, prévenant, faisait la lessive, nettoyait, cuisinait et lui donnait vraiment l'impression d'être chez elle et pas seulement une invitée de passage. Plus elle passait du temps avec Rocky et à Fallport, plus elle avait envie de rester. Le weekend prochain, c'était le festival de Pickleport, un événement que Fallport organisait chaque année, et elle était presque étourdie tellement elle avait hâte. Elle avait créé autant de

bijoux que possible pour les vendre – les recettes étant desti-
nées à financer l'équipement de l'équipe de recherche et de
sauvetage. Elle avait toujours l'intention d'acheter les téléphones satellites, mais l'argent de la vente de ses bijoux pourrait servir à financer toutes les autres choses dont ils auraient
besoin.

Finley lui avait proposé de s'installer à la table qu'elle
installait pour la parade. Elle comptait vendre des gâteaux,
évidemment, des pâtisseries qu'elle ne proposait habituellement pas en magasin. Bristol l'avait immédiatement adorée
quand elles s'étaient rencontrées. Elle était de taille moyenne,
un peu moins d'un mètre soixante et avait de très belles
courbes plantureuses. Elle avait plaisanté en disant que c'était
presque une obligation pour une boulangère d'être ronde.

Bristol soupçonnait Finley de ne pas du tout se rendre
compte de son charme. Malgré ça, elle semblait à l'aise avec
son corps et portait des vêtements qui accentuaient ses formes
plutôt que d'essayer de les cacher. Bristol avait toujours rêvé
d'avoir ce genre de courbes sexy que Finley mettait en avant.

Et elle avait bien vu la façon dont Brock regardait la jolie
pâtissière dès qu'ils étaient tous les deux dans la même pièce. Il
ne la lâchait pas du regard, et à vrai dire... Bristol se demandait
pourquoi il ne lui avait pas demandé de sortir avec lui ou
même fait comprendre qu'elle l'attirait. Mais elle était nouvelle
à Fallport et dans le groupe ; la dernière chose dont elle avait
envie, c'était de mettre les pieds dans le plat en évoquant le
sujet. Elle ne connaissait pas du tout leur histoire, ou s'ils en
avaient une tout court. Peut-être qu'ils étaient sortis ensemble
et que les choses n'avaient pas marché entre eux. Jusqu'à ce
qu'elle en sache plus sur Brock et Finley, elle garderait sa
langue dans sa poche.

Tellement de gens étaient venus lui tenir compagnie durant
sa convalescence. Elle avait appris à connaître certains des
habitués du Sunny Side Up, y compris ceux qui l'avaient
accueillie quand Rocky l'avait ramenée de l'hôpital. Un jour de

la semaine dernière, avant que Rocky parte travailler, elle avait avoué qu'elle se sentait un peu à l'étroit. Il l'avait alors emmenée au restaurant, l'avait assise à une table sur une banquette et Sandra l'avait laissé rester sur place jusqu'à ce qu'il revienne quelques heures plus tard.

Une tonne de personnes s'étaient arrêtées pour venir la voir et discuter avec elle. Le temps que Rocky revienne la chercher, elle avait été presque triste de partir.

— Ça sent délicieusement bon, dit Rocky en apportant une assiette débordant de rôti et de légumes.

Bristol rit et protesta.

— Je ne pourrai jamais manger tout ça !

Il se contenta de hausser les épaules.

— Alors mange ce que tu peux et on emballera le reste.

Il retourna dans la cuisine pour se servir une assiette et prendre une bouteille de bière. Il poussa un bac en plastique rempli de perles de son chemin et lui sourit en s'asseyant.

Puis, il lui prit la main. Bristol la serra immédiatement et il fit de même avec ses doigts.

— Je ne suis pas quelqu'un de très religieux. Mais j'ai vu assez de choses dans ma vie pour être persuadé qu'il existe une force supérieure. Je sens que j'ai besoin de dire une sorte de bénédicité ce soir.

Bristol lui sourit.

— Ça me plairait bien.

Inspirant profondément par le nez, Rocky ne ferma pas les yeux, mais la cloua sur place avec son regard intense à la place tout en parlant.

— Merci pour ce repas et ta merveilleuse compagnie. Le fait de rentrer chez moi en entendant des rires et en sentant une odeur délicieuse dans ma cuisine a suffi à me stopper net et à être reconnaissant pour tout ce que j'ai dans ma vie. Des amis, une famille, un toit sur ma tête, de la nourriture sur ma table et une femme, qui, depuis le peu de temps qu'elle est là, m'a montré ce que devait être une relation. Je promets de ne jamais la prendre, ni elle ni tout ce que j'ai dans ma vie, pour acquis.

Cet homme cesserait-il un jour de la surprendre ? Elle espérait que non.

— Amen, dit-elle doucement.

— Amen, dit-il comme en écho.

Il souleva leurs mains jointes et embrassa ses phalanges avant de serrer ses doigts doucement une fois de plus et de la relâcher.

La caresse de sa barbe contre sa peau la fit frissonner.

Plus elle passait de temps avec Rocky, plus elle avait *envie* que ça continue. Elle était à fond, et chaque jour ne faisait qu'accentuer ses sentiments pour lui.

Rocky lui parla de son contrat actuel pendant qu'ils mangeaient. Il reconstruisait actuellement une terrasse avec des matériaux composites et remplaçait le vieux bois usé. Ce n'était pas un travail difficile, mais le fait d'être au soleil avec la chaleur le fatiguait plus que cela n'aurait dû.

Ils parlèrent du festival à venir et Bristol lui raconta à quel point elle avait hâte d'y être.

— Je ne me souviens pas de la dernière fois où j'ai vu une parade. Je veux dire, je regarde celle de Thanksgiving à New York chaque année, mais j'imagine que celle-ci va être très différente.

Rocky gloussa.

— Ce sera comme le jour et la nuit, dit-il. Il n'y aura pas de ballons gonflables ou de char fantaisistes. La plupart des gens rouleront dans leurs pickups et remorqueront des plateaux décorés avec des panneaux et des banderoles.

— Ça a l'air génial, dit Bristol en toute franchise.

Elle supposa, connaissant désormais un peu les habitants, qu'ils étaient prêts à tout pour leur célébration locale.

— Le rassemblement sur la place après la fête est dingue, poursuivit Rocky. Fallport adore les festivals et les célébrations. Il y aura beaucoup de nourriture et tout ce qui te vient à l'esprit concernant les cornichons sera servi. Des glaces aux cornichons, des cornichons frits, des pizzas aux cornichons et même des frites aux cornichons. Il y aura également des concours plus traditionnels pour la meilleure tarte, le meilleur fudge et même un concours de crachats de pépins de pastèque. J'ai entendu dire que le vieux Grogan – celui qui tient le magasin d'alimentation générale sur la place – aura un char sur le thème de Bigfoot, et qu'il présentera les articles qu'il a créés pour l'afflux de touristes et chasseurs de Bigfoot que nous nous attendons tous à voir une fois que l'émission sera diffusée.

Bristol grimaça.

— Un peu comme la raison pour laquelle j'étais ici, hein ? demanda-t-elle.

Rocky haussa les épaules.

— Tu n'étais pas vraiment là pour trouver Bigfoot. Tu es venue ici pour un changement de rythme et pour passer du temps dans la nature avec quelqu'un que tu pensais être ton ami. Ce n'est pas de ta faute si c'était un idiot. Quoi qu'il en soit, au début j'étais contre toute cette notoriété. Je veux dire, devoir aller secourir des randonneurs inexpérimentés qui se promènent dans les bois à la recherche de quelque chose qu'ils ne trouveront pas, ce n'est pas vraiment ce que j'appelle passer du bon temps. Mais maintenant que j'ai eu l'occasion d'y réfléchir, la somme d'argent que les touristes vont apporter à la ville pourrait être d'une grande aide. Comme tu l'as vu, la plupart des commerces ici sont des entreprises locales et non des franchises. Et si nous avons une augmentation des disparitions, cela aidera le conseil municipal à réaliser à quel point nous sommes importants pour la communauté, et j'espère qu'à l'avenir ils ne seront pas aussi avares avec le budget.

Bristol acquiesça.

— Je dois reconnaître que j'ai hâte de voir les tee-shirts et autres articles avec Bigfoot dessus. Il faudra que j'en achète pour moi et pour ma mère aussi. Elle va adorer.

Rocky sourit. Puis lui dit :

— Ah et tu es au courant pour Tony ?

Bristol fronça les sourcils d'un air inquiet.

— Qu'est-ce qui se passe ? Il va bien ?

— Oui, il va bien. Je voulais dire qu'il va recevoir un prix à la parade.

— Ah oui ? Quel genre ?

— Chaque année, Fallport désigne son « Héros de l'année ». Après ce qui s'est passé avec son père et la façon dont il a réussi à se sortir de cette situation dans laquelle il s'était retrouvé, en rentrant à Fallport avec la voiture, tout seul, pour prévenir sa mère et tout le monde de ce que son père planifiait, il a été nommé pour cette récompense. Et il a gagné. Tout comme Zeke, à son grand dégoût.

— Pourquoi dégoût ? demanda Bristol.

Elle avait entendu parler de ce qui était arrivé à Tony. Comment son père avait essayé de le faire tuer pour toucher l'assurance-vie. Quand son plan avait échoué, il avait kidnappé Elsie – pour qui il avait également souscrit à une assurance-vie. Elle s'était échappée dans la forêt à côté de l'autoroute et Zeke l'avait facilement retrouvée.

— Je veux dire, c'est clairement un héros, tout comme vous tous pour tout ce que vous faites, continua-t-elle.

Rocky haussa les épaules.

— On est juste un groupe de gars qui faisons quelque chose que nous adorons. On se sert des compétences qu'on a acquises grâce à nos anciens boulots. On n'aime pas être appelés des héros.

— Eh bien, c'est idiot. Parce que vous en *êtes*. Et je suis contente que la ville le reconnaisse.

— Merci, ça me touche, dit Rocky tout bas.

Ils échangèrent un regard tendre avant qu'il ne reprenne la parole.

— Bref, Tony va pouvoir monter sur un char. Ce n'est pas vraiment un char, mais il pourra s'asseoir sur le toit de la voiture du maire, à travers le toit ouvrant et saluer tout le monde en passant. Il est aussi très excité de porter la couronne qu'il recevra.

Bristol lui sourit.

— J'imagine, oui.

— Zeke sera avec lui, mais il a beaucoup moins hâte d'attirer l'attention. Et j'ai entendu dire qu'il allait refuser de porter l'écharpe et la couronne qui vont avec le titre, ajouta Rocky avec un rictus.

Bristol éclata d'un rire franc.

— Oui, je n'imagine aucun d'entre vous apprécier ce moment. Mais c'est super pour Tony.

— Oui. Il a été un bon soldat. Il était assez dévasté par ce qui s'est passé pendant un moment. Il pensait que c'était de *sa* faute si sa mère avait été mise en danger. Mais avec l'aide d'Elsie et Zeke, sans oublier tous ceux en ville, je crois qu'il s'en est bien remis. Le fait d'être désigné Héros de l'Année et de faire partie de la parade va l'aider encore plus.

— Oh, très certainement.

— C'était assez génial quand tu lui as demandé de te signer un autographe la première fois où tu es arrivé ici, lui dit-il.

Bristol sourit.

— J'étais sérieuse quand je disais que je voulais garder cette serviette. Il va faire de grandes choses, et quand il sera célèbre, je pourrai dire que je l'ai connu plus jeune.

— Je pense qu'on devrait tous *te demander* un autographe alors, dit Rocky.

Bristol leva les yeux au ciel.

— N'importe quoi.

— Je suis sérieux. Je suis allé voir certains de tes vitraux en ligne, tu sais. Je suis impressionné.

Il n'aurait pas pu lui faire plus plaisir.

— Merci.

— Tu es talentueuse. Très talentueuse. Comment as-tu commencé ?

— J'étais chez les scouts quand j'étais plus jeune et un

artiste local est venu à l'une de nos réunions et nous avons tous dû créer des vitraux miniatures. J'ai été fascinée par tout le processus et j'ai harcelé ma mère pour en faire d'autres. Elle a fini par trouver une dame du coin qui a accepté de m'apprendre. Je pense que tout le monde croyait que j'allais m'en lasser... mais non.

— Et maintenant, tes œuvres d'art sont dans des bâtiments partout aux États-Unis et même à l'étranger.

— À peu près oui, dit Bristol en haussant les épaules. Le truc, c'est que je continuerais de le faire même si ça ne me rapportait rien. Il y a quelque chose de tellement satisfaisant à prendre des petits morceaux de verre et à les assembler pour créer une image plus grande qui a du sens et que tout le monde peut apprécier. Être capable de gagner sa vie en le faisant c'est juste la cerise sur le gâteau.

— Je suis d'accord. Si seulement ça rapportait autant de faire de la randonnée dans les bois...

Ils rigolèrent tous les deux, puis il hocha la tête devant son assiette.

— T'as bien mangé finalement.

Baissant les yeux, Bristol fut surprise de voir à quel point elle avait bien entamé l'énorme monticule de nourriture qu'il avait entassée dans son assiette.

— J'imagine que j'étais plus affamée que ce que je pensais, dit-elle. Mais si je deviens grosse comme une maison, tu ne pourras pas m'en vouloir.

À sa grande surprise, Rocky se pencha vers elle et lui dit d'un air sérieux :

— Je n'en ai rien à foutre de ton *poids*. J'aime qui tu es là-dedans, dit-il en lui tapotant la tempe. Tu es drôle, sociable, talentueuse, chaleureuse, empathique envers les autres et forte comme jamais. Rien de tout ça ne changera si tu prends vingt kilos. Je veux surtout que tu sois en bonne santé pour que tu puisses être là pendant très longtemps, mais la vie est trop courte pour s'inquiéter de cette connerie. Sois toi-même. On emmerde ce que la société impose aux gens sur le poids idéal. Toi, Bristol, tu es putain de belle. Avec ton mètre cinquante.

Une fois qu'il eut arrêté de parler, elle fut presque submergée par l'émotion. Mais elle parvint à rectifier :

— Un mètre cinquante-et-un. Ce centimètre supplémentaire est important.

Il gloussa.

— C'est vrai, désolé. Bon, tu veux un bol de glace pour le dessert ? J'ai ton parfum préféré... pâte à cookie avec des morceaux de bretzels.

Suite à sa déclaration passionnée où il lui expliquait qu'il n'en avait rien à faire qu'elle prenne du poids, il était hors de question que Bristol dise non. Mais de qui se moquait-elle ? C'était surtout qu'elle ne dirait jamais non à sa glace préférée dans tous les cas.

— Oui, dit-elle simplement.

— Génial. Viens, je vais t'installer sur le canapé puis je t'apporterai un bol.

— Je peux t'aider pour la vaisselle, protesta-t-elle.

— Non. Tu as préparé le dîner, donc je fais la vaisselle.

— Avec la cocotte-minute, ce n'est pas vraiment faire la cuisine, dit-elle d'un ton sarcastique.

— Très bien, alors je vais faire la vaisselle parce que tu ne peux pas atteindre les placards où tout doit être rangé, et tu risquerais de mettre les bols et les assiettes dans les seuls recoins bizarres que tu pourrais atteindre, et je ne pourrais plus les retrouver ensuite.

Bristol éclata de rire. Il n'avait pas tort. La dernière fois qu'elle avait vidé le lave-vaisselle, elle avait rangé les choses n'importe comment.

— C'était ça où je devais monter sur une chaise, et je me suis dit que tu n'allais pas apprécier avec ma jambe et tout, dit-elle au bout d'un moment.

Il frissonna. En fait, il *frissonna* rien qu'à cette idée. L'inquiétude qu'il ressentait pour elle était comme une couverture chaude autour de ses épaules après avoir passé la journée dans le froid.

— Je vais voir si je ne peux pas trouver un tabouret pour la cuisine. Un avec une poignée ou quoi pour que tu n'aies pas à ramper sur les comptoirs et les chaises pour atteindre les placards.

— Ce n'est pas grave, dit-elle. J'ai l'habitude.

— Hors de question, dit-il fermement en reculant sa chaise. Tu as besoin d'un truc en particulier sur la table pour travailler sur tes bijoux ?

— Non, ça ira pour le moment.

Rocky acquiesça, puis l'aida à se lever et enroula ses bras autour d'elle. Elle n'avait plus vraiment besoin de tout ce soutien pour marcher désormais, pas avec les béquilles que docteur Snow lui avait données, mais elle n'allait pas se plaindre de l'avoir serré contre elle. Il sentait délicieusement bon après sa douche et si elle tournait la tête, sa barbe frotterait contre sa joue.

Bizarrement, elle adorait ça.

Il l'installa sur le canapé et retourna dans la cuisine. Elle le regarda porter leurs assiettes jusqu'à l'évier, les rincer et les placer dans le lave-vaisselle. Il attrapa des bols qu'elle n'aurait jamais pu atteindre, y versa d'énormes portions de glace et revint vers elle avec un sourire.

— Je croyais que tu avais encore une centaine de boucles d'oreilles à faire, dit-il en lui tendant le bol.

— C'est vrai, dit-elle en haussant les épaules.

— Alors pourquoi est-ce que tu ne les faisais pas au lieu de *me* regarder ? demanda-t-il.

— Parce que tes fesses sont bien plus excitantes que des perles, lâcha-t-elle.

Il rit.

— D'accord. Pour info, je pense la même chose de toi.

Ils se sourirent.

— Mange ça, ordonna-t-il en faisant un signe de tête vers le bol. Avant que ça fonde. Tu veux regarder quelque chose ?

— Et toi ? rétorqua-t-elle.

— Il y a un match à la télé que j'aimerais bien voir. Mais si tu préfères regarder autre chose, ça me va aussi.

— Non, le match c'est bien. Il faut que je me concentre sur ces boucles d'oreilles. Je n'en ai pas fait autant que j'aurais dû aujourd'hui, puisque je discutais avec Lilly.

Le regard de Rocky était si plein... d'attente et d'anticipation qu'elle eut envie de mettre sa glace de côté, de se glisser à côté de lui et de grimper sur ses genoux. Mais elle se retint. Elle appréciait la façon dont les choses se passaient entre eux. Elle ne ressentait aucune pression en ce qui concernait leur relation physique, et plus ils attendaient et apprenaient à se connaître, plus le feu s'embrasait entre eux.

Quand ils se retrouveraient physiquement – et elle était certaine que cela arriverait tôt ou tard – ils se brûleraient tous les deux... mais dans le bon sens.

Elle l'espérait.

— Tu m'tues, Punky, marmonna Rocky en allumant la télé.

Elle n'était pas surprise qu'il soit sur la même longueur d'onde concernant leur attirance l'un pour l'autre. Mais tant qu'il n'était pas sûr à cent pour cent qu'elle soit partante, il ne ferait rien. C'était encore une chose qu'elle appréciait chez lui.

Ses lèvres tressautèrent et quand elle jeta un coup d'œil à Rocky, elle vit qu'il la regardait également... et qu'il lui souriait aussi.

Elle mit une grande cuillère de glace dans sa bouche et fit de son mieux pour penser ensuite à ce qu'elle voulait faire pour le festival de Pickleport. Mike lui avait peut-être finalement rendu un grand service, songea-t-elle. Elle n'était pas contente de s'être blessée, mais elle ne pouvait pas nier qu'avoir été sauvée par son homme des montagnes n'était pas la pire chose qui lui soit arrivée.

# CHAPITRE DIX

Bristol ne pouvait pas s'empêcher de sourire. Elle n'avait pas été aussi heureuse depuis très longtemps. Elle était actuellement assise devant le Bec Sucré, observant la parade. Rocky avait eu raison, les « chars » n'étaient autre que des pickups tirant des remorques plates, mais tout le monde était de bonne humeur et s'amusait bien.

Elle n'avait pas assisté à beaucoup de défilés dans sa vie, mais les rares auxquels elle avait participé n'avaient pas été aussi... conviviaux. On aurait dit que la ville entière était venue assister au défilé et au festival qui suivrait. Tous les commerces de la place avaient accepté de rester fermés jusqu'à la fin des festivités à l'exception des tables installées pour vendre quelques articles, permettant ainsi aux propriétaires et aux employés de profiter de la journée. Enfin, tous les commerces à l'exception de la salle de billard. Rocky s'était plaint que le propriétaire était un connard qui détestait Fallport. Ce qui n'avait aucun sens pour Bristol. S'il détestait la ville, pourquoi avait-il acheté cet endroit en premier lieu ?

Mais tous les autres passaient un bon moment. Lilly courait de partout, prenant un million de photos, Elsie était assise à gauche de Bristol, attendant nerveusement que le char de Tony et Zeke arrive. Finley se trouvait à sa droite et se demandait si elle avait fait assez de cookies et autres pâtisseries pour le festival après le défilé. Les bijoux que Bristol avait créés étaient tous étalés sur la table derrière elle, et elle espérait récupérer une bonne somme d'argent pour l'équipe de recherche et de sauvetage d'Eagle Point.

De l'autre côté, Bristol pouvait apercevoir Silas, Otto et Art qui étaient assis à leur emplacement habituel devant le bureau de poste. Ils saluaient tout le monde et étaient traités comme les rois de Fallport, ce qu'ils étaient.

Les enfants couraient partout et l'atmosphère était détendue et amicale.

— Qu'est-ce qui te fait sourire ? lui demanda Finley.

Bristol se retourna et sourit à l'autre femme. Elle avait été si accueillante et Bristol avait vu de ses propres yeux combien Finley était généreuse… offrant toujours des friandises supplémentaires aux clients et préparant même des sandwichs pour Davis Woolford, le sans-abri solitaire qui vivait à Fallport.

— C'est juste que j'adore tout ça, lui dit Bristol.

— Oui, c'est seulement la deuxième année où j'y participe, et il n'y a vraiment rien de mieux que les petites villes pour un festival.

— Je n'avais pas réalisé que tu étais là depuis si longtemps, dit Bristol. Bizarrement je croyais que tu étais nouvelle.

L'autre femme haussa les épaules.

— C'est sûr que comparée à d'autres personnes, je suis nouvelle.

— Qu'est-ce qui t'a amenée ici ? Fallport est quand même en dehors des sentiers battus, dit Bristol.

Finley haussa de nouveau les épaules… et Bristol réalisa qu'elle semblait mal à l'aise avec la question.

— J'avais besoin de changement, dit-elle simplement.

Comprenant qu'il ne fallait pas insister, Bristol lui serra le bras avec affection avant de se rasseoir sur sa chaise.

— Merci de me laisser utiliser une partie de ta table et

passer du temps avec toi, dit-elle en faisant de son mieux pour changer de sujet.

— Avec plaisir. J'apprécie ta compagnie, répondit Finley.

— Vous passez un bon moment ? demanda une voix grave derrière elles.

Bristol sursauta sur sa chaise et se sentit mieux quand elle vit qu'Elsie et Finley avaient eu une réaction similaire. Elsie se retourna et jeta un regard noir à Brock qui était arrivé derrière elles sans qu'elles le remarquent.

— Bon sang, Brock. Il te faudrait une clochette à ton cou, lui dit-elle.

Il gloussa quand Bristol se tourna pour le saluer – et pour la première fois, elle remarqua que cet homme était très musclé. Il portait un débardeur blanc qui dévoilait ses bras et ses épaules et il était bien plus musclé que Rocky.

— Pardon, leur dit-il. Vous avez soif ? Il fait un peu chaud dehors. Je peux aller vous chercher une limonade ou autre chose ?

— Moi ça va, dit Elsie. Et vous les filles ? demanda-t-elle en se tournant vers Bristol et Finley.

Bristol secoua la tête.

— Je viens de finir mon eau.

Elle regarda ensuite Finley... et vit que sa nouvelle amie avait les yeux rivés sur ses mains qu'elle avait posées sur ses genoux.

— Finley ?

— Hein ? Ah, non, ça va, dit-elle avant de se focaliser à nouveau sur ses doigts agités.

— Tony et Zeke devraient bientôt arriver. J'ai vu Tony un peu plus tôt avec sa couronne et son écharpe et il débordait de fierté, dit Brock à Elsie.

— Je crois qu'il n'a pas dormi de la nuit hier soir, dit-elle en rigolant.

Brock échangea encore quelques banalités avec Elsie et

elle. Finley était aussi silencieuse qu'une souris. Elle écoutait, mais ne participait pas à la conversation.

— Où est Rocky ? demanda-t-il au bout d'un moment.

Bristol pointa l'autre bout de la place du doigt, là où Rocky, Raid et Tal étaient assis derrière une table. Ils s'étaient portés volontaires pour être les juges du concours de crachat de pépins de pastèque. Ce dernier ne débuterait qu'après le défilé, mais ils étaient occupés à faire signer les inscriptions et à donner des indications sur l'heure et l'endroit où les participants devaient se présenter pour leur passage.

— Ah oui, c'est vrai, j'avais oublié qu'on les avait oblig... hum, qu'ils s'étaient portés *volontaires* pour ça, dit Brock avec un sourire. Bon, si jamais vous avez besoin de quelque chose, appelez-nous, moi ou l'un des autres gars. Amusez-vous bien.

Il s'éloigna... et Bristol vit Finley le regarder partir avec un désir dans le regard qu'elle ne pouvait que comprendre.

Le portable d'Elsie sonna et elle jeta un regard désolé vers Bristol et Finley.

— C'est Zeke. Il a dit qu'il m'appellerait quand ils seraient proches pour ne pas que je les rate.

— Pas de problème. Dis-lui qu'on a hâte de leur exprimer notre adoration, plaisanta Bristol.

Elsie rit et se leva pour répondre au téléphone, faisant quelques pas vers le bâtiment derrière elle, pour avoir un peu d'intimité pendant qu'elle parlait à son mari. Sachant qu'elle avait peu de temps avant qu'Elsie ne revienne et ne voulant pas embarrasser Finley, elle lui dit rapidement.

— Il est plutôt génial.

— Qui ? Zeke ? Oui, Elsie a de la chance.

— Non. Enfin, oui, il est génial aussi. Mais je parlais de Brock.

Finley parut surprise pendant un instant, mais cacha rapidement ses émotions.

— Tu l'aimes bien ?

Bristol leva les yeux au ciel.

— Arrête. Je crois que c'est plutôt évident que le seul gars qui me plaît est celui avec qui je vis en ce moment.

— Ça en est où d'ailleurs ? demanda Finley. Vous sortez ensemble ?

Bristol secoua la tête.

— Non, je ne vais pas te laisser changer de sujet. Qu'est-ce qui se passe avec toi et Brock ?

Finley soupira.

— Rien.

Bristol haussa les sourcils, exprimant son scepticisme.

— Sérieux. Tu l'as bien vu. Il ne sait même pas que j'existe. La seule raison pour laquelle il est passé nous voir c'était parce qu'Elsie et toi étiez là.

— Mais tu ne lui as même pas parlé, insista Bristol, mais de façon douce.

— C'est parce que je ne sais pas quoi dire, répondit Finley avec un soupir. Il a... il a vécu cette vie incroyable et a fait toutes ces choses géniales. Et moi je suis juste moi. Et puis, il ne poserait jamais les yeux sur moi de toute façon. Je veux dire, regarde de quoi j'ai l'air à côté de *lui*.

— Tu es très bien, lui dit Bristol.

Finley prit un air moqueur.

— Oui, c'est ça. Je suis grosse, lâcha-t-elle. Et je gère une boulangerie. Quel cliché ! Je suis assez grande pour savoir que je ne ressemblerai jamais aux filles des magazines. J'aime trop les sucreries pour me soucier de mon poids. J'ai toujours été forte, c'est comme ça. Mais c'est impossible qu'il soit intéressé. Tu l'as bien vu. Il est tellement... *musclé*. Il pourrait littéralement avoir toutes les femmes qu'il veut. Il a besoin de quelqu'un d'élégant. D'exotique. Pas de quelqu'un comme moi.

— Je pense que tu te trompes, dit Bristol en secouant la tête. Je ne le connais pas très bien, mais d'après ce que j'ai vu, aucun des gars n'est assez superficiel pour baser l'attirance qu'il a pour une femme simplement sur son apparence. Et puis... quand tu es dans les parages, il ne te quitte pas des yeux.

— Quoi ? Ce n'est pas vrai, insista Finley.

— Si, lui dit Bristol.

— N'importe quoi, soupira-t-elle. Je te le dis, Brock Mabrey ne me regardera jamais autrement que comme la femme timide et mal fagotée qui sent la cannelle et travaille à la boulangerie.

Bristol fronça les sourcils.

— Tu n'en sais rien.

Finley lui jeta un regard triste.

— Si. Mais j'adore le fait que tu puisses penser que j'ai mes chances avec lui.

Bristol avait envie de continuer cette conversation. Pour assurer à Finley qu'elle était assez jolie pour attirer l'attention de n'importe quel homme et qu'elle ferait une copine formidable, mais ce n'était pas vraiment le lieu ni le moment. Elle avait aussi envie de prendre Brock à part pour savoir ce qu'il pensait de Finley... subtilement, bien sûr.

— Ils sont presque là ! dit Elsie en retournant vers Bristol et Finley.

Elle ne s'assit pas et se balança d'un pied sur l'autre en observant Main Street où un SUV transportant son fils et son mari allait apparaître. Ils arrivèrent trois minutes plus tard. Tony saluait comme un fou tous ceux qui étaient alignés sur le trottoir, pendant que Zeke était assis avec un demi-sourire sur le visage, tout en gardant une main contre le dos de Tony pour s'assurer qu'il ne tombe pas du toit du 4x4. Des banderoles traînaient derrière le véhicule avec un grand panneau d'affichage qui proclamait Tony et Zeke les « Héros de l'Année ». Tony portait une couronne qui n'arrêtait pas de glisser sur son front à cause de ses mouvements exubérants.

Elsie poussa un petit cri de joie et les salua avec autant d'excitation que son fils. Elle souffla un baiser à ses hommes et Bristol dut reconnaître que son cœur battit un peu plus fort quand Zeke leva le menton vers Elsie en plaquant sa main sur son cœur et en la regardant droit dans les yeux.

Ils passèrent devant eux en quelques secondes, mais il était évident que ce moment resterait longtemps gravé dans la mémoire de la famille. Comme le « char » des héros était l'un des derniers du défilé, les gens autour d'eux commencèrent à quitter le trottoir et traverser la rue pour aller vers la pelouse sur la place, afin de trouver un endroit pour s'asseoir pour le reste des festivités de l'après-midi.

— Vas-y, dit Bristol à Elsie. Je suis sûre que Tony va vouloir tout te raconter. Et Lilly voudra vous prendre en photo tous ensemble.

— Ça ira pour toi ? demanda Elsie.

— Bien sûr. C'est ma jambe qui est cassée, pas ma tête, dit-elle en rigolant.

— Laisse ta chaise. Je vais la mettre derrière la table et tu pourras la prendre quand tu seras prête, proposa Finley.

— Merci. Vous êtes les meilleures ! s'exclama Elsie.

Elle se pencha en avant, fit un câlin rapide à Bristol et salua Finley avant de se précipiter pour traverser la rue et retrouver sa famille.

— Pitié, dites-moi que vous êtes ouverts, dit soudain une jeune maman à l'air pressé en s'approchant de Finley et en désignant la table couverte de cookies et autres friandises derrière elles.

— Celui-ci, dit-elle en désignant son petit garçon à côté d'elle, est de mauvaise humeur et tout ce qu'il veut, c'est un cookie avec des vermicelles.

Finley lui sourit.

— Bien sûr. J'ai pile ce qu'il faut. Bristol ? Tout va bien pour toi ?

Elle hocha la tête dans sa direction.

— Oui, ça va. Vas-y. Je vais faire un petit tour de la place avec mon déambulateur pour genoux avant de me rasseoir pour le reste de la journée, si ça te va.

— Bien sûr. Vas-y, dit Finley. Mais ne force pas trop.

Elle aida Bristol à se lever et s'assura qu'elle était stable avant de se diriger vers la table, emportant leurs chaises avec elle.

Bristol se cambra, s'étirant. Elle était beaucoup restée assise et couchée ces dernières semaines et elle avait hâte de recommencer à bouger. La fabrication de ses vitraux n'était pas un passe-temps sédentaire, et elle avait encore du chemin à parcourir avant d'être prête à s'y remettre.

Elle se mit à marcher le long du trottoir, saluant les gens qu'elle connaissait en passant. Le café le Broyeur était juste à côté de la boulangerie, suivi d'une librairie de livres d'occasion que Bristol n'avait pas encore eu la chance de découvrir. Elle traversa prudemment Main Street et se dirigea vers le magasin d'alimentation générale de Grogan, vers quelques dames assises devant le salon de coiffure.

Rocky les lui avait présentées une fois auparavant. Il avait mentionné qu'elles aimaient les commérages, mais qu'elles étaient loin d'être aussi informées que leurs ennemis jurés, Otto, Silas et Art.

— Bonjour, dit-elle timidement en passant.

— Bristol, c'est ça ? demanda l'une des femmes.

Elle s'arrêta, car cela aurait été impoli de ne pas le faire.

— Oui c'est moi, dit-elle avec un sourire.

— Tu vis avec Rocky ? dit une autre dame.

Bristol ne savait pas vraiment qui était qui. Tout ce qu'elle connaissait, c'était leurs prénoms.

Dorothea, Cora, Ruth et Clara. Elles semblaient toutes les quatre avoir entre 60 et 70 ans, et Bristol ne s'offensa pas de cette question qui n'en était pas vraiment une. Elle commençait à comprendre que c'était simplement la façon d'être des habitants de Fallport.

— Oui, il m'a gentiment proposé de rester chez lui en attendant que ma jambe guérisse, leur expliqua-t-elle.

— Ignore Dorothea, dit la plus jeune – d'après ce qu'en déduisait Bristol. Moi c'est Ruth. Voici Clara et Cora. Nous sommes contentes que Rocky t'ait retrouvée et que tu ailles bien.

— Merci, dit Bristol. Moi aussi.

— Et tu es une artiste ? demanda Clara.

Bristol acquiesça.

— Oui.

— Il va falloir que j'aille jeter un coup d'œil à ce que tu fais, dit Clara avec un sourire. J'ai vu que tu vendais des bijoux pour récolter des fonds pour notre équipe de recherche et de sauvetage.

— Oui. Je suis très reconnaissante que Fallport ait une telle équipe. Les choses ne se seraient peut-être pas si bien terminées pour moi sinon. Et je suis sûre qu'il y a certaines choses dont ils pourraient avoir besoin mais pour lesquelles ils n'ont pas le budget. C'est ma façon de les remercier.

Elle voyait bien que ses mots impactaient les femmes. Elles se détendirent toutes les quatre, surtout Dorothea.

— C'est très généreux de ta part, dit cette dernière.

— Si vous voulez bien m'excuser, je vais continuer à marcher un peu, dit Bristol aussi poliment qu'elle le put.

— Bien sûr, répondit Ruth. J'imagine que tu aimerais dire bonjour à ton petit ami.

Bristol sourit simplement et avança.

Bien évidemment, Silas, Otto et Art n'avaient pas manqué d'écouter sa courte conversation avec les quatre dames et quand elle s'approcha d'eux, ils ne purent pas s'empêcher de lui parler quand elle passa aussi.

— Ça fait plaisir de te voir debout, dit Otto.

— Tu nous *ressembles* un peu en boitant avec cette jambe folle, dit Art.

Bristol éclata de rire. Il n'avait pas vraiment tort.

— Il y a eu quelques jours, ces deux dernières semaines, où j'ai eu l'impression d'avoir le double de mon âge.

— Ce qui ne serait toujours pas aussi vieux que moi, dit Art.

— Quel *âge* avez-vous ? ne put s'empêcher de demander Bristol.

— 91 ans, dit fièrement l'homme le plus âgé.

— Waouh. Quel est votre secret ?

— L'obstination, répondit Silas pour Art.

— Dans ce cas-là, *toi* tu devrais pouvoir vivre jusqu'à 150 ans, rétorqua Art.

Bristol adorait les entendre plaisanter. Il était évident que ces hommes comptaient les uns pour les autres, même s'ils se chamaillaient beaucoup.

— Tu me fais un peu penser à ma petite-fille, dit Art au bout d'un moment.

— Ah oui ? demanda Bristol.

Il fallait qu'elle entende cette histoire.

— Oui, oui. Même si tu es toute petite à côté d'elle. Elle est grande, elle fait presque un mètre quatre-vingts. Et forte. Toi, on dirait qu'une bourrasque pourrait t'emporter. Elle est pompière à New York. L'autre jour elle a dû grimper trente-quatre étages pour atteindre un incendie dans un de ces gratte-ciel. Tout en portant dix-huit kilos d'équipement.

Bristol ne put s'en empêcher. Elle éclata à nouveau de rire.

— Elle n'a pas *du tout* l'air de me ressembler, dit-elle une fois qu'elle eut repris son souffle.

Art sourit lorsqu'il haussa les épaules.

— Elle est forte. Comme toi.

Bristol ne pouvait pas nier que c'était agréable. Même si elle n'était pas sûre de pouvoir rivaliser avec une femme pompière dans une grande ville.

— C'est une gentille fille, continua Art. Sa mère, ma fille, ne l'a pas bien traitée et les meilleurs moments de nos vies ont été quand elle passait ses étés avec moi. Mais elle ne s'est jamais laissé abattre. Dès qu'elle a terminé le lycée, elle s'est enfuie vers la ville et a montré à tous ces hommes de quoi elle était capable.

— Elle est mariée ? demanda Bristol, intriguée.

— Elle l'était. Mais ça n'a pas fonctionné et ils ont chacun pris des chemins différents.

Elle acquiesça, ne sachant pas trop quoi dire ensuite.

— Quoi qu'il en soit, vous pourriez peut-être vous rencontrer un jour. Elle vient me rendre visite parfois.

— Ça fait longtemps, dit Silas.

— Je sais, dit tristement Art. Mais elle est occupée.

— Elle ne devrait pas être trop occupée pour sa famille, dit doucement Otto.

Il était évident que leurs proches leur manquaient à tous les trois. Bristol était contente qu'ils puissent se tenir compagnie.

Ils parlèrent ensuite de la météo. Puis de Tony et de son prix et du fait qu'il l'avait bien mérité après avoir conduit la Mercedes de son père tout le long de la I-480 jusqu'à Fallport sans avoir d'accident.

Le temps qu'elle parvienne à s'extirper de cette conversation, Bristol commençait à être fatiguée et elle n'avait même pas fait la moitié du tour de la place. Elle traversa Cedar Street et roula le plus vite possible devant la Cave, la salle de billard locale d'où s'échappait une musique forte. Khloe était assise seule devant la bibliothèque. Contrariée d'avoir déjà besoin d'une pause, Bristol s'arrêta pour lui parler.

— Ça n'agace pas les gens qui viennent visiter la bibliothèque cette musique ? lâcha-t-elle avant de secouer immédiatement la tête. Pardon, laisse tomber. Salut, Khloe. C'est une belle journée, hein ? Comment tu vas ?

Khloe rit et se leva.

— Assieds-toi, ordonna-t-elle en désignant la chaise qu'elle venait de quitter.

— Quoi ? demanda Bristol.

— Assieds-toi. Ta jambe te fait mal, je le vois. Fais une pause pendant un moment.

— Mais et toi ? demanda Bristol.

L'autre femme brandit une clé.

— Il y a encore beaucoup d'autres chaises là où j'ai pris

celle-ci. Viens, laisse-moi t'aider, après j'irai en chercher une autre très rapidement.

Reconnaissante, même si elle s'en voulait de ne pas pouvoir faire la moitié du tour de la place sans faire de pause, Bristol s'exécuta. Elle s'assit sur la chaise avec gratitude et appuya la jambe contre son déambulateur.

Khloe ne s'en alla qu'une minute ou deux avant de revenir, posant une autre chaise à côté de Bristol en s'y laissant retomber.

— J'ai entendu dire que ta fracture n'était pas si grave, dit Khloe au bout d'une minute en désignant la jambe de Bristol d'un signe de tête.

— C'est vrai, acquiesça-t-elle. Seulement une broche et le docteur a même dit qu'elle n'en avait probablement pas besoin, mais à cause du temps qui s'est écoulé entre la fracture et mon hospitalisation, il préférait prévenir plutôt que guérir, expliqua-t-elle avant de s'arrêter et de lui demander : Qu'est-il arrivé à *ta* jambe si ce n'est pas indiscret ?

Khloe haussa les épaules, mais ne se tourna pas vers Bristol pour la regarder.

— Elle a été cassée à quatre endroits, dont une fracture ouverte. Je suis restée immobile pendant un moment et j'ai passé pas mal de temps dans une maison de repos jusqu'à ce que je puisse remarcher.

— Je suis tellement désolée, dit Bristol. Je n'imagine pas à quel point ça a dû être horrible.

— Ce n'était pas drôle oui, acquiesça Khloe.

Bristol supposa que c'était l'euphémisme de l'année. Elle avait envie de lui demander si quelqu'un avait été là pour elle durant sa guérison, mais elle ne la connaissait pas assez pour ça.

— Tu ferais mieux d'y aller doucement pendant quelque temps. Je suis sûre que tu as hâte de revenir à la normale, mais même une petite fracture comme celle-ci peut t'épuiser. À l'avenir, tu pourras probablement sentir quand une tempête sera en approche.

Bristol sourit.

— Peut-être. Toi tu dois probablement sentir quand il est censé pleuvoir dans quatre comtés différents, non ?

Khloe se tourna vers Bristol et son grand sourire changea complètement son visage.

— C'est à peu près ça, oui, acquiesça-t-elle.

Un sifflement puissant retentit et Khloe leva immédiatement les yeux. Bristol vit le limier de Raiden se frayer un chemin parmi les gens du coin, s'avançant vers eux. Raid leva le menton dans leur direction et Khloe le salua de la main en retour.

— Waouh, dit Bristol.

— Quoi ? demanda Khloe alors que Duke s'avançait vers elle et posait son visage plein de bave sur ses genoux.

— Vous venez d'avoir toute une conversation avec un simple lever de menton et un signe de la main.

Khloe eut un rictus.

— Il est agacé parce que Duke *m'aime* presque autant qu'il aime son maître.

Elle se pencha en avant et fit des bisous sur sa grosse tête de chien tout en lui grattant les oreilles.

— D'après ce qu'a dit Rocky, Duke ne s'attache à personne... à part Raid, bien sûr.

— Les animaux m'aiment bien, dit-elle en haussant les épaules.

Bristol aurait juré avoir entendu une pointe de mélancolie dans sa voix, mais quand elle prit à nouveau la parole, elle supposa qu'elle s'était trompée.

— Bref, il me demandait juste si je pouvais garder un œil sur Duke pendant qu'il fait son truc là-bas pour le concours. Je lui ai dit que c'était OK et qu'évidemment je le ferais.

Le limier laissa échapper un soupir et se laissa retomber au pied de Khloe.

— Raid ne m'apprécie pas beaucoup, mais quand ça l'arrange, il n'hésite pas à m'utiliser.

Bristol fronça les sourcils de surprise.

— Je suis sûre que non. Vous travaillez ensemble.

— Eh bien, en tout cas il se *comporte* comme s'il ne m'aimait pas. Mais peu importe. Il a un chien trop mignon alors je le supporte.

Bristol ne put s'empêcher de rire.

— Raiden est plutôt mignon lui aussi, dit-elle. Même s'il est trop grand pour moi.

Khloe rit.

— *Tout le monde* est trop grand pour toi.

— C'est vrai, dit Bristol, contente de voir que l'autre femme semblait désormais un peu plus détendue.

— C'est quoi le délire avec les gars de l'équipe de sauvetage et leurs barbes ? demanda-t-elle. À part Brock, ils en ont tous une.

— Aucune idée, dit Khloe en haussant les épaules. Mais tu dois reconnaître que leur côté poilu leur va plutôt bien.

— Pas faux, répondit Bristol.

— Rocky nous regarde, dit Khloe en faisant un signe de tête vers la place.

En tournant la tête vers la table d'inscription au concours, Bristol vit qu'effectivement, il regardait dans leur direction. Quand elle croisa son regard, il sourit et leva la main avant de lui faire signe d'approcher.

— J'imagine qu'il veut que je vienne, s'excusa Bristol. Hé, je sais que je ne vis pas ici, mais est-ce que je pourrai emprunter des livres un de ces quatre ?

— Pas encore, dit Khloe avec un petit sourire.

— Quoi ?

— Tu ne vis pas *encore* ici, répéta-t-elle.

— Oh, mais... je... je ne...

Bristol était troublée et ne savait pas quoi dire.

Elle n'avait parlé à personne de son intention de rester.

— Pardon, c'était grossier de ma part. Il te faut une adresse locale pour obtenir une carte de bibliothèque, mais je suis sûre que ça ne dérangerait pas Rocky d'ouvrir un compte et de te laisser l'utiliser. Et je te dis ça comme ça, mais... toi et Rocky vous allez bien ensemble. Je suis certaine qu'il pourra t'aider à trouver un endroit assez grand pour que tu puisses avoir un atelier et faire tes trucs de vitraux, si jamais tu avais l'intention d'emménager ici. Si tu avais ton chez-toi, tu pourrais avoir ta propre carte de bibliothèque, la taquina Khloe.

— Oui.

— Rocky a l'air inquiet, tu ferais mieux d'y aller, sinon il va rôder et s'inquiéter, dit Khloe avant de croiser son regard. Et vas-y doucement avec cette jambe, l'avertit-elle. Tu peux à nouveau te blesser assez facilement à ce stade.

— Je ferai attention, dit Bristol.

Cela faisait du bien de voir qu'elle était si préoccupée. Elle commençait à se dire que Khloe était bien plus que ce qu'elle montrait aux autres. Avant aujourd'hui, elle avait eu l'impression que Khloe était timide et ne parlait pas beaucoup. Sa seule visite à l'appartement avait été amicale mais courte. Cependant, aujourd'hui, elle avait eu beaucoup de choses à dire et c'était d'ailleurs sacrément utile.

— Merci pour la chaise, lui dit Bristol en se levant et en attirant le déambulateur pour se stabiliser.

— De rien. Fais attention, dit Khloe alors que Bristol commençait à s'éloigner.

En regardant derrière elle, Bristol vit que Khloe caressait distraitement Duke avec son pied et qu'elle affichait à nouveau un regard distant. Elle pouvait être un peu intimidante parfois, mais maintenant que Bristol avait vu au-delà du masque, elle avait envie d'apprendre à la connaître.

Elle ne voulait pas traverser en dehors du passage piéton, alors elle se dirigea vers la fin de la rangée de commerces, après la clinique du docteur Snow et traversa à nouveau Cedar Street.

Elle était sur le point de traverser l'avenue Tenth jusqu'à la pelouse, lorsqu'un enfant de 5 ou 6 ans se jeta sur son chemin.

Bristol donna un coup sec sur le côté au guidon de son déambulateur pour ne pas le heurter et laissa échapper un petit cri quand elle sentit qu'elle perdait l'équilibre. Mais elle ne tomba pas tel un tas indigne au milieu de la rue, car quelqu'un l'attrapa par le coude, l'aidant à retrouver sa stabilité. Levant les yeux, Bristol vit un homme plus âgé, peut-être la fin de la quarantaine ou le début de la cinquantaine, qui lui tenait le bras. Il était habillé de façon décontractée avec un jean et un polo. Il avait les cheveux gris au niveau des tempes et une fossette sur la joue. Il était également grand, à peu près la même taille que Rocky, mais pas aussi musclé.

— Doucement, dit-il en la guidant de l'autre côté de la rue.

— Merci beaucoup. Pendant une seconde, j'ai vraiment cru que j'étais fichue.

Il rit.

— Je suis content d'avoir pu aider.

— Moi aussi.

— Moi c'est Lance. Lance Zaun.

— Bristol Wingham, dit-elle en lui tendant la main.

Il la serra et le temps qu'elle lui lâche la main, Rocky était à ses côtés.

— Ça va ? Je t'ai vue sur le point de tomber et mon cœur s'est arrêté. J'étais trop loin pour te rejoindre à temps.

— Je vais bien. Lance m'a rattrapée avant que je ne me ridiculise. Je dois encore m'habituer à ce déambulateur.

— Merci mec, dit Rocky en levant le menton en direction de Lance. Je ne crois pas t'avoir déjà vu.

— Je viens juste d'emménager. J'ai vu les panneaux sur la parade et je me suis dit que je devais aller jeter un coup d'œil. Les gens sont très gentils ici.

— Effectivement, acquiesça Rocky en enroulant un bras autour de la taille de Bristol.

— Tu avais besoin de moi ? demanda-t-elle en levant les

yeux vers lui.

— Je voulais juste savoir comment tu allais. Je voulais prendre de tes nouvelles.

Bristol sourit.

— Ça fait quoi, une heure, depuis qu'on s'est parlés ? demanda-t-elle.

Rocky haussa les épaules.

— Tu m'as manqué, dit-il sans aucune gêne.

Lance se racla la gorge.

— Eh bien, c'était un plaisir de vous rencontrer. Fais attention, je ne serai peut-être pas toujours là pour te rattraper, dit-il avec un petit rire.

— Effectivement, dit Bristol en rigolant avec lui. J'imagine qu'on se recroisera.

— Ouaip. À bientôt.

Puis il tourna les talons et retourna vers la place, errant de table en table.

— Tu es sûre que ça va ? demanda Rocky.

— Oui, je suis sûre. Même si je ne pense pas que ce soit une bonne idée de rouler autour de la pelouse.

— Non, c'est sûr. Et si je te raccompagnais jusqu'à ta table ? Tu as faim ? Sandra a préparé des paniers-repas qu'on risque de vendre assez rapidement.

— Ça me paraît super.

— Parfait. Je vais aller t'installer avec Finley et t'en apporter un. Vous vous êtes bien entendues avec Khloe ? demanda-t-il.

— Bien sûr. Pourquoi on ne s'entendrait pas ?

— Raiden dit qu'elle est irritable.

— Non, c'est faux, dit Bristol, défendant sa nouvelle amie. Je ne sais pas trop ce qui se passe entre eux, mais elle est très gentille. Elle semble aussi un peu triste.

— Pourquoi ?

— Je ne sais pas. C'est juste un sentiment que j'ai.

— Hum.

— Oui. Bref, je crois qu'il faut que je retourne m'asseoir.

— Tu veux que j'aille chercher le docteur Snow ?

— Non. Je suis juste fatiguée. Je n'ai pas autant l'habitude de marcher et de me tenir debout. J'ai visiblement besoin de sortir et de me déplacer un peu plus.

— Ne te précipite pas, dit Rocky en les faisant tourner pour emprunter le trottoir étroit à côté de la route et de la pelouse.

— C'est aussi ce que m'a dit Khloe.

— Elle a raison.

Remarquant la file d'attente qui se formait devant le Sunny Side Up, Bristol lui dit :

— Tu ferais mieux de faire la queue pour le déjeuner. Je ne voudrais pas rater ce que sert Sandra. On se retrouve devant la boulangerie.

— Tu ne vas rien rater du tout, dit Rocky d'un air confiant.

— Tu n'en sais rien, lui dit Bristol.

— Punky, si, je le sais. Je ne vais même pas avoir besoin de faire la queue. Tout ce que j'ai à faire, c'est de dire à Sandra que tu as faim et elle s'assurera que tu aies ton repas.

Les lèvres de Bristol tressautèrent. Rocky avait probablement raison. Sandra avait fait de son mieux pour la materner depuis qu'elle avait été retrouvée. Et Bristol n'avait aucun problème avec ça.

— OK, dit-elle au bout d'un moment.

— Il y a des avantages à t'avoir comme petite amie, dit Rocky, sur un ton plein d'humour.

— Sérieux ? dit-elle en secouant légèrement la tête.

Il les arrêta à côté de Main Street et lui sourit.

— Ouaip.

— Tu sors avec moi pour manger gratuitement. Sympa, dit-elle d'un ton faussement irrité.

Il rit et prit son visage dans ses mains en l'inclinant vers le haut.

— Sans compter que tu es très agréable à regarder. Et que tu me fais rire. Et que tu as fait de mon appartement un foyer.

— C'est mieux, lui dit-elle en s'agrippant à ses poignets et en faisant de son mieux pour réprimer le sourire qui voulait se former sur ses lèvres.

— Et nos baisers sont plutôt incroyables.

— Ah, là tu commences à me parler, dit-elle en se mettant sur la pointe des pieds.

Il baissa la tête, la rejoignant à mi-chemin, et l'embrassa juste là, devant ce qui semblait être tout Fallport. Si les gens ne savaient pas qu'ils étaient officiellement ensemble avant, ils étaient désormais au courant.

Au moment où il releva la tête, ils étaient tous les deux essoufflés.

— Putain, femme, se plaignit-il.

— Qu'est-ce qui fait que je ressens ça avec toi ?

— Tu veux dire la sensation de me connaître depuis toujours ?

— Oui, voilà, ça, chuchota-t-elle.

— Je ne sais pas, mais je ressens la même chose. Viens, on va t'installer pour que je puisse te nourrir.

Bristol adorait sentir sa main sur son dos alors qu'ils s'avançaient vers la table devant la boulangerie. Cinq personnes faisaient la queue et d'autres s'arrêtaient pour regarder par-dessus les épaules des gens pour voir ce qu'il y avait de si intéressant.

— Tu as faim, Finley ? demanda Rocky à l'autre femme. Je vais aller chercher un panier-repas du Sunny Side Up pour Bristol. Tu en veux un ?

— Ça ne te dérange pas ? demanda cette dernière.

— Pas du tout.

— Alors dans ce cas-là, je veux bien s'il te plaît.

— Pas de problème.

Rocky se pencha puis embrassa Bristol sur le haut de la tête et lui dit :

— Je reviens.

Il s'éloigna et Finley s'éventa le visage avec la main.

— Ce baiser... waouh !

Bristol ne put que sourire en retour.

— J'ai déjà vendu trois paires de boucles d'oreilles pour toi ! J'ai le sentiment qu'on va toutes les deux être en rupture de stock plus tôt que prévu, lui dit Finley.

— Tant mieux. Ensuite, on pourra se détendre et profiter du reste de l'après-midi.

— Tu parles. J'ai encore des cookies et des trucs à préparer si on veut faire d'autres ventes plus tard quand les magasins rouvriront.

— Tu travailles trop, lui dit Bristol.

— C'est l'hôpital qui se fout de la charité. Quand tu n'es pas blessée, j'imagine que tu travailles aussi de longues heures.

— Peut-être, avoua Bristol.

— Ils sont magnifiques ! s'exclama une femme en attrapant un ensemble de boucles d'oreilles et de bracelets. C'est combien ?

Bristol se tourna vers la femme, se sentant comblée. Elle avait fini par apprécier Fallport autant que Rocky et ses amis. Quand elle s'imaginait rentrer à Kingsport pour retrouver sa vie solitaire, ça ne lui faisait pas du tout envie. Rocky serait-il toujours d'accord pour qu'elle s'installe ici si elle l'évoquait aujourd'hui ? Ou penserait-il qu'elle allait trop vite ?

Haussant les épaules pour repousser ces pensées, Bristol songea qu'elle aurait tout le temps de prendre des décisions pour son avenir...plus tard. Aujourd'hui, elle avait envie de s'amuser, de gagner de l'argent pour une belle cause et de rire avec ses nouveaux amis.

* * *

Lance Zaun observa Bristol de l'autre côté de la place. Il avait acheté un corndog et le mangeait distraitement sans vraiment goûter ce foutu truc.

Il l'avait touchée. Il avait senti sa peau douce contre la sienne. Tout ce à quoi il pensait, c'était de recommencer.

Elle semblait tellement à sa place à côté de lui. Ils allaient parfaitement ensemble. Et surtout elle avait besoin de lui. Où était ce connard quand elle avait failli tomber tête la première au milieu de la rue ? Pas avec Bristol en tout cas.

Quand elle serait à lui, il ne la laisserait pas se blesser. Il la protègerait, la nourrirait, s'assurerait que tous ses besoins soient comblés. Elle serait complètement dépendante de lui. Comme il se devait. C'était lui l'homme ; c'était son devoir de subvenir aux besoins de sa femme et de s'en occuper.

Mais pas ici.

Cette ville était merdique.

Il détestait tout ce qui s'y trouvait.

Il avait grandi dans une ville exactement comme Fallport. Une ville où les habitants pensaient tout connaître sur tout le monde. Où chaque petite chose qu'il faisait était rapportée à ses parents, qui le battaient régulièrement sans raison. Juste parce que des fouineurs l'avaient vu faire quelque chose qu'ils détestaient.

Il allait devoir être prudent. Ne pas attirer les commérages. Mais ce n'était pas un problème, il avait appris à faire cela depuis des années. Il ne se démarquait pas et s'assurait de ne pas attirer l'attention sur lui. Il se fondait dans le décor.

Personne ne l'éloignerait de sa Bristol. En la voyant le regarder avec tant de gratitude quand il l'avait empêchée de tomber, cela lui avait donné envie de l'enlever sur-le-champ. De l'emmener chez lui et de l'aimer comme elle devait être aimée.

Quant à ce connard... il ne la méritait pas. Il l'avait laissé trimer derrière sa table pendant qu'il s'amusait avec ses amis. Et les gens d'ici ne méritaient pas ses bijoux. C'était bien trop fin pour des gens comme eux. Il fallait qu'elle ne les vende que sur son site Internet, comme auparavant. Cela faisait trop long-temps qu'elle n'y avait pas mis de nouveautés. Et désormais, il savait pourquoi. Car elle s'était laissé distraire.

Le monde avait besoin de sa beauté sous la forme de ses

vitraux et de ses bijoux. Une fois qu'elle serait de retour à la maison, *chez* lui, il remédierait à cela. Peut-être même plus tôt encore.

Jetant un regard noir à l'homme qui pensait manifestement avoir gagné *sa* femme, Lance ricana. Au bout d'un moment, ce type ne se souviendrait même plus d'elle. C'était toujours le cas avec ce genre de gars. Il penserait qu'elle était partie, qu'elle était retournée à son ancienne vie. Et le gars serait passé à une autre femme.

Lance était prêt à le parier. Il avait un plan et maintenant qu'il était ici à Fallport, maintenant qu'il avait retrouvé Bristol, il allait le mettre en œuvre. Il s'était déjà introduit chez elle à Kingsport et avait récupéré quelques affaires qu'il savait qu'elle voudrait une fois qu'il agirait. Des draps, du savon, du shampoing, des culottes...

Rien qu'en repensant à ses sous-vêtements et à ce qu'il avait fait avec ceux-ci, il sourit.

— Bientôt, ma chérie, marmonna-t-il.

— Pardon ? demanda un homme de l'autre côté du banc. Vous avez dit quelque chose ?

Visiblement à la rue, l'homme sentait terriblement mauvais. Ses cheveux étaient également emmêlés, et n'avaient manifestement pas été lavés ou brossés depuis un bon moment.

— Ce n'est pas à toi que je parlais, railla Lance.

— Peu importe, grommela l'homme avant de se lever et de s'éloigner.

Une fois de plus, Lance regarda de l'autre côté de la place en direction de son amour. Il détestait toutes ces secondes où son attention n'était pas focalisée sur elle. Être patient serait l'une des choses les plus difficiles qu'il ait à faire de sa vie. Mais il le ferait. Si cela signifiait avoir Bristol pour lui tout seul... il ferait tout ce qu'il faudrait.

Peu importe qui serait blessé au passage.

Bristol Wingham était à lui. Point.

# CHAPITRE ONZE

Chaque jour qui passait, Rocky tombait de plus en plus amoureux de Bristol. Ce n'était pas tant ce qu'elle faisait mais plutôt comment il se sentait avec elle. Heureux. Comblé. Protecteur. Et physiquement, il n'avait jamais autant désiré quelqu'un comme il la désirait elle.

Même s'il n'éprouvait pas le besoin de la précipiter dans son lit. Peut-être était-ce parce qu'elle dormait déjà sous son toit tous les soirs. Peut-être était-ce parce qu'il voyait dans ses yeux qu'elle le désirait tout autant. Le « pourquoi » était sans importance. Il appréciait juste ce sentiment d'anticipation.

Par le passé, il n'avait pas vraiment aimé les rencards. Il n'aimait pas tourner autour du pot quand une fille l'attirait. Mais avec Bristol, il adorait ça. Il adorait la façon dont elle frissonnait quand il passait un bras autour d'elle pour l'aider à marcher. La façon dont elle avait la chair de poule sur les bras quand il la portait et la manière dont sa salle de bains sentait le gel douche au citron. Tout cela.

Aujourd'hui, elle l'avait accompagné dans une maison pour laquelle il construisait une autre terrasse. Il l'avait presque terminée et quand il lui avait demandé si elle voulait venir avec lui, elle avait immédiatement accepté. Elle s'était assise à l'ombre et avait discuté avec lui pendant qu'il travaillait. Elle lui avait parlé de sa mère qui était actuellement en Californie. Apparemment, celle-ci bougeait tous les deux ans, simplement parce qu'elle s'ennuyait. C'était une hippie autoproclamée qui se fichait de ce que les gens pensaient d'elle. Elle ne s'était jamais remariée après la mort de son mari et se contentait de sortir avec des personnes, en n'ayant aucune attache ni attente.

Rocky lui parla de sa propre mère qui était apparemment l'opposé de celle de Bristol. Elle n'avait jamais eu aucun autre rencard après la mort de son père et ne vendrait probablement jamais la maison dans laquelle ils avaient grandi. La maison qu'elle avait partagée avec son mari.

Ils avaient parlé de son passé de SEAL et il lui avait raconté quelques-unes de ses missions sans donner trop de détails. Il s'était même surpris à s'ouvrir et à parler de la mission qui avait si mal tourné pour son frère, raison pour laquelle Ethan avait voulu quitter l'armée.

Puis ils avaient abordé des sujets plus légers. Leurs plats préférés. Comment elle était quand elle était adolescente. Tony. Art et ses acolytes. Dans l'ensemble c'était une belle journée. Ils étaient désormais tous les deux assis sur son canapé. Bristol leur avait préparé un dîner délicieux après qu'ils furent rentrés dans son appartement. Il avait ensuite rangé la vaisselle et ils regardaient actuellement une émission de cuisine à la télé.

Mais il avait le sentiment qu'aucun d'entre eux n'y prêtait vraiment attention. Du moins, Rocky savait que ce n'était pas son cas. Il était focalisé sur la sensation agréable d'avoir Bristol allongée contre lui. Il était hyper-conscient de chaque respiration qu'elle prenait. Il avait passé un bras autour de ses épaules et caressé doucement la peau nue de son bras du bout des doigts. Elle avait calé sa tête entre son épaule et son cou et elle avait posé son bras sur le ventre de Rocky.

Ne pouvant s'en empêcher, Rocky tourna la tête et embrassa doucement son front.

Elle leva les yeux vers lui et il ne put résister au regard

qu'elle lui lança. Il baissa la tête sans réfléchir. Ils s'étaient déjà embrassés de nombreuses fois... mais cette fois-ci, c'était différent.

Elle effleura sa barbe de sa main, puis commença à la caresser. Il ne put s'empêcher de glousser alors qu'il l'embrassait.

— Quoi ? demanda-t-elle, souriant un peu elle-même.

— Tu me caresses, dit-il.

— Je ne peux pas m'en empêcher. Ta barbe est vraiment douce en fait. Et j'adore la sentir contre mon visage quand tu m'embrasses, dit-elle.

— Ah oui ? demanda-t-il, secrètement ravi.

— Oui, oui.

— Je la couperais immédiatement si tu me le demandais, avoua-t-il.

Elle écarquilla les yeux, alarmée.

— Quoi ? Non ! Je veux dire, premièrement, c'est ton visage, je n'ai pas le droit de te demander un truc pareil. Mais deuxièmement, je ne suis pas sûre que je te reconnaîtrais sans ta barbe.

— Une fois, je suis sorti avec une fille qui détestait ma barbe. Elle disait que ça me donnait un air *idiot*. Que si je prenais plus soin de moi, les gens me prendraient plus au sérieux.

— Quelle connasse ! dit Bristol d'un ton virulent.

Rocky cligna des yeux de surprise. Il ne l'avait jamais entendue jurer comme ça auparavant. Mais comme c'était pour prendre *sa* défense, cela lui fit du bien.

— Non, mais sérieux, peut-on être plus bête ? Ou plus idiote ? Bref, je trouve que tu es très beau comme tu es. Et si tu as envie de te faire pousser la barbe jusqu'aux genoux, fais-le.

Rocky rit.

— Ça n'arrivera pas, Punky.

Elle lui sourit.

— C'est vrai. Bref, sois toi-même Rocky. J'aime bien ta barbe. Elle te va bien.

En guise de réponse, il donna un petit coup de nez contre la zone sensible de son oreille. Bristol pencha la tête, lui laissant plus d'espace et laissa échapper un gémissement adorable et terriblement sexy. La main qui lui caressait la barbe un peu plus tôt se resserra, s'accrochant à lui comme s'il était la seule chose qui l'empêchait de fondre. La légère douleur qu'il avait ressentie lorsqu'elle avait tiré sur sa barbe se transforma en un désir si intense qu'il dut lutter pour ne pas la repousser sur le canapé et lui arracher tous ses vêtements pour coucher avec elle.

Son sexe se durcit et il referma ses lèvres autour de son lobe d'oreille et le suça. Avec force.

— Rocky ! s'exclama-t-elle.

Il mordilla le petit bout de chair, adorant cette façon qu'elle avait de se tortiller contre lui. Il leva la tête et demanda :

— Oui ?

Elle le regarda fixement un moment, puis lui dit soudain sans détour :

— Je te veux.

La rapidité à laquelle il répondit à ces trois mots fut presque effrayante. Il eut envie de la jeter par-dessus son épaule et de l'amener dans sa chambre pour lui montrer à quel point il l'avait dans la peau, mais il se força à rester calme.

— Moi aussi je te veux, Bristol.

Elle lui sourit timidement et Rocky fut soulagé de n'avoir rien fait d'irréfléchi. Elle était peut-être assez courageuse pour admettre qu'elle le désirait, mais elle semblait encore un peu timide. Il posa la main contre son cou. Il positionna son pouce contre le creux de sa gorge et enfonça les doigts dans ses cheveux en se penchant à nouveau.

Cette fois-ci, il prit son temps pour l'embrasser. Il la mordilla. Effleurant ses lèvres des siennes. La taquinant jusqu'à ce qu'elle se cambre contre lui et tire une fois de plus sur sa barbe pour qu'il l'embrasse comme il en avait réellement l'intention.

Cédant à ses demandes, car il avait atteint ses limites et ne parvenait plus à se contrôler, Rocky fit glisser sa bouche sur la sienne et lui montra avec ses lèvres et sa langue à quel point il la désirait.

Il n'avait aucune idée du temps qu'ils avaient passé à s'embrasser, mais quand il écarta enfin les lèvres pour faire une pause, Bristol était allongée sur le dos sur le canapé et il était pressé contre elle sur le côté, le dos contre les coussins. Il était rassuré de ne pas l'avoir écrasée dans sa hâte et son désir brumeux.

Elle avait enfoncé une de ses mains sous son tee-shirt où elle caressait son torse nu, et les doigts de son autre main s'étaient glissés sous la ceinture de son jean, jouant avec la peau au-dessus de ses fesses.

Rocky lui agrippait la nuque, la tenant fermement contre lui. L'autre tenait l'un de ses seins parfaits, le serrant et le caressant par-dessus le coton de son tee-shirt qu'elle portait tous les soirs.

C'était un pur bonheur de la sentir sous lui et contre lui. Elle était petite, mais avait tellement de sex-appeal à travers sa silhouette fine, qu'il savait qu'ils allaient s'enflammer.

— Ne t'arrête pas, dit-elle d'une voix douce et basse qu'il reconnut à peine.

Souriant, il pencha la tête pour reprendre là où ils s'étaient arrêtés... lorsqu'il réalisa ce qui l'avait fait s'arrêter dès le départ.

La sonnerie de son téléphone.

— Merde, marmonna-t-il.

Bristol parut adorablement confuse.

— Quoi ?

— Mon téléphone. Il faut que j'aille le chercher.

Il lui fallut une seconde, mais elle finit par hocher la tête. Quand elle retira ses mains de sous ses vêtements, il gémit.

— On va tout reprendre là où on s'est arrêtés, Punky.

Elle lui fit un sourire paresseux et hocha la tête. Rocky

s'écarta d'elle et soupira quand il ne sentit plus sa chaleur corporelle.

Il s'avança vers la table où il avait laissé son téléphone un peu plus tôt et l'attrapa.

— Ça a intérêt à être important, gronda-t-il après avoir décroché.

— Ça l'est, dit Ethan. Simon vient de nous appeler. On a besoin de nous pour une recherche.

Il fallut un moment à son cerveau pour passer du mode désir au mode travail. Rocky prit une grande inspiration.

— OK. Donne-moi les détails.

— L'un des gendarmes a arrêté une voiture pour excès de vitesse et le type s'est enfui dans les bois. Ils étaient près du sentier de Rock Creek, mais ce type ne suivra aucun sentier, s'il est bien celui qu'ils pensent.

— Merde. Qui c'est ?

— Theodore Lorenzo Allen.

— C'est censé me dire quelque chose ? À part le fait que tu as aussi mentionné son deuxième prénom, ce qui veut dire qu'il doit être extrêmement horrible, car personne ne dit les deuxièmes prénoms, à moins qu'il ne soit un serial killer ou quoi, dit Rocky.

Il savait bien que ce qu'il disait n'avait pas beaucoup de sens, mais il était encore perturbé par l'adrénaline et la passion qui coulaient dans ses veines.

Ethan ricana.

— Il est plutôt affreux, oui. Si c'était bien sa voiture, et il est probable que ce soit le cas, il a un mandat d'arrêt contre lui à Norfolk pour agression sexuelle sur sa belle-fille de 8 ans. Simon pense que d'après la quantité de matériel de survie et de camping, il se rendait dans les montagnes pour disparaître.

— Donc il a de l'expérience dans les bois, dit Rocky en passant une main dans ses cheveux.

Plus il écoutait Ethan, plus le plaisir qu'il éprouvait un peu plus tôt s'évaporait.

— Ouaip.

— C'est quoi le plan ?

— On va tous se retrouver là où l'homme a été arrêté. Raiden va ouvrir la marche avec Duke. Le policier ne l'a pas poursuivi très loin dans les bois. Il a réalisé que comme il ne savait pas pourquoi l'homme courait et s'il était armé ou non – ce qui est très probable – il n'allait pas prendre de risque. Tu veux que je vienne te chercher ?

— Ça me va.

— Je serai là dans cinq minutes, lui dit Ethan.

— Je serai prêt, le rassura Rocky.

Ils raccrochèrent sans rien dire d'autre. Rocky savait qu'il devait se mettre en mouvement. Son sac de recherche et de sauvetage était dans le placard près de la porte d'entrée, il le gardait toujours prêt pour le prendre à tout moment. Il avait juste besoin de se changer.

Mais d'abord... Rocky se tourna et vit que Bristol s'était assise, le regardant par-dessus le dossier du canapé. Ses cheveux habituellement lisses étaient en désordre sur sa tête, ses lèvres étaient légèrement gonflées à cause de ses baisers et il distinguait des rougeurs sur son cou à cause des frottements de sa barbe.

Elle était tellement belle – et cela lui faisait physiquement mal de la quitter maintenant.

— Tu pars à la recherche de quelqu'un, dit-elle.

Rocky hocha la tête et s'avança vers elle. Il s'assit sur le coussin à côté d'elle et prit son visage dans ses mains.

— Je resterais si je le pouvais, dit-il doucement.

À sa grande surprise, elle fronça les sourcils et secoua la tête.

— Je sais, mais ça, c'est plus important. Vas-y, Rocky. Fais ce que tu as à faire. Je t'attendrai ici.

— Je ne sais pas combien de temps ça va durer, l'avertit-il.

— J'en suis consciente.

— Appelle Lilly. Ou Elsie. Enfin n'importe laquelle des

femmes avec qui tu t'es liée d'amitié ces dernières semaines. Finley, Khloe, Sandra... même Whitney.

— Pourquoi ? demanda-t-elle.

— Pour qu'elles puissent venir te tenir compagnie.

— Rocky, je n'ai pas besoin d'une baby-sitter. Je me débrouille très bien toute seule maintenant. Ça ira pour moi.

— Tu es sûre ? demanda-t-il.

— Complètement.

— Je déteste te quitter.

— Si tu dis ça parce que tu apprécies ma compagnie et que je vais te manquer, c'est super. Mais si tu dis ça parce que tu crois que je ne peux pas me débrouiller toute seule, il faut que tu arrêtes. Certes, j'ai eu besoin de ton aide quand je suis arrivée ici la première fois, mais même le docteur Snow dit que je guéris très bien. Je vais bien, Rocky, vas-y.

Elle avait raison. Elle se débrouillait incroyablement bien. Bientôt, elle n'aurait plus besoin de déambulateur. Elle pourrait s'appuyer sur sa jambe et n'aurait plus que son plâtre. Mais quand même...

— On n'a pas passé plus de quelques heures sans se voir depuis que tu t'es blessée.

— N'est-ce pas ? dit-elle avec un petit sourire. Je te promets que je serai toujours là quand tu reviendras. Va faire ton truc. Mais fais attention. Je ne connais pas tous les détails, mais j'ai l'impression que tu dois chercher quelqu'un qui ne veut pas qu'on le retrouve.

— Ce ne sera pas la première fois, lui dit-il.

— J'en suis bien consciente. Mais ça ne veut pas dire que je ne vais pas m'inquiéter pour toi quand même, dit-elle.

Elle ne cessait jamais de le surprendre. Dans le bon sens du terme.

— Je suis sorti avec une femme qui détestait ce que je faisais. Elle n'aimait pas que l'on puisse m'appeler à tout moment.

— C'était celle qui n'aimait pas ta barbe ? Parce qu'on a déjà établi qu'elle était stupide.

Rocky gloussa.

— C'est vrai.

Puis il tendit les bras vers elle, la tenant contre son torse.

Elle enroula les siens autour de lui et le serra fort en retour.

— Il faut que je me prépare, murmura-t-il dans ses cheveux.

Il était à deux doigts de ne pas y arriver. Ethan allait arriver d'une minute à l'autre. Mais il ne pouvait pas se résoudre à la lâcher.

Ce fut Bristol qui fit le premier pas. Elle s'écarta et lui donna un coup léger sur la poitrine.

— Vas-y, lui ordonna-t-elle.

— On finira ce qu'on a commencé, lui dit Rocky.

— J'espère bien, dit-elle avec un petit sourire timide.

— Putain, je ne te mérite pas, dit Rocky.

— Bien sûr que si. On se mérite mutuellement.

Il mémorisa son visage pendant une longue seconde, puis se leva. Il se rendit directement dans sa chambre et enfila son pantalon cargo, ses bottes de randonnée et un haut à manches longues thermorégulateur. Il rengaina le couteau de combat qu'il avait obtenu quand il était dans la Marine et qu'il portait sur lui durant chaque mission et désormais chaque fouille, et retourna dans le salon.

Bristol n'avait pas bougé du canapé, mais était désormais assise avec les pieds posés au sol. Il savait que s'il allait vers elle, ce serait encore plus dur de partir, alors Rocky se força à se diriger vers le placard de l'entrée. Il attrapa son sac à dos et prit une grande inspiration avant de se tourner vers la femme qui était rapidement devenue très importante pour lui.

— Tu veux bien me rendre un service ? demanda-t-il.

— Tout ce que tu veux, dit-elle sans hésitation.

Bon sang, elle le tuait.

— Dors dans mon lit ce soir.

Elle fronça les sourcils d'un air confus.

— Vu l'heure qu'il est, il est possible que je ne rentre pas cette nuit. Et en plus, ce type ne veut pas qu'on le retrouve. Quand j'aurai chaud, que je serai fatigué et frustré ce soir, ça me fera du bien de savoir que tu es ici, en sécurité et que tu dors dans mon lit.

— OK, dit-elle avec un petit hochement de tête.

— Merci.

Il avait envie de lui dire bien plus de choses, mais comme il savait qu'il n'avait plus beaucoup de temps, Rocky la regarda longuement une dernière fois, puis tourna les talons. Il s'en alla, s'assurant de bien verrouiller la porte derrière lui.

Son frère l'attendait sur le parking en bas et il devait probablement être très impatient, car cela faisait bien plus que cinq minutes depuis qu'ils s'étaient parlé au téléphone.

À chaque pas que Rocky faisait loin de son appartement, il était de plus en plus déterminé à retrouver ce Théodore. Quelques secondes plus tôt, il avait été réticent à l'idée de partir, mais désormais, il était fier d'avoir été appelé. L'homme qu'ils pourchassaient était un sale type. Il voulait le retirer des rues, de *sa* forêt et l'enfermer pour qu'il ne puisse plus faire de mal à personne. Et si Bristol, ou Lilly, ou Elsie, ou toute autre connaissance croisait le chemin d'un homme comme lui ?

Sentant qu'il retrouvait son énergie, Rocky dépassa les trois appartements derrière le sien en courant et tourna pour prendre les escaliers. Il descendit les marches deux par deux et jeta son sac sur la banquette arrière de la voiture d'Ethan avant de grimper sur le siège passager avant.

— Qu'est-ce qu'on a comme autres infos ? demanda-t-il alors que son frère quittait immédiatement le parking pour se rendre au point de rendez-vous.

\* \* \*

Bristol était allongée dans le lit de Rocky, mais elle ne dormait pas. Elle n'y arrivait pas. Elle se faisait trop de souci pour lui et le reste de l'équipe de recherche et de sauvetage. Elle était fière d'eux, car ils n'avaient pas hésité une seconde à aider la police à retrouver celui qui s'était enfui dans les bois, mais elle avait également très peur de ce qui pouvait arriver. Le fugitif pouvait être armé et tirer sur les gars s'ils s'approchaient trop près.

L'idée même de perdre Rocky, alors qu'ils étaient enfin en train de passer de colocataires à plus, était effrayante. Elle frissonna en se remémorant ce qu'elle avait ressenti quand Rocky l'avait soulevée avec aisance pour la coucher sur le canapé. Elle ne savait pas du tout s'il avait été conscient de la déplacer à ce moment-là ; ils n'avaient même pas cessé de s'embrasser en se repositionnant. Pourtant, il avait fait très attention à ne pas bousculer sa jambe.

La façon dont il prenait soin d'elle, dont il semblait l'entourer quand elle était dans ses bras, était quelque chose dont elle avait rêvé toute sa vie. Malgré la mort de son père, et sa mère qui ne voulait pas s'engager dans une autre relation sur le long terme, Bristol ne se souvenait pas d'un moment où elle n'avait pas voulu trouver un homme qu'elle pourrait aimer et avec qui elle pourrait s'installer.

Le problème à l'époque avait été qu'elle n'avait jamais su où rencontrer des hommes. Elle restait dans sa maison pour créer son art la plupart du temps, et l'idée de trouver des hommes sur une application de rencontre ne lui plaisait pas. Bizarrement, elle avait rencontré Mike dans une épicerie. C'était un peu cliché, mais elle avait apprécié sa compagnie. Elle avait rapidement réalisé qu'elle n'était pas attirée sexuellement par lui, et ses demandes fréquentes pour aller plus loin avaient presque mis fin à leur amitié. Quand il l'avait invitée à faire de la randonnée, elle aurait dû s'en douter. Et bien évidemment, comme pour lui prouver qu'elle avait raison, cette excursion avait mal tourné et de façon spectaculaire.

Mais elle n'arrivait toujours pas à le regretter. Car elle avait rencontré Rocky entre temps et avait découvert Fallport. Un endroit où elle se sentait plus à l'aise que partout où elle avait vécu.

Elle avait également découvert ce qu'était la vraie passion pour la première fois. Elle pensait avoir tout connu du sexe, du plaisir et du désir. Mais elle avait tort.

Les sentiments qui avaient coulé dans ses veines ce soir avec Rocky, sur son canapé, avaient été bouleversants. Presque effrayants. Mais aussi *justes*. Elle pouvait presque encore sentir sa peau lisse contre ses doigts. D'après ce qu'elle avait senti, son torse était un peu poilu, juste comme il fallait. Pas trop épais, pas trop doux. Elle aurait pu être embarrassée par la façon dont elle avait enfoncé sa main à l'arrière de son pantalon, mais l'érection qu'elle avait sentie contre sa jambe l'avait rassurée sur le fait qu'elle n'allait pas trop loin.

Bristol n'avait jamais été très satisfaite de son corps, vu sa taille. La sensation que lui avait procuré la main de Rocky sur son sein, et la façon dont ses doigts s'étaient enroulés autour d'elle de façon possessive avaient contribué à la faire se sentir sexy comme jamais.

Et sa barbe ? Doux Jésus. Elle n'avait pas réalisé à quel point cela pouvait être excitant. En la sentant contre son cou et son visage, elle s'était demandé quelle sensation cela lui procurerait quand il serait entre ses cuisses en train de la dévorer. C'était une pensée très charnelle qui avait été d'autant plus excitante quand elle avait compris que c'était exactement là qu'ils allaient.

Puis, son téléphone avait sonné et il avait dû partir. Bristol était fière de lui, mais c'était quand même nul que ce soit survenu au moment où tout commençait à être sympa.

Elle n'avait pas vraiment envisagé qu'il puisse être appelé pour chercher des personnes qui ne voulaient *pas* être trouvées. Quand elle pensait à une équipe de recherche et de sauvetage, sa situation à elle était la première qui lui venait en tête. Trouver des gens qui étaient perdus.

Soudain plus qu'effrayée par le danger potentiel de cette fouille, Bristol roula sur le côté et prit son téléphone sur la petite table à côté du lit de Rocky. Il était bientôt minuit, mais elle ne réfléchit même pas avant de cliquer sur le prénom de Lilly.

Le téléphone sonna deux fois avant qu'elle ne réponde.

— Allô ?

— Salut. C'est Bristol. Je t'ai réveillée ?

C'était une question stupide puisqu'on était au milieu de la nuit. Évidemment qu'elle l'avait réveillée.

Mais Lilly la rassura immédiatement.

— Non. Je suis dans mon lit, mais je ne peux pas dormir.

— Moi non plus. J'ai peur pour eux.

Elle n'eut pas besoin d'expliquer à qui « eux » faisait référence. Lilly le savait.

— Moi aussi.

— Je n'ai pas entendu beaucoup d'informations sur la personne qu'ils recherchent, mais Rocky a parlé d'un serial killer, dit Bristol d'un ton inquiet.

— Ça, je ne sais pas, mais le type a abusé de la fille de sa compagne qui a 8 ans et il y a un mandat d'arrêt contre lui, lui dit Lilly. J'imagine qu'il s'y connaît en survie si l'on s'en tient aux affaires que Simon a retrouvées dans sa voiture. Mais Duke et Raiden vont les rejoindre là-bas. Duke suivra son odeur et avec un peu de chance il les mènera directement au type. Et il n'a aucune de ses affaires avec lui, donc il ne pourra pas faire grand-chose dans les bois.

Bristol n'aimait toujours pas ce qu'elle entendait.

— Merde, dit-elle. Est-ce que Duke pourra vraiment le suivre ?

— Avec un peu de chance, répondit Lilly.

— Est-ce que ça devient plus facile avec le temps ? demanda-t-elle doucement.

— Quand on s'inquiète pour eux ? dit Lilly avant de soupirer. Non.

Bristol soupira également. Elle avait eu le pressentiment que c'était ce que Lilly lui répondrait, mais elle avait quand même voulu poser la question.

— Mais les gars sont doués. Ils ont toujours une longueur d'avance par rapport aux autres équipes de recherche et de sauvetage grâce à leur expérience militaire. Il est impossible que ce type puisse les surprendre ou les devancer.

Sa remarque rassura beaucoup Bristol.

— Rocky m'a parlé de certaines missions qu'il a effectuées quand il était dans la Marine.

— C'est vrai ?

— Oui. Pourquoi, c'est pas une bonne chose ?

— Non, non du tout. C'est juste que je suis surprise. Je suis avec Ethan depuis un moment maintenant, et il ne parle pas beaucoup de son expérience dans la Marine. Je suis au courant de la mission qui lui a donné envie de partir, mais il n'aime pas beaucoup parler de son expérience militaire.

Bristol ressentit une vague de chaleur en réalisant que Rocky s'était ouvert à elle comme ça.

— Tu es bien pour lui, continua Lilly. J'ai remarqué que depuis que tu as emménagé, Rocky est beaucoup plus sociable. Je veux dire, c'est pas vraiment le mot que je cherche, mais un peu. Il ne fréquente pas autant de monde que les autres gars. Je ne pense pas que ce soit parce qu'il n'aime pas la foule, c'est plus qu'il a du mal avec les gens de manière générale, et c'est quelque chose qui a changé depuis qu'il t'a rencontrée.

Bristol ne put s'empêcher de rire un peu.

— Je ne suis pas sûre d'avoir quelque chose à voir avec ça. Je ne suis pas vraiment la personne la plus extravertie qui soit. Tu sais, l'artiste solitaire et un peu folle, tout ça.

Lilly souffla d'un air amusé.

— Ce n'est pas du tout comme ça que je te vois. Tu attires les gens vers toi avec facilité, Bristol. Je le pense vraiment. Regarde Sandra. Elle s'inquiétait tellement pour toi, alors qu'elle ne te connaissait que depuis une semaine, qu'elle a fait des pieds et des mains pour prévenir Rocky en le suppliant d'aller te chercher. Et puis il y a Khloe et Finley.

— Quoi Khloe et Finley ? demanda Bristol.

— Elles ne se sont certainement pas autant attachées à *moi* qu'à toi. J'ai même vu Khloe rigoler avec toi au festival samedi dernier.

— Ce n'est pas quelque chose d'habituel ?

— Hum, *non*. En général, elle est assez solitaire. Elle ne parle pas à beaucoup de monde et ne fait certainement pas d'efforts pour se sociabiliser. Et Finley est tellement timide, normalement elle reste dans la cuisine de la boulangerie et ne cherche pas à se mêler aux autres. C'était génial de vous voir passer du temps ensemble au festival. Tu penses peut-être que tu es introvertie, mais tu ne l'es vraiment pas.

Bristol réfléchit un instant à ce que Lilly venait de lui dire, puis avoua :

— Je crois que c'est grâce à Fallport. Il y a quelque chose dans cette ville qui me détend énormément. Je ne connais même pas mes voisins à Kingsport.

— Ou peut-être que c'est parce qu'un parfait inconnu – un homme beau et bon – t'a proposé de reprendre tes forces chez lui, plaisanta Lilly en rigolant.

— OK, probablement, reconnut Bristol.

En repensant à Rocky, elle se mordit les lèvres et s'inquiéta à nouveau.

— Tu penses qu'ils seront de retour cette nuit ?

— Je ne sais pas. Parfois, ils ne partent que quelques heures et d'autres fois ils cherchent pendant des jours.

Bristol inspira brusquement. Des jours ? Bizarrement, elle n'avait pas réalisé qu'ils pourraient partir aussi longtemps.

— Ils resteront le temps qu'il faudra. Si les recherchent traînent trop, ils rentreront à tour de rôle pour dormir et faire une pause. Quand ils cherchaient mon collègue disparu – tu sais, de l'émission de télévision ? – ils l'ont cherché pendant des semaines. Pas tous en même temps, mais ils ont refusé de s'arrêter jusqu'à ce qu'ils le trouvent.

— Je suis désolée pour ton ami, dit Bristol.

Elle avait entendu parler de la disparition de cet acteur de télévision, et comment l'un de ses collègues l'avait tué avant de jeter son corps dans les bois, puis avait essayé de faire accuser Lilly du meurtre et de faire croire qu'elle s'était suicidée.

— Merci. De toute façon, on ne peut pas savoir comment va se passer cette fouille dans les bois. Mais je n'ai jamais accompagné Ethan pour une recherche de ce genre où ils doivent retrouver quelqu'un qui essaie activement de ne *pas* être retrouvé.

Bristol frissonna.

— Mais je suis sûre que tout ira bien pour eux, ajouta Lilly d'un ton ferme.

— Oui.

— Qu'est-ce que tu as prévu pour demain ?

Bristol n'en avait aucune idée. Elle avait plus ou moins laissé l'emploi du temps de Rocky dicter le sien.

— Je ne sais pas trop.

— Tu veux qu'on se retrouve pour le petit déjeuner ? Je peux venir passer te prendre.

— J'aimerais beaucoup.

— Au Sunny Side Up ?

— Est-ce qu'il existe un autre endroit pour manger un petit déjeuner à Fallport ? demanda Bristol.

Lilly rit.

— Oui, mais pas aussi bon. On peut s'arrêter au Bec Sucré et voir Finley après si tu veux.

— Ça me paraît bien.

— Eh, Bristol ?

— Oui ?

— Je suis contente que tu aies appelé. J'étais allongée, en train de m'inquiéter, mais en te parlant j'ai réalisé que je suis *convaincue* que tout ira bien pour eux. Simon ne les mettra pas en danger et ils savent très bien ce qu'ils font. Ils étaient les meilleurs dans leur domaine à l'armée. Donc aucun pédophile lâche n'aura raison *d'eux*.

Son assurance aida Bristol à se sentir beaucoup mieux.

— Tu as raison.

— Je sais.

Les deux femmes rigolèrent.

— On se voit demain matin. Est-ce que 9 heures c'est trop tôt ?

— Non, c'est parfait.

— Très bien, à demain alors.

— Salut.

— Salut.

Bristol raccrocha et reposa le téléphone sur la table basse à côté d'elle. Elle s'allongea puis se tourna sur le côté, enfouissant son nez dans le coussin sous elle. L'odeur de Rocky lui remplit les narines. Elle adorait être dans son lit immense. Elle se sentait minuscule, roulée en boule au milieu de ce matelas king-size, mais elle savait que Rocky était assez grand pour avoir besoin de tout cet espace.

Elle l'imagina se glisser derrière elle, passer son gros bras autour de sa taille et l'attirer contre lui. Il l'entourerait totalement, comme d'habitude, et cette idée même la fit soupirer. Elle n'avait jamais vraiment aimé sa petite taille, mais en s'imaginant dans les bras de Rocky, elle s'aimait exactement comme elle était. Elle s'imbriquait parfaitement contre lui.

Inhalant une fois de plus, elle ferma les yeux. Même sans qu'il soit là, elle sentait quand même sa présence. C'était réconfortant. Le bourdonnement de désir coulait toujours dans ses veines, mais pour le moment il était atténué, prêt à être ravivé par ses mains et ses lèvres lorsqu'elle serait de nouveau avec lui.

La vie avait ses hauts et ses bas c'était certain. Les bas étaient vraiment nuls. En repensant à quand elle s'était retrouvée seule dans les bois, morte de peur à l'idée de mourir sans que personne ne retrouve son corps avant des mois, Bristol frissonna. Mais finalement, l'un des moments les plus bas de sa vie était passé du tout au tout en un clin d'œil, et maintenant elle était là. Heureuse et excitée par ce que l'avenir lui réservait.

Plus elle restait à Fallport, plus elle avait *envie* de rester. Il lui avait fallu trente-sept ans pour trouver cette petite ville et Rocky, mais désormais, elle ne voulait plus jamais partir.

Son expérience était là pour lui rappeler que lorsque la vie est au plus bas, c'est là que l'on doit s'accrocher le plus. Le temps continue d'avancer et finalement le mal redevient le bien. Elle en était la preuve vivante.

Elle s'endormit avec un sourire sur le visage, le parfum de Rocky dans ses narines et sous sa peau et plus comblée qu'elle ne l'avait été depuis longtemps. Même perdue dans la création de son art, elle n'avait jamais été aussi épanouie.

# CHAPITRE DOUZE

Le lendemain matin, Bristol se réveilla déçue que Rocky ne soit toujours pas rentré, même si, après sa conversation avec Lilly, elle ne s'y attendait pas vraiment. Mais elle avait hâte de prendre le petit déjeuner avec sa nouvelle amie.

C'était étrange d'être dans son appartement sans lui. Elle n'avait plus besoin de lui pour se débrouiller, mais la façon dont il venait toujours la voir, après qu'elle prenait sa douche et déambulait dans le salon, lui manquait. Il posait la main sur son bras ou autour de sa taille, s'assurant qu'elle était stable alors qu'il la guidait jusqu'à la table ou le canapé, et lui tendait un café pour démarrer sa journée.

C'était trop calme désormais. Trop vide dans l'appartement sans lui. C'était fou la rapidité avec laquelle elle s'était rapidement habituée à être avec quelqu'un, au point d'en avoir désormais terriblement besoin. Surtout quand elle avait été très heureuse dans sa maison à Kingsport. Elle venait de terminer sa deuxième tasse de café quand son téléphone vibra en recevant un message. Baissant les yeux, Bristol vit qu'il s'agissait de Lilly qui lui disait qu'elle était en bas. Elle lui demandait si elle avait besoin d'aide pour descendre les escaliers et Bristol lui assura que ce n'était pas le cas. Aujourd'hui, elle allait se servir de ses béquilles au lieu du

SUSAN STOKER

déambulateur, et même si cela lui prenait plus de temps pour descendre les escaliers et était moins confortable, elle était déterminée à remarcher normalement le plus tôt possible.

Elle sortit de l'appartement, son sac à main en bandoulière sur sa poitrine, se cognant contre elle à chaque pas qu'elle faisait. Elle avait presque atteint les escaliers quand la porte de l'appartement, juste à gauche de la cage d'escalier, s'ouvrit. C'était le même appartement que celui dans lequel Ethan avait vécu et où il avait généreusement laissé rester Elsie et son fils après qu'il eut déménagé. Évidemment, ils n'y étaient pas restés très longtemps puisqu'Elsie s'était mariée avec Zeke et avait ensuite emménagé avec lui.

Visiblement, l'appartement avait été à nouveau loué et c'était la première fois que Bristol rencontrait le locataire. À sa grande surprise, c'était Lance. Le type sympa qui l'avait empêchée de tomber au milieu de la rue durant le festival une semaine plus tôt.

— Bonjour, dit-il d'un ton amical.

— Bonjour, répondit-elle en essayant de se tenir à la rampe et aux béquilles en même temps.

— Laisse-moi t'aider, dit-il rapidement en venant à ses côtés.

Il resta à côté d'elle un moment, comme s'il ne savait pas exactement comment l'aider et ne voulait pas la toucher sans sa permission. Chose que Bristol appréciait.

— Si tu peux tenir cette béquille, comme ça je peux me servir de l'autre pour me stabiliser, ainsi que la rampe, pendant que je descends.

— Bien sûr, dit Lance.

Bristol lui tendit la béquille avec reconnaissance et trouva cela bien plus facile que ce qu'elle croyait de descendre les escaliers en sautillant.

— Ça fait plaisir de voir un visage familier, dit Lance en faisant la conversation alors qu'ils descendaient doucement.

— Je ne savais pas que tu avais emménagé ici, dit Bristol. Mon copain et moi on t'aurait aidé avec les cartons et tout si on avait su.

Lance haussa les épaules.

— Ce n'est pas grave. L'appartement était partiellement meublé, alors je n'avais pas beaucoup d'affaires à déménager.

Bristol hocha la tête, supposant que le gérant de la résidence avait dû laisser les meubles et affaires que les habitants avaient donnés à Elsie quand elle avait emménagé.

— Qu'est-ce que tu fais à Fallport ? demanda-t-elle.

— Je ne suis là que pour quelque temps, c'est aussi pour ça que j'étais content d'avoir trouvé un appartement meublé. Je suis écrivain et j'ai un délai à respecter. J'aurais pu aller dans un hôtel ou quoi, mais ça ne me faisait pas envie. J'ai lu un magazine qui parlait de Fallport dans un article qui recensait les meilleures petites villes des États-Unis, et comme ce n'était pas très loin, je me suis dit que j'allais essayer de changer de lieu pour stimuler mon inspiration.

— Tu viens d'où ? demanda-t-elle, franchissant le dernier pas jusqu'au parking.

— Je ne sais pas si tu en as entendu parler, c'est une petite ville dans le Tennessee, juste après la frontière, qui s'appelle Bluff City.

— Ah, mais si, je sais exactement où c'est, lui dit Bristol en lui faisant un grand sourire. Je viens de Kingsport. Il n'y a pas un parc à dinosaures près de Bluff City ?

Lance eut un grand sourire.

— Oui ! Ça s'appelle Backyard Terrors and Dinosaur Park[1]. C'est un peu ringard, mais sympa.

— Cool. Eh bien merci pour ton aide. Mon chauffeur est là. Bonne chance pour l'écriture.

— Merci. À bientôt.

— J'ai hâte d'y être.

Bristol prit les béquilles sous elle et s'avança jusqu'à l'Outback de Lilly. Son amie était sortie de la voiture et lui tenait la porte côté passager ouverte.

— C'est un nouvel ami à toi ? demanda-t-elle en mettant les béquilles de Bristol à l'arrière.

Bristol haussa les épaules.

— Il s'appelle Lance. Apparemment, il est auteur et loue l'ancien appartement d'Ethan pendant qu'il termine d'écrire son livre.

Lilly fronça les sourcils.

— Quoi ? demanda Bristol une fois que Lilly ait contourné la voiture et se soit mise derrière le volant.

— J'espérais juste qu'il resterait vacant et que tu pourrais y emménager. C'est une sorte de porte-bonheur pour les filles de l'équipe de recherche et de sauvetage d'Eagle Point.

Bristol rit.

— Je suis sérieuse, insista Lilly. Je veux dire, moi je n'y ai pas vécu, mais Ethan si. Et bien sûr, Elsie y a emménagé et ensuite, *boum* ! Sa relation avec Zeke est devenue plus que sérieuse. Je me disais qu'une fois que tu serais sur pied sans tes béquilles, tu pourrais y emménager et... tu sais... comme tu ne serais qu'à trois portes de chez Rocky, vous pourriez faire avancer votre relation.

— Je ne pense pas avoir besoin d'emménager dans cet appart pour ça, dit Bristol un peu timidement.

Lilly tourna la tête vers elle.

— Quoi ? Oh, pitié, pitié, *pitié*, dis-moi que toi et Rocky faites des cochonneries !

Bristol éclata de rire.

— Eh bien, non... mais on aurait *pu* si Ethan ne nous avait pas appelés pour nous interrompre.

Lilly gémit.

— Merde !

Bristol adorait tout ça. Elle n'avait jamais vraiment eu d'amie proche à qui parler.

— Et..., dit-elle de manière suggestive, je ne suis pas sûre qu'un appartement fonctionnerait pour moi. Je pensais plus à une maison avec une petite grange ou un bâtiment annexe que je pourrais transformer en atelier.

Les yeux de Lilly faillirent sortir de leurs orbites.

— Sérieux ? demanda-t-elle.

Bristol acquiesça.

— Oui. Ça me plaît vraiment ici. Mais la dernière chose dont j'ai envie, c'est de faire flipper Rocky en lui annonçant que je veux déjà emménager ici. Tout est si nouveau entre nous, je ne voudrais pas lui mettre la pression, ni à moi d'ailleurs.

— Tu sais qu'Ethan et Rocky sont jumeaux, n'est-ce pas ? demanda Lilly en se garant sur une place derrière les bâtiments de la place principale.

— Oui. Fraternels, pas identiques.

— Oui, mais ils se ressemblent beaucoup plus qu'on ne le pense. Et vu comment les choses sont allées vite entre moi et Ethan, j'imagine qu'en disant à Rocky que tu veux emménager ici, ça ne lui posera *aucun* problème. Il va être très excité. Et soulagé.

— Est-ce que ce sera bizarre si je *lui* demande d'emménager avec *moi* ? demanda Bristol.

Lilly bougea dans son siège avant d'éteindre le moteur et secoua la tête.

— Non.

— Tu parais si sûre, dit Bristol en fronçant légèrement le nez.

— Écoute, les frères Watson savent ce qu'ils veulent et quand il s'agit de l'obtenir, ils ne plaisantent pas. Rocky déteste cet appartement, mais c'est facile. Il sautera sur l'occasion de pouvoir emménager avec toi. Pas dans le sens où il voudra profiter de toi et vivre sur ton dos. Mais plutôt dans le sens où il sera soulagé que tu ne vives plus dans un taudis.

— Son appartement n'est pas un taudis, dit Bristol, défendant la maison de Rocky.

Lilly haussa simplement les sourcils.

— OK, ce n'est peut-être pas le Taj Mahal, mais ce n'est pas horrible. Le chauffe-eau déchire, ajouta Bristol.

Lilly rit.

— Je n'ai pas envie de mettre en avant le fait que j'ai beaucoup d'argent. Je ne veux pas qu'il se sente mal par rapport à ça.

— Alors, trouve une maison qui a besoin d'être retapée, dit Lilly en haussant les épaules. Quelque chose qu'il peut réparer. Il aura l'impression de pouvoir y contribuer, contrairement à d'autres hommes, et il est très doué dans ce qu'il fait. Et puis, il n'y a pas que l'argent dans la vie.

À vrai dire, c'était une très bonne idée. Bristol avait toujours trouvé que les vieilles maisons avaient plus de charme que les maisons récentes à l'emporte-pièce. Elle fit un grand sourire à son amie.

— Bon. Après avoir pris notre petit déjeuner et vu Finley..., ça te dit de faire un tour en voiture pour voir ce que Fallport a à offrir en termes de maisons et de futurs ateliers de vitraux originaux de Bristol Wingham ? demanda Lilly.

Bristol ne put s'empêcher de sourire.

— Oui !

— Cool.

Effectivement, ça *l'était*.

\* \* \*

Plus tard ce soir-là, la bonne humeur de Bristol de ce matin s'était envolée. Elle avait été tellement excitée à l'idée d'emménager à Fallport et tellement ravie du soutien de Lilly. À vrai dire, c'était même Lilly qui avait insisté pour appeler Elsie et lui expliquer que Bristol envisageait d'emménager dans leur ville de façon permanente. Bristol avait entendu le hurlement d'excitation d'Elsie à travers le téléphone.

Lilly et elle avaient passé un bon moment en roulant dans

la ville, cherchant des maisons et prenant des notes sur ce qui était le plus important pour elle concernant toute maison qu'elle souhaiterait acheter. Elles s'étaient arrêtées au On the Rocks pour un déjeuner tardif et Elsie s'était assise avec elles et avait elle aussi encouragé le déménagement potentiel de Bristol.

Mais elle était désormais de retour dans l'appartement de Rocky et il n'était toujours pas rentré. Et elle n'avait pas non plus eu de ses nouvelles. L'inquiétude qu'elle avait pu repousser tout au long de la journée revenait en force. Il était parti depuis presque vingt-quatre heures désormais et elle se demandait s'il avait pu manger correctement. S'il avait pu dormir un peu. Et, bien sûr, si lui et son équipe avaient pu traquer le sale type.

Elle avait envie de faire les cent pas, mais ne pouvait pas les faire avec ses béquilles. Et comme ce n'était pas une option, elle avait envie de s'abandonner à la réalisation de vitraux. Mais elle ne pouvait pas le faire non plus. Elle avait essayé de travailler avec ses petites perles, mais cela n'avait pas apaisé son anxiété. Alors tout ce qu'elle pouvait faire, c'était de s'asseoir sur le canapé et stresser.

Lorsqu'elle fut sur le point de perdre la tête, son télé-phone vibra. En le récupérant, le cœur de Bristol rata un battement quand elle vit un message de Rocky apparaître sur l'écran.

*Rocky : Le réseau est naze, alors j'espère que tu recevras ce message. On est en train de tout boucler. Je devrais être de retour d'ici une heure ou plus. Tout va bien ?*

Le sourire sur son visage était probablement très cucu et niais, mais Bristol s'en fichait. Elle était tellement soulagée d'avoir des nouvelles de Rocky que ses mains tremblaient. Elle prit une grande inspiration pour essayer de se calmer avant de lui répondre.

*Bristol : Tout va très bien maintenant que je sais que tu vas bien. Parce que tu vas bien n'est-ce pas ? Tu as faim ? Je pourrais préparer quelque chose pour le dîner.*

*Rocky : Je vais bien. J'ai un peu faim, oui. Mais ne te casse pas la tête. Tout me semblera très bien.*

Son message la rendit encore plus déterminée à lui cuisiner quelque chose de consistant et de sain.

*Bristol : J'ai trop hâte de te voir. Sois prudent sur la route. On se voit à la maison.*

*Rocky : À la maison. C'est marrant, je n'ai jamais considéré cet appartement comme une maison avant que tu n'emménages. À tout à l'heure.*

Elle fixa les mots du regard pendant un long moment, une vague de bonheur la traversant. Puis, elle se força à se lever. Si elle voulait que le dîner soit prêt à son retour, elle avait intérêt à se bouger les fesses.

\* \* \*

Rocky gara son Tahoe sur le parking de sa résidence et se frotta le visage. Il était épuisé. Plus que d'habitude après une fouille dans les bois. Lui et son équipe avaient été en alerte tout le long. Ils n'avaient eu aucune idée de là où se trouvait leur cible ou de ce qu'elle pourrait faire pour éviter de se faire capturer. Les tensions avaient été très palpables pendant qu'ils surveillaient constamment derrière eux tout en marchant à travers les broussailles épaisses de la forêt.

C'était encore l'été. Les journées étaient chaudes et humides. La végétation était épaisse à cette période de l'année et il était parfois impossible de voir à plus de quelques mètres devant soi. L'homme qu'ils pourchassaient pouvait se cacher sous un buisson ou même dans les arbres au-dessus d'eux. Le fait que personne ne sache s'il était armé ou non n'apaisait pas leur anxiété.

Ces vingt-quatre heures avaient été très longues.

Finalement, ils avaient eu de la chance. Leur cible avait paniqué quand ils s'étaient approchés trop près et avait essayé de fuir. Ce qui n'était pas vraiment possible dans la forêt. S'il était resté immobile, il y aurait eu une chance – très mince, puisqu'ils avaient Duke – qu'il passe inaperçu.

Lorsqu'ils avaient maîtrisé le fugitif, le type avait perdu la tête. Hurlant des obscénités et des menaces. Il avait prétendu avoir des amis très effrayants qu'il allait envoyer dans cette « ville paumée pour tuer chacun d'entre vous et tous ceux que vous aimez ».

Rocky ne s'inquiétait pas trop de cette menace. Il avait entendu bien pire de la part des terroristes qu'il avait arrêtés. Les menaces d'un pédophile n'avaient rien à voir.

Il avait été trop occupé pour penser à Bristol ou au fait de manger un peu plus que les barres protéinées qu'il avait englouties sur le sentier. Mais dès que l'équipe était retournée au départ du sentier, lui, Ethan et Zeke avaient sorti leurs téléphones pour envoyer un message à leurs femmes.

Rocky s'était demandé comment Bristol s'était débrouillée sans lui. Si sa jambe lui faisait mal. Ce qu'elle avait fait pour passer le temps. S'il lui manquait. Il se moqua de lui d'un air penaud pour avoir eu cette pensée.

En vérité, maintenant qu'il avait enfin le temps de penser à autre chose qu'à une embuscade dans la forêt, il avait terriblement hâte de la voir. Et d'entendre tout ce qu'elle avait fait aujourd'hui.

*Elle* lui avait clairement manqué. Si ça, ça ne prouvait pas à quel point elle était différente de toutes les filles avec lesquelles il était sorti, rien ne le ferait.

Prenant une grande inspiration, Rocky sortit de sa voiture. Il attrapa son sac à dos depuis la banquette arrière et claqua la portière, puis monta les escaliers jusqu'au deuxième étage, grimpant les marches deux par deux. Il avait été épuisé un peu plus tôt, mais désormais, l'excitation vibrait en lui à l'idée de voir Bristol.

Dès la seconde où il ouvrit la porte, l'odeur d'ail l'accueillit et son estomac gronda immédiatement avec impatience. Souriant, il ferma et verrouilla la porte derrière lui, laissa tomber son sac – notant mentalement de le réapprovisionner demain matin – puis se dirigea vers la petite cuisine.

Bristol ne l'avait pas entendu entrer, ce qui était un peu inquiétant étant donné que l'appartement n'était pas immense. Mais il ne pouvait pas être contrarié à ce sujet. Pas quand il la vit se trémousser et gigoter dans la cuisine. Elle avait mis de la musique sur son téléphone. Pas trop fort, mais assez pour qu'elle ne l'entende pas arriver.

Elle se tenait devant le comptoir, coupant des légumes, probablement pour la grosse salade dans un bol à côté d'elle. Elle dansait sans bouger ses pieds, hochant la tête, balançant ses hanches voluptueuses en étant visiblement perdue dans sa musique.

Ne voulant pas la faire sursauter et se couper un doigt au lieu du poivron qu'elle hachait, Rocky se racla la gorge.

Elle leva immédiatement les yeux. Dès la seconde où elle le

vit, un immense sourire éclaira son visage et elle reposa le couteau.

— Rocky ! Tu es de retour !

— Je suis de retour, acquiesça-t-il ne pouvant s'empêcher de lui retourner son sourire.

Il marcha vers elle alors qu'elle se servait du comptoir comme béquille pour s'approcher. Se souvenant qu'il devait l'emmener voir le docteur Snow – étant donné qu'elle semblait guérir assez vite pour pouvoir passer à l'étape supérieure – Rocky l'attira dans ses bras dès qu'il fut assez proche.

Elle ne se plaignit pas qu'il soit sale ou sente mauvais. Elle l'attrapa comme s'il était parti depuis des semaines au lieu d'une journée.

Ils restèrent là un moment, sans dire un mot, savourant juste cette joie d'être à nouveau ensemble. Finalement, Rocky s'écarta, suffisamment pour la regarder de haut en bas, voulant s'assurer qu'elle allait vraiment bien.

Elle fit la même chose, frottant les mains de haut en bas sur ses biceps en le regardant attentivement. Elle finit par croiser son regard et son grand sourire s'effaça un peu.

— Tu as l'air épuisé, lâcha-t-elle.

Rocky ne put s'empêcher de rire.

— Parce que je le suis.

— Tu as pu dormir un peu ? demanda-t-elle.

Son sourire ne faiblit pas.

— On ne peut pas vraiment dire qu'un temps mort soit l'équivalent d'une sieste, Punky, dit-il d'un ton sarcastique.

Elle fronça le nez.

— C'est vrai. Bon. Va te doucher. Le temps que tu sortes, le dîner sera prêt. Tu pourras manger et aller te coucher.

Rocky n'avait jamais été le genre d'homme qui avait besoin d'être dorloté. Il avait déjà connu des missions de son temps dans la Marine, qui étaient bien pires que cette chasse à l'homme dans les bois. Mais il ne pouvait pas nier que c'était agréable – très agréable – que Bristol s'inquiète pour lui.

— Comment s'est passée ta journée ? demanda-t-il.

— Non, dit-elle sévèrement en secouant la tête.

— Non ? demanda-t-il, perplexe.

— On ne va pas parler de moi tant que tu ne t'es pas douché et que tu n'as pas quelque chose dans le ventre.

Rocky gloussa.

— Je ne savais pas que tu étais si autoritaire.

— D'habitude, je ne le suis pas. Mais je m'inquiétais pour toi. Je m'inquiète toujours d'ailleurs. Et le fait que tu prennes une douche, que tu manges et dormes est plus important que tout le reste.

Rocky mit un moment à répondre, parce que sa gorge se serra soudain sous le coup de l'émotion.

Comme si elle réalisait qu'il était en difficulté, Bristol baissa la tête et posa une nouvelle fois sa joue contre son torse, lui laissant le temps de se calmer.

— Merci, chérie. De t'en soucier.

Elle releva la tête et acquiesça.

— Oui je m'en soucie, dit-elle d'un air solennel. Beaucoup. Maintenant... embrasse-moi, puis va te laver pour que tu puisses *vraiment* m'embrasser. Ensuite, tu mangeras. Et tu iras dormir.

Il sourit et elle lui effleura la barbe.

— Je *pue* un peu.

Elle sourit.

— Ouaip. Mais c'est pour la bonne cause. Vous l'avez attrapé ?

— On l'a attrapé, lui confirma Rocky.

— Tant mieux.

Décidant qu'il s'était assez retenu de l'embrasser comme si sa vie en dépendait, et se rappelant l'ordre qu'elle lui avait donné il y a quelques secondes, Rocky baissa la tête. La dernière chose qu'il vit avant qu'elle ferme les yeux fut la satisfaction et le soulagement dans le regard de Bristol.

Il l'embrassa doucement, voulant approfondir le baiser plus

que tout. Mais elle avait raison, il était dans un sale état. Et il pouvait sentir son odeur corporelle. La dernière chose dont il avait envie, c'était de dégoûter cette femme dans ses bras, même si la façon dont elle s'agrippait à lui lui fit réaliser que son apparence, ou son odeur quand il rentrait à la maison après une fouille, n'avait pas trop *d'importance*. Bristol l'accueillerait quand même.

Elle laissa échapper un petit cri de protestation lorsqu'il s'écarta et Rocky sourit.

— Tu m'as ordonné d'aller me doucher, lui rappela-t-il.

— Je sais, dit-elle en faisant la moue. Mais tu m'as manqué.

— Toi aussi tu m'as manqué, lui dit Rocky d'un air sérieux. Plus que tu ne l'imagines.

Ils se regardèrent un long moment, leur connexion grésillant entre eux avant qu'elle ne le pousse doucement.

— Vas-y, ordonna-t-elle.

Rocky acquiesça et après s'être assuré qu'elle soit stable et ait la main sur le comptoir, il s'écarta.

— Le poulet à l'ail et au basilic avec des asperges et linguine sera prêt quand tu auras terminé, lui dit-elle.

Rocky ne put que secouer la tête.

— Sérieux ?

— Oui. À moins que tu ne te douches et ne t'habilles en trois minutes. Là, il me faudra un peu plus de temps pour tout terminer.

Ne souhaitant pas la corriger en lui expliquant qu'il réagissait surtout au repas délicieux qu'elle avait préparé, Rocky acquiesça et s'éloigna. Il ne la quitta pas des yeux jusqu'à ce qu'il atteigne le couloir. Puis, il tourna les talons et se dirigea vers sa chambre pour prendre des vêtements de rechange.

Quinze minutes plus tard – il avait pris une douche très longue car il se sentait particulièrement sale et voulait laisser le temps à Bristol de préparer le dîner – il revint dans la pièce de vie. L'odeur était encore plus délicieuse que lorsqu'il était entré la première fois. Il ne savait pas vraiment comment elle avait fait, mais deux assiettes fumantes et remplies de nourriture avaient été posées sur la table avec une bouteille de bière pour lui, et Bristol attendait patiemment qu'il s'assoie avec elle.

Avant de se poser sur sa chaise, Rocky se pencha et l'embrassa une fois de plus. Cette fois-ci, il la goûta profondément, voulant absorber son essence à travers ses lèvres et sa peau.

Elle avait le visage tout rouge lorsqu'il se força enfin à s'écarter.

— Que me vaut ce baiser ? demanda-t-elle à bout de souffle lorsqu'il s'assit.

— C'est parce que tu es incroyable. Et géniale. Et tu sens bon. Et j'ai tellement faim que je pourrais littéralement me manger les mains et toi tu as préparé ce délicieux repas pour moi. Et parce que le fait de t'avoir ici à la maison me rend heureux.

— Oh, dit-elle en rougissant de façon adorable.

Rocky sourit et prit sa fourchette.

— Est-ce que je peux te demander comment s'est passée ta journée, maintenant ? dit-il en enroulant quelques pâtes autour de sa fourchette.

Bristol acquiesça.

— Tant que tu manges pendant que je parle, le taquina-t-elle.

Obéissant, Rocky prit une grande bouchée et gémit lorsque les épices et saveurs explosèrent sur sa langue. Il mâcha, avala, puis dit :

— Mon Dieu, femme. Tu es chef cuisinier en secret ou quoi ?

Bristol leva les yeux au ciel en prenant une plus petite bouchée.

— Même pas. Mais je me suis dit que tu aurais envie de manger quelque chose de consistant, et une sauce crémeuse fait toujours l'affaire. J'ai toujours trouvé que l'ail donnait un meilleur goût à tous les plats. Je suis heureuse de voir que tu partages cet avis.

— Complètement, lui dit Rocky, coupant avidement un morceau de poulet tendre. Les barres protéinées n'ont rien à voir avec ça. Bon... comment s'est passée ta journée ? demanda-t-il.

Il adorait à quel point cela paraissait normal d'écouter Bristol lui raconter comment elle avait passé du temps avec Lilly et tout ce qu'elle avait fait durant son absence. Il était heureux de voir qu'elle avait pu sortir et se rappela de remercier Lilly qui avait réalisé que Bristol devait être nerveuse, étant donné que c'était la première fois qu'il avait partir pour une recherche depuis qu'elle était ici.

— Et... je ferais probablement mieux de te le dire, parce que j'imagine que rien ne reste jamais secret longtemps à Fallport. J'ai demandé à Lilly de me faire faire un tour en voiture aujourd'hui pour que je puisse mieux situer les choses... et pour voir quel genre de maisons sont en vente ici.

Rocky se figea avec sa fourchette à quelques centimètres de sa bouche en regardant Bristol.

— Quoi ? Mais pourquoi ?

Bristol haussa les épaules et rougit.

— J'aime bien Fallport. Beaucoup même. Tout le monde a été si gentil et accueillant. Je sais que ce n'est pas toujours comme ça, et que certaines personnes finiront par montrer leur vrai visage. Mais en passant du temps au festival et avec Lilly et Elsie, en apprenant à connaître Finley, Khloe, Sandra... et tous les autres... je me plais bien ici. Ça ne fait pas longtemps que je suis là, mais je me sens plus chez moi à Fallport que je ne l'ai jamais été à Kingsport.

Le cœur de Rocky battait fort dans sa poitrine.

— Tu veux emménager ici ? demanda-t-il, voulant s'assurer qu'il avait bien entendu.

— Eh bien... oui. Si ça ne te dérange pas ? dit-elle, un peu incertaine.

C'était une bonne chose qu'il ait fini de manger avant

qu'elle ne lui annonce la nouvelle. Rocky repoussa sa chaise et fit un pas vers elle pour être à ses côtés.

— Rocky ? demanda-t-elle – avant qu'il ne se penche et ne la soulève.

Elle laissa échapper un petit cri, mais passa un bras autour de son épaule et ne protesta pas quand il la porta jusqu'au canapé. Il s'assit, la tenant sur ses genoux alors qu'il enfonçait son nez dans son cou.

Il lui fallut un moment pour retrouver son calme. Il respira son odeur, voulant l'imprimer dans son cerveau, puis leva la tête pour croiser son regard.

— Si ça ne me dérange pas ? dit-il. Bristol, il n'y a *rien* que je ne veuille plus que de te faire emménager à Fallport. Je ne voulais pas encore en parler parce que je ne voulais pas t'effrayer. Je comptais te laisser encore un peu de temps, et quand tu aurais envisagé de retourner à Kingsport, j'avais l'intention d'évoquer le fait que tu pourrais pratiquer ton art ici aussi facilement qu'au Tennessee. Et si ça n'avait pas marché, je comptais recruter Lilly et les autres pour m'aider à te convaincre.

Elle sourit timidement.

— Je ne t'ai pas fait *peur* ? demanda-t-elle.

— Pas du tout, Punky, dit-il fermement. On partage quelque chose de spécial. Je ne comprends toujours pas comment ça a pu arriver si vite, mais je ne suis pas contrarié que ce soit le cas.

— Moi non plus, dit-elle.

— Tu as trouvé quelque chose ? demanda Rocky.

— Pas encore. Mais j'imagine que si je parle à un agent immobilier, il connaîtra plus de maisons à la vente que le peu qu'on a trouvées en conduisant.

— C'est vrai. Et il te faudra un grand atelier. Donc il faudrait que ce soit une grange ou quoi. Il ne faut pas qu'il y ait trop de terrain, parce que ça nécessite de l'entretien, mais quelques hectares ce serait pas mal. Et il te faut un garage attenant. C'est plus sûr surtout si tu vis sur un terrain, dit Rocky qui avait plein d'idées.

Bristol posa la main sur la sienne qui était posée sur sa cuisse.

— Respire Rocky. Je ne suis pas obligée de tout acheter tout de suite… à moins que tu n'aies hâte de te débarrasser de moi.

— Non ! lâcha-t-il. Pas du tout.

— Honnêtement, je comprendrais. Je sais que je suis restée ici plus longtemps que tu ne le pensais quand tu m'as proposé de m'héberger.

— J'adore t'avoir ici. C'est merveilleux de rentrer chez moi et de te retrouver toi, plutôt qu'un appartement vide.

Ils se sourirent tous les deux un moment.

— Tu comptes vraiment emménager à Fallport ? demanda-t-il doucement.

Bristol acquiesça.

— Je ne sais pas quand, je ne voudrais pas me précipiter et je voudrais trouver l'endroit parfait. Mais oui… je crois que oui.

— C'est le meilleur des retours à la maison, soupira Rocky. Je ne vais pas te mentir. Hier soir et aujourd'hui, c'était naze. Ça fait longtemps qu'on n'a pas traqué quelqu'un comme ça. Le type que l'on pourchassait était une ordure, mais ce n'était pas un novice, il avait l'habitude d'être dans les bois.

— Mais vous l'avez attrapé.

— Oui. Il n'était pas très content non plus, avoua Rocky. Il a même essayé de nous effrayer en proférant toutes sortes de menaces.

Bristol fronça les sourcils.

— Des menaces ?

Il acquiesça.

— Mais c'était évident qu'il ne faisait que déblatérer. Il est en chemin pour la prison de Roanoke, elle est plus sécurisée que la prison d'ici. Il va écoper de nombreuses condamnations après ce qu'il a fait à la fille de sa conjointe et avoir fui les flics.

— Tant mieux.

— Ouaip.

Rocky fut soudain pris d'un bâillement avant même de pouvoir le stopper.

Bristol posa une main sur sa joue.

— Tu ferais mieux d'aller dormir.

— Tu as dormi dans mon lit la nuit dernière ? ne put-il s'empêcher de demander.

Elle rougit à nouveau.

— Oui.

— J'ai hâte de sentir ton parfum citronné sur mes draps, lui dit-il.

Elle sourit et se lécha les lèvres.

— Je dois reconnaître qu'être entourée de *ton* parfum la nuit dernière était à la fois relaxant et *non*.

Il gloussa.

— Oui. Ce soir, ce n'est pas le bon soir... mais j'aimerais finir ce qu'on a commencé hier soir avant d'être interrompus.

— Moi aussi, acquiesça-t-elle sans hésitation.

Rocky avait désespérément envie de faire l'amour à Bristol, mais il pouvait attendre.

— Je suis probablement présomptueux, mais... y a-t-il une chance que je puisse te convaincre de dormir avec moi ce soir ? demanda-t-il. Juste pour dormir, ajouta-t-il rapidement.

Bristol le regarda fixement pendant un moment, avant de hocher la tête.

— Je vais aller dormir, mais c'est probablement trop tôt pour toi. Rejoins-moi quand tu seras prête, lui dit-il.

— OK.

— Je suis plus qu'heureux en ce moment, Punky. On a attrapé ce sale type, je suis rentré à la maison avec un délicieux repas qui m'attendait et je vais pouvoir te tenir dans mes bras toute la nuit. La journée se termine mieux qu'elle a commencé, ça, c'est sûr.

Elle lui sourit.

Rocky baissa la tête et l'embrassa avec force. Il avait envisagé de partager ses émotions de façon courte et sincère, mais cela s'avéra être bien plus. Elle glissa la main sous sa chemise et il ne put s'empêcher de prendre l'un de ses seins, puis de palper ses fesses alors qu'elle s'asseyait sur ses genoux. Son sexe était dur et il espérait que ça ne la dérangeait pas. Il n'en avait pas l'impression à en juger par la façon dont elle se tortillait sur lui.

Même s'il adorait ce qu'ils faisaient, il sentait qu'il était fatigué. Pas même son désir pour Bristol ne pouvait le garder éveillé longtemps. La chute d'adrénaline, la douche chaude, la nourriture dans son ventre, la satisfaction de son âme... c'était la meilleure recette pour s'effondrer, et s'effondrer avec force.

Ce fut Bristol qui s'écarta en premier.

— Il faut que tu dormes.

Il acquiesça. Il éloigna les mains de ce territoire dangereux et elle fit de même. Il lui embrassa doucement le front.

— Je vais m'occuper de la vaisselle avant de partir, lui dit-il.

Bristol secoua la tête.

— Non, certainement pas. Je m'en occupe.

— Mais ta jambe..., commença-t-il avant qu'elle ne l'interrompe.

— Ma jambe va bien. Très bien même. Je me suis légèrement appuyée dessus – pas beaucoup, donc ne t'inquiète pas – et ça ne me fait pas mal. Ça fait du bien de pouvoir être sur pied et aider.

— D'accord, mais ne force pas trop.

— Non. Rocky ?

— Oui ?

— Tu es sûr que ça ne te dérange pas que j'emménage ici ? Je veux dire, ça pourrait ne pas marcher entre nous et je ne voudrais pas que ce soit gênant par la suite si jamais c'est le cas.

— J'aimerais pouvoir te dire que je suis certain que quelle que soit la relation que nous entretenons, elle sera forcément durable. Qu'on sera ensemble même quand on aura 80 ans et qu'on aura pris la place de Silas, Otto et Art devant la poste. Mais je ne peux pas. Cependant, je *peux* te promettre que quoi qu'il arrive entre nous, je ne t'en voudrai pas si tu fais de Fallport ta maison. Je ne t'imagine pas te transformer en garce enragée et me faire détester ta présence ici. Tout comme je ne vais pas tout d'un coup me transformer en un trou du cul abusif et te faire regretter d'avoir déraciné toute ta vie pour venir à Fallport. Avec ce que je ressens actuellement, je ne peux *pas* imaginer que tu ne fasses plus partie de ma vie, mais on va faire au jour le jour. Et je te jure, que quel que soit ce que nous réserve l'avenir, de respecter ton droit de faire de cet endroit ta maison.

Bristol soupira et acquiesça.

— Merci. Et je ne vais pas me transformer en garce enragée. Promis.

Rocky ne put résister à l'envie de l'embrasser à nouveau, mais il s'assura de garder ce baiser léger et simple. Puis il se leva en prenant Bristol dans ses bras, ignorant ses protestations alors qu'elle affirmait pouvoir marcher, et la ramena dans la cuisine. Ce fut plus dur que ce qu'il avait imaginé de la laisser debout à côté du comptoir avec ses béquilles non loin. Mais cela l'aida de savoir qu'elle dormirait bientôt à côté de lui.

Quatre heures plus tard, Rocky entendit Bristol entrer dans la chambre. Peu importe à quel point elle essayait d'être silencieuse, son entraînement en tant que SEAL l'empêchait de dormir trop profondément au point de ne pas entendre quand quelqu'un était non loin.

Elle souleva doucement les draps et la couverture et se glissa en dessous. Rocky l'attira immédiatement dans ses bras. Elle soupira et se blottit contre lui. Il avait gardé son tee-shirt et un caleçon et elle portait le tee-shirt qu'il lui avait donné et qu'elle adorait.

Elle posa une main sur son torse et la tête sur son épaule. Une fois de plus, Rocky s'émerveilla de voir qu'ils s'imbriquaient parfaitement.

— Ça va ? demanda-t-il doucement.

— Parfaitement, chuchota-t-elle en retour. Je ne voulais pas te réveiller.

Rocky ne lui répondit pas verbalement et l'embrassa seulement sur le haut de la tête.

Elle soupira une fois de plus et il sentit son souffle chaud, même à travers son tee-shirt. Il regretta qu'ils ne soient pas peau contre peau, mais ce temps-là viendrait. Pour le moment, il allait se délecter de cette sensation de l'avoir dans ses bras.

Il ferma les yeux et se laissa sombrer une fois de plus.

# CHAPITRE TREIZE

Une semaine plus tard, Bristol ne pouvait pas s'empêcher de rire en voyant que chaque personne qu'elle croisait à Fallport cherchait à lui conseiller une maison à acheter. L'annonce de son emménagement s'était vite répandue et désormais, tout le monde semblait se prendre pour un expert en immobilier.

Il lui était difficile d'être énervée contre tout le monde alors qu'elle était si heureuse. Rocky et elle n'avaient pas encore fait l'amour, mais ils avaient dormi dans les bras l'un de l'autre chaque nuit depuis qu'il était rentré de sa dernière expédition.

Ils étaient également allés de plus en plus loin chaque soir, s'explorant mutuellement physiquement.

La veille, elle avait seulement dormi avec ses sous-vêtements après que Rocky lui avait enlevé son tee-shirt et fait jouir avec ses doigts et sa bouche. Le sexe n'avait jamais été aussi bon auparavant et Bristol était plus que prête à passer à l'étape supérieure.

Ce soir, ce serait leur soir, peu importe à quel point Rocky essayait de freiner les choses. Elle savait qu'il agissait ainsi car il voulait qu'elle soit sûre de leur relation, de lui. Et c'était le cas. Merde, elle allait quand même emménager à Fallport, voilà à quel point elle était sûre.

Il était temps. *Plus* que temps. Et Bristol avait vraiment hâte.

Aujourd'hui, Rocky travaillait avec son frère sur une maison qui avait une fuite et la moisissure noire avait complètement envahi un mur de la maison. Il avait dû démolir le mur jusqu'aux montants pour enlever complètement la moisissure, et maintenant il le reconstruisait. Lorsqu'il l'avait démoli, il s'était rendu compte que ceux qui avaient construit la maison avaient pris tellement de raccourcis concernant le raccordement électrique que c'était un miracle qu'elle ait passé l'inspection. Ethan était donc là pour travailler sur cette partie-là des rénovations pendant que Rocky s'occupait des cloisons sèches et des autres travaux de reconstruction.

Bristol avait vu le docteur Snow il y a quelques jours, et les radios avaient montré que la fracture n'était pas tout à fait guérie et qu'elle aurait besoin de passer encore quelques semaines avec un plâtre, mais il avait gentiment découpé l'ancien et lui avait mis un plâtre tout neuf et rose vif pour le reste de sa convalescence. Il avait également accepté qu'elle n'ait plus besoin de son déambulateur ou de ses béquilles en permanence, et qu'elle puisse s'appuyer sur sa jambe tant qu'elle ne forçait pas trop.

Alors même si Bristol n'était pas ravie de devoir continuer à porter le plâtre – cela compliquait ses moments sous la couette avec Rocky – elle était heureuse des progrès qu'elle faisait et du fait qu'elle puisse se déplacer sans béquilles.

Aujourd'hui, elle avait des courses à faire, y compris passer à la poste passer récupérer un colis qui contenait du matériel pour ses bijoux, ainsi que du verre teinté qu'elle avait repéré en ligne et auquel elle n'avait pas pu résister. Le besoin de créer un vitrail la titillait fortement et Bristol avait hâte de se remettre à travailler dans un atelier.

Rocky avait demandé à Drew de venir la chercher et de l'emmener là où elle devait se rendre aujourd'hui. Elle était contente qu'on puisse la transporter, mais bientôt il faudrait qu'elle fasse venir son propre véhicule jusqu'à Fallport. Sa voiture était dans son garage à Kingsport et maintenant qu'elle pouvait marcher, elle ne voulait pas que quelqu'un d'autre soit obligé de l'amener partout.

Un coup frappé à la porte l'avertit de l'arrivée de Drew. Elle boita jusqu'à la porte et l'ouvrit.

— Salut ! Je suis quasiment prête, dit-elle à l'ami de Rocky. Elle n'avait pas passé beaucoup de temps avec l'ancien policier et avait hâte d'apprendre à le connaître.

Elle se tourna pour prendre son sac et s'assura que les lumières étaient bien éteintes dans l'appartement, et quand elle se dirigea à nouveau vers la porte, elle remarqua que Drew était toujours dehors en train de l'attendre.

— Pourquoi t'es pas entré ? demanda-t-elle alors qu'il reculait pour lui laisser de l'espace afin qu'elle verrouille et ferme la porte de l'appartement.

— Je n'étais pas invité à le faire, dit-il simplement.

Bristol fronça les sourcils.

— Bien sûr que si, dit-elle d'un air perplexe.

— Ce n'est pas parce que tu me salues et que tu ouvres la porte que ça veut dire que tu m'invites à entrer, dit-il calmement, sans une once d'irritation dans la voix.

— Eh bien pourtant c'était sous-entendu, insista-t-elle.

Drew haussa les épaules.

— Les sous-entendus ce n'est pas mon truc.

À ce moment-là, Bristol eut soudain un million de questions en tête. Ce n'était pas qu'elle n'appréciait pas son attitude respectueuse, mais elle se demandait ce qui l'avait rendu si... prudent.

Il ouvrit la porte côté passager de sa Jeep Wrangler et l'aida à s'installer, puis contourna le véhicule.

Après s'être assis, il lui jeta un coup d'œil et ses lèvres tressautèrent.

— Tu vas exploser si tu ne peux pas me poser toutes les questions que tu as en tête, n'est-ce pas ? demanda-t-il.

— Peut-être, avoua Bristol avec un sourire. Mais j'ai envie

que tu m'apprécies et pas que tu me voies comme une fouineuse.

Drew rit.

— Je crois que Art et ses amis ont déjà le monopole là-dessus. Et si ce n'est pas le cas, Dorothea et sa bande arrivent juste après. Vas-y, pose-moi tes questions.

— Tu es différent de tes amis.

Il pencha la tête sur le côté.

— Dans quel sens ?

Bristol réfléchit à ce qu'elle voulait dire pendant un moment avant de prendre la parole.

— Tu es plus vigilant. Tu fais plus attention à ce que tu dis aux autres. Tu juges plus que les autres – et je ne dis pas ça méchamment.

— Je sais ce que tu veux dire et tu as raison. Mon travail en tant que flic m'a appris que les gens peuvent et vont souvent déformer tout ce que tu dis. Ils saisiront toutes les occasions de te le renvoyer à la figure si ça va dans leur sens.

— Ça doit être épuisant, dit Bristol.

— Ça l'est.

— En tout cas... merci pour tes services.

Drew acquiesça.

— Et aussi, pour info, tu es toujours le bienvenu dans l'appartement quand tu arrives. Je sais que ce n'est pas le mien, mais je t'invite quand même. Et quand - et si - je trouverai une maison qui me plaît, tu y seras également le bienvenu. Je me sens en sécurité avec toi et j'aime à penser que tu es désormais mon ami, presque autant que tu es celui de Rocky.

— Merci, dit-il doucement. Le truc c'est que... il y a parfois des officiers de police qui sont affreux. Ils sont fanatiques, désabusés et avides de pouvoir. Cela devient deux fois plus difficile pour les bons policiers de faire leur travail efficacement à cause d'eux.

— C'est pour ça que tu es parti ? osa demander Bristol.

— En partie. Mais je me sens très coupable. Les forces de

police ont besoin de tous les bons officiers dont elles peuvent disposer. Mais on est poussés vers la sortie par ces connards, par le mépris des citoyens à notre égard et par la surveillance intense. Et même si je pense que la surveillance est une bonne chose, c'est quand même oppressant.

Bristol tendit la main et toucha le bras de Drew, puis le serra avant de le relâcher.

— Et tu as raison quand tu dis que je suis vigilant. Rocky et les autres le sont aussi, mais de façon différente. Je ne cherche pas à repérer des bombes en bord de route ou des gens qui sortent de leur maison avec un AK-47.

Comme il ne continuait pas, Bristol ne put s'empêcher de demander :

— Qu'est-ce que tu *cherches*, alors ?

— Je ne sais pas.

Bristol fronça les sourcils d'un air confus.

— J'observe juste. Une voiture que je vois aujourd'hui pourrait être l'indice dont Simon aura besoin pour un vol qu'il découvrira demain. Ce que quelqu'un dit un jour pourrait ne pas avoir de sens, mais devenir logique plus tard.

— Ça *aussi* ça paraît épuisant, lâcha Bristol.

Drew sourit.

— C'est la personne que je suis.

— Eh bien, si je peux me permettre... Rocky et les autres ont vraiment de la chance de t'avoir comme ami, lui dit Bristol.

Il haussa les sourcils vers elle.

— Tu vois le monde différemment, ce qui est une bonne chose. Tu penses à ce que les gens cherchent *à dire* quand ils parlent au lieu de simplement écouter ce qu'ils disent. Tu couvres les arrières de tes amis comme peu de gens le font. Je trouve ça génial.

Drew ne parla pas pendant un long moment, et quand il le fit, ce fut simplement pour dire :

— Merci.

Bristol voyait bien qu'il n'était pas vraiment à l'aise avec cette conversation, alors elle changea de sujet.

— Donc... tu es comptable c'est ça ?

Ses lèvres tressautèrent.

— Ouaip. C'est ennuyeux, hein ?

— Pas si tu aimes les chiffres, et j'imagine que c'est le cas puisque tu gères les déclarations d'impôts des gens, etc...

— C'est vrai.

— Est-ce que tu prends de nouveaux clients ?

Il lui jeta un regard et elle continua rapidement.

— Si j'emménage ici, je vais avoir besoin de quelqu'un qui connaisse les lois fiscales de la Virginie. Le Tennessee n'a pas d'impôts vis-à-vis de l'État et la dernière chose dont j'ai envie, c'est de faire une erreur et d'avoir le fisc sur le dos.

— Tu ne sais même pas si je suis doué, dit-il.

Bristol rit. Avec force. Quand elle se ressaisit enfin, elle lui dit :

— Bien sûr que si tu es doué.

Drew secoua la tête avec exaspération.

— Drew, tu t'occupes des impôts de *tout le monde*. Sandra, Whitney, Elsie – et je sais que tu fais payer à Elsie la moitié de ce que tu factures aux autres, ce qui est super gentil d'ailleurs. Et tu t'occupes des impôts de Rocky et de tous ceux de l'équipe, gratuitement.

— Tu t'es renseignée sur moi, déclara-t-il.

Bristol ne perçut aucun agacement dans sa voix, mais ça n'aurait pas eu d'importance si ç'avait été le cas.

— Bien sûr que je me suis renseignée. Écoute, je gagne beaucoup d'argent grâce à mon art. *Vraiment* beaucoup, insista-t-elle. Je serais bête de ne pas écouter les recommandations que l'on me donne en cherchant un nouveau comptable. Si Rocky te fait confiance, et je sais que c'est le cas, et que moi je suis prête à te confier la *vie* de Rocky, pourquoi est-ce que je ne te ferais pas confiance pour mon argent ?

Drew ne dit rien jusqu'à ce qu'il se soit garé sur un parking derrière la place pour qu'elle puisse aller chercher son colis à la poste. Il se tourna vers elle une fois qu'il eut éteint le moteur.

— Tu vas rester à Fallport ? demanda-t-il.

— C'est le plan, oui.

— Tu aimes Rocky ?

Bristol n'était pas sûre d'être à l'aise avec *cette* conversation et elle avait le sentiment que Drew connaissait déjà la réponse à cette question, mais elle croisa son regard et répondit quand même.

— Je ne suis pas prête à te parler de mes sentiments pour Rocky avant que je n'en parle d'abord avec *lui*, mais pour répondre différemment à ta question... est-ce que tu crois vraiment que je déracinerais ma vie, que j'achèterais une maison et emménagerais à Fallport si je n'étais pas certaine de vouloir faire ma vie ici ? Où je souhaiterais que les enfants que je pourrais avoir grandissent ? Est-ce que je te demanderais de t'impliquer intimement dans mes finances si je n'avais pas de vrais sentiments pour Rocky ?

— Je vérifiais juste, dit Drew avec un petit sourire.

Bristol leva les yeux au ciel et attendit.

— Quoi ? demanda-t-il.

— Tu n'as pas répondu à ma question.

— Pour devenir ton comptable ? demanda-t-il.

Elle hocha la tête.

— Combien tu as gagné l'an dernier ?

— Un million deux cents mille, dit Bristol sans broncher.

Il siffla.

— Combien as-tu payé d'impôts ?

Elle lui annonça le chiffre et il fronça les sourcils.

— C'est beaucoup trop.

— Tu as un régime à prestations déterminées ?

— Un quoi ? demanda-t-elle.

Il soupira.

— Merde. OK, j'accepte d'être ton comptable. Je veux tes

trois derniers avis d'imposition et tous les documents que tu as pour les comptes d'investissement.

Bristol rayonna.

— OK !

Les lèvres de Drew tressautèrent à nouveau.

— Pourquoi est-ce que j'ai l'impression d'être une mouche prise dans les fils d'une toile d'araignée ? demanda-t-il.

Bristol gloussa.

— Je n'en ai aucune idée. Pourtant je suis inoffensive.

— C'est ce que disent toutes les femmes. Ne bouge pas. Je vais faire le tour.

— Je peux sortir toute seule, protesta Bristol.

— Si tu te fais mal à la jambe pendant que tu es avec moi, Rocky va me tuer, qu'on soit amis ou non. Et je viens apparemment de décrocher un énorme contrat... je serais bête de vouloir blesser la main qui me nourrit, lui dit-il en lui faisant un clin d'œil avant de se retourner pour sortir de la Jeep.

Bristol ne put s'empêcher de ricaner. Elle avait l'impression que cet homme avait des côtés complexes et profonds qu'il ne dévoilait pas aux autres. Celle qui entrerait dans sa vie allait devoir travailler dur pour lui faire baisser sa garde. Mais quand elle le ferait... elle aurait un protecteur à vie.

Drew ouvrit la porte et lui prit le coude pour l'aider à poser pied par terre. Il garda la main sur la sienne pendant qu'elle boitait en faisant le tour du bâtiment jusqu'à l'entrée du bureau de poste.

Comme d'habitude, Art, Otto et Silas étaient là, jouant aux échecs.

Otto haussa un sourcil en les voyant approcher.

— Est-ce que Rocky sait que tu l'as déjà remplacé ?

Bristol secoua la tête d'un air exaspéré en direction du vieil homme.

— Est-ce que Silas et Art savent que tu vas à la maison de retraite le dimanche matin après l'église pour jouer aux échecs avec certains résidents ? rétorqua-t-elle.

Ses joues rosirent légèrement alors qu'Art et Silas se tournaient vers lui.

— Quoi ?

— C'est vrai ?

— Ce n'est pas parce que Drew m'aide aujourd'hui que ça veut dire que je trompe Rocky, dit Bristol.

Elle n'avait pas peur de blesser Otto. C'était un vieux schnock et ça ne lui ferait pas de mal d'être un peu remis à sa place.

— Touché, dit Otto au bout d'un moment.

— Pourquoi tu ne nous as jamais dit que tu allais là-bas ? demanda Silas.

— Peut-être qu'il essaie d'apprendre de nouveaux coups pour nous battre, dit Art.

— Hors de question, ajouta Silas d'un ton sévère.

— On pourrait peut-être y aller avec lui dimanche pour voir ce qu'il en est, proposa Art. Même si je ne vivrai jamais là-bas. Je vais mourir dans ma propre maison, je ne compte pas dépérir dans un endroit comme ça.

— Impressionnant, dit Drew en la guidant vers le bureau de poste. Tu as bien géré ça.

— Si je n'avais pas retourné la situation, ils auraient lancé des rumeurs sur toi et moi pendant je ne sais combien de temps. Et on ne sait pas qui aurait pu les écouter et se faire des idées.

— Donc tu nous protégeais, Rocky *et* moi, dit Drew.

— Bah oui, rétorqua Bristol.

Il y avait deux personnes devant eux dans la file d'attente et aucun d'eux ne fit de remarque en attendant son tour. Il ne fallut pas longtemps à Guy, l'employé de poste, pour trouver son colis. Drew prit la grande boîte lourde et la porta comme si elle était remplie de plumes au lieu de lourds morceaux de métal. Ils firent tous les deux un signe de tête aux trois hommes qui essayaient toujours de savoir si Otto trichait en jouant aux échecs avec les résidents de la maison de retraite.

Drew rit une fois qu'ils furent assez loin.

— Rappelle-moi de ne jamais t'énerver, dit-il. Ils vont en parler pendant des semaines.

— Je suis un ange, insista Bristol.

— Oui, oui. Bien sûr.

Elle lui sourit.

— Minuscule, mais sacrément puissante, marmonna Drew en lui ouvrant la porte de sa Jeep lorsqu'ils arrivèrent.

Il posa son colis à l'arrière après avoir installé Bristol, puis grimpa derrière le volant.

— On va où maintenant ? demanda-t-il.

— Tu es sûr que ça ne te dérange pas de m'emmener partout ? demanda Bristol.

— Non. Une fois de plus... tu es ma nouvelle cliente riche. Pourquoi est-ce que ça me dérangerait ?

Elle ne s'en offusqua pas et rit simplement.

— Je veux aller à l'épicerie et prendre quelques trucs, mais d'abord, il y a une maison qui vient d'être mise sur le marché. Je l'ai vue en ligne hier soir et je voulais passer la voir.

— Tu es vraiment sérieuse à propos du déménagement, n'est-ce pas ? demanda Drew.

— Oui.

Il l'étudia pendant un moment, puis hocha la tête.

— OK. Allons voir cette maison.

\* \* \*

Lorsque Rocky ouvrit la porte de son appartement plus tard dans l'après-midi, une odeur délicieuse assaillit ses sens, une fois de plus. Bristol lui avait donné de ses nouvelles de temps en temps au cours de la journée. Elle lui avait expliqué qu'elle appréciait vraiment Drew et l'avait remercié d'avoir demandé à son ami de l'aider aujourd'hui.

Mais ce qu'elle ne *savait pas,* c'était que Drew lui avait fait une remarque l'autre jour, lui demandant s'il n'allait pas un peu vite et ne s'engageait pas trop avec Bristol alors qu'il ne la connaissait pas vraiment. Comme Rocky était persuadé que Bristol allait tout de suite se faire apprécier, il avait fait exprès de demander à Drew de la conduire à droite et à gauche.

Et apparemment, son plan avait marché. Non seulement Bristol semblait bien s'entendre avec son ami, mais en plus, Drew lui avait envoyé un message qui disait simplement : « *Elle est parfaite pour toi* ».

La seule chose qui dérangeait Rocky, c'était ce sentiment tenace que tout allait... trop bien. Cela pourrait sembler idiot pour certains, mais d'après son expérience, lorsque tout semblait trop beau pour être vrai, les choses étaient sur le point de se gâter.

Bien évidemment, il n'avait jamais vécu ce phénomène dans une relation de couple, mais il l'avait vu à de nombreuses reprises quand il était dans la Marine. Tout semblait calme du côté des terroristes ou d'un pays en particulier, lorsque soudain... *boum* ! Une explosion venait tout secouer. Une mission qui se déroulait sans accro ? *Bam !* Le pilote de leur hélicoptère se perdait en route et ne parvenait pas à venir les récupérer à temps.

Il avait énormément d'exemples de ce genre et la dernière chose dont il avait envie, c'était que cela leur arrive à Bristol et lui.

Faisant de son mieux pour repousser toute pensée paranoïaque de son esprit, Rocky inspira profondément. L'appartement avait une odeur épicée. Il avait hâte de voir ce que Bristol leur avait préparé pour ce soir.

Il entra dans la cuisine et ne put s'empêcher de sourire en la voyant. Le désir le frappa si fort qu'il dut se retenir de l'attraper pour l'emmener dans sa chambre.

— Salut ! dit-elle quand elle le vit. Comment était le travail ? Tu as réussi à te débarrasser de la moisissure ? Oh ! Tu devrais aller te laver au cas où cette saleté te collerait à la peau.

— Tu crois vraiment que je ramènerai cette merde près de toi ? demanda Rocky.

Elle cligna des yeux.

— Ben, non, mais ce n'est pas comme si tu pouvais agiter ton doigt vers les spores de moisissure et leur demander de s'accrocher à quelqu'un d'autre.

Rocky éclata de rire. Une fois qu'il put à nouveau parler, il lui dit :

— Tu as raison. Mais je peux porter une combinaison de protection et l'enlever puis la jeter une fois que j'ai terminé.

— C'est vrai. Mais je suis sûre qu'une douche te ferait du bien quand même. Et ces spores sont de sales petites merdes qui ont pu se faufiler sous ta combinaison.

Elle n'avait pas tout à fait tort. Afin de gagner du temps et de reprendre le contrôle sur cette envie de la déshabiller, là tout de suite, au milieu de la cuisine, il hocha la tête.

— OK. Je vais aller me doucher.

— Je n'ai pas droit à un baiser avant ? dit-elle en faisant la moue.

— Sales petites spores, tu te souviens ? dit-il avec un sourire. Je ne voudrais pas qu'elles s'attachent à toi, Punky.

— D'accord.

— On dirait que tu as passé une bonne journée, dit-il, ayant du mal à la laisser même s'il avait très envie de se laver avant d'empuantir l'espace.

— C'est vrai, acquiesça-t-elle. J'aime bien Drew.

— Tant mieux.

— Il a accepté d'être mon comptable, dit-elle.

Ces mots lui firent l'effet d'une bombe dans ses entrailles.

— Putain, jura doucement Rocky.

Il dut vraiment lutter pour rester là où il était et pour ne pas s'avancer vers Bristol et lui prouver à quel point il adorait l'idée qu'elle emménage à Fallport.

Elle sourit comme si elle savait exactement l'impact qu'avaient eu ses mots.

Content qu'elle ne s'offense pas de son juron et qu'elle semble savoir ce qu'il pensait, Rocky se retourna et se dirigea vers la salle de bains sans ajouter un mot de plus. Il fallait qu'il se lave pour qu'il puisse lui montrer à quel point il était heureux qu'elle ait décidé de rester.

# CHAPITRE QUATORZE

Six minutes et demie après avoir fini sa douche et s'être habillé, Rocky entra dans la pièce de vie. Ses cheveux étaient encore mouillés et il avait à peine pris le temps de sécher sa barbe. Il portait un jogging gris confortable et un tee-shirt. Bristol lui tournait le dos et se tenait toujours devant la cuisinière en train de remuer quelque chose dans une grosse casserole.

Il n'hésita pas à enrouler les deux bras autour d'elle, il lui enleva la cuillère des mains, éteignit le feu, la souleva et la posa sur un espace vide du comptoir. Leurs yeux étaient au même niveau et il prit son cou dans ses mains. Ses pouces étaient positionnés dans le creux de sa gorge et il baissa la tête sans dire un mot.

Elle le rejoignit à mi-chemin, attrapant son tee-shirt à deux mains.

Leurs langues s'affrontèrent et ils penchèrent instinctivement la tête alors qu'ils se dévoraient mutuellement. Quand il ne put plus résister, Rocky relâcha sa tête et enroula les bras autour d'elle. Sans écarter ses lèvres des siennes, il la souleva. Elle enroula les cuisses autour de lui alors qu'il quittait la cuisine et se dirigeait vers la chambre.

Il ne pouvait pas s'arrêter. Il était accro à son parfum. À son goût. Et il la voulait tout entière. Il avait besoin d'elle. Tout de suite.

Posant un genou sur le lit, il l'allongea sur la couette, sans rompre leur baiser. Il sentit qu'elle tirait sur son tee-shirt. Il releva la tête, assez longtemps pour enlever le tissu avant de tomber à nouveau sur elle.

Heureusement, elle avait saisi cette opportunité pour enlever son propre haut quand il était resté occupé trois secondes, alors quand ils se rejoignirent, ils furent peau contre peau.

La sensation de ses tétons durs contre son torse le fit frissonner. Ça allait trop vite, mais il ne pouvait pas s'arrêter. C'était comme s'ils fonçaient vers une collision, mais qu'aucun d'eux ne pouvait s'arrêter. Et aucun d'eux n'en avait envie.

Il se mit sur le côté pour ne pas l'écraser et porta une main à sa poitrine. Il pinça doucement son téton tout en lui mordillant la lèvre inférieure.

Bristol haleta et se cambra, poussant contre sa main.

— Ça te plaît.

Ce n'était pas une question.

Mais elle lui répondit quand même.

— Ouiiiiiii. Encore, Rocky. J'ai besoin de plus.

— Je vais te donner tout ce que tu veux et tout ce dont tu as besoin, Punky.

Rocky l'embrassa à nouveau. Avec force. Elle donna autant qu'elle reçut. Se tortillant sous lui, elle s'occupa de caresser chaque centimètre de son torse nu. Elle lui caressa même la barbe pendant qu'il l'embrassait. Quand elle baissa les mains vers la ceinture de son jogging, il releva la tête. Il fallait qu'il ralentisse, mais il n'était pas sûr de le pouvoir. Il voulait que ce soit bon pour elle, mais vu la vitesse à laquelle ils allaient, il n'était pas sûr que ce soit le cas.

— Même si j'adore ton jogging... il faut que tu l'enlèves, murmura-t-elle.

Rocky sourit.

— Donc la rumeur comme quoi les filles aiment les hommes en jogging est vraie ?

— Aucune idée. Je sais juste que j'aime *te* voir avec.

— Pourquoi ?

Elle cligna des yeux, surprise.

— Pourquoi ? répéta-t-elle.

— Oui. Je ne comprends pas. C'est juste un jogging.

— Parce qu'il met en valeur ta queue. Il te couvre, mais titille en même temps. Ça me donne envie de te l'enlever et de voir si ce que tu caches est à la hauteur.

Rocky faillit s'étouffer en riant.

— Sérieux ?

— Ouaip.

— Je ne porterai plus jamais ce jogging en dehors de la maison, jura-t-il.

— C'est probablement mieux. Parce que je tuerai toutes celles qui te reluqueront si tu le portes, dit-elle d'un air très sérieux.

Rocky sourit.

— J'imagine que maintenant je sais quoi porter si je veux t'exciter.

— Ouaip. Bon, je veux moins de mots et plus d'action, se plaignit-elle.

— Pour info... peu importe ce que tu portes... je suis toujours excité quand je te regarde, lui dit-il.

Il la vit recevoir le compliment avant qu'un sourire heureux ne se forme sur son visage.

— Que dis-tu de ça... tu enlèves ton jogging et moi j'enlève mon legging en même temps.

— Ça marche, dit Rocky.

Il roula sur le côté et tira sur l'élastique autour de sa taille. Le temps qu'il se retourne, Bristol était aussi nue que lui.

Inhalant brusquement, il s'arrêta pour parcourir son corps du regard. Elle était petite, ça, il le savait, mais le fait de la voir nue... c'était incroyable. Elle avait de petits seins avec des tétons larges qui le suppliaient actuellement d'être sucés. Il pouvait distinguer les os de ses hanches, mais elle avait quand même un peu de ventre. Ses cuisses étaient pleines et les poils entre ses jambes étaient taillés.

Tout à coup, il ne savait plus quoi faire ni par où commencer.

Mais Bristol n'hésita pas, elle lui prit la main et l'attira vers sa poitrine. Ses doigts tripotèrent son téton sans réfléchir. Elle soupira, puis tendit la main vers lui. Elle referma les doigts autour de sa barbe et tira dessus. Avec force.

Rocky ne put s'empêcher de sourire. Mon Dieu, il adorait quand elle le malmenait. Cela l'excitait même encore plus.

Il se pencha vers elle avec obéissance, mais au lieu d'embrasser à nouveau ses lèvres, il visa son téton. Elle relâcha sa barbe et enfonça les ongles dans son épaule en gémissant.

Rocky dévora ses tétons pendant un moment, adorant à quel point elle semblait sensible. Mais il était trop excité pour continuer trop longtemps. Il descendit la main gauche le long de son ventre, se délectant de la voir se tortiller contre lui quand sa barbe semblait la chatouiller. Sa main était assez grande pour recouvrir tout son sexe… et pendant un moment, son excitation diminua. Elle était tellement petite, et lui ne l'était pas. Il n'était pas sûr de pouvoir la prendre sans lui faire mal.

Et la dernière chose dont il avait envie était de lui causer de l'inconfort.

Comme si elle pouvait lire dans ses pensées, elle lui dit :

— Ça va le faire.

Il eut envie de rire. D'habitude c'était lui qui disait ça aux femmes. Il pouvait compter sur sa Bristol pour le rassurer.

— Bien sûr que oui, gémit-il. Je vais tellement te remplir.

— Oh mon Dieu, oui… s'il te plaît Rocky. Fais-le.

— Tu n'es pas encore prête, dit-il même s'il pouvait sentir l'humidité contre ses doigts.

Elle gémit et écarta les jambes, lui laissant plus d'espace.

Rocky avait même envie de les écarter encore plus. De descendre entre ses cuisses et de la sucer jusqu'à ce qu'elle ait un orgasme monstre.

Mais il était sur le fil du rasoir. Sa queue était si dure qu'il savait que s'il se frottait contre le lit, il allait exploser.

Il devait donc s'assurer qu'elle soit prête avec sa main. Plus tard, il la dévorerait, lui montrerait une fois de plus à quel point sa barbe pouvait être agréable entre ses jambes, mais pour le moment…

Il tourna son majeur vers le bas et entra doucement en elle. Elle était mouillée, mais elle devait l'être encore plus pour pouvoir le prendre.

Bristol gémit et leva les hanches. Agissant rapidement, Rocky attrapa l'un de ses oreillers et le plaça sous ses fesses.

— Encore, Rocky. S'il te plaît, le supplia-t-elle en l'attrapant par le poignet. Elle n'essayait pas de le repousser. Elle cherchait à s'accrocher.

Rocky enfonça doucement son majeur d'avant en arrière, émerveillé de voir à quel point elle était étroite et petite. Serrant les dents, il se força à y aller doucement.

Se servant de sa paume de main, il frotta contre son clitoris en la doigtant. Il était difficile de ne pas regarder son sexe, mais quand il leva les yeux vers son visage, il fut subjugué. Au lieu d'avoir les yeux fermés, elle le regardait.

Elle se lécha les lèvres et lui sourit quand il croisa son regard. Elle souleva les hanches contre ses doigts et ce fut le moment le plus charnel que Rocky ait jamais vécu. Cette femme était visiblement à l'aise avec sa sexualité et c'était extrêmement excitant. Elle n'avait pas peur de lui montrer qu'elle aimait ce qu'il faisait.

Ses tétons étaient durs contre son torse et elle respirait fort.

— J'ai besoin que tu jouisses pour moi avant qu'on passe à l'étape supérieure, lui dit-il.

Bristol acquiesça.

— OK.

— Merde, on n'a pas parlé de ça avant.

Il s'immobilisa, ses doigts enfoncés en elle.

— Je suis clean. Je me suis fait tester quand j'ai quitté la Marine. Je n'ai été qu'avec deux femmes depuis et j'ai mis des préservatifs à chaque fois.

Bristol rougit, mais ne chercha pas à changer de sujet.

— Je n'ai couché avec personne depuis quatre ans et demi.

— Merde. Sérieux ?

Elle haussa les épaules.

— Oui. J'ai pas besoin d'un homme pour avoir un orgasme. J'ai un vibromasseur.

Rien qu'en l'imaginant se masturber avec un sextoy, une goutte de sperme coula de sa queue.

— Putain, femme.

Elle sourit et ce fut terriblement sexy.

— Je prends aussi la pilule. J'ai eu un kyste ovarien quand j'avais 20 ans et le docteur m'a fait prendre la pilule pour l'empêcher de se reformer.

Était-elle en train de dire ce qu'il pensait ?

— Je te fais confiance, Rocky. Je sais que certaines personnes me trouveraient stupide, mais tu ne me feras pas de mal. Je me protège et on est tous les deux clean.

Il inspira profondément, ce qui n'aida pas sa libido, puisqu'il put sentir l'odeur de son excitation. Il dut lutter pour ne pas grimper sur elle et la baiser immédiatement.

— Fais-moi l'amour, Rocky. J'ai besoin de toi.

*Faire l'amour.*

Elle avait raison. C'était bien ça. Il n'était pas question de baiser. Sinon il n'aurait jamais envisagé de prendre une femme sans préservatifs si ça avait été le cas. Et il lui faisait autant confiance qu'elle, apparemment. Il avait connu des SEALs qui s'étaient fait avoir par des femmes. Elles leur avaient promis qu'elles se protégeaient et tout à coup, elles se retrouvaient enceintes et les hommes devaient payer une pension alimentaire pendant dix-huit ans. Il n'avait pas beaucoup de compassion pour eux, à vrai dire. Ils étaient tout autant coupables que les femmes puisque personne ne les avait forcés à ne *pas* mettre de préservatifs.

Il avait quand même toujours été prudent. Mais il faisait tellement confiance à Bristol qu'il le ressentait jusque dans son âme. Si elle disait prendre la pilule, il la croyait. Il déplaça sa main, se servant de son pouce pour manipuler son clitoris tout en enfonçant son petit doigt et son annulaire en elle.

— Rocky ! s'exclama-t-elle.

— Tu vas jouir et ensuite je serai en toi. Je vais te remplir de mon sperme, Punky. Je n'ai jamais fait ça avant. Jamais. Et j'ai vraiment hâte de partager ça avec toi pour la première fois.

Il voyait bien que ses mots signifiaient quelque chose pour elle.

— Je n'ai jamais laissé un homme jouir en moi avant, avoua-t-elle.

Voilà. Rocky n'en pouvait plus. Il avait besoin de cette femme plus qu'il n'avait besoin de respirer.

Il pressa plus fort sur son clitoris alors que ses doigts s'enfonçaient en elle.

Cela mit un moment, mais elle se mit rapidement à se balancer contre lui en bougeant involontairement les hanches alors qu'elle s'efforçait d'atteindre l'extase. Se penchant vers elle, Rocky prit son téton dans sa bouche. Il le suça avec force.

Plus fort que ce qu'il faisait habituellement quand il était avec une femme. Mais sa Bristol pouvait le supporter. Elle en avait besoin.

Il posa la main à l'arrière de sa tête, ses doigts s'emmêlant dans ses cheveux alors qu'elle haletait. Ses doigts entre ses jambes étaient trempés et il avait hâte de lécher son miel pour en avoir sur sa barbe et la sentir toute la nuit.

Certaines personnes pourraient trouver cela répugnant. Avant Bristol, *il* faisait partie de ces gens. Mais l'idée d'avoir son parfum citronné sur lui, le marquant, était presque un besoin primaire.

Quand il ne crut pas pouvoir tenir une seconde de plus, les cuisses de Bristol tremblèrent et son ventre se contracta. Elle laissa échapper le cri le plus mignon qui soit alors qu'elle basculait vers l'extase.

Même avant qu'elle ait fini, Rocky se mit en mouvement. Il se positionna entre ses jambes, saisit sa queue et se mit face à son sexe.

Il s'enfonça lentement, résolument. Elle était tellement étroite qu'il n'était pas sûr de pouvoir s'enfoncer jusqu'au bout. Quand ses poils pubiens se mêlèrent aux siens, Rocky prit une profonde inspiration. Il était à deux doigts de jouir. Il n'avait jamais ressenti cela avant. Pas même lors de sa première fois. Il pouvait sentir les muscles internes de Bristol palpiter contre sa queue nue comme si elle essayait d'extraire sa semence.

Il inspira profondément à nouveau, regardant cette femme sous lui. Elle avait les joues rouges, tout comme le haut de sa poitrine. Elle baissait les yeux vers leurs deux sexes joints, la bouche ouverte en forme de « o » tandis qu'elle haletait.

\* \* \*

Bristol n'arrivait pas à respirer.

Elle n'arrivait pas à penser.

Tout ce qu'elle pouvait faire, c'était de sentir.

Elle venait tout juste d'expérimenter un orgasme extrêmement intense et désormais le sexe de Rocky l'étirait complètement. Ça ne faisait pas mal... pas vraiment. Mais cela faisait longtemps qu'elle n'avait pas pris un homme et Rocky était extrêmement bien bâti.

Elle baissa les yeux vers l'endroit où il était enfoncé en elle et fit de son mieux pour absorber l'oxygène autour d'elle.

— Bristol ? demanda-t-il dans un souffle. Ça va ?

Elle hocha immédiatement la tête.

— Oui, c'est juste que... c'était intense.

— Tu as besoin d'une pause ?

En avait-elle besoin ? Bristol n'en était pas sûre.

Les quelques secondes qu'ils avaient passées à parler avaient été suffisantes pour que son désir remonte en flèche. Elle venait d'avoir un orgasme, mais elle avait l'impression d'être sur le point d'en avoir un autre.

— Non, dit-elle en le regardant droit dans les yeux.

— Dieu merci, putain, dit-il avant de se remettre en mouvement.

Bristol n'avait jamais ressenti cela auparavant. Habituellement, elle n'aimait pas être sous un gars quand ils couchaient ensemble. Comme elle était petite, elle se sentait dominée, et pas de la bonne façon. Mais avec Rocky au-dessus d'elle, elle ne ressentait aucun malaise. Il ne lui ferait pas de mal, elle le savait au plus profond d'elle.

Levant les jambes, elle essaya de les enrouler autour de lui, mais laissa échapper un petit bruit agacé quand son plâtre l'en empêcha.

Rocky s'ajusta immédiatement, plaçant un bras sous ses genoux et ses mains à côté de ses jambes tout en continuant de la pénétrer. Il n'avait pas un rythme lent, mais il ne la martelait pas non plus. Il avait le contrôle total et le glissement de sa queue contre ses terminaisons nerveuses qui n'avaient pas été stimulées depuis longtemps était incroyable.

— Ça te va comme ça ? demanda-t-il.

Elle aurait pu être agacée qu'il lui demande sans cesse si elle allait bien, mais elle était *pratiquement* pliée en deux, ses jambes contre le creux de ses coudes.

— Oui, ça va, souffla-t-elle.

Elle le regarda alors qu'il lui faisait l'amour. Il fronçait les sourcils d'un air concentré et sa barbe se balançait à chaque coup de reins.

Tout ce qui était en dessous de sa taille la picotait et Bristol sentait qu'elle allait à nouveau basculer vers l'extase.

— Touche-toi, lui ordonna Rocky. Je ne peux pas le faire tant que je prends appui.

Bristol n'hésita même pas. Rien ne paraissait gênant ou bizarre avec Rocky. Elle glissa la main droite entre eux et dès l'instant où ses doigts touchèrent son clitoris, elle sursauta. Elle était encore sensible depuis tout à l'heure.

— Putain, je l'ai senti, gémit Rocky. Tu viens de serrer ma queue si fort.

— Comme ça ? demanda Bristol en contractant ses muscles internes une fois de plus.

Son homme grogna et le coup de reins suivant fut un peu plus fort. Elle adorait savoir qu'elle pouvait l'affecter de cette façon.

— Je ne vais pas durer, Punky. Je veux te sentir jouir pendant que je suis en toi. Tu vas me serrer tellement fort que je ne pourrai plus me retenir. Tu sais que tu veux mon sperme. Va jusqu'au bout Bristol. Maintenant.

Ses mots étaient crus, mais il n'avait pas tort. Elle *voulait* son sperme. Elle voulait tout de cet homme. Au lieu de la faire flipper, cela la fit se sentir puissante. Touchant plus rapidement son clitoris, Bristol garda les yeux rivés sur Rocky. Tout ça était nouveau pour elle, mais elle sentait bien que ça l'était pour lui aussi. Et elle avait envie de le voir, de l'imprimer dans son cerveau quand elle jouirait.

Cela ne prit pas longtemps. Ce qu'il lui faisait ressentir en la remplissant complètement était incroyablement sexy. Et c'était tellement différent d'être remplie quand elle se rapprochait de l'extase. Son sextoy ne lui avait jamais fait ressentir cela auparavant. Jamais.

— C'est ça. Mon Dieu, tu es tellement belle. Tu es faite pour moi. On va tellement bien ensemble.

Ses mots imprimèrent son esprit, la faisant se *sentir* belle. Et il n'avait pas tort. Ils allaient très bien ensemble. En les regardant, on aurait pu croire le contraire ; pourtant le fait de l'avoir en elle était parfait, d'une façon qu'elle n'avait jamais ressentie avant.

— S'il te plaît Bristol. Je ne peux pas me retenir plus longtemps. Tu es tellement mouillée. Et étroite. Je sens ta mouille sur mes boules... *Merde*.

Voilà, cela suffit. Bristol pressa plus fort sur son clitoris et essaya d'incliner ses hanches, mais Rocky la maintenait en place. Elle explosa et ce fut tellement délicieux avec lui en elle alors qu'elle basculait à nouveau vers les sommets.

Il ressentit visiblement la même chose, car un son franchit ses lèvres et sortit de sa gorge, un son que Bristol n'avait jamais entendu auparavant. Moitié grognement et gémissement et moitié juron.

Il s'enfonça en elle jusqu'au bout et se tint immobile en jouissant.

Ils respiraient tous les deux extrêmement fort quand ils redescendirent de leur pic orgasmique. Mais Rocky ne perdit pas la notion de là où il était. Il ne s'écroula pas sur elle. Il relâcha doucement ses jambes et roula sur le dos, l'emportant avec lui, tenant ses fesses aussi proches que possible pour qu'il ne se glisse pas hors de son corps.

Instinctivement, Bristol se redressa quand il fut sur le dos.

Il gémit à cause du mouvement.

— Pardon, s'excusa-t-elle.

— Non, ne sois pas désolée, dit-il. C'est tellement bon d'être en toi, je ne peux pas l'expliquer.

Se tortillant légèrement pour trouver une position plus confortable, Bristol ne put que lui sourire.

— J'aime ça, murmura-t-il.

— Quoi ?

— De ne pas devoir me retirer immédiatement pour me débarrasser du préservatif. Je peux rester là où je suis. Là où ma queue a envie d'être. Au chaud et en sécurité en toi.

Bristol leva les yeux au ciel.

— C'est bizarre.

— Je m'en fiche.

Elle voyait bien dans ses yeux que c'était le cas.

Ses mains remontèrent le long de ses cuisses.

— Ça te fait mal à la jambe ? demanda-t-il.

— Quelle jambe ? rétorqua-t-elle.

Rocky sourit.

— C'était...

Il s'arrêta et Bristol retint son souffle, attendant ce qu'il allait dire.

— Parfait, dit-il au bout d'un moment.

Ça l'était. Vraiment.

Bougeant avec précaution pour ne pas perdre son sexe désormais moins dur, Bristol se baissa jusqu'à ce qu'elle soit allongée sur le torse de Rocky. Elle frotta son cou du bout du nez et lui caressa la barbe. Elle l'entendit glousser, mais elle s'en fichait. Elle adorait ça. Elle l'aimait *lui*.

Cette idée ne la troubla même pas. Pas le moins du monde. Elle avait su, du moins inconsciemment, qu'elle aimait cet homme avant même de coucher avec lui. Elle ne l'aurait jamais laissé coucher avec elle sans préservatif si ça n'avait pas été le cas. Elle n'aurait pas envisagé de déménager à Fallport si ça n'avait pas été le cas. Il était peut-être trop tôt pour prononcer ces mots, mais elle les pensait clairement.

— Ça sentait bon quand je suis rentré, dit Rocky en promenant paresseusement ses doigts dans son dos.

Elle sourit contre lui.

— C'étaient des pommes de terre au four, même si la sauce que je préparais est probablement foutue. Au moins, tu as éteint le feu avant de me sauter dessus.

Il rit.

— Hé, je ne voulais pas brûler la résidence. Quoi d'autre ?

— Des crevettes et des saucisses avec des poivrons et du brocoli.

Son ventre gargouilla et Bristol rit. Le mouvement fit glisser sa queue d'entre ses jambes. Ils gémirent tous les deux face à cette perte.

Rocky roula de nouveau immédiatement sur le côté jusqu'à ce que Bristol soit sous lui. Il prit son visage dans ses mains comme il l'avait fait quand il était rentré à la maison. C'était terriblement sexy et ça la faisait frissonner quand il la tenait comme ça, la regardant droit dans les yeux.

— C'est la meilleure expérience que j'aie pu vivre, dit-il d'un ton solennel. Et si je n'avais pas sauté le déjeuner aujourd'hui, je serais prêt pour le deuxième round.

Pendant un moment, Bristol fut contrariée qu'il ne se soit pas arrêté pour manger. Mais une fois de plus, si ça n'avait pas été le cas, il ne serait probablement toujours pas de retour à la maison. Son homme aimait travailler jusqu'à ce que ce soit le bon moment de s'arrêter, même si cela voulait dire qu'il ne rentrait pas chez lui avant 19 ou 20 heures. Mais c'était quelque chose qu'il faisait rarement ces jours-ci.

— Bon, voilà ce qu'on va faire. On va sortir du lit, se laver, manger, ensuite je vais te ramener ici et je vais *te* faire un cunni. Je m'en veux de ne pas avoir fait ça tout à l'heure, mais honnêtement, j'avais trop hâte d'être en toi. Ensuite je vais te laisser être au-dessus pour me prendre, parce que te voir me chevaucher, ça va être putain de sexy, Punky. Puis on dormira et demain matin on fera à nouveau l'amour avant que je ne parte terminer le travail que j'ai commencé aujourd'hui.

— Tu as déjà tout prévu, hein ? demanda Bristol, même si elle n'était pas opposée à tout ce qu'il venait de dire.

Bien au contraire.

— Je n'ai rien prévu du tout, avoua-t-il. Mais maintenant que j'ai été en toi sans préservatifs, je ne pense qu'à y retourner. Je vais essayer de ne pas t'oppresser et si c'est le cas, dis-moi simplement de te laisser tranquille. Te tenir dans mes bras sera tout aussi satisfaisant que d'être en toi.

C'était plutôt mignon.

— Je pense que ça va être compliqué pour nous de ne pas nous toucher pendant un moment, lui dit-elle avec franchise.

— Je suis d'accord. Mais je ne suis pas vraiment petit et la dernière chose dont j'ai envie, c'est de te faire mal. Alors, changement de plan... tu pourras prendre un bon bain chaud après le repas, ensuite je te dévorerai et tu pourras me baiser.

Bristol gloussa.

— Marché conclu.

Rocky la regarda un long moment.

— Quoi ? demanda-t-elle quand elle ne put plus supporter son regard intense une seconde de plus.

— Je me demande juste comment j'ai fait pour en arriver là. Que tu sois là avec moi.

— J'imagine que j'ai de la chance.

— Non, c'est moi qui ai de la chance.

Il se pencha vers elle, l'embrassa longuement, durement et profondément, puis roula sur le côté. Il marcha jusqu'au placard sans être gêné. D'ailleurs pourquoi l'aurait-il été ? Il était très bien bâti.

Déterminée à exprimer la même confiance, Bristol se rapprocha du bord du matelas et se leva. Son sperme glissa immédiatement le long de sa cuisse.

Surprise – parce qu'elle n'avait pas menti, c'était la première fois qu'elle laissait quelqu'un jouir en elle – elle ne put que rester immobile, baissant les yeux vers ses jambes.

— Pardon, mais c'est *super* sexy, dit Rocky. Il se mit à genoux devant elle et regarda son sperme s'écouler.

— C'est dégoûtant, Rocky. Va me chercher quelque chose pour m'essuyer.

— Ça va faire ça pendant un moment, non ? demanda-t-il au lieu de s'exécuter.

— Aucune idée. Probablement.

Il sourit un peu plus.

— Putain, je suis un homme des cavernes. Le fait de savoir que je suis le premier à voir ça et que c'est la première fois que ça t'arrive, ça m'excite tellement.

— Je vois ça, rétorqua Bristol en observant sa queue qui durcissait entre ses jambes.

Il tendit la main et passa son pouce entre les lèvres de son sexe, soupirant de satisfaction quand il vit qu'il glissait facilement à travers les plis grâce à leurs fluides. Puis, il se pencha et attrapa le tee-shirt qu'il avait jeté par terre un peu plus tôt. Il essuya doucement ses cuisses et son entrejambe. Il se redressa sur les genoux et l'embrassa avec force une fois de plus.

— Je ne vais pas te mentir. Quand je vais penser à ça pendant qu'on mange, ça va être difficile de ne pas te ramener directement dans le lit.

— Pff, essaie tiens, dit-elle d'un ton sarcastique. J'ai faim et je sais que toi aussi.

Il sourit, puis redevint sérieux.

— Je vais faire tout mon possible pour ne pas tout faire foirer entre nous.

— Moi aussi, lui dit Bristol.

— Je suis sérieux. Tu es vraiment la meilleure chose qui me soit jamais arrivée et je vais la protéger de tout mon être.

— Je ne veux pas que tu fasses ça, lui dit-elle.

— Dommage.

Puis, il se leva, jeta le tee-shirt dans le panier à linge sale et se dirigea vers sa commode. Il attrapa un caleçon et deux tee-shirts. Il prit son jogging sur le bord du lit, là où il l'avait laissé un peu plus tôt et lui prit la main. Il la guida jusqu'à la salle de bains, où il prit un gant de toilette, le mouilla avec de l'eau chaude et le lui tendit.

Cela aurait pu être bizarre, mais étrangement, avec Rocky, ça ne l'était pas. Bristol se lava et enfila le tee-shirt que Rocky avait pris pour elle. Après qu'il se fut lavé et habillé, elle retourna dans la chambre pour trouver une culotte, mais Rocky l'attrapa par la main une fois de plus.

— Hé ! Il faut que je mette une culotte.

— Non. Tu es très bien comme ça.

— Rocky, sérieux.

— Je *suis* sérieux. Tu n'as pas besoin de ta culotte. Je vais te l'enlever plus tard de toute façon.

— Mais toi, tu as bien mis un caleçon – et ce jogging sexy, d'ailleurs, alors que je vais aussi te *les* enlever plus tard.

Il l'attira contre lui et se pencha pour lui murmurer à l'oreille.

— Mais je veux que tu t'assoies sur mes genoux pendant qu'on mange pour que je puisse sentir si un peu de moi s'échappe de toi.

Bristol leva les yeux au ciel.

— T'es trop bizarre.

— Je sais. Désolé. Mais tu le feras quand même, hein ?

— Cette fois-ci. Oui. Puisque c'est la première fois.

— OK.

Leur dîner les attendait dans le four qu'elle avait mis à chauffer avant qu'il ne rentre. La sauce était foutue, mais le reste du repas était délicieux. Bristol s'assit sur les genoux de Rocky, comme il le lui avait demandé et elle ne fut même pas gênée. Le tee-shirt qu'elle portait était assez large pour complètement la couvrir, afin qu'elle ne se sente pas nue.

— Désolée d'avoir sauté le déjeuner, dit-il en mangeant. J'étais occupé et je voulais finir les cloisons sèches pour qu'elles aient le temps de sécher avant que je ne revienne demain.

— Ce n'est pas grave. Tu ne m'as pas vue quand je suis complètement concentrée dans mes vitraux. J'oublie tout le temps de manger.

— On est vraiment pareils, dit Rocky.

Bristol hocha la tête.

— Oui.

— J'ai hâte de te voir t'abandonner à ta créativité, dit-il s'arrêtant de manger pour embrasser sa tempe. Je parie que c'est sexy.

Bristol leva les yeux au ciel.

— Non. Je sue et je me salis et sens probablement un peu bizarre.

— Comme j'ai dit – c'est sexy.

Bristol rit. Ils finirent de manger et quand il l'aida à se

relever elle ne put s'empêcher de remarquer la petite tache humide sur son jogging. Il la vit également et lui sourit, mais ne dit rien.

— Laisse la vaisselle, je vais aller faire couler ton bain, lui dit-il.

Bristol l'attendit dans le salon, se sentant un peu mal à l'aise. Elle adorait que leur relation ait changé, mais elle ne pouvait s'empêcher de s'inquiéter, se demandant si ce serait toujours aussi bien entre eux.

Puis Rocky arriva, lui prit la main et la ramena dans la salle de bains. Il lui embrassa le front et lui dit fermement :

— Notre relation va fonctionner.

Bristol repoussa ses inquiétudes.

— Oui. Ça va fonctionner.

— Relax, prend ton temps, Punky. Je serai dans notre lit, attendant de pouvoir manger mon dessert quand tu auras fini.

— Mon Dieu, Rocky. Si tu voulais que je prenne mon temps, ce n'est pas comme ça qu'il fallait s'y prendre, se plaignit-elle.

Il sourit, n'éprouvant clairement aucun remords.

— J'ai hâte de te goûter, chérie. Ne mouille pas ce plâtre.

Puis il l'embrassa une fois de plus sur les lèvres et quitta la salle de bains, fermant la porte derrière lui en s'en allant.

Soufflant et secouant la tête, Bristol se tourna et aperçut son reflet dans le miroir. Elle avait un grand sourire sur le visage et ses joues étaient rouges. Elle paraissait heureuse.

Rocky était bien pour elle, et elle espérait qu'il ressentait la même chose envers elle. Pour la première fois depuis longtemps, elle se réjouissait de son avenir. Ce n'était pas qu'elle était malheureuse avant de venir à Fallport, car son art était épanouissant. Mais sans personne pour partager sa vie, elle ne faisait qu'... exister.

Tout ça avait clairement changé. Elle avait l'impression d'expérimenter une toute nouvelle vie.

Enlevant rapidement son tee-shirt, Bristol s'assit sur le bord

SUSAN STOKER

de la baignoire. Elle se glissa dans l'eau, gardant sa jambe appuyée sur le côté. Elle soupira. L'eau était très agréable et Rocky avait même mis quelque chose de fleuri dans le bain, cela sentait délicieusement bon.

Elle avait un homme bien, c'était évident. Et Bristol était déterminée à le traiter aussi merveilleusement bien qu'il la traitait lui.

# CHAPITRE QUINZE

Bristol ne pouvait pas s'empêcher de sourire. Quand elle vivait à Kingsport, il y avait des jours où elle restait allongée le matin dans son lit, se demandant quelle direction prenait sa vie. Sa routine avait été la même, jour après jour. La plupart du temps, elle ne parlait à personne, elle se levait simplement, mangeait son petit déjeuner et commençait immédiatement à travailler. Elle adorait son art et sa maison, elle était financièrement à l'abri... mais son existence était assez solitaire.

Désormais, ses journées étaient remplies de textos, d'appels téléphoniques et de visites chez ses amis. Elle était allée chez Ethan et Lilly plusieurs fois, avait rendu visite à Zeke et Elsie, s'était rendue à un match de football de Tony et était même partie accompagner Rocky sur plusieurs de ses chantiers.

Elle fabriquait toujours des bijoux de temps en temps, mais honnêtement, elle se rendait compte qu'elle aimait plus être avec d'autres personnes que seule chez elle, en train de créer son art. Le besoin de créer ne disparaîtrait jamais, mais elle avait accumulé un pécule assez important pour ne pas avoir à travailler aussi dur que ce qu'elle avait pu faire par le passé. Grâce à Rocky et ses nouveaux amis, Bristol avait envie de croquer la vie à pleines dents et non pas d'être enchaînée à un site web ou une table de travail.

Cela dit, elle avait toujours hâte de créer à nouveau des vitraux. Elle avait beaucoup d'idées pour de nouveaux projets qu'elle voulait lancer depuis qu'elle était à Fallport, et avait hâte de trouver une maison à acheter pour commencer.

Souriant alors que les idées fusaient dans sa tête, imaginant un immense vitrail représentant une forêt – avec Bigfoot pointant le bout de son nez derrière un arbre – elle sursauta quand Rocky lui toucha la main.

— Pardon, quoi ? demanda-t-elle.

— Je viens de te demander à quoi tu pensais, dit-il doucement.

Ils étaient assis à sa table, terminant leur petit déjeuner. Pour une fois, Bristol n'avait pas prévu tout un tas de choses pour la journée. Elle avait contacté une agente immobilière et la rencontrait aujourd'hui pour faire le tour de ses envies et de ses attentes, pour que celle-ci puisse commencer à lui chercher une maison. Ensuite, elle rentrerait à l'appartement pour se détendre. Elle allait également préparer un gâteau pour Rocky. Sans raison spécifique, seulement parce qu'elle avait envie de le gâter.

Aujourd'hui, il allait commencer à travailler sur un nouveau projet. Quelque chose à propos des fondations d'une maison. Bristol ne connaissait pas les détails, mais puisque Rocky était heureux de ce travail et de l'argent qu'il allait rapporter, elle l'était aussi.

— Je pensais au fait de retrouver un atelier pour travailler sur mes vitraux, dit Bristol à Rocky.

— Ça te manque ? demanda-t-il en fonçant les sourcils. Je suis sûr qu'on pourra trouver une solution pour que tu puisses t'y remettre avant d'acheter une maison.

— Non, ça va, lui dit-elle. Je veux dire, oui, ça me manque, mais je ne vais pas mourir si je ne fais pas quelque chose tout de suite.

— Tu es sûre ?

— Je suis sûre. Et puis, cette pause me permet de mieux planifier ce que je veux faire.

— Ah oui ? demanda Rocky en haussant les sourcils.

— Oui, oui. Est-ce que tu penses que ça plairait à Sandra de remplacer l'une de ses vitrines par un vitrail représentant une forêt... avec Bigfoot bien sûr ?

Rocky éclata de rire. Une fois qu'il se fut ressaisi, il lui dit :

— Sandra serait ravie d'avoir l'un de tes vitraux dans son restaurant. Mais sérieux ? Bigfoot ?

— C'est soit ça, soit un mec sexy et barbu de l'équipe de recherche dans les arbres, dit-elle avec un sourire.

— OK, on reste sur Bigfoot, dit fermement Rocky.

Bristol savait qu'il dirait cela. Rocky – et le reste de l'équipe, à vrai dire – détestait attirer l'attention. Ils aimaient leur travail et ils ne le faisaient pas pour obtenir de la reconnaissance ou pour qu'on leur tape dans le dos.

— Tu as prévu d'autres choses pour la journée pendant que j'étais sous la douche ? demanda Rocky.

Bristol fronça les sourcils.

— Comme quoi ?

— Je ne sais pas. Du saut à l'élastique avec Finley, réarranger tous les livres de la librairie d'occasion du centre-ville ou rejoindre Sandra pour tester et déguster un nouveau menu ?

Bristol rit.

— Non ! J'ai rendez-vous avec l'agente immobilière puis je vais rentrer ici pour me détendre.

Rocky lui sourit avec affection.

— Je vérifie juste. Et d'ailleurs, je trouve ça adorable de voir que toutes les personnes que tu rencontres aient envie de devenir tes meilleures amies.

— Ce n'est pas vrai, protesta Bristol.

— Si. Tu t'es intégrée sans problème. Il m'a fallu un an avant que les habitants ne se souviennent de mon prénom.

— N'importe quoi, dit Bristol en levant les yeux au ciel.

Mais au fond, elle était secrètement ravie.

Ils finirent leur petit déjeuner et il fut ensuite temps pour Rocky de partir.

Il la prit dans ses bras devant la porte d'entrée et l'embrassa passionnément. Ils haletaient tous les deux lorsqu'il s'écarta.

— À quelle heure penses-tu avoir terminé avec l'agente immobilière aujourd'hui ?

— Je ne sais pas trop, lui dit-elle. Avant le déjeuner, je pense. Elle passe me chercher à 9 heures et je ne pense pas qu'on parlera plus de deux heures.

Il rit doucement.

— Ne parie pas trop là-dessus. J'imagine qu'à la fin de votre rendez-vous tu auras une nouvelle meilleure amie.

Bristol secoua la tête.

— Même si je suis très heureux que tu aies envie de t'installer à Fallport, je dois reconnaître que tu vas me manquer, dit Rocky avec douceur.

— Je vais te manquer ? demanda Bristol d'un air confus.

— Oui. J'aime bien que tu sois dans mon appartement. Même si tu n'es pas venue ici à cause d'une bonne chose, tu as rempli tout mon espace avec ton énergie positive.

— Oh, hum...

Bristol ne savait pas comment répondre.

— Quoi ? Qu'est-ce que j'ai dit ? demanda Rocky.

— Rien. Je veux dire... oui moi aussi j'aime être ici.

Il enroula une main autour de son cou.

— Regarde-moi, Punky.

Quand elle s'exécuta, il lui demanda :

— Qu'est-ce qui ne va pas ?

Prenant une grande inspiration, Bristol dit :

— C'est juste que je pensais que... une fois que j'aurais trouvé une maison qui me plairait... peut-être que tu voudrais emménager avec moi.

Rocky la regarda tellement longtemps que Bristol eut envie

de remonter le temps et de revenir en arrière. C'était ça ou elle risquait de vomir.

— Mais je sais que c'est idiot. Je veux dire, on sort ensemble. Je devais rester ici jusqu'à ce que ma jambe soit comme neuve. Évidemment que tu n'as pas envie de quitter ton appartement.

Il lui effleura les lèvres avec son pouce, stoppant son discours nerveux.

— Tu veux que j'emménage avec toi ? demanda-t-il doucement, ignorant ses balbutiements.

Bristol haussa les épaules, gênée, puis acquiesça.

— Eh bien... oui. Du moins, c'est ce que j'espère. Mais si tu n'en as pas envie, ce n'est pas grave non plus.

— Si j'en ai envie ! dit-il avec ferveur. Je redoute le jour où tu seras de nouveau sur pied... et je sais que ça fait de moi un connard. Je n'ai pas menti, Bristol. J'ai adoré t'avoir ici. Et maintenant que tu dors dans mon lit tous les soirs, l'idée que tu partes d'ici me paraît encore plus affreuse.

— Je ressens la même chose, dit-elle doucement.

— Putain... je suis dégoûté de devoir partir travailler maintenant, dit Rocky.

Bristol percevait le désir dans son regard.

— Plus tôt tu t'en vas, plus tôt tu pourras revenir, dit-elle effrontément.

Il sourit.

— C'est vrai.

Puis, il lui releva la tête et baissa la sienne. Il l'embrassa une fois de plus, un mélange intime et doux de leurs lèvres, avant de se redresser.

— J'ai hâte de savoir ce que l'agente immobilière t'aura dit.

— Moi aussi.

— Putain. Tu me rends heureux, dit Rocky en étudiant son visage.

— Pareil, lui dit Bristol.

Prenant une grande inspiration, il laissa retomber sa main.

— Bon. Si je dois partir, il vaut mieux que je parte maintenant. Passe une bonne journée.

— Je le ferai. Je t'enverrai un texto après mon rendez-vous
avec l'agente immobilière pour te raconter ce qu'elle m'a dit.

— Et si elle t'envoie des maisons intéressantes, envoie-moi
le lien… enfin, si tu veux mon opinion.

— Bien sûr que oui ! s'exclama Bristol. Et je le ferai.

Rocky hocha la tête et se tourna vers la porte. Il lui sourit
une fois de plus, puis s'en alla. Bristol resta devant l'entrée et le
regarda marcher dans le couloir à l'extérieur de la résidence,
puis vers les escaliers. Il partit vers sa Tahoe et la salua une fois
qu'il fut derrière le volant, avant de quitter sa place de parking
et de se diriger vers la sortie.

Bristol ferma la porte et s'appuya contre celle-ci après
l'avoir verrouillée derrière elle. Elle sourit dans le vide pendant
une minute avant de se forcer à commencer sa journée.

Finalement, Bristol ne retourna pas à l'appartement de Rocky
avant le début de l'après-midi. Elle s'était immédiatement bien
entendue avec l'agente immobilière, qui avait fini par l'emmener voir deux propriétés, qui, selon elle, pourraient conve-
nir, même si ce n'était pas ce qui était prévu à la base.

Bristol n'était pas très emballée pour aucune des deux,
mais son enthousiasme n'avait pas diminué. Elle était
certaine qu'elle finirait par trouver la maison parfaite. Elle
envoya un message à Rocky pour savoir comment se passait
sa journée.

*Bristol : Coucou ! Je suis rentrée. Tout s'est très bien passé avec
l'agente immobilière ! On est allées voir deux maisons, mais aucune
ne correspondait vraiment à ce que je cherchais. Mais je pense qu'elle
a mieux compris ce que je voulais maintenant, donc je suis sûre que je*

finirai par trouver bientôt quelque chose. Comment ça se passe là-bas ?

Rocky lui répondit par une photo d'un énorme trou dans le sol rempli d'eau marron et boueuse. Elle ne savait absolument pas quel était le problème, mais il était évident que sa première journée sur ce chantier n'était pas facile.

*Bristol : Oh, mon Dieu. Ça n'est pas bon signe.*

*Rocky : Effectivement. Je vais peut-être rentrer un peu plus tard que prévu ce soir.*

*Bristol : C'est pas grave. Ça me laissera le temps de terminer ta surprise.*

*Rocky : Ma surprise ?*

*Bristol : Une douce surprise.*

*Rocky : Toi, nue sur notre lit, attendant que je rentre à la maison ?*

*Bristol : lol. Non, mais ça peut s'arranger aussi.*

*Rocky : Et pour info, tu n'es pas obligée de me faire des surprises. J'ai seulement besoin de toi.*

Bristol ferma les yeux pendant un moment, savourant cette façon qu'il avait de toujours la faire se sentir bien.

*Bristol : Et rien que pour ça, je vais peut-être devoir sortir les nouveaux sous-vêtements que j'ai achetés pour une occasion spéciale.*

*Rocky : C'est impossible de travailler avec une érection, Punky.*

*Bristol : Désolée. Enfin non. Sois prudent aujourd'hui. Tu me dis quand tu rentres à la maison ?*

*Rocky : Je le ferai. Je suis content que ton rendez-vous se soit bien passé.*

*Bristol : Moi aussi.*

*Rocky : Même si je me doutais que ce serait le cas. Tu as ta place ici, Bristol. On se voit dans quelques heures.*

*Bristol : À plus tard.*

Ce fut si difficile de ne pas taper « Je t'aime » sur son clavier. Elle avait les mots sur le bout de la langue et elle ne savait pas vraiment pourquoi elle se retenait. Quand même, ils envisageaient d'emménager ensemble. Lui dire qu'elle l'aimait ne lui semblait pas si rapide à côté. Mais comme il ne l'avait toujours pas dit, elle ne voulait pas le faire non plus. Encore une fois, c'était idiot. Elle était une adulte.

Secouant la tête car elle se dégoûtait, Bristol jeta son téléphone sur le comptoir et ouvrit le placard. Elle avait tout le temps de faire le gâteau, mais elle voulait s'assurer qu'il soit complètement refroidi avant qu'elle ne mette le glaçage, sinon cela risquait de fondre et d'avoir une drôle de tête. Elle n'était peut-être pas aussi bonne pâtissière que Finley, mais elle était déterminée à ce que Rocky ait quelque chose d'incroyable qui l'attende quand il rentrerait à la maison après ce qui semblait être une dure journée de travail.

Une heure et demie plus tard, elle venait tout juste de sortir le gâteau du four lorsque quelqu'un frappa à la porte. L'appartement sentait merveilleusement bon ; il n'y avait rien de tel que l'odeur d'un gâteau fraîchement cuit... sauf peut-être l'odeur du pain fraîchement cuit.

Bristol s'essuya les mains sur un torchon et se dirigea vers la porte. Elle n'avait aucune idée de qui cela pouvait être, mais elle ne serait pas surprise de voir Lilly ou peut-être même Sandra. La propriétaire du restaurant était passée plusieurs fois avec de nouveaux plats qu'elle voulait essayer pour ses clients. C'était un peu une excuse bidon, mais ça ne dérangeait pas Bristol. Si Sandra voulait venir la voir, elle était toujours heureuse qu'elle lui rende visite.

Elle ouvrit la porte, fronçant brièvement les sourcils. Luke... ? Non, Lance. Voilà comment il s'appelait.

— Salut ! Désolé de te déranger, dit-il d'un ton jovial. Et je sais que ça peut sembler un peu ringard et bateau, mais j'étais en train de préparer un rôti pour le dîner et je me suis rendu compte que je n'avais aucune carotte à mettre dans le ragoût. Je peux aller au magasin en acheter, mais je me suis dit que tu en avais peut-être quelques-unes de ton côté ? J'étais concentré dans mon manuscrit et j'ai oublié de faire des provisions. Je peux te donner quelques dollars en échange, si tu peux me dépanner.

— Oh, ce n'est pas nécessaire, je suis sûre que je peux t'en donner quelques-unes. On est allés faire les courses hier, dit Bristol en souriant à son voisin. Elle ne lui avait pas parlé depuis plusieurs semaines, mais elle l'avait déjà vu dans le coin. Il vivait trois appartements plus bas après tout et comme Fallport n'était pas vraiment une grande ville, elle le voyait de temps en temps.

— Merci beaucoup, dit-il avec un grand sourire. Tiens, laisse-moi te donner un peu d'argent pour te dédommager.

— Non, vraiment, c'est bon, dit Bristol alors qu'il tendait la main vers sa poche arrière.

Sauf qu'il ne sortit pas son portefeuille ; il avait un morceau de tissu dans la main. Avant même qu'elle ne puisse comprendre ce qu'il faisait, Lance s'avança et la prit par la taille. Il couvrit son nez et sa bouche avec le tissu en appuyant avec force.

Bristol se débattit immédiatement, mais c'était inutile. Lance était trop costaud. Elle essaya de le frapper avec sa jambe plâtrée, mais il l'esquiva simplement. Il la plaqua contre le mur à l'intérieur de l'appartement et lui sourit.

Un sourire à la fois sinistre et paisible. Il ne semblait pas stressé ou anxieux de quelque manière que ce soit.

— Laisse-toi faire, dit-il à voix basse. Respire, mon chou. Voilà. Je te tiens.

Bristol réalisa trop tard ce qui était en train de se passer. Le tissu contre son visage était mouillé. C'était tellement cliché de s'évanouir à cause du chloroforme ou toute autre drogue qu'avait utilisée son voisin pour imprégner le tissu. Mais c'était ce qui était en train de se produire. Elle se sentit léthargique et ses membres semblèrent soudain peser une tonne. Quand elle cligna des yeux, elle dut lutter de toutes ses forces pour les ouvrir à nouveau.

— Tu ne devrais vraiment pas ouvrir ta porte aux inconnus, mon chou. Ce n'est pas prudent.

Elle eut envie de rire avec ironie, de hurler sur cet homme et de lui demander ce qu'il foutait, mais elle n'arrivait pas du tout à parler avec sa main sur sa bouche et elle perdait progressivement connaissance.

Lance la souleva mais ne retira pas le tissu de sa bouche et de son nez. Il fit marche arrière pour sortir de l'appartement et prit la direction du couloir.

Une fois qu'ils furent devant son appartement, il ouvrit la porte et la porta à l'intérieur. La dernière chose dont Bristol eut conscience fut Lance qui lui murmurait quelque chose alors qu'il entrait dans une pièce où il faisait nuit noire. Il l'allongea sur un lit et se pencha vers elle pour l'embrasser sur le front.

— Dors, mon chou. Je suis là. Ta nouvelle vie commence.

* * *

Rocky avait chaud, il était fatigué et irrité. Les fondations sur lesquelles il travaillait étaient bien plus abîmées qu'il ne l'avait imaginé. Il allait falloir beaucoup de travail pour réparer ce que le temps et la nature avaient infligé à cette vieille maison. Mais il était également fier de ce qu'il avait pu accomplir jusqu'à présent. Il allait devoir demander de l'aide à Ethan dans un futur proche, car il y avait certaines choses qu'il ne pourrait pas faire tout seul, mais il savait que son frère n'aurait aucun problème à lui donner un coup de main.

Après avoir démarré le moteur de sa Tahoe et mis l'air conditionné, Rocky prit son téléphone. Il envoya un texto à Bristol, lui demandant comment s'était passé le reste de sa journée tout en l'informant qu'il était sur le point de rentrer à l'appartement. À sa grande surprise, elle ne lui répondit pas. Et en plus, il ne vit pas l'accusé de réception s'afficher sous son message.

Il attendit une minute entière, puis renvoya un message.

*Rocky : Hé, Punky, t'es là ?*

Une autre minute s'écoula sans qu'il ne reçoive aucune réponse ni indication qu'elle ait lu son message.

Rocky sentit les poils de sa nuque se hérisser et il mit la voiture en mouvement. Il était idiot d'imaginer qu'il y avait un problème. Bristol était à l'appartement, pile là où il l'avait laissée un peu plus tôt. La dernière fois qu'il avait eu de ses nouvelles, c'était quand elle était rentrée de son rendez-vous avec l'agente immobilière. Elle n'avait rien de prévu pour la journée et si elle avait changé d'avis et était sortie, elle le lui aurait dit.

Rocky n'était habituellement pas du genre à tirer des conclusions hâtives... sur quoi que ce soit.

Mais il ne pouvait pas s'empêcher de sentir une boule de terreur se former dans son estomac. Il était très probable que lorsqu'il rentrerait à la maison, Bristol serait perdue dans son processus de création. Ou en train d'écouter de la musique si fort qu'elle n'aurait pas entendu ses messages.

Au fond, Rocky ne croyait à aucune de ces options. Elle n'avait jamais manqué de répondre à ses textos. Ce n'était pas qu'il s'attendait à ce qu'elle arrête immédiatement ce qu'elle faisait pour lui prêter attention quand il l'appelait ou lui envoyait un message, mais son instinct lui criait que quelque chose n'allait pas.

Il pria pour avoir tort. Pour que lorsqu'il rentrerait à l'appartement, Bristol lui dirait qu'il était ridicule et trop protecteur. Peut-être qu'ils auraient même leur première dispute et qu'elle lui dirait qu'il fallait qu'il se détende ou un truc du genre. Il avait presque *envie* que ce soit le cas.

Parce que les autres alternatives qui fusaient dans son esprit étaient inacceptables.

Il eut l'impression de mettre plus de temps que d'habitude à traverser Fallport pour aller jusqu'à son appartement. Il parcourut la résidence du regard et ne vit rien d'anormal. Il n'y avait pas de voitures étranges sur le parking et personne n'était dehors. Il se gara et bondit hors de la voiture, dévalant les escaliers. Il les gravit deux par deux et courut le long du couloir jusqu'à sa porte. Il tourna la poignée, mais celle-ci était verrouillée.

Se convaincant que c'était bon signe, il lui fallut quelques secondes pour trouver la bonne clé et l'insérer dans la serrure. Rocky ouvrit la porte et l'odeur du gâteau qui sortait du four emplit ses narines.

Une douce surprise, lui avait dit Bristol. Le soulagement coula dans ses veines alors que Rocky fermait la porte derrière lui.

— Bristol ? l'appela-t-il.

Il n'obtint aucune réponse.

Il entra dans l'appartement et regarda en direction de la cuisine où il la trouvait parfois quand il rentrait du travail. Elle n'y était pas. Il vit le gâteau qu'elle avait préparé posé sur la cuisinière sur une grille de refroidissement. Celui-ci n'avait pas encore de glaçage ce qui lui fit froncer les sourcils.

— Bristol ? appela-t-il à nouveau.

Mais comme tout à l'heure, il n'obtint aucune réponse.

Se retournant, Rocky se figea quand il vit le téléphone de Bristol sur le comptoir.

Il le prit et appuya sur le bouton accueil. Les textos qu'il lui avait envoyés apparurent immédiatement sur l'écran, ainsi que quelques messages de Lilly, Elsie, Sandra et même Khloe.

Il reposa le téléphone sur le comptoir et se rendit dans le couloir. La porte de la salle de bains était ouverte et Bristol n'y était pas. Sa main se mit à trembler quand il ouvrit la porte de la chambre principale. C'était un sentiment étrange que de *redouter* de la trouver là, peut-être blessée et incapable de bouger, tout en *espérant* la trouver ainsi. Si elle était blessée, il pourrait l'aider. Mais si elle ne l'était pas...

Ses pires craintes se réalisèrent lorsqu'il découvrit que la chambre était exactement comme ils l'avaient laissée ce matin. Au réveil, il n'avait pas pu s'empêcher de se jeter sur elle, il l'avait penchée sur le matelas et l'avait prise par-derrière. Dans leur excitation les draps avaient été arrachés du matelas et Bristol s'était plainte de devoir refaire le lit. Rocky l'avait embrassée en lui promettant de s'en occuper quand il rentrerait.

Mais en regardant les draps en désordre, il sut. Même sans devoir vérifier la chambre dans laquelle elle avait dormi au début quand elle était arrivée, il sut que Bristol n'était pas ici. Sinon, elle aurait changé les draps elle-même. Elle n'aurait pas attendu qu'il le fasse.

Tournant les talons, Rocky revint dans le salon et ouvrit la porte de son appartement. Il courut dehors et se pencha par-dessus la balustrade. Il n'avait aucune idée de ce qu'il cherchait.

Non, c'était faux. Il cherchait le moindre signe pouvant indiquer où Bristol s'était rendue. Le moindre indice. Mais tout ce qu'il vit fut la même chose que tous les jours quand il quittait l'appartement. Se tournant, Rocky regarda sa porte. Elle avait été fermée quand il était arrivé chez lui ; pourtant le téléphone, les clés et le sac à main de Bristol étaient encore à l'intérieur de l'appartement.

Merde. Rocky était doué dans les bois. Pour suivre les

traces. Pour reconnaître une bombe sur le côté de la route à cent mètres de distance. Il pouvait repérer les snipers cachés dans des bâtiments dans une ville hostile. Mais il n'était pas criminologue. Il ne savait pas ce qu'il devait d'abord chercher dans sa maison pour retrouver la femme qu'il aimait.

Il serra les dents avec force en sortant à nouveau son téléphone. Il *aimait* Bristol… et il ne le lui avait pas dit. Si quelque chose lui arrivait et qu'il n'avait pas l'occasion de lui faire savoir à quel point il l'aimait, il ne se le pardonnerait jamais.

Il réagissait peut-être de façon excessive, mais son instinct lui disait le contraire.

Il cliqua sur le nom d'un contact et attendit impatiemment que son ami lui réponde.

— Salut, Rocky, qu'est-ce qu'il se passe ? dit Drew quand il décrocha.

— J'ai besoin de toi.

— Pourquoi ? Qu'est-ce qui ne va pas ?

— Bristol a disparu et j'ai besoin de ton aide. J'ai besoin de l'aide de tout le monde.

— J'arrive tout de suite, dit Drew.

Rocky entendit son ami bouger dans le fond. Il ferma les yeux et fit de son mieux pour ne pas paniquer. Il fut soulagé que Drew ne lui ait pas demandé s'il était sûr. Rocky savait que Bristol était en danger autant qu'il connaissait son propre prénom. C'était un sentiment profond. Le même qu'il avait eu quand il avait 7 ans et qu'Ethan était tombé en vélo. Il n'était pas présent, mais il avait su que son jumeau avait été blessé. Le même sentiment qu'il avait eu quand Ethan avait failli être réduit en pièces lorsqu'une bombe avait explosé, du temps où ils étaient dans la Marine.

— Où es-tu ? Chez toi ? demanda Drew.

— Oui, dit-il presque comme un murmure.

— Ne touche à rien. Compris ? Il pourrait y avoir des traces ADN et d'autres preuves.

— Je suis dehors, dit Rocky.

— Tant mieux. Je serai là dans quelques minutes. Je vais raccrocher et appeler les autres. Ça ira jusque-là ?

Est-ce que ça irait ? Non. Pas en sachant que Bristol était quelque part, probablement effrayée, peut-être même blessée. Il connaissait bien les statistiques qui démontraient que les premières heures après l'enlèvement d'une personne étaient les plus importantes. Et que si l'on ne retrouvait pas la personne dès les premiers jours critiques, il était probable qu'on ne le fasse jamais.

Il ne pouvait pas concevoir que Bristol ne fasse plus partie de ce monde. Elle était son rayon de soleil. Elle lui donnait envie d'être une meilleure personne.

Posant une main sur son cœur, Rocky inspira profondément. Elle n'était pas encore morte. Il le *savait*. Il le sentait au fond de lui. Il avait encore une chance de la trouver. De la ramener à la maison. Et celui ou celle qui avait osé la toucher allait le regretter.

— Rocky ? J'ai besoin que tu restes avec moi. Garde ton sang-froid ! aboya Drew.

— Je suis là, dit-il à son ami.

— Tant mieux. Je raccroche pour appeler tout le monde. Ne bouge pas.

Rocky acquiesça et entendit la ligne s'éteindre. Il se retourna et fixa son appartement du regard. Il était possible qu'elle ait simplement oublié son téléphone, son sac à main et ses clés et soit partie voir une de ses nouvelles amies, mais Rocky chassa immédiatement cette pensée de son esprit. Elle ne serait jamais partie sans son téléphone. Après sa mésaventure, elle comprenait mieux que quiconque l'importance d'avoir un moyen de communiquer avec les autres.

Non, tout ça ne présageait rien de bon.

Vraiment rien de bon. Et tout ce que Rocky pouvait faire, c'était de rester planté là et de prier que Bristol soit assez forte pour surmonter l'épreuve que lui envoyait à nouveau la vie.

# CHAPITRE SEIZE

Lorsque Bristol se réveilla, elle fut complètement désorientée. La pièce dans laquelle elle se trouvait était sombre. La seule source de lumière provenait d'une ampoule de très faible puissance, sous la lampe à côté du lit sur lequel elle se trouvait. Un lit dont l'odeur et la sensation n'étaient pas familières. Au fur et à mesure qu'elle reprenait conscience, elle réalisa qu'elle avait un terrible mal de tête... et que sa jambe lui faisait tellement mal qu'elle eut immédiatement les larmes aux yeux. Cela n'avait aucun sens. Sa jambe était pratiquement guérie. C'était ce que lui avait dit docteur Snow l'autre jour.

— Bonjour, Bristol, dit une voix grave à sa droite.

Tournant la tête, elle cligna des yeux à travers les larmes et reconnut son voisin... Lance.

Et tout à coup, tout lui revint. Instinctivement, elle essaya de s'éloigner de lui, mais la douleur dans sa jambe la relança. Elle cria de douleur.

— Doucement, dit Lance en lui prenant le bras. Il faut que tu restes immobile, sinon tu vas te faire encore plus mal.

Baissant les yeux, Bristol vit que sa cheville droite était retenue par une chaîne qui disparaissait sous le lit. Mais pire encore – son plâtre rose avait disparu. Sa jambe était d'un blanc immaculé, la peau pelait et avait désespérément besoin d'être lavée. Mais ce ne fut pas ce qui la choqua le plus.

Elle saignait, abondamment, et si la douleur qu'elle ressentait était une indication, sa jambe était à nouveau fracturée.

— Je suis désolé, dit Lance qui ne le semblait pas du tout. J'ai dû enlever ton plâtre pour pouvoir t'attacher correctement pour être sûre que tu ne puisses pas me quitter. Et en le faisant, tu as été à nouveau blessée.

Des images du film *Misery*[1] défilèrent dans la tête de Bristol. Lance avait-il fait exprès de lui casser la jambe pour qu'elle ne puisse pas marcher ?

— Mais tu guériras. Je m'en assurerai. Je t'apporterai tout ce dont tu auras besoin... de la nourriture, de l'eau et le matériel que tu utilises pour fabriquer tes bijoux. Je suis allé chez toi, tu sais.

Sa voix était douce et régulière, comme s'il parlait de la météo et non pas de l'enchaîner et de la retenir captive.

— Chez moi ? demanda Bristol, faisant de son mieux pour ne pas paniquer.

Il fallait qu'elle reste calme. Qu'elle comprenne ce qu'il se passait et comment se tirer de là.

— Oui. Quand tu es partie pendant un moment, je me suis inquiété. Tu n'étais pas en ligne et tu ne répondais pas aux commandes de ton site web. J'ai su qu'il s'était passé quelque chose de grave. Et j'avais raison. Quand tu es enfin rentrée chez toi, j'étais tellement soulagé... mais tu étais avec *lui*. Il n'est pas bien pour toi, Bristol. Tu n'as pas du tout fait attention aux messages de tes abonnés et de tes clients ou à ton site. Tu n'as pas mis de nouvelles créations en ligne. Ce n'est pas bien. Quand tu es partie, je t'ai suivie jusqu'ici. Jusqu'à cette horrible putain de ville. Où tout le monde se mêle des affaires de tout le monde. C'est répugnant ! cracha-t-il, soudain en colère pour la première fois, avant de se calmer à nouveau. Quand je suis rentré chez moi, j'ai mis en place un plan. Je suis retourné chez toi et j'ai récupéré certaines de tes affaires. Des affaires dont tu auras besoin avant que je ne puisse te ramener chez *moi* où nous serons tellement heureux ensemble. J'ai ton savon, tes livres... et regarde, même une photo de ta mère.

Lance désigna quelque chose de l'autre côté de la pièce et Bristol, obéissante, regarda autour d'elle avec horreur. Il avait raison. Elle vit un coussin qu'elle avait vu pour la dernière fois sur son canapé à Kingsport. Une photo de sa mère et d'elle à Noël il y a quelques années. Un mug du placard de sa cuisine avec une fleur sauvage imprimée dessus.

Dans le coin de la pièce se trouvait une petite table sur laquelle étaient posés des récipients en plastique remplis des perles et autres matériaux qu'elle utilisait pour faire des bijoux. Elle les avait également vus pour la dernière fois dans sa maison, quand elle y était allée avec Rocky. Elle avait décidé de ne pas les apporter à Fallport car elle avait déjà emporté assez de matériel pour une période courte.

Les larmes coulèrent en continu sur les joues de Bristol. C'était déjà assez difficile comme ça, qu'elle ait été kidnappée dans l'appartement de Rocky par quelqu'un qu'elle connaissait un peu, et que sa jambe ait été fracturée, pour qu'elle ne puisse plus marcher. Mais le fait de savoir que Lance avait violé son intimité à Kingsport était presque trop pour elle.

— Ne pleure pas, dit Lance, soudain agité.

Bristol se tourna vers lui. Il avait le visage tout rouge et fronçait les sourcils vers elle.

— Ne pleure pas ! répéta-t-il, de façon plus véhémente cette fois-ci. Tu devrais être *heureuse*. Tu m'aimes ! On est faits pour être ensemble. J'ai tellement de tes créations chez moi. Tu les as faites pour *moi* !

Bristol retint son souffle. Elle avait peur – tellement peur. Lance était complètement déséquilibré. S'il avait acheté des choses sur sa boutique en ligne, elle ne s'en souvenait certaine-ment pas.

Elle respirait bien trop vite, mais si elle voulait survivre à tout cela, il fallait qu'elle fasse croire à Lance qu'elle était heureuse d'être ici. Elle ne pouvait pas l'affronter. Il était plus grand et plus fort, et avec sa jambe qui la faisait tant souffrir, elle ne pouvait pas vraiment sortir d'ici.

Bristol repensa à une émission criminelle qu'elle avait regardée une fois. Il y avait cinq ou six femmes qui avaient été kidnappées et retenues prisonnières durant de longues périodes. Certaines avaient été retenues captives pendant des années. L'idée même de rester une journée avec ce type, voire même pour toujours, lui donna à nouveau envie de pleurer, mais elle fit de son mieux pour ne pas montrer ses émotions.

Dans l'émission, les femmes expliquaient comment elles avaient cherché à se lier d'amitié avec leur ravisseur, comment elles étaient restées dociles et avaient fait tout ce qu'on leur ordonnait. La présentatrice leur avait alors demandé si elles avaient parfois eu envie de se battre. Chaque femme avait répondu que oui, *évidemment*, mais qu'elles avaient instinctivement su que si elles avaient essayé, il les aurait tuées.

Bristol n'avait pas vraiment compris à l'époque. Elle s'était dit que si jamais quelqu'un lui faisait ça un jour, elle se battrait comme une folle. Qu'elle ne cèderait *jamais*. Qu'elle ne laisserait jamais son kidnappeur croire, ne serait-ce une seule seconde, qu'elle était d'accord avec ce qu'il avait fait.

Mais en étant allongée là, vulnérable, enchaînée au lit avec sa jambe lancinante et sa tête qui lui faisait mal à cause de ce qu'il lui avait administré, Bristol comprenait.

Son seul but était de survivre. Et si cela impliquait d'être docile et de ne pas laisser cet homme savoir à quel point elle le haïssait et voulait s'enfuir, alors ainsi soit-il.

Rocky la retrouverait. Il le devait. Il fallait juste qu'elle soit intelligente et reste en vie jusqu'à ce qu'il le fasse. Exactement comme ce qu'elle avait fait dans la forêt. Elle avait fait le nécessaire pour survivre jusqu'à ce qu'il vienne la chercher. Évidemment, à ce moment-là elle ne savait pas qu'il la cherchait, mais désormais, elle savait sans l'ombre d'un doute que Rocky et ses amis – voire toute la ville de Fallport – retourneraient chaque pierre et chaque buisson pour la retrouver.

Une petite voix dans sa tête lui annonça que cela ne suffirait pas de chercher sous les pierres et les buissons, mais elle repoussa cette pensée. Il fallait qu'elle reste positive.

— Je suis contente que tu aies aimé ce que j'ai créé pour toi, tenta Bristol.

Elle avait visé juste. Lance eut un grand sourire.

— Je les ai adorés. Dès que j'ai vu un de tes designs, j'ai su que tu étais à moi. J'ai emménagé à Kingsport pour être près de toi et je savais que ce n'était qu'une question de temps avant que tu ne ressentes, comme moi, cette connexion qui nous unit. Nous sommes faits pour être ensemble. Je t'aime, mon chou.

Bristol sourit. De façon crispée, mais elle fit de son mieux tout en essuyant les larmes de ses joues. Il avait emménagé à Kingsport parce qu'elle y vivait ? Depuis combien de temps l'espionnait-il ? Elle n'avait même pas envie d'y penser.

Elle prit une grande inspiration.

— Où sommes-nous ?

— Dans mon appartement.

Elle cligna des yeux de surprise.

— Ah bon ?

— Oui, oui. Mais ne t'inquiète pas, ils ne vont pas te retrouver. Impossible. J'ai insonorisé la pièce. Les murs ici sont bien trop fins. Si je ne l'avais pas fait, ils t'entendraient à coup sûr.

Regardant autour d'elle, Bristol comprit pourquoi il faisait si noir. Il avait collé des couvertures sur les murs et la fenêtre. Elle ne savait pas combien de couvertures il avait utilisées, mais il semblait y en avoir assez pour étouffer les bruits qui pouvaient provenir de la pièce.

Elle dut redoubler d'efforts pour sourire à Lance.

— Malin, dit-elle doucement.

— Je sais. Nous sommes juste sous son nez et il ne s'en rendra jamais compte, se vanta Lance. On va rester ici un moment jusqu'à ce qu'ils arrêtent de te chercher. Ensuite, je te ramènerai à la maison, chez *moi*, où est ta place, et on vivra heureux pour toujours. Tu feras tes vitraux pour moi et je t'aimerai et nous n'aurons besoin de personne à part nous-mêmes.

Le sang de Bristol se glaça. Si Lance l'emmenait loin de Fallport, les chances que quelqu'un la retrouve seraient minces, voire inexistantes.

— Je suis désolé pour ta jambe, dit à nouveau Lance en fronçant les sourcils. Je ne comptais pas te faire de mal, mais quand j'ai enlevé ton plâtre, je me suis mis à penser que tu pourrais essayer de me quitter. Et je ne pouvais pas te laisser faire. Avant même de comprendre ce que je faisais, je t'ai frappée avec un marteau. Je me suis dit que ce serait mieux si je le faisais pendant que tu dormais, pour que tu ne le sentes pas.

Bristol eut envie de vomir. Pas étonnant que sa jambe lui fasse si mal. Il l'avait frappée avec un *marteau* ? Elle lui lança un regard qu'elle espérait penaud.

— Ça fait vraiment mal.

Mais au lieu que Lance s'inquiète ou fasse quelque chose pour stopper le saignement, il haussa les épaules.

— Je sais, mais au moins, maintenant, tu ne peux plus me quitter, dit-il aussi nonchalamment que s'il lui annonçait ce qu'il y aurait au dîner.

Observant l'homme assis à côté d'elle, Bristol réalisa qu'il était plus que déséquilibré. Quelque chose ne tournait clairement pas rond chez lui... et elle allait devoir faire attention.

Il ne pourrait pas rester avec elle chaque instant de la journée. Elle trouverait un moyen de sortir de cette pièce. Si elle pouvait atteindre la porte et sortir, elle serait libre.

Savoir qu'elle était si proche de Rocky, et si loin en même temps, était à la fois rassurant et déprimant.

Lance se pencha en avant et posa nonchalamment la main sur son tibia fendu – et le serra. Bristol ne put s'empêcher de hurler de douleur.

— N'envisage pas de me quitter, Bristol, dit-il comme s'il pouvait lire dans ses pensées. J'ai travaillé trop dur pour t'avoir.

Je n'abandonnerai pas. Je nous tuerai tous les *deux* avant que ça n'arrive. Il ne t'aura pas. Tu es à moi. Compris ?

Bristol hocha frénétiquement la tête.

Lance se rassit avec un grand sourire sur le visage comme s'il n'avait pas été en train de lui faire mal une seconde plus tôt. Il appuya un coude sur le lit et reposa son menton dans sa main. Sa main *sanglante*. Celle dont il s'était servi pour serrer la blessure sur sa jambe.

— Tant mieux. Bon, tu as faim ? Tu as peut-être envie de travailler sur tes bijoux ? Je sais que ça te détend. Tu peux me fabriquer quelque chose, ensuite on s'occupera de réapprovisionner le stock de ton site internet. Tu as manqué à tes fans et il est temps que tu rouvres ton commerce.

Bristol ravala la bile qui remontait dans sa gorge. Elle avait envie de hurler. Elle voulait s'insurger contre ce qui lui arrivait. Mais au lieu de ça, elle hocha simplement la tête.

\* \* \*

Rocky essaya de rester calme pendant que Raiden et Duke travaillaient. Il se tenait sur le parking, observant les allers-retours du limier devant les appartements du deuxième étage. Il était évident que le chien avait senti l'odeur de Bristol, mais il semblait également perdu concernant son origine. Il allait de l'appartement de Rocky, descendant l'allée, jusqu'aux escaliers. Il les descendait, puis remontait. Il reniflait chaque porte des appartements du deuxième étage, puis redescendait les escaliers et reniflait tout autour du parking.

Raiden finit par s'approcher de Rocky et du reste de l'équipe. Simon et deux de ses officiers étaient également présents.

— Je suis désolé : comme elle est entrée et sortie de ton appartement à plusieurs reprises, Duke ne peut pas se caler sur l'odeur la plus récente. Le scénario le plus probable est qu'elle soit descendue avant de monter dans une voiture.

— Putain, marmonna Rocky.

— Mes deux autres officiers ont mis en place un contrôle sur la I-480, dit Simon. Ils arrêteront chaque voiture quittant Fallport et les fouilleront pour trouver Bristol.

Rocky appréciait les efforts du chef de la police, mais si quelqu'un avait enlevé Bristol et avait ensuite fui la ville, il était probablement parti depuis longtemps. Cinq heures s'étaient écoulées depuis qu'il avait eu de ses nouvelles. Cinq heures durant lesquelles tout aurait pu arriver.

Il avait la nausée.

— J'ai appelé Sandra et lui ai demandé de faire circuler que Bristol avait disparu, dit Ethan. Tout le monde à Fallport sera à sa recherche.

Rocky appréciait leur aide, mais ça n'empêcha pas la peur de lui glacer les membres.

— On va se disperser depuis ici et tout passer au peigne fin autour de la résidence, proposa Talon.

Rocky acquiesça.

— On va la trouver, lui dit Brock.

— On n'abandonnera pas tant qu'elle ne sera pas rentrée à la maison, ajouta Zeke.

— Allez-y, commencez. Je vous rejoins dans une minute, dit Ethan au reste de l'équipe de recherche et de sauvetage d'Eagle Point.

Les deux officiers de Simon remontèrent les escaliers de son appartement, pour étudier l'appartement de plus près et trouver des indices qui auraient pu leur échapper la première fois.

— Parle-moi, ordonna Ethan à son frère.

Rocky leva les yeux vers son jumeau.

— De quoi ? dit-il d'une voix brisée. Elle a disparu.

— Vous vous êtes disputés ? demanda Simon.

Rocky faillit lui répondre en grognant.

— Non ! dit-il en secouant fermement la tête. Aucune dispute. Tout va bien entre nous. On est solides. Je n'ai pas fait ça, Simon. Tu me *connais*, putain. Tu sais que je ne ferais pas ça.

— Je devais poser la question, dit Simon en haussant les épaules et en levant les mains en l'air en signe de capitulation.

Rocky savait bien, mais il n'aimait pas ça.

— Elle veut acheter une maison ici. Elle avait rendez-vous avec une agente immobilière ce matin. Elle m'a demandé *d'emménager* avec elle. Je ne lui ferais jamais de mal, Simon. Je te le jure. Je lui ai envoyé un message à midi et elle m'a dit qu'elle me préparait une surprise. C'est la dernière fois qu'on a échangé. Elle ne semblait pas bizarre. Il ne s'est rien passé. Je suis rentré à la maison et elle avait simplement... disparu.

L'air compatissant de Simon était insupportable.

Rocky avait déjà été à la place de Simon, trop de fois pour pouvoir les compter. Parlant avec un membre de la famille de la personne disparue. Voulant savoir quand on l'avait vue pour la dernière fois, les derniers mots qu'elle avait prononcés... essayant d'avoir une idée de l'endroit où il fallait commencer à chercher. Et maintenant, c'était lui qui était de l'autre côté. C'était encore plus horrible que ce qu'il aurait pu imaginer.

— Est-ce que quelqu'un en ville aurait pu découvrir sa situation financière et peut-être vouloir s'approprier cet argent ? demanda Simon.

Rocky soupira de frustration.

— Je ne sais pas. Mais putain, Simon, tu connais Bristol. Tout le monde l'adore. Et la dernière chose qu'elle ferait serait de mettre en avant le fait qu'elle est riche. *Toi-même* tu ne le savais pas jusqu'à ce que je te le dise tout à l'heure.

Simon haussa les épaules.

— Je sais. J'essaie juste de trouver un mobile.

— Et Theodore Lorenzo Allen ? demanda Rocky. Est-ce qu'il aurait pu faire ça ? Engager une des personnes qu'il prétendait connaître pour la kidnapper ?

Simon pinça les lèvres.

— Je vais me renseigner.

— Ou peut-être ce type, là, Mike ? Tu sais, ce connard qui l'a abandonnée dans les bois la première fois ? Peut-être qu'il n'a toujours pas compris que non c'est non et qu'elle n'a pas envie d'être avec lui ?

Rocky savait qu'il se raccrochait à n'importe quoi, mais il avait du mal à croire que tout ça était bien réel.

— Il est sur ma liste de suspects, le rassura Simon.

Rocky lutta pour réfléchir.

— Toutes ses affaires sont toujours dans l'appartement. Son téléphone, son sac à main... ses chaussures sont toujours près de l'entrée. Je pense qu'elle a dû ouvrir la porte. Peut-être qu'elle connaissait la personne.

— Je ne sais pas, dit Ethan. C'est Fallport. Même si elle ne connaissait pas la personne, elle aurait quand même pu ouvrir la porte.

Rocky savait que son frère avait raison.

— Quand mes officiers de police auront fini d'inspecter ton appartement, on fera un tour du quartier. On ira demander si quelqu'un dans la résidence a vu ou entendu quelque chose. Ensuite on s'intéressera aux commerces et maisons voisines, dit Simon.

Rocky acquiesça, mais au fond, une colère intense et profonde commençait à brûler. Quelqu'un avait enlevé sa femme. Il était certain qu'elle n'était pas partie volontairement.

Bristol et lui étaient sur le point de vivre une vie merveilleuse ensemble. Une vie qu'il n'aurait jamais cru pouvoir avoir. Et il ne cesserait jamais de la chercher, jamais.

— Quand j'appellerai la police de Kingsport pour poser des questions sur ce Mike, je verrai s'ils peuvent aller inspecter sa maison. Peut-être, je dis bien, peut-être, qu'elle a réalisé qu'elle avait le mal du pays et qu'elle est retournée là-bas, dit Simon.

Rocky n'y croyait pas une seconde. Bristol considérait déjà Fallport comme sa maison. Elle ne serait jamais retournée à Kingsport sans lui dire. Et certainement pas sans son téléphone, son sac à main et ses putains de chaussures.

Non, quelqu'un l'avait enlevée. Rocky en était certain.

Il n'avait pas envie d'imaginer ce que quelqu'un était peut-être en train de lui faire subir. Il ne pouvait pas y penser pour le moment. Une fois qu'il l'aurait retrouvée, ils s'occuperaient ensemble de ce qu'elle avait traversé. Il serait là pour elle, quoi qu'il arrive.

Pour le moment, il avait besoin *d'agir*, de faire quelque chose, n'importe quoi.

Rocky se tourna vers Ethan.

— J'ai besoin que tu supervises les recherches.

Son frère acquiesça.

— J'avais déjà prévu de le faire.

— Et il faut que je sois impliqué. Je ne peux pas rester assis chez moi à rien faire.

— Je te comprends.

— Je ne suis pas sûr que ce soit une bonne idée, commença Simon.

Mais Rocky se tourna vers lui.

— Si, je vais le faire, dit-il à travers sa mâchoire serrée. Tu ne pourras pas m'en empêcher.

— Ce n'est pas intelligent. Ta présence pourrait nuire à une affaire criminelle en cours.

— Il sera toujours accompagné, lui assura Ethan. Si on trouve quelque chose, Rocky n'y touchera pas.

Simon soupira.

— Très bien. Cette histoire d'affaire criminelle... c'est surtout une excuse. J'essaie de te protéger, Rocky. Si jamais on la retrouve... et qu'elle n'est pas en vie, je ne veux pas que tu la voies comme ça.

Les paroles du chef de la police lui glacèrent le sang, mais il ne montra pas ce qu'il ressentait.

— Je ne suis pas novice, lui dit-il. Je sais qu'il est possible que nous cherchions un corps. Mais il faut que je le fasse.

Il ne dit pas à Simon qu'il était persuadé que Bristol était vivante. Qu'il le sentirait au fond de lui si ce n'était pas le cas. Il ne l'aurait pas cru, mais Rocky s'en fichait. Il avait assez d'espoir pour Bristol et lui.

— Très bien. Mais ne touche à aucune pièce à conviction. Je suis sérieux, l'avertit Simon.

— Ce n'est pas notre première fouille, dit Ethan d'un ton irrité. On sait comment fonctionnent les preuves ADN.

— Très bien. Tenez-moi au courant. Si vous trouvez quoi que ce soit, dites-le-moi.

— On le fera, dit Ethan en attrapant le bras de Rocky. Merci.

Il fit quelques pas sur la droite, s'éloignant de Simon. Puis Ethan passa le bras autour du cou de Rocky et l'attira plus près. Rocky posa le front contre celui de son frère. Ils restèrent debout ainsi pendant un moment. Rocky absorba l'amour et le soutien de son jumeau. Il en avait besoin plus que tout.

— On va la retrouver, frérot, dit doucement Ethan au bout d'une minute.

— J'ai peur, chuchota Rocky.

— Moi aussi.

— Quelqu'un l'a enlevée. Elle n'est pas simplement partie, dit Rocky.

— Tu as raison. On n'abandonnera pas tant qu'on ne l'aura pas récupérée.

Rocky ferma les yeux. Son cœur battait la chamade et l'adrénaline pulsait dans ses veines, il tremblait.

— Je l'aime, avoua-t-il à voix haute pour la première fois.

— Tu ne m'annonces rien que je ne sache déjà, dit Ethan. Elle t'aime aussi. Peu importe où elle se trouve ou ce qui se passe, elle s'accroche... pour toi. C'est une dure à cuire. Elle a beau être minuscule, elle a plus de détermination que les personnes qui font deux fois sa taille.

Rocky hocha la tête et prit une grande inspiration en se redressant. Ethan posa les mains sur ses épaules alors qu'ils se regardaient droit dans les yeux. Son frère avait raison. Bristol était forte. Non seulement elle l'était, mais elle était également intelligente. Il ne savait absolument pas ce qui lui était arrivé, mais il savait qu'elle n'abandonnerait pas. Jamais.

— Tu es prêt à chercher ? demanda Ethan.

Il était plus que prêt.

— Oui.

— Allons-y. Allons retrouver ta femme, dit Ethan.

# CHAPITRE DIX-SEPT

Bristol n'avait aucune idée du temps qui s'était écoulé depuis qu'elle s'était fait enlever. Comme la pièce était toujours plongée dans l'obscurité, elle ne savait pas quand il faisait jour ou nuit. Elle avait le sentiment d'avoir beaucoup dormi les premiers jours, pour échapper mentalement à sa situation et avoir un peu de répit avec sa jambe.

Quand elle avait besoin d'aller aux toilettes, Lance lui apportait un seau et le plaçait à côté du lit. C'était dégoûtant et humiliant, mais elle n'avait pas d'autre choix que de l'utiliser. C'était soit ça, soit elle mouillait le lit et sa culotte. Lance devait l'aider à sortir du lit puisqu'elle ne pouvait pas bouger sa jambe sans souffrir. La première fois, Bristol avait été surprise de voir qu'il l'avait laissée seule pour faire ses besoins, mais il revenait toujours pile quand elle avait terminé, emportant le seau avec lui. Il l'observait probablement, ce qui la dégoûtait encore plus.

Il lui apportait régulièrement à boire et à manger. La nourriture n'était pas terrible, mais Bristol la mangeait quand même. Il fallait qu'elle garde de l'énergie, et le seul moyen de le faire était de manger.

Lance était obsédé par ses bijoux et son art. Il déplorait le fait qu'elle ne puisse pas créer ses vitraux dans le lit, mais lui promettait que lorsqu'ils retourneraient chez lui, elle pourrait s'y remettre.

Quitter Fallport était littéralement le pire cauchemar de Bristol. La dernière chose dont elle avait envie, c'était de quitter le Tennessee.

Apparemment, la ville entière de Fallport se mobilisait pour la retrouver.

Cela lui brisait le cœur et la frustrait chaque fois que Lance donnait des nouvelles des recherches. Il y avait des affiches de disparition et des recherches organisées dans chaque recoin de la ville et de la forêt environnante.

Cela lui faisait du bien que tout le monde se soucie autant d'elle, mais cela la rendait également très triste. Elle était *là*. Juste là ! À trois portes de là où elle avait été enlevée. Et pourtant, alors que les recherches continuaient, c'était son seul espoir.

Évidemment, Lance ne ressentait pas la même chose. Il était scandalisé qu'on s'inquiète pour elle. Il fulminait en disant qu'elle était nouvelle ici et que personne n'aurait dû autant se soucier d'elle. Elle était à *lui* – personne d'autre n'avait le droit de l'aimer comme lui.

Son humeur oscillait constamment entre l'amour et la tendresse qu'il avait pour elle et une colère effrayante face à cette situation qui selon lui était de la faute de *Bristol*.

Malgré sa colère vis-à-vis de l'enquête, Bristol savait qu'il était extrêmement fier de l'avoir cachée au nez et à la barbe de tous. Il lui avait raconté plusieurs fois que la police était venue toquer à sa porte le soir de son enlèvement, le questionnant pour savoir s'il avait vu ou entendu quelque chose.

Il se vantait d'avoir laissé la porte de l'appartement grande ouverte, et qu'à ce moment-là les policiers ne savaient absolument pas que la femme qu'ils cherchaient était littéralement dans une pièce à quatre mètres de là.

Il lui répétait sans cesse qu'elle était *à lui,* que personne ne pourrait la lui prendre.

Il devenait de plus en plus difficile de rester positive. De jouer le jeu. Chaque jour, Bristol se forçait à lui sourire au lieu de lui hurler dessus. De se retenir de lui dire à quel point il était sadique et horrible et qu'elle ne l'aimerait *jamais*.

Si elle lui disait vraiment ce qu'elle ressentait, il lui ferait du mal. La tuerait même peut-être. Elle ne pouvait toujours pas bouger sa jambe. Elle ne savait absolument pas si la broche que le chirurgien avait mise il y a quelques mois s'était détachée ou non. Tout ce qu'elle savait, c'était que même sans une chaîne autour de la cheville, elle n'aurait pas pu marcher pour sortir de l'appartement.

Mais ça ne voulait pas dire qu'elle ne pouvait pas ramper. Elle l'avait déjà fait dans la forêt et elle le ferait encore. Avec plaisir.

La pire partie de sa captivité n'était pas l'embarras d'avoir à se soulager dans un seau ou faire semblant d'apprécier la compagnie de Lance. C'était quand il s'en allait. Peu importe à quel point elle le suppliait et lui promettait de rester silencieuse, il ne lui faisait pas confiance. Il la menottait à la chaîne attachée à sa jambe, lui mettait un bâillon avec une boule et lui ordonnait d'être sage.

Elle avait du mal à respirer avec la boule dans sa bouche et à chaque seconde qui s'écoulait en son absence, Bristol avait l'impression qu'elle allait s'étouffer avec sa propre salive. Celle-ci coulait le long de son menton, car elle n'arrivait pas à déglutir correctement, et peu importaient les efforts qu'elle faisait, elle n'arrivait pas à atteindre la boucle à l'arrière de sa tête avec ses mains menottées à la chaîne. Sans compter qu'à force de bouger, sa jambe lui faisait un mal de chien.

Une fois, Lance était revenu après être parti pour une période anormalement longue, lui racontant avec un plaisir évident comment il avait participé à l'une des recherches la concernant. Et comment il se moquait intérieurement des efforts inutiles de tout le monde durant tout ce temps.

Son ravisseur était mauvais, et les petits élans de pitié

qu'elle avait éprouvés pour cet homme manifestement seul et malade avaient disparu depuis longtemps.

Ses journées étaient interminables et ennuyeuses puisque la seule chose que Lance l'autorisait à faire, était de fabriquer des boucles d'oreilles, des bracelets et des colliers. Il ne la laissait pas regarder la télé, lire des livres ou faire autre chose que dormir, manger et fabriquer des bijoux. Une fois, il avait apporté un ordinateur, et Bristol s'était enthousiasmée, pensant qu'elle parviendrait à envoyer un message à Rocky ou quelqu'un d'autre. Mais il avait rapidement étouffé cet espoir en ne la laissant pas s'approcher du clavier.

Il avait voulu le mot de passe de son site web. Il voulait qu'elle lui apprenne à télécharger des photos et à mettre à jour les descriptions de ses produits. Quand elle avait essayé de le repousser en lui disant qu'elle ne se souvenait plus de son mot de passe, il avait pris le marteau sur la table à l'autre bout de la pièce et l'avait écrasé sur le matelas, juste à côté de sa jambe.

Elle lui avait immédiatement donné l'information qu'il voulait.

Désormais, elle faisait des bijoux tous les jours. Lance mettait chaque article sur son site web. Et elle était obligée de l'écouter raconter à quel point leur vie ensemble allait être géniale, à quel point elle allait aimer la chambre qu'il avait préparée pour elle à Kingsport.

La première fois que l'un des articles s'était vendu, Lance avait été aux anges. Il n'avait pas arrêté de dire à quel point sa cliente allait être heureuse, puis avait commencé à détailler toutes les choses qu'il avait achetées à Bristol auparavant.

Bristol ne s'était souvenue d'aucun des articles... et elle n'avait *certainement* pas ajouté des « mots d'amour » à ses commandes, comme l'affirmait Lance.

Le fait de savoir qu'il l'espionnait et l'idolâtrait depuis si longtemps la rendait malade. Si seulement elle avait fait plus attention à ses clients – et leurs adresses. Mais elle ne l'avait pas fait. Il y en avait trop. Elle emballait simplement les choses et les envoyait sans réfléchir.

Alors que les heures et ces journées incalculables s'étiraient, la dépression et le désespoir commencèrent à s'installer. Elle n'avait aucun moyen de savoir combien de temps s'était écoulé, mais chaque jour qui passait, il était de plus en plus probable que les recherches cessent.

Les gens finiraient par penser qu'elle était morte et arrêteraient de chercher. Les avis de disparition seraient retirés et tout le monde reprendrait sa vie.

L'idée que Rocky fasse de même finit par faire progressivement s'effondrer le mur qu'elle s'était construit dans sa tête pour sa santé mentale. Elle l'aimait tellement. Et l'idée qu'il puisse souffrir, en se demandant ce qui lui était arrivé, la déchirait presque.

Mais c'est l'idée qu'il finisse par passer à autre chose qui avait réellement le pouvoir de la briser.

Elle avait envie de hurler : « Je suis là ! Je suis juste là ! » encore et encore jusqu'à ce que quelqu'un l'entende. Les couvertures sur le mur ne pouvaient pas être *si* efficaces que ça pour insonoriser la pièce, si ? Mais c'était évidemment pour ça que Lance la bâillonnait avant de quitter l'appartement. Elle pouvait toujours essayer de crier quand il était là, mais le marteau sur la table de l'autre côté de la pièce la faisait toujours réfléchir à deux fois.

Prenant une grande inspiration, Bristol se força à faire le vide dans sa tête. Il fallait qu'elle s'accroche. Encore un peu. Lance finirait par commettre une erreur tôt ou tard. Il le fallait. Il était tellement déséquilibré que ce n'était même pas drôle. Quelqu'un finirait par le remarquer et lui poserait des questions. Il passait la plupart de son temps dans son appartement avec elle, mais il devait sortir pour acheter de la nourriture. Pour envoyer les bijoux qu'elle fabriquait par la poste. Les habitants de Fallport étaient curieux. Ils finiraient par comprendre que le loup était entré dans la bergerie. Elle comptait dessus.

* * *

Deux semaines. Rocky n'arrivait pas à croire que cela faisait si longtemps.

Il ne mangeait plus. Ne dormait plus. Il ne pouvait rien faire d'autre que de penser à Bristol.

Allait-elle bien ?

Souffrait-elle ?

Pensait-elle qu'il allait arrêter de la chercher ?

Parce qu'il ne le ferait pas. Pas même si cela lui prenait des années, il la retrouverait.

Elle était en vie. Il le savait.

Il voyait le regard de pitié que les gens lui lançaient. Il était bien conscient que beaucoup de personnes avaient abandonné. Qu'elles pensaient que Bristol était morte et enterrée quelque part dans la forêt. Mais tout comme il sentait toujours quand son frère s'était blessé, il savait également que Bristol était toujours en vie.

Et pourtant, chaque jour qui passait, il *sentait* sa détermination faiblir. L'étincelle qui avait toujours brillé entre eux s'estompait. Il avait de moins en moins de chance de la retrouver et il le savait.

Quelque chose lui échappait. Mais Rocky n'arrivait pas à savoir ce que c'était.

Et cela ne l'avait pas aidé quand une semaine après sa disparition, un gros colis lui avait été livré à l'appartement. Sept nouveaux téléphones satellites flambant neufs et haut de gamme. Bristol les avait manifestement commandés, voulant probablement lui faire une surprise. Elle aurait été si enthousiaste. Même s'il appréciait beaucoup son cadeau, le fait d'ouvrir la boîte l'avait rendu putain de triste, ça l'avait presque tué.

C'était à la fois amer et frustrant de penser à elle. Il n'y avait aucune piste quant à l'endroit où elle pourrait être ou qui aurait pu l'emmener. Mike, le crétin qui avait essayé de pousser Bristol à faire une orgie dans les bois, avait un alibi en béton. Et le salaud de pédophile qu'ils avaient aidé à mettre en prison avait lui aussi été blanchi. Il avait ri quand on l'avait interrogé, après avoir appris la disparition de Bristol, mais il n'y avait absolument aucune preuve qu'il ait parlé à quelqu'un pour organiser un kidnapping.

Rocky et son équipe avaient fouillé chaque centimètre carré des quartiers autour du complexe d'appartements, sans succès. Les habitants de la ville s'étaient relayés pour parcourir les sentiers autour de Fallport et n'avaient rien vu ou entendu qui ne sorte de l'ordinaire. Chaque jour, les gens se réunissaient sur la place pour savoir où chercher ensuite.

Ethan avait travaillé sans relâche, organisant et coordonnant les recherches pour retrouver Bristol. Rocky ne pourrait jamais lui rendre la pareille pour son soutien indéfectible, mais en vérité... il savait qu'ils n'allaient pas retrouver la femme qu'il aimait assise au milieu des bois en train de les attendre. Il l'avait peut-être trouvée de cette façon la première fois, mais au fond, son instinct lui disait que quelqu'un la cachait quelque part.

La question, c'était où ? Ici, à Fallport ? Dans une cabane dans les bois ? Avait-elle été emmenée hors de la ville, dans un autre État ? Il était impossible de le savoir.

Il était temps de changer les choses. Il ne s'agissait plus d'une recherche physique. Il le savait au fond de lui. C'était désormais une recherche d'informations. Quelqu'un savait forcément *quelque chose*. Avait vu ou entendu quelque chose.

Rocky n'arrivait pas à dormir dans son lit, pas sans Bristol pour le partager avec lui, alors il avait passé ses nuits sur le canapé. Dormant par intermittences. Le moindre bruit le réveillait en sursaut car il pensait que c'était Bristol qui rentrait.

Il avait une sale mine, mais s'en fichait. Il n'avait pas brossé ses cheveux ni sa barbe depuis des jours. Il ne se souvenait même pas de la dernière fois qu'il avait mangé ou changé de vêtements. Comment pouvait-il se soucier de ce genre de choses quand sa femme était peut-être en train de mourir de faim ? Ou portant toujours les mêmes habits que lorsqu'elle avait été enlevée ? Ou n'ayant pas le droit de se laver ?

Quand l'heure à laquelle Ethan devait rencontrer les gens sur la place du centre-ville arriva, Rocky quitta son appartement pour s'y rendre. Il avait envie de dire quelque chose aux habitants. Il avait besoin qu'ils soient encore plus conscients de certaines choses.

Il avait dévalé la moitié des escaliers, se dirigeant vers sa voiture, quand quelqu'un ouvrit la porte de l'un des appartements derrière lui.

Levant les yeux, Rocky vit Lance fermer sa porte.

— Bonjour, lui dit Lance en commençant à descendre les escaliers. Tu as réussi à retrouver ta petite amie alors ?

— Pas encore, dit Rocky alors qu'ils atteignaient tous les deux le parking.

— Je suis désolé. Ça doit faire mal.

C'était un *euphémisme.*

— Oui, dit-il d'un air absent.

— Eh bien, j'espère que tu la retrouveras. Je vais à l'épicerie et au bureau de poste, dit-il en désignant le colis sous son bras, faisant un petit sourire à Rocky.

— Merci. Bonne journée, répondit-il sans réfléchir.

Il ne se souvenait même pas de la dernière fois qu'il était allé faire des courses à l'épicerie. Le gâteau que lui avait fait Bristol le jour de sa disparition était resté sur son comptoir pendant une semaine avant qu'Ethan ne l'emballe et ne le prenne avec lui. Son frère savait, sans même devoir le demander, que Rocky n'avait pas la force de le jeter. Il était certain que c'était ce qu'avait fait Ethan en arrivant chez lui, mais il n'aurait jamais fait quelque chose d'aussi cruel devant son jumeau. Rocky ne se souvint même pas du trajet jusqu'à la place. Il savait que c'était extrêmement dangereux, mais dernièrement, il n'avait pas assez d'énergie pour se soucier de sa propre sécurité.

Il y avait plusieurs dizaines de personnes autour du Cercle, le kiosque au milieu de la place. Il ne put s'empêcher d'être rassuré en voyant qu'autant de personnes essayaient toujours de retrouver Bristol.

Il s'approcha de là où se tenait Ethan sur le Cercle, et la foule autour d'eux se tut. Rocky ne venait pas toujours aux réunions quand Ethan organisait les recherches, mais quand il le faisait, les gens étaient toujours compatissants et positifs, ce qu'il appréciait.

Il s'adressa immédiatement à la foule.

— Merci d'être venus une fois de plus aujourd'hui. Je sais que Bristol serait très heureuse et surprise de tout le soutien que les gens lui apportent. Mais... voilà... Je pense que nous devons appréhender les recherches d'une autre façon, dit-il aux habitants.

Rocky sentit que son frère le regardait, mais il garda les yeux rivés sur les volontaires.

— Si elle était blessée dans les bois ou ailleurs en ville, on l'aurait retrouvée. Je crois qu'il est évident que quelqu'un la cache. Je pense qu'il est temps de parler de ce que nous avons vu, non pas en cherchant, mais quand nous nous déplaçons dans la vie de tous les jours. Je n'ai jamais été un grand fan des ragots... mais c'est ce dont nous avons besoin aujourd'hui. Qu'avez-vous vu ou entendu qui vous aurait paru étrange ou inhabituel ? Est-ce que vos voisins se sont comportés de façon bizarre ou furtive ces derniers temps ? Est-ce que quelqu'un a soudain quitté la ville sans prévenir ? Est-ce que quelqu'un a récemment acheté beaucoup de produits ménagers ? Celui ou celle qui a enlevé Bristol ne pourra pas la cacher éternellement. Et avant que tout le monde ne s'affole, je ne vous suggère pas d'accuser vos voisins ou vos amis. Je veux simplement que vous changiez votre façon de réfléchir... au lieu de chercher Bristol à chaque coin de rue, essayez de disséquer toute information que vous pourriez avoir si vous avez vu ou entendu quelque chose, afin de rassembler tous ces éléments ensemble. Elle me manque. Tellement. Elle a besoin de nous. Elle a besoin qu'on se réunisse et qu'on se *parle*. Elle est ici quelque part. Attendant d'être trouvée. S'il vous plaît... réfléchissez bien à tout ce qui semble sortir de l'ordinaire et appelez la police dès que vous voyez quelque chose. Même si c'est un petit détail, ça pourrait être un indice dont nous avons besoin pour retrouver Bristol. Merci.

Rocky balaya la foule du regard. Il vit Silas, Otto et Art. Ils avaient quitté leur place devant le bureau de poste pour rejoindre le groupe de recherche ou au moins pour écouter ce que Ethan avait à dire ce matin. Sandra était là. Tout comme la plupart des commerçants de la place. Bon sang, même le propriétaire de la salle de billard, Whip, se tenait non loin du reste de la foule et c'était pourtant un connard distant. Mais Rocky n'allait pas repousser quiconque voulait les aider à retrouver Bristol.

Davis était également présent, toujours aussi débraillé, ainsi que les serveurs du On the Rocks. Le bar de son ami n'ouvrait pas avant encore quelques heures et ils étaient là sur leur temps libre, voulant aider. Il y avait Nissi O'Neill, l'avocate en ville, Finley, Khloe... et même Edna Brown, la dame qui gérait le motel où Elsie et Tony avaient vécu si longtemps. Il y avait les professeurs de l'école de Tony, et même des gens que Rocky ne connaissait pas.

Fallport était une communauté, et quand quelque chose arrivait à l'un des leurs, tout le monde le prenait personnellement.

Ethan termina la réunion en annonçant qu'il n'y aurait pas de recherches officielles organisées aujourd'hui, et exhorta tout le monde à faire ce que son frère avait suggéré : parler les uns aux autres. Réfléchir aux choses qu'ils avaient vues et entendues récemment, et si quelque chose semblait suspect, appeler Simon au poste de police.

Quand tout le monde fut parti et qu'il ne resta plus que Rocky et Ethan sous le kiosque, Rocky se tourna vers son frère.

— On perd du temps, dit-il doucement.

— On ne renoncera pas, dit sévèrement Ethan.

— Je sais, mais... ça fait deux semaines.

— Tu sais tout aussi bien que moi que parfois nos recherches prennent encore plus de temps que ça, dit Ethan.

— C'est vrai, mais dans quasiment cent pour cent des affaires qui prennent autant de temps, on retrouve un corps, et non une personne, dit Rocky, admettant pour la première fois ce qu'il commençait à craindre profondément.

Il ne voulait pas croire que sa Bristol était morte, il n'avait pas le *sentiment* qu'elle était morte, mais il devait également envisager le scénario le plus plausible.

— Non, dit Ethan en se mettant face à son frère. Elle n'est *pas* morte. Tu le saurais.

— Tu es sûr ? demanda Rocky.

— Oui ! Tu le sais aussi bien que moi.

Rocky ferma les yeux et dit d'une voix basse et torturée :

— Mon métier c'est de retrouver les gens. À quoi me servent mes compétences si je n'arrive pas à trouver celle qui compte le plus pour moi ?

— Écoute, je trouve que tu as bien fait de dire ce que tu as dit aujourd'hui. On s'est trop focalisés sur la recherche physique. Là, ce n'est pas la même situation que lorsque nous cherchons des gens dans la forêt. Elle n'est pas sortie de ton appartement de son plein gré. Demander aux habitants de faire des commérages, c'est exactement ce dont nous avons besoin en ce moment.

— Simon ne va pas être content, dit Rocky en ouvrant les yeux.

— Et alors ? rétorqua Ethan en haussant les épaules. Il saura gérer. J'ai un bon pressentiment. Ce que les petites villes font de mieux, ce que *Fallport* fait de mieux, ce sont les ragots.

Quelqu'un a forcément vu quelque chose. Je le sais. Accroche-toi, mon frère. Encore un peu.

— C'est Bristol qui a besoin d'entendre ça, pas moi, répondit Rocky.

Ethan posa une main sur son épaule. Ils restèrent ainsi un moment, absorbant l'amour et le soutien qu'ils avaient l'un pour l'autre avant que Rocky ne dise :

— J'ai rendez-vous avec l'agente immobilière que Bristol a vue avant sa disparition.

— C'est vrai ? demanda Ethan avec surprise.

— Oui. Elle m'a appelé… elle m'a dit qu'elle avait trouvé la maison idéale pour Bristol.

— Hum, c'est un peu indélicat de sa part, dit Ethan en fronçant les sourcils.

Rocky secoua la tête.

— À vrai dire, je ne le vois pas de cette manière. Elle s'est excusée et m'a expliqué à quel point elle s'inquiétait. Je l'ai déjà vue durant quelques recherches. Elle m'a dit que lorsqu'elle avait vu la maison, elle avait immédiatement su que Bristol l'adorerait, même si elle venait tout juste de la rencontrer. Je n'avais pas envie de voir la maison, notamment parce que je suis trop rongé par l'inquiétude. Mais aussi parce que j'imagine qu'elle a besoin de beaucoup de rénovations. Elle m'a dit que lorsqu'on retrouverait Bristol, en achetant cette maison elle pourrait se focaliser sur autre chose. Que ça pourrait l'aider à laisser ce qui lui est arrivé derrière elle.

— Elle a dit ça ? demanda Ethan. Là, comme ça ? C'est un peu tordu.

Rocky secoua la tête.

— Oui, je n'étais pas très content… mais après j'y ai réfléchi. Elle n'a pas vraiment tort. Alors j'ai accepté de la rencontrer pour aller visiter la maison.

— Tu as besoin de compagnie ? demanda Ethan.

Rocky secoua la tête.

— Non. Merci quand même.

— Il faut que tu manges davantage, dit Ethan au bout d'un moment. Tu ne prends pas soin de toi. Bristol serait en colère contre toi et probablement contre *moi* pour ne pas m'être assuré que tu manges... et dormes.

Les lèvres de Rocky tressautèrent. Son frère avait raison. Mais l'idée même de manger lui donna la nausée.

— Je prendrai un truc avant de retrouver l'agente immobilière.

— C'est ça, oui, dit Ethan qui savait pertinemment qu'il mentait. Tu m'appelles plus tard pour la maison ?

— Je le ferai. Tu vas prévenir Simon de ce qui l'attend ?

Ethan soupira.

— Oui. Je vais y aller tout de suite.

— Merci. Embrasse Lilly pour moi.

— Ça marche.

Les deux hommes s'étreignirent, pas du tout gênés par cette démonstration d'affection. Ethan tapa Rocky dans le dos avant de marcher vers le poste de police.

Rocky culpabilisa un instant, tout en sachant que son frère – enfin, toute l'équipe – avait passé chaque minute chaque jour, à faire tout son possible pour retrouver Bristol.

Raid avait sorti Duke tous les jours, espérant contre toute attente retrouver la trace de Bristol, mais sans succès. Zeke avait laissé la gestion du On the Rocks à ses barmen et Elsie, qui faisaient tous des heures sup pour le remplacer. Drew, Brock et Talon avaient fait leur maximum pour utiliser leurs compétences et retrouver le moindre signe de vie de Bristol.

Sa disparition les avait tous rapprochés, mais cela restait amer... puisqu'elle était toujours portée disparue.

Rocky entendait les gens discuter en marchant sur les trottoirs autour de la place, il vit les voitures rouler doucement, sentit l'odeur du pain qui cuisait au Bec Sucré... Tout le monde continuait à vivre normalement. Pendant que sa vie à lui s'était complètement arrêtée.

Soupirant et priant pour qu'aujourd'hui soit le jour où il

obtiendrait enfin une sorte d'indice sur ce qui était arrivé à Bristol, Rocky traversa la pelouse vers sa voiture. Il était mitigé concernant la visite de la maison que Bristol adorerait selon l'agente immobilière, mais la dernière chose dont il avait envie, c'était de retourner dans son appartement vide.

\* \* \*

Simon passa une main dans ses cheveux avec frustration. Ce n'était pas qu'il n'était pas d'accord avec ce que Rocky avait dit aux habitants qui étaient venus aider pour la recherche de ce matin, mais avec cette annonce, son emploi du temps était bien plus rempli. Le téléphone avait sonné toute la matinée et les gens lui racontaient tout ce que leurs amis, leurs voisins et même des inconnus au supermarché avaient fait d'étrange selon eux. Il était alors obligé de tout vérifier. Il était actuellement seul au poste, car quatre de ses officiers de police étudiaient certaines des pistes qui lui avaient été signalées.

Il avait enfin trouvé une minute pour s'asseoir et manger son déjeuner – même s'il était 2 heures de l'après-midi – lorsque la clochette au-dessus de la porte d'entrée retentit.

Soupirant, Simon reposa le sandwich avant même d'avoir mordu dedans.

Comme il s'agissait d'un petit poste de police, il n'avait pas d'assistant administratif à plein temps pour accueillir les gens qui venaient. Alors il se dirigea vers l'entrée et vit Davis Woolford qui attendait.

— Davis. Ça fait plaisir de te voir. Tout va bien ? demanda Simon.

Davis s'agitait comme s'il était mal à l'aise à l'intérieur du bâtiment.

— On nous a demandé de venir te voir si jamais on voyait quelque chose d'anormal, dit Davis.

— C'est bien ça. Tu as faim ? J'allais justement manger.

Davis secoua la tête.

— Sandra m'a donné un truc tout à l'heure.

Simon hocha la tête. Il n'était pas surpris. Les commerçants de Fallport faisaient de leur mieux pour prendre soin de l'homme.

— Ça ne te dérange pas de venir t'assoir avec moi pendant que je mange alors ? Je suis affamé.

Davis acquiesça et Simon lui tint la porte des bureaux du fond ouverte. La puanteur de l'homme agressa ses narines, et il regretta immédiatement de lui avoir demandé de le rejoindre pendant qu'il mangeait. Haussant mentalement les épaules et faisant de son mieux pour respirer par la bouche et non le nez, Simon le guida jusqu'à la petite salle de réunion où son sand-wich l'attendait.

Davis s'assit sur le bord d'une chaise en face de Simon, regardant partout sauf directement vers lui.

— Vas-y, raconte-moi ce que tu es venu me dire, insista doucement Simon.

Le sans-abri hocha la tête et il lui fallut une minute avant qu'il prenne la parole.

Avant même qu'il ait prononcé plus de deux phrases, Simon oublia complètement de manger.

— Tu sais que j'aime toujours regarder dans les bennes à ordures pour trouver des trucs. Eh bien, j'étais devant la rési-dence de Rocky, en train de fouiller les poubelles à l'arrière, quand un homme a contourné l'angle et s'est précipité vers moi en me hurlant dessus. Il m'a fait peur et j'ai immédiate-ment reculé. Il m'a dit que c'était une effraction et que je n'avais pas le droit d'être là. Tout le monde me connaît et sait ce que je fais... je cherche des trucs que je peux revendre ou utiliser. Je ne veux de mal à personne. Bref, il est devenu tout rouge et il était furieux. Il a fouillé dans la benne et en a sorti un sac poubelle. Il m'a encore hurlé dessus, puis a pris le sac avec lui, jusqu'à son appartement.

— Qui était-ce ?

— Je ne connais pas son nom. Il est nouveau en ville par

contre. Il s'est comporté comme un connard avec moi au festival. Je ne l'ai pas beaucoup vu dans le coin.

— Et il est remonté avec le sac poubelle jusqu'à son appartement ?

— C'est ça. Je n'ai pas pu regarder ce qu'il y avait à l'intérieur avant qu'il ne le reprenne. Mais Rocky a dit de te prévenir quand on était témoin de quelque chose d'inhabituel, et je me suis dit que c'était le cas.

— C'est effectivement le cas. C'était quand ?

— Il y a quelques jours. Je n'y ai pas trop pensé sur le moment, je me suis juste dit que ce type était un con, mais maintenant, après ce qu'a dit Rocky, je me pose des questions. Surtout parce qu'il vit dans la même résidence que Rocky et sa femme. Je n'aime pas les ragots. Ce n'est pas dans ma nature. Je sais que les gens parlent de moi et ce n'est pas grave, je m'en fiche. Mais je n'aime pas le faire pour les autres. Je suis témoin de beaucoup de choses ici et j'ai toujours fermé ma bouche. Mais Bristol est gentille. Elle me souriait tout le temps et croisait vraiment mon regard. La plupart des gens ne font pas ça. Ils pensent que s'ils ne me voient pas, je ne serai pas là et ils n'auront pas à s'inquiéter pour moi. Mais elle, elle m'a vu. Si je peux aider, je veux le faire.

— J'apprécie que tu sois venu me voir, Davis. Et même si tu penses que les gens ne te voient pas, tu te trompes. Ils te voient et ils s'inquiètent. Si jamais un jour tu as envie de quitter la rue, beaucoup de personnes sont prêtes à t'aider.

Davis acquiesça.

— On a terminé ?

— On a terminé, dit Simon. Je vais te raccompagner.

Les deux hommes retournèrent dans l'entrée et Simon serra la main de Davis.

— Merci d'être venu me parler.

— J'espère qu'on la retrouvera bientôt.

— Moi aussi, acquiesça Simon.

Il n'attendit pas de voir Davis s'éloigner. Simon retourna

immédiatement dans son bureau pour faire des recherches, oubliant son déjeuner.

\* \* \*

Rocky était assis dans sa voiture, sur le parking de sa résidence, regardant dans le vide. Il n'avait pas envie de monter retrouver son appartement vide, mais il ne se voyait pas aller autre part. Il avait rencontré l'agente immobilière et elle l'avait conduit jusqu'à la maison qu'elle pensait parfaite pour Bristol.

Elle n'avait pas tort.

Rocky avait instinctivement su que Bristol l'adorerait. Il voyait immédiatement pourquoi l'endroit n'avait pas suscité beaucoup d'intérêt ; elle avait clairement besoin de travaux. Mais elle avait une bonne ossature et le charme de la maison, construite il y a une centaine d'années, était indéniable. Il y avait une grande grange rouge sur la propriété, qu'il pourrait facilement transformer en atelier pour Bristol. Le garage indépendant avait besoin d'être démoli et reconstruit, mais ça ne serait pas difficile. Il avait envie d'avoir un garage attenant pour elle dans tous les cas. C'était plus sécurisé.

Il les imaginait très bien assis sous le porche couvert, se racontant leur journée de travail. Il était déjà en train d'imaginer quel mur devait être abattu à l'intérieur pour ouvrir l'espace, et la cuisine était large, notamment pour l'année de construction de la maison. Il trouverait de nouveaux matériaux et équipements en acier inoxydable et ils pourraient refaire les placards ensemble.

Il y avait de nombreuses chambres, et la forêt qui encerclait le jardin serait un terrain de jeu incroyable pour des enfants.

Dans l'ensemble, cette propriété était proche de la perfection.

Si seulement Bristol était là pour la voir.

La sonnerie de son téléphone effraya Rocky et il sursauta avant de le prendre. Priant pour que ce soit l'un de ses co-équipiers qui l'appelait pour lui annoncer qu'ils avaient retrouvé Bristol, ou Simon pour lui dire qu'il avait une piste. Rocky fut déçu quand il vit le prénom de Finley s'afficher sur l'écran.

Elle et Bristol s'étaient très vite rapprochées, même si cela ne faisait pas longtemps qu'elles se connaissaient, et Rocky appréciait vraiment la timide propriétaire de la boulangerie. Mais il n'était pas certain d'être d'humeur à parler. D'entendre une fois de plus combien quelqu'un était désolé.

Finalement, Rocky cliqua sur le bouton vert pour répondre au téléphone.

Ce serait toujours mieux que de devoir monter dans son appartement.

— Allô ?

— Salut. C'est Finley Norris. C'est bien Rocky ?

— Oui, c'est moi, dit-il.

— Tant mieux. Hum... j'ai entendu ce que tu as dit ce matin, et j'ai trouvé ça vraiment intelligent.

— Merci, dit Rocky d'un air absent, se demandant si elle l'appelait simplement pour lui faire un compliment.

— Je pense beaucoup à Bristol et je m'inquiète pour elle. Après le rush du matin à la boulangerie, je n'étais pas d'humeur à faire des pâtisseries et j'étais sur l'ordinateur pour tuer le temps, tu vois ? Et j'ai repensé au festival de Pickleport et à quel point les bijoux que Bristol avait fabriqués étaient incroyables. Je m'en étais voulu de ne rien avoir acheté avant qu'ils ne soient tous épuisés. Alors je suis allée sur son site internet, me disant que je pourrais acheter quelque chose pour ...

Elle s'arrêta brutalement. Puis soupira doucement et ajouta :

— Eh bien... pour me souvenir d'elle. Tu sais, comme un bracelet qui pourrait me faire penser à elle à chaque fois que je le vois.

Rocky ferma les yeux. Il n'aimait pas la tournure que prenait cette conversation, pas du tout. Si elle comptait lui suggérer de fabriquer une sorte de bracelet commémoratif que les gens pourraient porter, il allait péter les plombs.

— J'étais déjà allée sur son site internet une fois, parce que j'étais curieuse. Mais cette fois-ci, j'ai été surprise... parce qu'il y a eu tout un tas de nouveaux articles qui ont été mis en ligne depuis la dernière fois que j'ai regardé.

Rocky se redressa immédiatement sur son siège.

— *Quoi ?*

— Oui. Il y a plein de nouvelles boucles d'oreille, de bracelets et de colliers. J'ai regardé tout en bas du site et il était indiqué que la dernière fois qu'il avait été mis à jour c'était ce *matin*. Ce que j'ai trouvé bizarre. Enfin... c'est bizarre, non ?

Il n'arrivait plus à parler tellement l'adrénaline pulsait soudain dans ses veines.

Finley enchaîna.

— Pourquoi est-ce qu'il y aurait de nouveaux articles sur son site si elle a disparu depuis deux semaines ? Et je suis presque sûre qu'elle n'a rien mis de nouveau depuis qu'elle est ici. Elle m'avait dit qu'elle appréciait de faire une pause. Alors ça m'a fait réfléchir et je suis allée voir les avis sur son site. Rocky... il y a eu trois nouveaux avis cette semaine. Les gens s'enthousiasmaient de la beauté des bijoux – je veux dire, évidemment qu'ils sont magnifiques – mais ils expliquaient aussi qu'ils étaient ravis qu'elle remette de nouveaux articles en ligne. L'une des dames qui a publié un avis a dit qu'elle avait reçu ses boucles d'oreilles hier et qu'elle ne pouvait pas être plus heureuse d'avoir une création originale de Bristol Wingham dans sa collection.

— Bordel de merde, murmura Rocky, submergé par une vague d'énergie.

Il le savait ! Bristol était en vie !

Certes, il y avait des chances que quelqu'un d'autre publie des articles sur son site et s'en serve pour se faire de l'argent... mais il sentait au plus profond de lui qu'il s'agissait bien de Bristol.

SUSAN STOKER

*Personne* ne pouvait réaliser des bijoux comme les siens.

Elle était là – et il allait la retrouver, même si c'était la dernière chose qu'il ferait.

— Merci beaucoup d'avoir appelé, Finley, dit Rocky, la gorge nouée par l'émotion.

— C'est normal. J'ai trouvé ça étrange. Et je prie tous les soirs pour qu'on la retrouve.

— Est-ce que je peux demander à Simon de venir te parler si besoin ? demanda Rocky.

— Bien sûr. Je ferai tout ce que je peux pour aider. Même s'il peut simplement se rendre sur son site internet et voir les mêmes choses que moi.

— Oui, bien sûr. Tu as bien fait, Finley. Merci. Je te tiens au courant.

Il raccrocha sans attendre sa réponse. C'était assez impoli, mais Rocky était trop excité pour s'en soucier pour le moment. C'était le premier vrai indice qui leur indiquait que Bristol était encore en vie. Elle était là, quelque part, en train de fabriquer des bijoux.

Pendant un instant, il se demanda si elle n'était pas *vraiment* partie volontairement. Peut-être en avait-elle eu marre de Fallport et de lui et avait recommencé sa vie ailleurs.

Rocky chassa immédiatement cette pensée. Non, Bristol ne ferait pas une chose pareille. Elle ne disparaîtrait pas sans laisser de trace, pas sans dire à quelqu'un où elle allait. Elle ne partirait certainement pas sans aucune de ses affaires, surtout sans son téléphone et son sac à main.

Elle n'était pas à Kingsport. La police de là-bas leur avait indiqué qu'il n'y avait personne chez elle et qu'ils avaient même surveillé sa maison. Personne n'était entré ou sorti durant les deux dernières semaines.

Il ne savait pas où elle était... mais pour une raison démente, quelqu'un la forçait à créer des bijoux, pour les revendre ensuite en ligne.

Et s'ils les vendaient, ils devaient forcément les envoyer par la poste.

Avec cette pensée en tête, Rocky tourna la clé sur le contact et recula de sa place de parking. Il devait immédiatement se rendre au bureau de poste et voir si Guy ou le postier pouvaient l'aider.

Ils étaient sur le point de la retrouver. Rocky le sentait. On y était. La brèche dont ils avaient besoin.

— Accroche-toi, Punky, dit-il à voix haute en roulant un peu trop vite vers la place centrale. Encore un petit peu.

# CHAPITRE DIX-HUIT

Rocky n'avait pas réalisé qu'il était si tard quand Finley l'avait appelé, et le temps qu'il arrive au bureau de poste, celui-ci était fermé. La dernière chose dont il avait envie, c'était de retourner chez lui, mais il n'avait pas le choix. Devoir attendre que la poste rouvre demain matin était extrêmement frustrant. Il n'y avait aucune garantie que la personne qui avait enlevé Bristol ait posté des colis depuis *ce* bureau de poste, mais bizarrement, Rocky avait le sentiment d'être sur la bonne voie.

Après une autre nuit blanche, Rocky appela Simon et lui demanda s'il pouvait l'y retrouver dès l'ouverture. Il ne lui expliqua pas pourquoi, ne voulant pas compromettre cette piste. Il ne voulait pas non plus que Simon essaie de le dissuader d'en parler aux employés de la poste, et qu'il insiste sur le fait que Rocky voulait désespérément obtenir un indice ou qu'il lui demande de laisser la police gérer l'enquête.

Rocky se gara juste devant le bureau de poste de 12th Street. Ce ne fut que lorsqu'il sortit de sa Tahoe et marcha jusqu'à l'entrée qu'il réalisa que seuls Silas et Otto étaient assis à leurs places habituelles autour de la table ronde.

— Où est Art ? demanda-t-il en s'approchant.

Silas fronça les sourcils.

— On ne sait pas. D'habitude, il est déjà là.

Merde. La dernière chose dont Fallport avait besoin, c'était d'une autre personne disparue.

— Qu'est-ce que Simon fait là ? demanda Otto.

Rocky se tourna et vit le chef de la police traverser la place, s'avançant vers eux.

— Je lui ai demandé de me retrouver ici. Finley m'a appelé pour m'annoncer une nouvelle piste hier et nous sommes en train de la suivre.

Rocky serra la main de Simon quand ce dernier s'approcha.

— Où est Art ? demanda Simon.

— C'est ce que je leur ai demandé, lui dit Rocky.

— Il n'est pas encore arrivé, dit Otto.

— C'est bizarre. Je passerai peut-être chez lui une fois qu'on aura terminé, dit Simon avant de se tourner vers Rocky. Alors, pourquoi tu voulais qu'on se retrouve ici ce matin ? demanda-t-il.

Rocky expliqua rapidement au chef de la police et aux deux autres hommes ce que Finley avait découvert. Merde, il aurait même dû penser à aller voir Otto et Silas hier soir ; ils avaient peut-être vu la personne qui apportait les colis pour les envoyer, puisqu'ils étaient là littéralement toute la journée, tous les jours... si les colis avaient effectivement été postés depuis Fallport en premier lieu.

Il se tourna vers les deux hommes plus âgés.

— Est-ce que vous avez vu quelqu'un entrer fréquemment dans le bureau de poste avec de petits paquets ? J'imagine qu'ils étaient petits, puisque les articles que commandent les gens en ligne sont des bijoux.

Silas pâlit soudain – et il échangea un long regard avec Otto.

— Quoi ? Qu'est-ce qu'il y a ? demanda Rocky.

— Ce n'est peut-être rien. Mais hier, on était assis là, en train de nous occuper de nos affaires, comme d'habitude...

Rocky résista à l'envie de ricaner. Ces hommes ne s'occupaient jamais de leurs affaires. Jamais.

— ... et Art a soudain dit qu'il devait faire quelque chose.

— Qu'est-ce qu'il devait faire ? demanda Simon.

— Je ne sais pas. Il n'a pas voulu nous dire. Il avait juste un regard déterminé et il s'est levé puis est parti. C'était étrange. Très étrange, dit Silas.

— Qu'est-ce qui s'est passé avant qu'il s'en aille ? demanda Simon.

— Je ne sais pas trop, c'était une journée normale. Je lui bottais les fesses aux échecs et on faisait une pause. Quelques personnes sont passées, on a parlé avec elles, puis il s'est soudain levé et a décidé de partir.

— Qui est passé ? demanda Simon d'un ton sec avant de prendre une grande inspiration. Pardon. Mais c'est important.

— Eh bien... il y a eu le maire, dit Silas.

— Quel prétentieux celui-là, marmonna Otto.

— Le principal du lycée. Puis Hank Blackburn. Grogan est venu chercher des colis pour son magasin, il a dit qu'il y avait quelques échantillons des produits Bigfoot qu'il a commandés et qu'il était trop impatient pour attendre qu'ils soient livrés. Voyons... Agatha, Clara, Thomas. Et Lance quelque chose... vous savez ce type qui ressemble un peu à cet acteur célèbre... tu vois duquel je parle Otto, non ?

— Le gars du film *Jurassic Park* ? Chris quelque chose ?

— Oui ! Voilà, celui-là, dit Silas avec un sourire.

Rocky était stupéfait. Ces types étaient plus efficaces que n'importe quel système de surveillance, c'était certain. Ils avaient beau être vieux, ça ne voulait pas dire qu'ils n'avaient pas l'esprit vif.

Simon acquiesça.

— Et tous les hommes que vous avez vus... qu'est-ce qu'ils venaient faire ici ?

— Ce que tout le monde fait. Ils envoyaient des trucs, rétorqua Silas.

— Est-ce que vous avez vu la taille des colis que les gens apportaient ? Ou vu à qui ils les envoyaient ?

— Non, désolé. Et toi Otto ?

L'autre homme secoua la tête.

— Non, mais je crois qu'Art a vu quelques paquets. Il a dit quelque chose à quelqu'un, mais Silas et moi on se disputait par rapport au coup qu'il venait de faire aux échecs et on n'a pas écouté.

— Mais maintenant que j'y pense, Art est parti peu de temps après ça, dit Silas.

— Viens ! dit brutalement Simon à Rocky.

— Mais il faut qu'on parle à Guy ou le postier.

— Non. Fais-moi confiance, rétorqua Simon.

Rocky acquiesça sans protester.

— Ne bougez pas, dit Simon à Silas et Otto. Ne bougez pas de là, vous avez compris ?

Les deux hommes parurent confus, mais hochèrent la tête.

— On va aller voir comment va Art. Je suis sûr que ça va... il ne s'est probablement pas réveillé, dit Simon.

Rocky sentit les poils de ses bras se hérisser. Le chef de la police savait quelque chose. Il n'était pas encore certain de ce qu'il se passait, mais s'il pensait qu'il était plus important de parler à Art qu'au postier, c'était ce qu'ils allaient faire.

— C'est toi qui conduis, dit Simon à Rocky alors qu'ils se dirigeaient vers sa Tahoe.

Rocky contourna le véhicule en courant et grimpa.

— Tu veux bien me dire ce qu'il se passe ? demanda-t-il.

— Non. J'ai besoin que tu restes calme et que tu ne pètes pas les plombs.

Et tout à coup, Rocky eut le sentiment que Simon savait qui avait enlevé Bristol.

— Qui est-ce ? demanda-t-il.

— Je ne suis pas encore tout à fait sûr.

— N'importe quoi. Tu le sais. Je n'arrive pas à croire que tu ne me l'aies pas dit jusqu'à présent putain.

— C'est parce que je ne le savais *pas*. Mais après avoir parlé avec Art, je pense que je serai sûr. Mes adjoints sont occupés ce matin. Bo a été appelé à cause d'une vitre de voiture brisée la nuit dernière, Robert vérifie certaines des pistes pour lesquelles les gens ont appelé, Chad fait du camping avec sa famille et Miguel vient de terminer son service. Je vais appeler Bo, Robert et Miguel, mais je ne sais pas combien de temps ils vont mettre à arriver. J'ai besoin de renfort. Je sais que tout en toi te pousse à retrouver Bristol et c'est ce qu'on fera dès qu'on aura plus d'informations, mais en attendant, j'ai besoin que tu couvres mes arrières. Tu peux faire ça ?

Rocky regarda le chef de la police alors qu'ils roulaient vers la maison de Art. C'était une petite maison avec deux chambres non loin de la place. Rocky était plus que sûr que Simon savait qui avait enlevé Bristol, mais il n'était pas du genre à laisser une personne vulnérable sans défense.

— Oui, dit-il simplement.

— Merci. Je te jure sur mon badge que je te dirai tout ce que je sais dès qu'on parlera à Art.

Rocky acquiesça.

— Est-ce que j'ai le temps d'appeler Drew ou l'un des autres ? demanda-t-il.

— Une fois qu'on aura parlé à Art, dit à nouveau Simon. S'il me dit ce que je *pense* qu'il va me dire, on aura besoin de tout le monde. Toutes vos expériences militaires seront très appréciées.

Le ventre de Rocky se noua lorsqu'il se gara devant la maison de Art deux minutes plus tard. Rien ne paraissait anormal. La porte était fermée et les lumières éteintes. C'était comme d'habitude.

Simon et Rocky marchèrent jusqu'au trottoir puis à la porte d'entrée. Simon toqua. Comme personne ne répondait, il toqua à nouveau, plus fort. Et comme la maison restait silencieuse, Simon sortit son arme de son étui.

— Reste derrière moi, dit-il.

Puis il recula, leva la jambe et donna un coup de pied dans la porte.

Rocky ne put s'empêcher d'être impressionné. Simon avait la cinquantaine et une petite bedaine, mais son coup fut assez puissant pour ouvrir la porte d'un coup sec. Le fait qu'il n'ait pas pris la peine de contourner la maison pour trouver une autre entrée lui confirmait que, quelles que soient les suspicions qu'avait le chef sur la disparition de Art ce matin... c'était sérieux.

Les deux hommes entrèrent dans la maison, le pistolet de Simon prêt à l'emploi avec Rocky derrière lui. Il se sentait nu sans son arme, mais il n'aurait pas eu le temps de retourner chez lui. Ils inspectèrent le salon et la petite cuisine. Ils se dirigèrent vers le couloir et les deux chambres... et une odeur familière emplit les narines de Rocky.

Il n'oublierait jamais cette odeur cuivrée. Elle était gravée dans sa mémoire après toutes ces missions.

Du sang.

— Art ? appela Simon. C'est Simon. Est-ce que ça va ?

Il n'y eut aucune réponse.

Simon pointa les deux doigts vers ses yeux, puis vers l'espace devant lui et Rocky acquiesça. Ils avancèrent doucement et Simon poussa lentement la porte de la chambre.

Le spectacle qui se trouvait devant eux fit ressurgir de trop nombreux mauvais souvenirs dans l'esprit de Rocky.

Il y avait une trace de sang de la porte jusqu'à l'endroit où Art était désormais allongé inconscient au milieu de la chambre. Rocky supposa qu'il avait tenté de ramper vers un téléphone qu'il apercevait sur la table de nuit à côté du lit. Il n'y était pas parvenu.

— Putain, jura Simon. Reste avec lui pendant que je vérifie les autres pièces.

Rocky acquiesça et s'accroupit à côté du vieil homme. Il fit doucement rouler Art sur le dos – et fut choqué quand le vieil homme ouvrit les yeux et tendit le bras, essayant clairement de se protéger le visage.

— Doucement, Art ! C'est moi. Rocky Watson. Tout va bien.

Art ouvrit et ferma la bouche, comme s'il essayait de parler.

— Chut, ne parle pas. Garde ton énergie, lui dit Rocky.

Il souleva la chemise de l'homme et vit d'où provenait le sang. Il avait reçu un coup de couteau sur le côté droit de son torse. Il plaça immédiatement ses mains sur le trou, bien que les saignements se soient pratiquement arrêtés, soulignant le fait qu'il avait été blessé pendant un bon moment.

La colère menaça de prendre le dessus sur Rocky. Qui oserait poignarder un homme de 90 ans ? Et pourquoi ? Ça ne faisait aucun sens. Art pouvait parfois être désagréable, mais il était totalement inoffensif.

Simon entra à nouveau dans la pièce et Rocky l'entendit parler à quelqu'un au téléphone. Il devait probablement appeler les urgences. Puis, il s'accroupit près de Rocky.

— Comment va-t-il ?

Rocky secoua la tête.

— Pas bien. Je n'ai trouvé qu'une plaie perforante, mais il y en a peut-être d'autres. Je suis étonné qu'il soit toujours conscient.

Simon n'avait manifestement pas réalisé que Art était éveillé. Il tourna la tête vers le vieil homme et se pencha.

— Qui était-ce Art ?

Art fit le même mouvement que tout à l'heure. Il ouvrit puis ferma la bouche, encore et encore.

— Tu savais n'est-ce pas ? demanda Simon. Tu savais et tu l'as confronté au lieu de venir me voir moi ou Rocky ou... un des amis de Rocky ?

Art secoua la tête.

— J'ai vu... paquet. Prénom Bristol. Revenu à la maison pour appeler... M'a suivi.

— Merde, jura Simon. Il t'a attaqué pour te faire taire. J'imagine qu'il pensait avoir tout réglé, mais il a eu tort. Il ne savait pas à quel point tu étais fort. Je crois que je sais de qui il s'agit, Art. Mais j'ai besoin que tu me le dises pour que je puisse avoir une raison d'aller chercher ce fils de pute, dit fermement Simon.

Rocky retint son souffle. Il était hors de question qu'il n'aille pas s'en prendre à celui qui avait fait ça à Art – et qui avait probablement enlevé Bristol. Il n'en avait rien à foutre de la procédure.

Les lèvres de Art se mirent en mouvement et le son qui en sortit ne fut qu'un murmure. Rocky entendit en fond les sirènes approcher, et sut que la petite maison allait bientôt être submergée par de nombreuses personnes. Il se pencha pour s'assurer de bien entendre ce que Art s'efforçait de leur dire.

— Lance.

Putain de fils de pute.

Rocky commença à se lever. Il fallait qu'il y aille. Qu'il traque l'animal qui avait fait ça.

Mais Simon lui attrapa le bras avec une force surprenante.

— Garde tes foutues mains là où elles sont, bon sang ! s'agaça-t-il. Si tu le lâches, il peut mourir.

Rocky n'en était pas sûr. La blessure de Art ne saignait plus vraiment. Mais il prit quand même une grande inspiration par le nez. Tout en lui le poussait à aller trouver Lance Zaun. À le réduire en bouillie. À le forcer à confesser où se trouvait Bristol. Mais s'il le voyait, là tout de suite, il allait le tuer. Et s'il allait en prison, il ne pourrait pas aider Bristol.

— Je vais m'occuper de lui, dit Rocky à Art qui avait désormais les yeux rivés sur les siens. Il va payer pour ce qu'il t'a fait... et ce qu'il a fait à Bristol.

— Colis, siffla à nouveau Art.

Rocky acquiesça.

— Finley m'a appelé hier soir, elle m'a dit qu'elle avait vu les avis sur le site internet de Bristol. J'étais au bureau de poste ce matin pour vérifier tout ça. On dirait bien que tu nous as devancés sur cette piste. Je ne suis pas surpris. Toi et tes copains semblez toujours savoir tout ce qui se passe dans cette ville.

Art ferma les yeux.

— Tu ne vas *pas* mourir, dit férocement Rocky, sans savoir si ce qu'il disait était vrai ou non. Tu es trop fort pour laisser un connard comme Lance Zaun te tuer. Et puis, Otto me racontait à quel point il était en avance sur tes victoires aux échecs.

Art ouvrit soudain les yeux et dit :

— C'est faux...

— Je vais appeler ta petite-fille. Est-ce qu'il y a quelqu'un d'autre que tu veux que j'appelle ? demanda Simon alors qu'ils entendaient des gens entrer dans la maison.

Art secoua doucement la tête et ferma à nouveau les yeux.

Rocky ne fut jamais aussi heureux de voir deux ambulanciers débarquer dans la chambre à cet instant. Il écouta d'une oreille distraite Simon qui leur expliquait ce qu'il savait. Puis, Rocky se leva et laissa les professionnels faire leur travail. Il entendit l'un d'eux appeler un hélicoptère et sut qu'Art était entre de bonnes mains. Il sortit de la chambre avant de se tourner et de se diriger vers la sortie.

Simon l'attrapa par le bras avant qu'il n'aille trop loin.

— Reste avec moi, fiston.

— Ce connard détient Bristol ! gronda Rocky.

— Oui. Et si tu débarques là-bas sans être prêt, on ne sait pas ce qu'il lui fera. Elle est restée en vie tout ce temps alors ne le fais pas paniquer en le poussant à la tuer.

Les paroles de Simon l'arrêtèrent net. Le chef de la police avait raison.

Lance n'avait pas hésité à essayer de tuer un vieil homme inoffensif. Si Rocky merdait en voulant désespérément la retrouver, Lance ferait la même chose à Bristol. Même s'il ne supportait pas de l'imaginer sous la coupe de ce connard une seconde de plus, l'idée que ce type puisse la poignarder comme il l'avait fait avec Art...

— C'est quoi le plan ? demanda-t-il.

— Il faut qu'on retrouve Lance. Qu'on le surveille. Et une fois qu'on sera sûrs qu'il est seul, on l'interceptera et on le forcera à nous dire où il retient Bristol.

Rocky acquiesça et sortit son téléphone. Certains des hommes les plus redoutables qu'il connaissait se trouvaient actuellement à Fallport. S'il y avait bien un moment pour se servir de ce qu'ils avaient appris dans les Forces Armées, c'était *maintenant*.

# CHAPITRE DIX-NEUF

Une heure plus tard, l'équipe de recherche et de sauvetage d'Eagle Point s'était dispersée dans tout Fallport pour chercher Lance Zaun. Et ils n'étaient pas les seuls. La ville entière était à l'affût, surtout après avoir entendu ce qui était arrivé à Art. Personne n'aimait que l'un des leurs se soit fait attaquer.

Et comme il s'agissait de Art, tout le monde était encore plus énervé.

Puis, cinq minutes plus tôt, Davis était entré au Broyeur et avait demandé à utiliser le téléphone. Il avait appelé le poste de police et avait demandé à parler à Simon. Il avait été mis en communication avec le téléphone portable du chef de la police, et lui avait annoncé qu'il avait vu Lance à son appartement il y a quelques minutes. Il transportait une grosse boîte en carton jusqu'à sa voiture... et on aurait dit qu'il se préparait à partir.

Rocky était resté avec Simon tout en sachant que le chef de la police serait en première ligne de l'enquête. Rocky ne comprenait pas comment l'homme avait fait pour sortir de chez lui et aller jusqu'à sa voiture sans que l'officier chargé de le surveiller ne l'ait vu. Il s'en fichait. Il était juste soulagé qu'ils aient enfin pu le repérer.

Simon avait remercié Davis, puis avait immédiatement

appelé ses adjoints en leur demandant de venir sans activer les sirènes, et de le rejoindre devant la résidence en se garant en bas de la rue pour ne pas avertir Lance qu'ils étaient après lui.

Rocky appela son équipe et leur dit la même chose. En attendant, la nausée lui tordait le ventre.

On y était. Ils allaient attraper Lance et lui faire dire où se trouvait Bristol.

Dès qu'il avait découvert que Lance était celui qui avait poignardé Art, Rocky avait eu la sensation écœurante et invraisemblable qu'il cachait Bristol sous son nez depuis tout ce temps. Il essaya d'écarter cette idée.

Il était impossible que Bristol ait été à trois portes de lui depuis deux semaines. Il l'aurait su si elle avait été si près.

Mais cette idée le rongeait. Et s'il ne s'en était *pas* rendu compte ? Et si elle avait été juste *là* ?

Rocky était de plus en plus anxieux et il lui fallut avoir recours à toute la discipline qu'il avait apprise en tant que SEAL pour ne pas monter les escaliers en trombe et arracher la porte de l'appartement de Lance de ses gonds pour voir par lui-même.

— Comment tu as su que c'était lui ? demanda Rocky alors que Simon et lui étaient accroupis près de la résidence, les yeux rivés sur les escaliers, attendant que Lance fasse à nouveau une apparition.

— Davis est venu me voir hier après-midi. Il m'a dit que Lance s'était comporté bizarrement avec les poubelles. Tu sais comme moi que Davis fouille toujours les poubelles, n'est-ce pas ? Eh bien, Lance l'a surpris en train de le faire, lui a hurlé dessus et a remonté ses poubelles *chez* lui. Je n'étais pas cent pour cent sûr, mais j'ai fait quelques recherches.

— Et ? demanda impatiemment Rocky.

— Lance Zaun a fait des allers-retours à l'hôpital psychiatrique pratiquement toute sa vie. Ses propres parents avaient peur de lui et ils se sont débarrassés de lui quand il a eu 18 ans. Ils l'ont viré de chez eux, ont déménagé et ont même changé leur *nom de famille.* Je n'ai pas pu avoir accès à ses dossiers médicaux, mais d'après les notes que différents policiers ont prises suite à ses nombreuses arrestations pour tapage, menaces et voyeurisme, il a une tendance à l'obsession. Un coup il est calme, un coup il pète les plombs. Quand un inspecteur de Memphis a écrit qu'il était, je cite, « l'un des hommes les plus effrayants que j'aie jamais rencontrés », j'étais certain de tenir mon coupable. Mais je n'avais aucune preuve qu'il détenait Bristol, dit Simon d'un ton désolé. Si ça avait été le cas, je n'aurais pas attendu une seconde.

Rocky acquiesça. Il comprenait. Ça ne voulait pas dire que ça lui plaisait, mais il comprenait.

— Et maintenant, c'est quoi le plan ? demanda-t-il.

— Dès qu'il sort de cet appartement, on se précipite sur lui. En aucun cas il ne faut qu'il puisse remonter les escaliers.

Rocky ferma les yeux un moment.

— Tu penses qu'elle est là-dedans.

Ce n'était pas une question.

— C'est la seule chose qui fait sens, dit Simon. On a regardé littéralement partout.

Rocky essaya de garder le contrôle, mais échoua. Il se retourna et vomit dans l'herbe qui poussait à côté du bâtiment de briques.

Imaginer ce que Bristol avait vécu, et subissait encore, le fit à nouveau vomir.

— Doucement, fiston, dit Simon, posant brièvement une main sur le dos de Rocky.

S'essuyant la bouche avec le dos de sa main, Rocky prit une grande inspiration, les larmes lui piquant les yeux.

À sa grande surprise, Simon lui tendit... un putain de paquet de Life Savers[1].

— C'est quoi ce délire ? demanda Rocky en prenant l'un des bonbons avec reconnaissance. Tu as l'habitude d'en avoir sur toi ? demanda-t-il.

Simon haussa les épaules.

— Oui. Je suis dans le métier depuis assez longtemps pour savoir que tout peut vite dégringoler, et que ce qui me contrarie moi, peut ne pas contrarier les autres et vice versa. Alors je me trimballe toujours avec des pastilles de menthe forte au cas où.

Rocky acquiesça, mais l'idée que Bristol ait pu être juste sous son nez avait failli le tuer. Il avait échoué. Vraiment. Et si elle allait bien – *mon Dieu, faites qu'elle aille bien* – et si elle voulait toujours de lui après qu'il n'avait pas réussi à la protéger et n'avait pas pu la trouver à temps, il ne la laisserait plus *jamais* tomber.

— Il y a du mouvement. Tenez-vous prêts, dit Ethan à la radio.

Ils avaient tous programmé leur radio sur le même canal. Il y avait actuellement sept membres furieux de l'équipe de recherche et trois policiers plus Simon, prêts à agir.

Ils avaient tous les yeux rivés sur les escaliers lorsque Lance Zaun sortit de son appartement en jetant un regard nerveux autour de lui. Il posa la grande boîte qu'il transportait et se retourna pour verrouiller la porte derrière lui.

Rien n'aurait pu plus clairement indiquer à Rocky que Bristol se trouvait derrière cette porte. Qui verrouillait sa porte en allant simplement déposer une boîte dans sa voiture ? Personne. À moins qu'on ne veuille pas que quelqu'un voie ce qui – ou qui – était derrière cette porte.

Lance ramassa la boîte une fois de plus et descendit les escaliers.

Rocky démarra un compte à rebours dans sa tête en attendant qu'il atteigne le sol.

Dix, neuf, huit...

Son rythme cardiaque s'accéléra.

Sept, six, cinq...

Il voulait que Lance souffre, mais surtout, il fallait qu'il retrouve Bristol.

Quatre, trois, deux...

Simon et ses adjoints fonceraient directement vers Lance tandis que Rocky et son équipe grimperaient les escaliers.

Un.

— Allez ! Allez, Allez ! dit une voix à la radio.

Rocky était déjà en mouvement, courant aussi vite que possible vers les escaliers que ce connard venait de descendre.

Surpris par le nombre de personnes qui sortirent soudain de nulle part, Lance se figea un instant – puis tourna les talons pour remonter les escaliers.

Miguel, l'un des meilleurs policiers de Fallport, l'atteignit en premier. Puis, Bo et Robert arrivèrent également. Bo recula, son arme pointée sur Lance, qui était désormais face contre terre sur le béton avec trois hommes qui l'immobilisaient au sol, tirant ses mains dans son dos.

— Lance Zaun, vous êtes en état d'arrestation pour la tentative de meurtre sur Arthur Lever. Et je me réserve le droit d'ajouter d'autres charges à votre encontre une fois que nous aurons pénétré dans votre appartement, lui dit Simon.

— *Non !* Non, non, non, non, non ! Elle est à moi ! Elle a toujours été à moi ! hurla Lance en se débattant sous les policiers.

Rocky ne ralentit pas le pas. Il n'avait pas besoin de voir Lance se faire arrêter. Il fallait qu'il voie Bristol.

Lui et Ethan arrivèrent à la porte en même temps. Il vit vaguement ses voisins qui ouvraient leurs portes et observaient le spectacle qui se déroulait devant eux avec surprise et peur. Il heurta la porte de ses épaules, mais celle-ci ne bougea pas.

— Merde, marmonna-t-il en prenant une grande inspiration et en recommençant, obtenant le même résultat.

— On fait ça ensemble, dit Ethan.

— Non. Reculez, ordonna Drew.

En se tournant, Rocky vit que Drew et Brock tenaient tous les deux des béliers.

— Je me suis dit qu'on aurait besoin de ça, dit Drew.

Appelez ça un cadeau d'adieu de la part de mon ancien travail, dit-il avec un air déterminé.

Il était évident que Brock avait aussi de l'expérience dans l'utilisation de cet outil pour enfoncer des portes, car il se tenait prêt, attendant que Drew donne l'ordre.

Ethan attrapa Rocky par le bras et le fit reculer, laissant leurs co-équipiers défoncer la porte. Comptant jusqu'à trois, les deux hommes enfoncèrent les béliers contre la porte en même temps. Le bruit du bois qui se brisait fut l'une des meilleures choses que Rocky ait entendues de sa vie.

Écartant ses co-équipiers de son chemin, il se précipita à travers l'ouverture, notant distraitement que le pêne dormant était renforcé et n'était pas le même que celui de son appartement.

— Doucement, marmonna Zeke.

Il avait un pistolet dans la main et le pointait vers l'appartement apparemment vide. Pendant un moment, Rocky sentit son estomac se nouer.

Bristol n'était pas là. Le salon n'avait quasiment pas changé depuis la dernière fois qu'il était venu ici pour aider Elsie et Tony à emménager.

Puis, il secoua la tête. Non. Elle était là. Elle était *forcément* là.

Zeke et Drew inspectèrent le salon et la cuisine. Tout avait l'air effroyablement normal. Les deux hommes marchèrent épaule contre épaule jusqu'au couloir qui donne sur les chambres. La première était vide. Ils se préparèrent à entrer dans la plus grande.

La porte était fermée.

Cette fois-ci, ce fut Talon qui arriva avec le bélier. Il n'hésita pas et la porte se brisa en plusieurs morceaux dès le premier coup.

Rocky entendit l'inspiration choquée de Talon avant de pousser son ami sur le côté.

Et ce qu'il vit fit bondir son cœur dans sa poitrine – tout en le brisant à la fois.

Bristol. Elle était en vie.

Elle avait les yeux écarquillés en observant la porte. Elle avait un bâillon avec une boule dans la bouche et la salive coulait sur son menton. Elle avait les mains menottées à une chaîne et sa jambe droite était surélevée grâce à quelques oreillers. La chaîne entourait également sa cheville et descendait sous le lit.

La pièce sentait le moisi, ainsi qu'une puanteur que Rocky ne parvenait pas à identifier. Elle était également totalement plongée dans l'obscurité. La seule lumière qui entrait dans la pièce provenait du couloir derrière lui. Il semblait y avoir des couvertures accrochées sur chaque mur, y compris par-dessus la fenêtre.

Rocky prit connaissance de l'environnement en une fraction de seconde avant de se précipiter aux côtés de Bristol.

Elle émettait des gémissements aigus, et c'était la chose la plus déchirante que Rocky ait jamais entendue de sa vie. Il entendit un cliquetis au loin. Il comprit vaguement que c'était un bruit d'appareil photo de téléphone portable. Il savait que la scène de crime devait être documentée avec des photos afin de pouvoir engager des poursuites.

Il détestait ça, mais le comprenait. Et il était reconnaissant que quelqu'un ait eu la présence d'esprit de le faire.

Rocky tomba à genoux à côté du lit et tendit les mains vers le dispositif autour de sa tête de façon frénétique. Quand la femme qu'il aimait plus que tout s'écarta, il se figea.

— Doucement Rocky, dit Ethan à voix basse. Vas-y doucement.

Prenant une grande inspiration, Rocky dit :

— Tout va bien, Punky. On est là. Tu es en sécurité. Je vais t'enlever ça, d'accord ? Accroche-toi encore une seconde et on va bientôt te sortir d'ici.

Plus il parlait, plus elle semblait se calmer.

En la voyant enchaînée, Rocky eut envie de *tuer* ce putain de Lance. Mais Bristol avait davantage besoin de lui. Elle passait en premier. Toujours. Mais ça ne voulait pas dire qu'il ne faisait pas des plans dans sa tête pour réfléchir à comment en finir avec ce type une bonne fois pour toutes.

Il connaissait des gens qui connaissaient des gens. Le genre qui pourrait facilement s'occuper du salaud qui avait fait ça à Bristol, même s'il était derrière les barreaux. Il mit quelques secondes à comprendre comment enlever les sangles du bâillon, et dès qu'il enleva la boule de la bouche de Bristol, cette dernière poussa le cri le plus angoissé, le plus déchirant et le plus énervé qui soit. Rocky n'avait jamais entendu un son pareil. Elle continua encore et encore, comme si elle évacuait toute la peur qu'elle avait dû refouler depuis qu'elle avait été enlevée.

Le son finit par s'atténuer et se transforma en sanglots. Drew et Talon s'occupaient de libérer ses mains des chaînes, et Ethan et Raiden étaient à ses pieds, faisant probablement de même avec les menottes. Rocky la prit dans ses bras et quand elle enfonça sa tête dans son cou, quand il sentit son souffle chaud contre sa peau alors qu'elle pleurait, Rocky ferma les yeux avec gratitude.

Il ne savait pas du tout ce qu'elle avait traversé, mais elle était en vie. Il lui trouverait le meilleur psychologue du pays pour l'aider à avancer. Quoi qu'ils allaient devoir endurer, Rocky était juste extrêmement reconnaissant de la tenir à nouveau dans ses bras.

La lumière perça soudain l'obscurité lorsque Zeke arracha les couvertures qui couvraient les fenêtres. Des grains de poussière flottèrent dans l'air, mis en évidence par la lumière du soleil qui traversait la fenêtre.

Rocky sentait que Bristol faisait de son mieux pour se contrôler. Elle s'écarta et le regarda. Quelqu'un lui tendit une serviette et Rocky essuya doucement et respectueusement son menton et son visage pour enlever la salive et les larmes qui coulaient toujours.

— De l'eau, dit Brock en tendant un verre à Rocky.

— Oui, s'il vous plaît, murmura Bristol en zyeutant le liquide.

Rocky l'aida à s'asseoir et porta le verre à ses lèvres. Elle le but sans prendre le temps de respirer. Une fois qu'elle eut terminé, Rocky repassa le verre, sans regarder qui le lui prenait des mains. Il n'arrivait pas à détacher son regard de Bristol. Il avait du mal à croire qu'elle était réellement là.

— Sa jambe est foutue, murmura Talon d'une voix dure.

Rocky détourna le regard de son visage pour la première fois.

Bristol prit enfin la parole. Sa voix était rauque comme si elle n'avait pas parlé depuis un moment.

— Il l'a écrasée avec un marteau après m'avoir enlevé mon plâtre, dit-elle. Il ne voulait pas que je puisse me lever, alors il m'a fait le coup de *Misery*.

Rocky fut submergé par un sentiment d'horreur. Il n'avait jamais aimé ce film. Il n'avait pas pu supporter de le regarder en entier. Et rien que d'imaginer que Bristol avait vécu une chose pareille... il eut à nouveau envie de vomir. Il se contrôla. De justesse.

— Il a insonorisé la pièce avec les couvertures. Il me bâillonnait dès qu'il partait pour que je ne puisse pas crier. Il a enchaîné mes mains pour que je ne puisse pas enlever le bâillon. J'étais littéralement coincée. Je ne savais pas quand il faisait jour ou nuit.

Elle parlait presque frénétiquement désormais, comme si elle voulait donner tous les détails possibles au cas où il se passerait quelque chose d'autre.

— Comme il ne m'avait pas tuée le premier jour et ne semblait pas vouloir me violer ou quoi, je me suis dit que la meilleure ligne de conduite était de faire ce qu'il voulait. D'être gentille avec lui. Je ne voulais pas qu'il me perçoive comme une menace. Ou qu'il se serve à nouveau de ce marteau contre moi.

Elle désigna ledit marteau qui se trouvait sur une petite table de l'autre côté de la pièce en levant le menton.

Même si Rocky était très fier de sa femme, la haine lui brûlait le cœur.

— C'est bon. Elle est libre.

— Personne ne touche à rien, leur ordonna Simon.

Rocky n'avait même pas vu arriver le chef de la police. Toute son attention avait été focalisée sur Bristol.

— Il faut qu'on garde toutes les preuves pour pouvoir mettre ce connard en prison.

— Oh, mais il *va* aller en prison, dit Talon, la colère faisant trembler sa voix.

Rocky commença à avoir une réaction à retardement. La pièce sombre, le marteau, les chaînes. Il commença à trembler... et ne semblait pas pouvoir s'arrêter.

— Tout va bien, dit Bristol en enroulant ses bras autour de lui comme elle le pouvait depuis le lit. Je vais bien. Tu m'as retrouvée.

C'était étonnant de voir à quel point elle semblait calme. Après sa réaction initiale, elle avait finalement réussi à se ressaisir.

— Je suis désolé. Je suis tellement désolé ! dit-il en enfouissant la tête dans ses cheveux.

— De quoi ? demanda-t-elle.

— D'avoir mis si longtemps à te trouver !

Elle rit – et Rocky leva la tête, surpris par ce son. Comment pouvait-elle *rire* actuellement putain ?

Elle posa la main sur sa joue.

— Je savais que tu n'arrêterais pas de chercher tant que tu ne m'aurais pas retrouvée. Peu importe le temps que ça prendrait.

Elle avait tort. Le temps *comptait*. Mais il parvint à marmonner :

— Ça, c'est sûr.

— Je comptais me battre comme un diable pour ne pas aller là-dedans, jambe cassée ou pas, dit-elle en désignant quelque chose derrière lui.

Clignant les yeux de surprise, Rocky regarda autour de lui et aperçut quelque chose qu'il n'avait pas remarqué en arrivant.

Une grande valise ouverte.

— Je ne sais pas pourquoi, mais hier il a paniqué. Il a commencé à se préparer pour partir avec moi. Il comptait me droguer, me fourrer là-dedans et me faire sortir d'ici.

Chaque muscle de Rocky se crispa.

— Putain de merde, marmonna Drew.

— Je ne comptais pas le laisser faire. J'allais me battre, peu importe à quel point ma jambe m'aurait fait mal. J'ai réussi à cacher une épingle quand il ne regardait pas. Une que j'avais utilisée pour fabriquer les bijoux qu'il voulait que je crée. Je comptais le piquer dans l'œil, quelque chose comme ça.

— Bien vu, la félicita Zeke.

Rocky avait envie de dire à Bristol à quel point il était fier d'elle, mais la boule dans sa gorge l'en empêchait.

— La voie est libre, il est en route pour le poste, dit doucement Simon. Il faut qu'on la sorte d'ici. J'ai informé les ambulanciers qu'ils doivent aller directement à Roanoke avec elle. L'hélicoptère est toujours mobilisé…

Simon se tut et l'équipe savait déjà pourquoi l'hélicoptère n'était pas disponible. Car il s'occupait toujours d'emmener Art au centre de traumatologie.

— Oui, s'il vous plaît, dit Bristol avec un petit soupir, sans savoir ce qui était arrivé au vieil homme. Je ne serais pas contre une longue douche chaude, un énorme hamburger et peut-être même une pédicure tant qu'on y est.

Tout le monde rit, mais Rocky n'arrivait pas à en rire. Pas encore et peut-être jamais.

— Est-ce que je peux te porter ? Ou bien ça va te faire trop mal ? demanda Rocky.

— Ça ne me fera jamais trop mal que tu me portes, répondit-elle.

Rocky n'en était pas sûr, mais comme il voulait qu'elle sorte de cette pièce et de cet appartement, il était prêt à essayer.

— Je vais te soulever, mais dis-moi si ça te fait trop mal et on trouvera une autre solution.

Elle grimaça, faisant comprendre à Rocky qu'elle avait déjà probablement plus mal qu'elle ne le laissait paraître. Mais elle acquiesça.

— Allons-y.

— Je vais tenir sa jambe, dit Talon. Vas-y doucement.

Comme s'il n'allait pas y aller doucement, putain ! Mais il ne s'énerva pas contre son ami. Ils étaient tous à cran et le fait de voir Bristol dans cet état les rongeait tous.

— Tu es prête, Punky ? Allons-y.

Rocky glissa doucement le bras sous elle et la souleva du lit. Il l'entendit inspirer, mais elle ne laissa pas un seul cri de douleur franchir ses lèvres. Rocky sentait qu'elle avait perdu du poids, et il eut à nouveau envie de tuer Lance. Cet enfoiré allait payer.

Talon relâcha doucement sa jambe et hocha la tête en direction de Rocky. Il marcha lentement vers la porte. Il laissa échapper un petit soupir de soulagement lorsqu'ils quittèrent la prison dans laquelle elle avait été enfermée ces dernières semaines. Il entendit l'ambulance arriver lorsqu'il s'approcha de la porte et marcha un peu plus vite. Il semblait qu'ils allaient devoir retourner à Roanoke, mais comme il l'avait fait la dernière fois, Rocky ne comptait pas la lâcher d'une semelle.

Il se demanda si Art y serait aussi, mais décida de s'en inquiéter une fois qu'il saurait que tout irait bien pour Bristol.

Lance Zaun avait causé beaucoup de douleur à Fallport, mais Rocky était fier de la façon dont la ville s'était unie pour chercher Bristol. Et ils s'uniraient à nouveau pour s'occuper de Art et de Bristol quand ils rentreraient à la maison pour guérir.

Rocky la porta jusqu'en bas des escaliers et vers l'ambulance qui venait de se garer. Alors que les secours préparaient le brancard à l'arrière pour Bristol, Rocky la regarda. Elle était pâle, ses cheveux étaient gras, elle sentait comme si Lance ne l'avait pas lavée du tout... mais il n'avait jamais vu quelqu'un d'aussi beau de toute sa vie.

— Je t'aime, lâcha-t-il, ne voulant pas attendre une seconde de plus pour le lui dire.

Elle ferma les yeux un instant, puis les ouvrit et croisa son regard sans peur ni doute.

— Moi aussi, je t'aime. Je savais que tu me retrouverais. Je le savais, Rocky. Tout comme tu m'as trouvée dans la forêt il y a quelques mois. Je devais juste m'accrocher, lui faire croire que j'étais son amie, jusqu'à ce que tu arrives.

Sa confiance en lui le tua presque.

— Si vous pouviez la poser ici, monsieur, dit l'un des ambulanciers, interrompant leur moment.

Rocky se déplaça avec précaution, faisant tout ce qui était en son pouvoir pour ne pas secouer Bristol plus qu'il ne l'avait déjà fait. Il l'allongea doucement sur la civière, mais réalisa qu'il avait beaucoup de mal à s'éloigner.

— Monsieur ? Pouvez-vous vous écarter pour qu'on puisse l'examiner s'il vous plaît ?

Rocky acquiesça – mais il ne bougea pas.

Ce ne fut que lorsque Bristol lui serra la main et lui dit : « Je vais bien » qu'il parvint à se déplacer sur le côté.

— J'imagine que vous venez avec nous ?

— Oui, dit fermement Rocky.

Il aurait bien voulu les voir essayer de le tirer de force hors de l'ambulance. C'était hors de question.

— Je vais aller chercher Lilly. On se retrouve à Roanoke, dit Ethan devant les portières ouvertes du véhicule.

— Pareil. Elsie risque de me faire un scandale si je ne l'emmène pas, dit Zeke.

— On te retrouve là-bas aussi, dit Drew.

Observant le visage de ses co-équipiers, Rocky remercia à nouveau sa bonne étoile qu'ils soient là.

— Merci, les gars. Juste... merci.

Ils hochèrent tous la tête alors que les secours refermaient les portes.

— On a déjà eu l'autorisation d'aller directement au centre de traumatologie, dit l'un des ambulanciers à Rocky.

Il acquiesça, mais n'arrivait toujours pas à quitter Bristol du regard. Elle avait les yeux fermés et grimaçait alors que l'autre ambulancier commençait à l'ausculter. Il avait envie de hurler à l'homme de faire attention, mais il se tut. Moins il interviendrait, plus vite Bristol recevrait les soins médicaux dont elle avait besoin.

Il ne put s'empêcher de se pencher et de poser une main sur le haut de sa tête. Un petit sourire se forma sur son visage, mais elle n'ouvrit pas les yeux. Le simple fait de savoir qu'il était là suffisait... pour le moment.

# CHAPITRE VINGT

Bristol était plus que prête à rentrer chez elle. Cela faisait maintenant une semaine qu'elle était à l'hôpital de Roanoke. Elle avait subi une opération afin de remplacer la broche que Lance avait fait tomber en lui refracturant la jambe. Elle avait eu une infection au niveau de sa plaie qui était tenace, elle était déshydratée et sa pression sanguine était un peu détraquée. Mais elle était en vie et tellement reconnaissante pour ça. Elle avait été dévastée d'apprendre que Lance avait poignardé Art. Apparemment, il avait vu le regard choqué de Art quand le vieil homme avait aperçu le paquet que Lance apportait au bureau de poste et il l'avait donc suivi jusque chez lui.

Quand Lance était entré par effraction et l'avait confronté, Art avait nié avoir vu le colis, mais le kidnappeur ne pouvait pas risquer que Art prévienne les autorités. Lance l'avait poignardé, pensant probablement qu'il saignerait et mourrait.

Bristol n'avait pas pu voir Art à l'hôpital, mais dès qu'ils pourraient tous les deux sortir, il serait la première personne qu'elle irait voir.

Rocky lui avait assuré que Art se portait bien et que sa petite-fille avait pris des congés pour l'aider à récupérer.

Rocky avait été incroyable. Maintenant qu'elle était libérée de Lance, Bristol souffrait de cauchemars et de flashbacks. Rocky restait à l'hôpital avec elle et quand elle se réveillait durant la nuit, perdue et ne sachant pas où elle était, la première chose qu'elle voyait en ouvrant les yeux, c'était Rocky. Il refusait que l'on éteigne les lumières de la chambre pour qu'elle ne soit jamais dans le noir.

Les trois derniers jours, il était parti quelques heures dans la journée, lui expliquant qu'il avait quelques trucs à régler à Fallport. Elle ne supportait pas de le voir partir, mais elle n'avait également pas envie d'être collante. Il ne lui avait pas donné beaucoup de détails, mais Bristol supposait qu'il le lui dirait si c'était important.

Elle avait eu un flux constant de visiteurs quand Rocky n'était pas là, au moins elle ne s'ennuyait jamais et n'était jamais seule. Bristol avait pleuré – beaucoup – quand elle avait vu Finley. Rocky lui avait expliqué que c'était elle qui s'était rendue sur son site internet et qui avait remarqué que les gens laissaient des avis sur des articles qu'ils avaient reçus très récemment. Quand Bristol s'était inquiétée que son amie ait dû temporairement fermer la boulangerie pour venir lui rendre visite, Finley avait haussé les épaules en lui disant qu'elle avait laissé un mot sur la porte pour indiquer qu'elle était à Roanoke afin de rendre visite à Bristol et que si ça posait un problème à quelqu'un, c'était tant pis.

C'était merveilleux de voir que Finley prenait confiance en elle. Mais elle semblait toujours aussi timide en présence de Brock... car lorsqu'il était venu rendre visite à Bristol, Finley n'était restée que quelques minutes de plus, puis avait dit qu'elle avait des choses à régler, partant précipitamment. Bristol avait tellement envie de dire quelque chose à Brock à son sujet, mais elle ne voulait pas embarrasser Finley.

Une semaine plus tard, c'était le milieu de l'après-midi et Bristol était plus que prête à sortir de l'hôpital. Elle était reconnaissante des soins extraordinaires qu'elle avait reçus et envers tous ceux qui avaient pris la peine de venir lui rendre visite, mais elle avait envie de rentrer à la maison avec Rocky. Elle voulait qu'il puisse dormir sur quelque chose de plus confortable que le lit de camp de l'hôpital à côté de son lit ou la chaise.

— Honnêtement, comment tu te sens ? demanda Rocky.

Il était revenu une heure plus tôt après un autre trajet à Fallport.

— Je vais bien.

— Je sais que tu as parlé des détails de l'affaire avec Simon, mais j'ai surtout envie de savoir où tu en es là-dedans, dit-il en effleurant sa tempe du pouce.

— Honnêtement ? Ça va. Je ne peux pas nier que j'étais morte de peur, mais tant que je faisais ce qu'il me demandait, c'était presque comme s'il était... un colocataire.

La première fois que Bristol avait prononcé le nom de Lance, Rocky avait eu une réaction viscérale. Son visage était devenu tout rouge et il avait serré les poings comme s'il ne pouvait même pas supporter d'entendre le nom de l'homme qui l'avait kidnappée et retenue captive.

Alors Bristol fit de son mieux pour ne pas le prononcer en présence de Rocky.

— Ce n'était pas un colocataire, lâcha Rocky.

Bristol posa la main sur la joue de son homme.

— Je sais, dit-elle doucement.

— Je n'arrive toujours pas à me remettre du fait que tu étais si proche, dit Rocky d'un air misérable.

Elle ne supportait pas de voir qu'il s'en voulait encore.

— Je n'aurais jamais dû ouvrir la porte.

Rocky secoua la tête.

— Non, ne dis pas ça. Fallport n'est pas une grande ville. En plus, tu l'as reconnu. Tu étais en train de t'occuper de tes affaires et le mal est venu frapper à la porte. Ce n'était pas de ta faute. Rien de tout ça ne l'était.

Elle acquiesça.

— Moi, en revanche, j'ai du mal à me dire ça, avoua Rocky.

Le cœur de Bristol se serra. Ça ne la surprenait pas. Elle le voyait bien sur les traits de son visage et la façon dont il s'accrochait à elle presque désespérément.

— Il va nous falloir du temps pour nous en remettre, dit-elle.

Rocky hocha la tête.

— S'il te plaît, sache que lorsque je deviens autoritaire et surprotecteur, c'est parce que j'ai passé deux semaines en enfer. Rien de comparable à ce que tu as traversé. Mais le fait de ne pas savoir où tu étais ou si tu souffrais... je ne veux plus jamais revivre quelque chose de similaire. Plus jamais.

— Je comprends.

Et c'était le cas. Même si le temps qu'elle avait passé, enchaînée à ce lit, n'était pas vraiment fun, elle avait le sentiment que Rocky avait davantage souffert qu'elle, même avec sa jambe blessée.

— Tu es prête à sortir d'ici ? dit une infirmière d'un air jovial en entrant dans la pièce.

Rocky se leva, se déplaçant jusqu'au bout du lit et laissant assez d'espace à l'infirmière pour examiner Bristol une fois de plus avant qu'elle ne soit officiellement libérée. Il garda les doigts posés sur son pied gauche, gardant ce lien entre eux. Les points de suture de Bristol avaient été retirés ce matin-là et on lui avait mis un nouveau plâtre. À ce stade, tout ça était plutôt familier pour eux et ils savaient à quoi s'attendre pour les mois à venir concernant sa convalescence.

Une heure plus tard, elle était assise dans la Tahoe de Rocky alors qu'ils roulaient vers le sud sur l'autoroute.

— Pourquoi tu souris ? demanda Rocky au bout d'un moment.

Bristol le regarda.

— Je suis juste heureuse. Je sais, ça paraît fou, mais après être passée deux fois à ça de la mort, je suis reconnaissante d'être toujours là. Le soleil brille – oh, mon Dieu, je ne me plaindrai plus jamais qu'il y a trop de soleil après avoir été dans ce tombeau – et l'air frais est incroyable. Je suis avec l'homme que j'aime et nous retournons dans la ville où tout le monde a fait de son mieux pour me retrouver. Comment ne pourrais-je pas sourire ?

Rocky prit sa main dans la sienne. Bristol n'avait jamais été aussi comblée. Certaines personnes pourraient ne pas comprendre comment elle pouvait être toujours aussi optimiste et positive après tout ce qui s'était passé. Mais elle était en vie. Rocky l'aimait. Elle avait des amis incroyables qu'elle ne prendrait jamais pour acquis. Alors, oui, même après deux semaines d'enfer, elle était heureuse.

Rocky s'engagea sur la I-480, et Bristol eut l'impression de rentrer à la maison. Cela ne faisait pas longtemps qu'elle vivait à Fallport, mais elle ne pouvait pas s'imaginer vivre ailleurs désormais. Ils parlèrent un peu de ce qui se passait en ville. Rocky mentionna que Drew et la petite fille de Art s'étaient rencontrés à l'hôpital et que ça ne s'était pas très bien passé.

— Pourquoi ? Qu'est-ce qui s'est passé ? demanda Bristol.

— Ils ne se sont pas très bien entendus. J'imagine que comme Caryn est pompière à New York, elle a l'habitude d'être responsable de tout dans sa vie. C'est une dure à cuire et peut-être un peu brutale sur les bords. Elle était contrariée parce que Art passait une mauvaise journée et j'imagine qu'elle s'est défoulée sur Drew qui venait lui rendre visite.

— Oh, pauvre Art. Mais il va mieux, non ? Tu m'as dit qu'il était censé bientôt rentrer à la maison.

— Oui. Je suis allé le voir avant de partir aujourd'hui. Il t'embrasse et a dit que tu avais intérêt à être la première personne à lui rendre visite quand il rentrerait à Fallport.

— Bien sûr ! s'exclama Bristol. Bref, donc Drew et Caryn se sont pris la tête ?

— Oui. Elle va rester en ville pendant un moment, elle va rester avec Art jusqu'à ce qu'il puisse se débrouiller à nouveau tout seul.

— C'est génial. Il détesterait être dans un centre de rééducation ou une maison de retraite.

— C'est ce qu'a dit Caryn.

— Alors quel était le problème entre elle et Drew ? Il est le type le plus gentil qui soit. Je ne l'imagine pas ne pas s'entendre avec quelqu'un, dit Bristol.

— C'est un ancien flic. Et elle est pompière, dit Rocky.

— Et donc ? Je croyais que ces deux professions s'entendaient bien.

— Oui, mais il y a également un côté naturellement compétitif, je pense. Et apparemment, Caryn n'aime pas beaucoup les policiers, car son ex était flic à New York. Alors quand elle a appris que c'était ce que faisait Drew avant, j'imagine qu'elle a été immédiatement sur la défensive.

Bristol ne put réprimer le petit sourire qui lui écartait les lèvres.

— Pourquoi tu souris *maintenant* ? demanda Rocky.

— Je souris parce que tu connais plein de choses sur cette fille, le bon réseau de commérages de Fallport a fait son travail. Caryn passait ses étés à Fallport avant, non ?

— D'après ce que j'ai compris, oui.

— Donc elle est pratiquement du coin.

Rocky haussa les épaules et acquiesça.

— Je pense que Drew va avoir du pain sur la planche, dit Bristol.

— Qu'est-ce que ça a à voir avec le fait que Caryn soit du coin ?

— Tout le monde va prendre parti. Et faire des paris.

— Des paris ?

Mon Dieu, son mec était parfois à côté de la plaque.

— Oui. Sur le temps qu'ils vont mettre à sortir ensemble.

Rocky la regarda un moment avant de rigoler.

— OK, je vois. Mais Drew est plutôt distant. Et je ne suis pas sûr que cette Caryn soit son genre.

— Donc... tu veux qu'on parie ? demanda Bristol.

Ses lèvres tressautèrent.

— D'accord, pourquoi pas. Qu'est-ce que tu veux parier ?

— Hmmm.

Bristol leva sa main libre jusqu'à sa bouche et se tapota les lèvres.

— Qu'est-ce que tu penses de ça : si Caryn et Drew se mettent ensemble pendant qu'elle est en ville pour s'occuper de son grand-père, tu me laisseras créer un vitrail grandeur nature de toi en train de chercher dans la forêt.

Rocky leva les yeux au ciel. Ils avaient déjà parlé de ça cette semaine et il avait été catégoriquement opposé à cette idée. Il avait dit que la dernière chose que les gens auraient envie de regarder, y compris lui-même, c'était un vitrail le représentant. Il prétendait qu'on le prendrait pour Bigfoot ou un truc du genre. Et que l'idée qu'elle fasse un vitrail représentant Bigfoot, comme elle l'avait prévu au départ, était bien mieux. Bristol n'avait pas du tout été d'accord.

— Très bien. Et si ce n'est pas le cas, tu m'épouseras avant la fin de l'année.

Bristol le regarda avec surprise.

— Quoi ?

— Tu m'as bien entendu. Je veux que tu sois officiellement à moi. Et je veux être à toi. Mari et femme. Mariés. Unis. Tout le tralala.

Bristol eut soudain du mal à respirer.

— Est-ce que tu veux bien m'épouser, Punky ? Je n'arrive pas à imaginer ma vie sans toi. Sans que tu sois à mes côtés.

*Bordel de merde.*

— Oui ! Bien sûr que oui ! s'exclama-t-elle.

— Je n'avais pas vraiment prévu de le faire en conduisant, se plaignit Rocky.

— Mais si *je* gagne ce pari, ça veut dire qu'on ne se mariera pas à la fin de l'année ? demanda-t-elle.

Rocky sourit.

— Ouaip.

Bristol leva les yeux au ciel.

— À quoi sert le pari alors ? demanda-t-elle.

— Ne me dis pas que tu as déjà prévu de faire ce vitrail de moi dans la forêt, dit Rocky.

Bristol se mordit la lèvre.

Il rit.

— Bon, donc ton pari c'est des conneries, tout comme le mien.

Bristol ne put s'empêcher de sourire. Il avait complètement raison.

— Donc, ton frère va faire un mariage d'Halloween et nous de Noël ?

— On dirait bien, dit Rocky. Tu es d'accord avec ça ?

— Oui.

— Tant mieux.

— Est-ce que je vais avoir une bague ? demanda Bristol au bout d'un moment.

— Oh, tu veux aussi une bague ? demanda Rocky.

Pendant une seconde, Bristol crut qu'il était sérieux, puis elle vit le sourire sur son visage.

— T'es méchant, se plaignit-elle en faisant la moue.

Rocky porta sa main à ses lèvres et en embrassa le dos. Elle se détendit dans son siège alors qu'ils roulaient vers Fallport. Voir que Rocky était assez détendu pour sourire était l'un des meilleurs cadeaux qu'elle pouvait avoir. La dernière semaine à l'hôpital avait été tout aussi difficile pour lui. Ces dernières *semaines* même avaient été extrêmement dures pour lui.

Bristol ne put s'empêcher de se crisper alors qu'ils approchaient de la résidence. Ce bâtiment lui rappelait ses meilleurs et ses pires souvenirs à la fois.

Mais au lieu de ralentir pour se garer sur le parking, Rocky le dépassa.

— Euh... dit Bristol en se retournant pour voir le grand bâtiment en briques disparaître derrière eux. Tu as raté l'intersection.

— Non. Je veux te montrer quelque chose.

— Oh, d'accord, dit Bristol.

Elle était perdue et sa jambe lui faisait mal, mais si Rocky voulait lui montrer quelque chose, elle allait s'accrocher encore un peu. Elle ne pouvait également pas nier qu'elle était heureuse de repousser le moment où elle allait devoir grimper ces escaliers jusqu'au deuxième étage. Devoir passer devant l'appartement dans lequel elle avait été retenue en otage ne serait pas agréable, mais elle était déterminée à ne pas laisser Lance Zaun lui prendre plus qu'il ne l'avait déjà fait.

Ils passèrent devant la place, devant le gîte du manoir de Chestnut Street jusqu'à ce qu'ils soient en périphérie de Fallport. Rocky emprunta un chemin de terre. On aurait dit qu'ils roulaient tout droit vers la forêt autour d'eux, mais au dernier moment, il prit un virage serré – et une grande maison coloniale se tint devant eux. Une énorme grange rouge délabrée se trouvait sur la gauche. L'herbe arrivait au moins jusqu'aux genoux et la propriété semblait négligée et oubliée.

Bristol se tourna pour regarder Rocky d'un air perplexe.

— Bienvenue à la maison, dit-il doucement.

\* \* \*

Rocky était nerveux. Il avait déjà foiré sa demande en mariage en l'annonçant de cette façon et il n'avait pas envie de rater cette surprise non plus. Mais en même temps, acheter une maison pour une femme qui ne l'avait encore jamais vue n'était peut-être pas très intelligent de sa part.

Dès la seconde où il avait vu la propriété, il avait su que ce serait leur future maison. Elle avait besoin de beaucoup de rénovations, mais il était un très bon entrepreneur du bâtiment et même si ça risquait de prendre du temps, il la réparerait exactement comme Bristol la voulait.

Il attendit sa réaction avec impatience.

— Quoi ? s'étonna-t-elle, tournant la tête pour observer la maison, la grange et le terrain.

— Ton agente immobilière m'a appelé pendant que tu avais disparu et m'a expliqué qu'elle avait trouvé ce qu'elle pensait être l'endroit idéal pour toi. Vous aviez beaucoup parlé de ce que tu cherchais. Dès que je l'ai vue, j'ai su que tu étais faite pour vivre ici. C'était ça que je faisais pendant que tu étais à l'hôpital. J'ai dû revenir ici et signer les papiers, gérer le financement, ce genre de choses. Mais c'est réglé. Elle est à toi. À nous.

— Je... je ne sais pas quoi dire, dit Bristol.

Rocky déglutit avec difficulté. Il n'arrivait pas à savoir ce qu'elle pensait.

Quand elle le regarda à nouveau, elle avait les larmes aux yeux.

— Si tu détestes, on...

— Je l'adore ! dit-elle en l'interrompant. J'ai envie de bondir hors de la voiture pour aller la regarder, mais je ne peux pas et ça m'énerve ! Elle est parfaite, Rocky ! Je me vois déjà dans la grange en train de créer mes vitraux. Et ce porche est incroyable. Est-ce qu'on pourra avoir une balancelle ? On dirait qu'il fait tout le tour. C'est le cas ? J'espère que oui ! On pourra s'y asseoir et dîner et tout quand il fera bon dehors. Et le jardin est immense ! On pourra inviter tout le monde. Oh ! Est-ce qu'on peut se marier ici ? Il fera peut-être froid en décembre, mais on pourra se servir de la grange pour la réception et...

Ce fut au tour de Rocky de l'interrompre. Il plaqua ses lèvres contre les siennes, mettant fin à son bavardage avec un baiser profond.

Une fois qu'ils furent tous les deux en train de haleter, gardant la main sur sa nuque – il ne savait plus vraiment quand il l'avait mise là – il dit :

— Je t'aime, Bristol. Tellement. Je veux faire de cet endroit notre maison. Qu'on élève nos enfants ici. Que je te regarde créer ton art. Je vais installer des fenêtres qui iront du sol au plafond à l'arrière de la maison. Notre chambre aura un balcon pour qu'on puisse ouvrir les portes et laisser entrer la brise. Je ne veux plus jamais que tu te sentes enfermée ou dans le noir. Je te promets de toujours de retrouver, même si tu t'enfuis parce que je t'ai énervée. Évidemment qu'on peut se marier ici ; c'est une super idée. On pourra même s'entraîner avec le mariage d'Ethan et Lilly... ça ne devrait pas être trop difficile de rénover au moins la grange, même si octobre n'est pas si loin.

Bristol lui sourit. Elle se pencha en avant et posa son front contre le sien.

— Je t'aime tellement. Même si...

Elle releva la tête et fronça les sourcils.

— J'imagine que cette maison n'était pas donnée, continua-t-elle. J'ai tellement d'argent que je ne sais pas quoi en faire. Tu me laisseras payer le crédit ?

Il sourit.

— Il n'y a pas de crédit, Punky. Je l'ai achetée d'un coup. En liquide. Pas d'inspection nécessaire. Tu as choisi une super agente immobilière. Elle a bien négocié. Leur prix était bien trop élevé pour tous les travaux qu'il y a à faire. On a proposé un prix bas, mais correct et le vendeur a fini par accepter. Il était prêt à boucler l'affaire.

Bristol fronça les sourcils.

— Je n'avais pas l'intention d'aborder le sujet, mais comme on *va* se marier... tu avais autant de liquide de côté que ça ?

Rocky ne s'en offensa pas.

— N'hésite jamais à me demander quoi que ce soit. Et oui, j'en avais. Je me suis fait pas mal d'argent dans la Marine et ce n'est pas comme si on avait l'occasion d'en dépenser beaucoup à Fallport.

— D'accord. Alors dans ce cas, je paierai pour les rénovations.

Rocky ouvrit la bouche pour protester, mais Bristol plaqua sa main contre sa bouche.

— Non, ne discute pas. Si on doit être ensemble, il va falloir que tu t'habitues à ce que je dépense de l'argent. Je n'avais pas prévu de devenir riche. Et j'ai envie de dépenser mon argent – *notre* argent – pour nous, Rocky.

Il lui embrassa la paume de main et elle la baissa doucement.

— OK.

Elle le regarda avec insistance.

— OK ?

— Ouaip.

— Je croyais que les hommes alpha n'aimaient pas que les femmes dépensent de l'argent pour eux.

Il rit.

— Hé, ça ne me dérange pas que tu sois ma sugar mama[1] si toi ça te va.

Elle sourit.

— Je ne le vois pas comme une dépense pour moi, mais comme tu l'as dit, c'est pour *nous*, continua Rocky. On investit pour notre futur. On construit une maison pour nos enfants. Un endroit où j'espère, dans plusieurs années, ils emmèneront *leurs* enfants rendre visite à leurs papi et mamie. Ils finiront par hériter, et le cercle de la vie perdurera.

Les yeux de Bristol se remplirent de larmes.

— J'aime beaucoup cette idée.

— Moi aussi, dit Rocky avant de l'embrasser doucement. Tu veux qu'on aille voir ?

— Oui ! dit Bristol, les yeux brillant d'excitation.

Rocky savait que des moments difficiles les attendaient. Ils avaient tous les deux des démons à affronter et le travail de rénovation sur la maison ne serait pas facile à vivre pendant un moment, mais il était certain qu'ensemble, ils feraient tout pour que ça marche. Il ne voulait pas que ça se passe autrement.

— Ne bouge pas, dit-il en ouvrant sa portière.

— Comme tu es drôle, marmonna Bristol avant qu'il ne

sorte de la Tahoe. Ce n'est pas comme si je pouvais me déplacer toute seule de toute façon.

Il souriait encore quand il ouvrit sa portière et la souleva. Rocky la porta d'abord jusqu'à la grange, lui expliquant ce qu'il avait en tête pour cet énorme espace. Puis, il l'emmena dans la maison... où une plus grosse surprise encore l'attendait.

Dès la seconde où ils entrèrent, Rocky soupira de soulagement.

Leurs amis avaient vraiment été super. Ils avaient complètement déménagé leurs affaires de son appartement, apportant tout dans leur nouvelle maison. Ça ne remplissait même pas l'espace, mais c'était déjà un début. Et une fois qu'ils auraient déménagé les affaires de Bristol de sa maison à Kingsport, cela commencerait vraiment à ressembler à une maison.

— Mais... Comment ? balbutia Bristol quand elle vit son canapé au milieu du salon.

— Ça va être galère de vivre ici pendant que je fais toutes les rénovations, mais il était hors de question que je te ramène dans cette résidence, expliqua-t-il calmement. Si ça ne tenait qu'à moi, je l'aurais brûlée, mais les gens qui y vivent actuellement ne seraient pas très contents, j'imagine. Alors j'ai fait ce qu'il y avait de mieux.

— Tu nous as acheté une maison et nous as fait emménager en quelques jours ? dit Bristol en secouant doucement la tête.

— C'est ça.

Rocky se pencha et la posa délicatement sur le canapé. Je t'aime, Bristol. Tellement, tu n'imagines même pas.

— C'est faux. J'imagine très bien, parce que je t'aime autant.

Elle lui prit la barbe et l'attira vers lui pour pouvoir l'embrasser.

— Hé ! C'est bon, on peut entrer ? demanda une voix féminine depuis la porte d'entrée.

— Ah oui et... on fait également une fête pour célébrer ton

retour à la maison, lui dit Rocky avec un sourire, toujours penché vers elle alors que Bristol lui tenait encore la barbe. Il n'avait jamais aimé que les gens touchent les poils de son visage, mais avec Bristol, il ne s'en lassait pas.

— Je t'aime, dit-elle doucement.

— Je t'aime aussi, rétorqua Rocky en l'embrassant sur le haut de la tête. Bienvenue chez toi, Punky.

Puis, il se leva pour aller accueillir les gens qui arrivaient dans la maison. Son frère, Lilly, Zeke, Elsie et Tony, Drew, Brock, Talon, Raiden et Duke, Finley, Khloe, Otto et Silas, docteur Snow et son partenaire Craig, Sandra Whitney... et même Edna et son mari étaient venus. La maison se remplit rapidement de monde.

Rocky ouvrit l'œil pour voir la personne qu'il avait personnellement invitée... et il espérait vraiment qu'elle viendrait.

Bristol accueillait tout le monde depuis le canapé comme elle ne pouvait pas vraiment se lever et marcher, mais personne ne semblait s'en soucier.

Les gens avaient apporté à manger et à boire et tout le monde souriait et rigolait. C'était ça que Rocky adorait à Fallport. L'esprit de communauté.

— Je suppose qu'elle aime bien la maison, dit Ethan en arrivant derrière son frère.

— Oui. Dieu merci, putain, dit Rocky avant d'ajouter : et d'ailleurs, sache que Lilly et toi allez vous marier ici.

Ethan rit.

— Ah oui ?

— Ouaip.

— Cool. On fera la réception dans la grange ?

— Oui, oui. Ce sera une répétition générale pour *notre* mariage vers Noël.

— Alors tu ferais mieux de te mettre au travail, parce que Lilly et moi ne repousserons pas notre date après Halloween, dit Ethan.

— Peu importe. Vous n'aurez pas à le faire, dit Rocky en donnant un petit coup d'épaule à son frère. Ce sera fait.

Ethan se retourna alors, attirant Rocky dans ses bras avec force.

— Je suis content pour toi, frérot. Je suis tellement content que tout ait fonctionné.

Rocky ferma les yeux et tapota Ethan dans le dos.

— Je t'aime, mec.

— Moi aussi je t'aime.

Ils rompirent leur étreinte et se sourirent.

La porte s'ouvrit alors et Rocky se retourna pour voir qui arrivait. Il rayonna en voyant les deux hommes dans l'embrasure de la porte.

— Excuse-moi, dit-il à Ethan avant d'aller les saluer.

Il leur serra la main.

— Bristol va vouloir te dire un mot, dit-il à Davis.

L'homme semblait avoir tenté de se nettoyer pour la visite. Ses cheveux avaient été peignés et sa chemise et son pantalon ne paraissaient pas aussi sales que d'habitude. Mais il ne semblait pas non plus ravi d'être ici.

Dès la seconde où Bristol vit qui accompagnait Rocky quand il s'approcha d'elle sur le canapé, les larmes lui montèrent aux yeux. Elle prit son visage dans ses mains en essayant de se ressaisir.

Quand elle releva la tête, Rocky vit les larmes sur ses joues.

— Davis, murmura-t-elle.

— Bristol, dit Davis.

— S'il te plaît, viens ici, lui demanda-t-elle.

Davis s'avança et elle désigna la place à côté d'elle sur le canapé.

— Assieds-toi ?

— Je... je ne suis pas habillé pour.

— Peu importe. *Assieds-toi.*

Cette fois-ci, ce ne fut pas une question.

Davis s'assit.

Bristol se pencha, faisant attention à ne pas se faire mal à la jambe, et serra le sans-abri dans ses bras. Davis resta crispé contre elle mais lui tapota maladroitement le dos.

Elle s'écarta, mais lui tint toujours le bras.

— Merci.

Davis haussa les épaules.

— Non, vraiment... merci. Rocky m'a dit que tu étais la première personne à être allé voir Simon pour lui raconter ce que tu avais vu. Et tu avais raison, c'était vraiment bizarre qu'il n'ait pas voulu que tu regardes dans ses poubelles. Il y avait des perles, des cartes de visite qu'il avait faites sur son ordinateur à Kingsport et probablement d'autres choses qui auraient complètement trahi que j'étais dans son appartement.

Davis haussa à nouveau les épaules, mais Rocky vit qu'il se redressait un peu plus.

— Pour moi, tu es les yeux et les oreilles de cette ville, continua Bristol. Tu vois tout. Mais je ne supporte pas de savoir que tu dors dans la rue. Ne veux-tu pas me laisser... nous laisser, nous tes amis... t'offrir au moins une toute petite maison ? On pourra la mettre non loin de la place. Peut-être derrière le restaurant, dans un coin du parking. Sandra et moi en avions déjà parlé il y a longtemps et elle était d'accord.

Davis ne regardait que Bristol.

Rocky retint son souffle. Beaucoup de gens avaient déjà essayé de convaincre le sans-abri d'accepter leur aide, mais il avait été très têtu jusqu'à présent.

— J'y réfléchirai, dit enfin Davis.

Bristol eut un grand sourire, tout comme ceux qui avaient entendu la conversation.

— Youpi ! Merci ! dit-elle avec excitation avant de le serrer à nouveau dans ses bras.

Davis avait manifestement atteint ses limites concernant les gestes d'affection, car il se leva du canapé.

— Sers-toi en nourriture et tout ce que tu veux, lui dit Bristol, toujours aussi rayonnante.

Davis s'en alla et Rocky resta en retrait, observant la femme la plus forte qu'il ait jamais connue remercier Simon. Puis elle continua de parler à tout le monde, les faisant tous se sentir comme s'ils étaient les personnes les plus importantes au monde.

Sa Bristol était incroyable. En la regardant, personne ne pouvait deviner l'enfer qu'elle avait vécu il y avait seulement une semaine. Chaque jour, elle lui donnait envie d'être une meilleure personne.

Rocky s'assura également de remercier tout le monde, non seulement pour l'avoir aidé à déménager et à s'installer dans la maison pour qu'il puisse y ramener Bristol, mais aussi pour être de si bons amis. Tout le monde était soulagé et euphorique que Bristol ait été retrouvée et qu'elle allait finir par aller mieux.

Elle n'en était pas encore là, mais elle y *arriverait*. Tout comme lui.

La soirée se termina et les invités s'en allèrent, ne laissant plus que Bristol et lui, à nouveau seuls, dans la maison. Il s'assit à côté d'elle et lui caressa la joue.

— Tu es fatiguée.

Elle lui fit un faible sourire.

— Épuisée. Mais heureuse. Je n'aurais raté ça pour rien au monde.

— J'aurais probablement dû tous les renvoyer chez eux au bout d'une heure en leur demandant de revenir demain, une fois que tu aurais pu te reposer.

Bristol secoua la tête.

— Non, c'était parfait.

— Tu veux voir le reste de la maison ? Bon sang, je n'ai même pas eu le temps de te montrer autre chose que le salon avant que tout le monde n'arrive.

— Oui, s'il te plaît.

Rocky la souleva avec précaution et lui fit rapidement visiter le reste de la maison. Il n'avait pas menti en disant qu'elle avait besoin de beaucoup de travaux, mais Bristol ne semblait pas remarquer les sols déformés ou les cloisons sèches à remplacer. Les salles de bains étaient particulièrement atroces avec des équipements roses dans l'une et verts dans l'autre.

— Je l'adore, dit-elle alors qu'il l'installait sur leur lit dans la chambre principale.

La pièce était trop sombre et Rocky avait hâte d'abattre le mur, de construire un balcon et de mettre des baies vitrées. Il ne voulait pas que Bristol se sente à nouveau à l'étroit. Surtout pas dans un espace qui deviendrait leur sanctuaire, coupé du monde.

— Je suis content alors.

— Et je t'aime toi. Tellement, que c'en est presque effrayant.

— Ce n'est pas effrayant... c'est simplement juste. Je l'ai senti dès la première fois que je t'ai vue ramper sur le sol de la forêt. J'ai immédiatement su que tu étais quelqu'un que je devais apprendre à connaître. Sinon, je savais que je passerais à côté de quelque chose.

— C'est mignon, murmura-t-elle.

— Ce n'est pas mignon. C'est la vérité, dit Rocky. Bon, tu veux prendre un bain ?

— Oh mon Dieu, oui.

— L'eau chaude fonctionne, mais il n'y a aucune garantie sur la quantité d'eau disponible avant qu'elle ne s'épuise.

— M'en fiche. Un bain me paraît divin.

Une heure et demie plus tard, Rocky attira Bristol dans ses bras. Elle sentait comme les bulles de vanille qu'il avait versées dans son bain. Ses cheveux étaient encore mouillés mais il s'en fichait. Le fait de pouvoir la tenir comme ça était vraiment un rêve devenu réalité pour lui.

— C'est ça qui m'a aidée à tenir, chuchota Bristol.

Toutes les lumières étaient encore allumées dans la chambre et le resteraient tant que les démons de Bristol n'auraient pas été chassés. Cela ne le dérangeait pas du tout. Tant qu'elle était avec lui, il pouvait dormir n'importe où. Il resserra ses bras autour d'elle, l'émotion le submergeant, l'empêchant de parler.

— Je te jure que je pouvais sentir tes bras autour de moi, me disant d'être patiente. Que tu venais me chercher. De ne pas l'énerver, de rester calme et de faire ce qu'il disait.

— Je suis tellement fier de toi, dit Rocky une fois qu'il eut repris le contrôle de ses émotions.

— Tu sais quoi ? demanda-t-elle.

— Quoi ?

— Moi aussi je suis fière de moi.

Rocky sourit. Il était très content pour elle.

— Tant mieux. Tu as de quoi.

— J'ai hâte de vivre ma vie avec toi.

— Pareil, dit Rocky.

Le silence s'installa dans la pièce. Il sentit la satisfaction l'envahir. C'était exactement ce dont il avait rêvé quand elle était portée disparue.

L'avoir à nouveau dans ses bras. En sécurité.

Levant la tête, il vit que Bristol s'était déjà endormie. Elle ne s'était jamais endormie si vite à l'hôpital. C'était bon de savoir qu'elle se sentait autant en sécurité avec lui qu'il se sentait en sécurité avec elle.

Rocky lui embrassa la tempe et s'installa à côté d'elle avec un petit soupir. Voilà ce qui lui avait manqué dans sa vie.

Non, c'était *elle* qui lui avait manqué dans sa vie.

Il s'endormit avec le parfum de Bristol dans ses narines et la certitude que, peu importaient les obstacles qu'ils rencontreraient sur leur route, après ces deux dernières semaines, ils seraient capables de tout affronter.

# ÉPILOGUE

Drew Koopman détestait cette période de l'année. Il n'aimait pas l'humidité. Il n'aimait pas le fait que la période fiscale soit terminée et qu'il ait désormais trop de temps libre.

Il était agité et avait besoin de faire quelque chose. Assis chez lui, il repensait à toutes les affaires qu'il n'avait pas pu résoudre, toutes les personnes qui l'avaient détesté simplement parce qu'il portait un uniforme, les hommes et femmes avec qui il avait travaillé et qui avaient tout donné pour ce travail, littéralement. Ainsi que les connards qui portaient un uniforme et étaient la raison pour laquelle les policiers avaient mauvaise réputation.

Lorsqu'il avait quitté la police, il avait été plus que prêt à rendre son badge et emménager à Fallport.

Drew était plus que conscient qu'il était assez distant et ne s'était pas fait beaucoup d'amis en ville à part ses coéquipiers. Ce n'était pas facile pour lui de faire confiance, et son ancien travail dans les forces de l'ordre ne l'avait pas aidé. Il essayait d'apprendre à se détendre, mais ce n'était pas aussi facile que ce qu'il avait imaginé.

Réalisant qu'il devenait de plus en plus morose et qu'il avait besoin de sortir de sa petite maison, Drew s'en alla prendre l'air. Cela pourrait lui faire du bien de marcher. Il était encore assez tôt pour que la chaleur et l'humidité ne soient pas trop pénibles. Il marcha jusqu'à la place, pensant à ses amis... et à quel point ils étaient heureux avec leurs femmes.

Lilly, Elsie et Bristol étaient super. Drew les aimait beaucoup et était heureux que ses amis aient trouvé des personnes avec qui ils pourraient passer toute leur vie. Il n'était pas sûr de vouloir ça pour lui-même. Drew aimait être seul. Il n'était pas du genre à apprécier les longues conversations, il ne regardait pas beaucoup la télé, il préférait le silence aux stimulations extérieures.

Peut-être était-ce parce qu'il était fils unique et que ses parents n'avaient pas eu beaucoup de temps à lui consacrer pendant son enfance. Il avait l'habitude de se divertir tout seul. Peut-être était-ce à cause du temps qu'il avait passé tout seul dans sa voiture de patrouille. Quelle qu'en soit la raison, Drew n'avait aucun mal à être seul et après quarante-cinq ans, il supposait que c'était la vie.

La randonnée était une activité qu'il pratiquait dans le cadre de son travail au sein de l'équipe de recherche et de sauvetage d'Eagle Point, mais il allait aussi souvent dans les bois tout seul. Il connaissait les sentiers autour de la ville comme sa poche parce qu'il y avait passé beaucoup de temps. Il se sentait plus libre quand il était entouré par la nature.

Sa promenade jusqu'à la place ne fut pas longue et Drew se dirigea vers le Sunny Side Up. Il hésitait à se rendre au Bec Sucré pour prendre l'une des délicieuses pâtisseries de Finley ou au restaurant pour un vrai petit déjeuner. Comme il n'avait absolument rien de prévu pour la journée, il réalisa qu'en s'asseyant pour manger, il tuerait davantage le temps.

Dès qu'il ouvrit la porte du restaurant, Sandra le salua.

Drew leva le menton dans sa direction en souriant et choisit une table et une banquette vide d'un côté du restaurant. Même s'il était encore tôt, le restaurant était assez fréquenté. Karen, l'une des serveuses, mit quelques minutes à venir jusqu'à sa table.

— Salut, mon beau. Tu veux du café ?

— Oui s'il te plaît, dit Drew avec empressement.

Elle remplit sa tasse et lui dit :

— Tu as besoin d'un peu plus de temps, ou tu sais ce que tu veux ?

— Est-ce que je pourrais avoir deux œufs au plat, des pommes de terre rissolées, des saucisses, un fruit, ce que vous avez, et un grand verre de jus d'orange ?

— Bien sûr. On est un peu en retard aujourd'hui, car Carl a eu une urgence familiale et on n'a qu'un seul cuisinier. Mais je vais déjà t'apporter ton jus d'orange et ton fruit pour commencer.

— Tout va bien pour Carl ? demanda Drew.

— Oui. Sa femme est enceinte et traverse une période difficile, comme tu dois le savoir. Je crois que leur enfant de 3 ans s'est réveillé avec une fièvre ce matin, alors il reste à la maison pour s'occuper de tout le monde.

Drew acquiesça. Il était au courant pour la femme de Carl. Le docteur Snow l'avait mise au repos et lui avait dit que si elle voulait accoucher d'un bébé en bonne santé, elle devait se ménager. C'était incroyable à quel point tout le monde était au courant de la vie de tout le monde dans les petites villes.

— Aucun problème pour l'attente. Je n'ai rien de prévu aujourd'hui.

— Merci. Je reviens avec ta boisson et le fruit, lui dit Karen.

Les choses s'accéléraient toujours en été. Les touristes venaient en ville pour faire de la randonnée sur les sentiers des Appalaches, et maintenant que la nouvelle de l'émission d'enquêtes paranormales, qui avait été tournée ici, s'était répandue – et que le premier épisode était passé à la télévision – de plus en plus de touristes venaient marcher en espérant apercevoir l'insaisissable Bigfoot. La situation ne ferait qu'empirer une fois que les épisodes de Bigfoot seraient diffusés.

Il sirotait son café et mangeait le fruit que Karen était venue déposer lorsque la clochette au-dessus de la porte sonna et quelqu'un entra. En levant la tête, Drew ne put soudain pas expliquer le sentiment de malaise qu'il éprouva quand il vit de qui il s'agissait. Caryn Buckner.

Elle était la petite-fille de Art qui était venue en ville pour l'aider à se remettre sur pied après avoir été poignardé. Drew ne comprenait pas pourquoi elle le mettait mal à l'aise. Elle était assez gentille – il avait été plutôt indulgent avec elle concernant leur rencontre tendue à l'hôpital, car elle avait été assez stressée à ce moment-là – et tout le monde en ville semblait vraiment l'apprécier.

Elle avait quelques années de moins que lui, faisait la même taille, environ un mètre quatre-vingts. Elle avait les cheveux blonds et clairs et les yeux bleus. Elle n'était pas vraiment en surpoids, mais elle était solidement bâtie. Musclée et forte. Drew l'avait déjà vue soulever son grand-père sans avoir besoin d'aucune aide, lorsqu'il était passé dans la chambre du vieil homme à Roanoke, pendant qu'il y était pour rendre visite à Rocky et Bristol.

Cela ne le repoussait pas. Bien au contraire. Drew avait toujours été attiré par des femmes qui avaient la même silhouette que Caryn. Bristol était très bien comme elle était, mais comme elle faisait environ un mètre cinquante, Drew avait l'impression d'être Hulk à côté d'elle.

Malheureusement, Caryn et lui n'étaient pas partis du bon pied. Tout ce qu'il savait, c'était qu'elle le mettait mal à l'aise et apparemment c'était réciproque.

Il observa autour de lui, alors que tout le monde l'accueillait comme si elle avait vécu à Fallport toute sa vie. D'après ce que Drew avait compris, elle avait passé plusieurs étés ici et c'était apparemment suffisant pour qu'elle soit traitée comme une locale.

Sandra sortit de la cuisine et la serra fort dans ses bras. Il les entendit parler du fait que Caryn était là pour récupérer un repas pour Art, lequel n'était pas content de devoir rester encore cloué au lit pendant deux semaines. Ses amis, Silas et Otto passaient leurs après-midis avec lui, le tenant au courant de tous les potins qu'il ratait en n'étant plus assis devant le bureau de poste comme d'habitude, mais il était quand même toujours à cran.

Drew n'était pas contrarié d'avoir dû passer cinq ans à essayer de se faire accepter par cette ville très unie, mais cette fille revenait après avoir été absente des années et tout le monde se comportait comme si c'était le retour de l'enfant prodigue ou un truc du genre. Il se *demanda* ce qui avait pu l'empêcher de revenir pendant toutes ces années. S'il avait eu un endroit où aller, où il aurait été accueilli et accepté sans réserve, il s'y serait certainement rendu après avoir quitté les forces de l'ordre.

Un bruit fort à sa gauche attira soudain son attention. Jetant un coup d'œil à la famille qui était assise quelques tables plus loin de la sienne, Drew vit le père se tenant debout à côté de sa chaise, l'air paniqué.

Il agit sans réfléchir. L'homme, qui se tenait la gorge, indiquait clairement ce qui était en train de se passer. Le gars s'étouffait – et tout le monde était simplement assis là, le regardant d'un air choqué.

Quand il arriva face à l'homme, Caryn fut juste sur ses talons.

— Je m'en occupe, lui dit-il.

Mais elle le repoussa.

— Non, *je* m'en occupe, rétorqua-t-elle, attrapant l'homme pour l'éloigner de la table sur laquelle il s'appuyait.

Elle le retourna avec facilité et enroula les bras autour de son torse.

Drew l'observa, fronçant les sourcils d'un air concentré. Il était formé aux premiers secours, il avait toujours dû l'être en tant qu'officier de police de l'État de Virginie. Et sa formation lui avait été utile sur le terrain depuis qu'il avait déménagé à

Fallport. Mais il était plus qu'évident que Caryn avait la situation sous contrôle.

Après deux fortes poussées de la manœuvre de Heimlich, un morceau de nourriture jaillit de la bouche de l'homme et atterrit sur le sol. Caryn le relâcha, mais garda une main sur son bras, le stabilisant.

Drew approcha une chaise derrière lui et Caryn l'aida à s'asseoir, lui assurant d'une voix douce et rassurante que tout irait bien pour lui.

Drew aurait pu être agacé par la femme et la façon dont tout le monde au restaurant la félicitait et la remerciait d'avoir agi aussi vite – c'était presque amusant de voir qu'évidemment personne n'avait remarqué qu'il avait été le premier à vouloir porter secours à l'homme qui s'étouffait – mais il n'avait jamais été du genre à aimer être sous le feu des projecteurs. Il était plus qu'heureux de laisser Caryn avoir toute l'attention pendant qu'il retournait à sa table.

Cependant, alors qu'il l'observait interagir avec les habitants, il réalisa qu'*elle* n'était pas à l'aise avec l'attention qu'elle recevait.

Leurs regards se croisèrent et pendant une seconde, il y perçut un malaise qu'il connaissait bien. Il réalisa qu'il était alors peut-être spectateur d'un côté de Caryn qu'elle ne dévoilait pas souvent, une partie d'elle-même qu'elle gardait cachée derrière un mur épais.

Mais un voile passa devant ses yeux en un clin d'œil, et la bravoure qu'il avait déjà l'habitude de voir chez elle revint au galop. Après s'être assurée que l'homme allait vraiment bien, Cary s'éloigna de la table, laissant un peu d'intimité à la famille, et s'avança vers Drew.

— Tu voulais vraiment me pousser de ton chemin toi, non ? demanda-t-elle calmement à Drew.

Il rit de surprise.

— Oui, si on veut.

— Heureusement que tu ne l'as pas fait. Je t'aurais mis à

terre sinon, dit-elle d'un air confiant.

— Tu crois que tu en serais capable ?

Elle le regarda de bas en haut, puis dit en haussant les épaules.

— Je le *sais*.

Elle paraissait plutôt prétentieuse, mais Drew admirait son assurance.

Il haussa simplement les sourcils en guise de réponse.

— Tu as été formé ? demanda-t-elle en désignant l'homme derrière elle.

— Aux premiers secours ? Oui. J'imagine que, comme tu es pompière, tu es au moins technicienne médicale des services d'urgence ?

— Non, secouriste, le corrigea-t-elle.

Drew était impressionné. Même si ça n'avait pas d'importance. Cette femme allait partir.

Elle allait retourner à New York. Elle devait probablement détester être dans cette petite ville endormie. Elle ne l'avait manifestement pas assez regrettée pour venir rendre visite à son grand-père récemment. Il était content qu'elle vienne s'en occuper, mais elle serait probablement partie dès que Art serait remis sur pied.

— Quand est-ce que tu t'en vas ? lâcha-t-il, immédiatement gêné en réalisant de quoi sa question avait l'air.

— Pourquoi ? Tu as hâte que je m'en aille pour pouvoir jouer les héros sans être dérangé ? demanda-t-elle.

Haussant à nouveau les sourcils, Drew ouvrit la bouche pour à la fois s'excuser de sa question grossière et pouvoir également nier son accusation, mais Sandra les interrompit.

— Caryn ! C'était incroyable. Dieu merci, tu étais là ! dit la gérante du restaurant avant de regarder Drew et d'ajouter rapidement : non pas que tu n'aurais pas pu aider non plus, dit-elle en haussant les épaules d'un air désolé avant de se tourner à nouveau vers Caryn. Ta commande est prête et c'est la maison qui offre.

— Oh non, certainement pas, rétorqua-t-elle. Je refuse que tu me fasses à manger gratuitement.

— Oh que si ! répliqua Sandra.

Les deux femmes retournèrent vers l'entrée du restaurant et le sac posé sur le comptoir qui attendait Caryn.

Au dernier moment, elle s'arrêta et se tourna vers Drew.

— Je n'aurais pas dû dire ça. Je suis désolée.

Drew acquiesça, acceptant ses excuses. Il n'avait pas envie d'être en conflit avec cette femme et il appréciait vraiment qu'elle n'ait pas peur de lui tenir tête. De lui répondre. Il réalisa soudain que cela faisait longtemps qu'à part ses co-équipiers, personne ne lui avait tenu tête comme elle venait de le faire.

Caryn Buckner était plus complexe qu'elle n'y paraissait et pour la première fois depuis très longtemps, Drew réalisa que quelqu'un avait piqué sa curiosité.

Elle se retourna vers Sandra alors qu'elles continuaient d'avancer jusqu'au comptoir. Drew se rassit dans son siège, mais ne détacha pas son regard de Caryn. Elle l'intriguait.

Il réalisa qu'elle n'avait pas répondu à sa question. Il ne savait absolument pas combien de temps elle allait rester à Fallport. Il était probable qu'elle parte plus tôt que prévu puisque Art guérissait de mieux en mieux.

Et dans ce cas-là, il était ridicule de vouloir apprendre à la connaître... mais l'envie était tout de même là.

Cela faisait des années que Drew n'avait rien ressenti pour une femme. Il n'était pas sûr d'aimer ça. Dieu merci, elle serait bientôt partie et il pourrait oublier cette façon qu'elle avait eue de le regarder avec un mélange de retenue, de curiosité et de vulnérabilité.

\* \* \*

Ne ratez pas le prochain tome de la série Sauvetage à Eagle Point: *Un sauveteur pour Carly*

# NOTES

## Chapitre Un

1. Force spéciale de la marine de guerre des États-Unis
2. Créature mythique traquant les collines et les montagnes des Appalaches
3. Organisation aéromédicale

## Chapitre Deux

1. Sauvetage et Recherche
2. Personnage de petite fille d'une série télévisée américaine
3. En anglais, le pluriel de foot (le pied) est feet (les pieds)

## Chapitre Trois

1. Unité des forces spéciales américaines

## Chapitre Cinq

1. Sauvetage et Recherche

## Chapitre Six

1. Plat américain de steak roulé dans la farine et frit

## Chapitre Sept

1. Jeux de carte fondé sur le Cadavre exquis, sont équivalent français est le Blanc-manger-coco

## Chapitre Neuf

1. En anglais, lys se dit « lilies » similaire au prénom de Lilly

## Chapitre Douze

1. Parc à thèmes aux États-Unis

## Chapitre Seize

1. Histoire d'un écrivain retenu captif par l'une de ses ferventes lectrices

## Chapitre Dix-neuf

1. Marque américaine de bonbons à la menthe

## Chapitre Vingt

1. Femme qui entretient un amant ou mari très jeune

# DU MÊME AUTEUR

<u>Autres livres de Susan Stoker</u>

### **Sauvetage à Eagle Point**

*Un sauveteur pour Lilly*

*Un sauveteur pour Elsie*

*Un sauveteur pour Bristol*

*Un sauveteur pour Caryn*

*Un sauveteur pour Finley*

*Un sauveteur pour Heather*

*Un sauveteur pour Khloe (7 Mai)*

### *<u>Le Fruit du Hasard</u>*

*Le Protecteur (1 Avril)*

*L'Aristocrate (1 Juin)*

*Le Héros (11 Août)*

*Le Bûcheron (1 Décembre)*

### *<u>Le Refuge</u>*

*Un soutien pour Alaska*

*Un soutien pour Henley*

*Un soutien pour Reese*

*Un soutien pour Cora*

*Un soutien pour Lara*

*Un soutien pour Maisy (1 Oct)*

*Un soutien pour Ryleigh*

**<u>Forces Très Spéciales : Alliance</u>**

*Un protecteur pour Remi (2 Juillet)*

*Un protecteur pour Wren*

*Un protecteur pour Josie*

*Un protecteur pour Maggie*

*Un protecteur pour Addison*

*Un protecteur pour Kelli*

*Un protecteur pour Bree*

### Silverstone

*Pour la confiance de Skylar*

*Pour la confiance de Taylor*

*Pour la confiance de Molly*

*Pour la confiance de Cassidy (1 Mars 2024)*

### Delta Force Deux

*Un refuge pour Gillian*

*Un refuge pour Kinley*

*Un refuge pour Aspen*

*Un refuge pour Jayme*

*Un refuge pour Riley*

*Un refuge pour Devyn*

*Un refuge pour Ember*

*Un refuge pour Sierra*

### *Hawaï : Soldats d'élite*

*Un paradis pour Élodie*

*Un paradis pour Lexie*

*Un paradis pour Kenna*

*Un paradis pour Monica*

*Un paradis pour Carly*

*Un paradis pour Ashlyn*

*Un paradis pour Jodelle*

**Mercenaires Rebelles**

*Un Défenseur pour Allye*

*Un Défenseur pour Chloé*

*Un Défenseur pour Morgan*

*Un Défenseur pour Harlow*

*Un Défenseur pour Everly*

*Un Défenseur pour Zara*

*Un Défenseur pour Raven*

**Ace Sécurité**

*Au Secours de Grace*

*Au Secours d'Alexis*

*Au Secours de Bailey*

*Au Secours de Felicity*

*Au Secours de Sarah*

**Forces Très Spéciales Series**

*Un Protecteur Pour Caroline*

*Un Protecteur Pour Alabama*

*Un Protecteur Pour Fiona*

*Un Mari Pour Caroline*

*Un Protecteur Pour Summer*

*Un Protecteur Pour Cheyenne*

*Un Protecteur Pour Jessyka*

*Un Protecteur Pour Julie*

*Un Protecteur Pour Melody*

*Un Protecteur pour l'avenir*

Un Protecteur Pour Les Enfants de Alabama

Un Protecteur Pour Kiera

Un Protecteur Pour Dakota

## Forces Très Spéciales : L'Héritage

Un Sanctuaire pour Caite

Un Sanctuaire pour Brenae

Un Sanctuaire pour Sidney

Un Sanctuaire pour Piper

Un Sanctuaire pour Zoey

Un Sanctuaire pour Avery

Un Sanctuaire pour Kalee

Un Sanctuaire pour Jane

## Delta Force Heroes Series

Un héros pour Rayne

Un héros pour Emily

Un héros pour Harley

Un mari pour Emily

Un héros pour Kassie

Un héros pour Bryn

Un héros pour Casey

Un héros pour Wendy

Un héros pour Mary

Un héros pour Macie

Un héros pour Sadie

Un héros pour Annie

## Autre

Un moment suspendu : Recueil de nouvelles

# À PROPOS DE L'AUTEUR

Susan Stoker est une auteure de best-sellers aux classements du New York Times, de USA Today et du Wall Street Journal. Elle a notamment écrit les séries Badge of Honor: Texas Heroes, SEAL of Protection et Delta Force Heroes. Mariée à un sous-officier de l'armée américaine à la retraite, Susan a vécu dans tous les États-Unis, du Missouri jusqu'en Californie en passant par le Colorado, et elle habite actuellement sous le vaste ciel du Tennessee. Fervente adepte des fins heureuses, Susan aime écrire des romans où les sentiments laissent place au grand amour.

http://www.StokerAces.com

facebook.com/authorsusanstoker
x.com/Susan_Stoker
instagram.com/authorsusanstoker
goodreads.com/SusanStoker